NEM TE CONTO

Também de Emily Henry

Lugar feliz
Loucos por livros
De férias com você
Leitura de verão

EMILY HENRY

NEM TE CONTO

Tradução
Ana Rodrigues

5ª edição
Rio de Janeiro-RJ / São Paulo-SP, 2025

Título original
Funny Story

ISBN: 978-65-5924-306-8

Copyright © Emily Henry Books, LLC, 2024
Todos os direitos reservados.
Publicado mediante acordo com a autora, a/c Baror International, Inc., Armonk, NY, EUA.

Tradução © Verus Editora, 2024
Direitos reservados em língua portuguesa, no Brasil, por Verus Editora. Nenhuma parte desta obra pode ser reproduzida ou transmitida por qualquer forma e/ou quaisquer meios (eletrônico ou mecânico, incluindo fotocópia e gravação) ou arquivada em qualquer sistema ou banco de dados sem permissão escrita da editora.

Verus Editora Ltda.
Rua Argentina, 171, São Cristóvão, Rio de Janeiro/RJ, 20921-380
www.veruseditora.com.br

CIP-BRASIL. CATALOGAÇÃO NA PUBLICAÇÃO
SINDICATO NACIONAL DOS EDITORES DE LIVROS, RJ

H451n

Henry, Emily
   Nem te conto / Emily Henry ; tradução Ana Rodrigues. – 5. ed. – Rio de Janeiro : Verus, 2025.

   Tradução de: Funny story
   ISBN 978-65-5924-306-8

   1. Romance americano. I. Rodrigues, Ana. II. Título.

24-88089
CDD: 813
CDU: 82-31(73)

Gabriela Faray Ferreira Lopes – Bibliotecária – CRB-7/6643

Revisado conforme o novo acordo ortográfico.

Seja um leitor preferencial Record.
Cadastre-se no site www.record.com.br e receba informações sobre nossos lançamentos e nossas promoções.

Atendimento e venda direta ao leitor:
sac@record.com.br

Para Bri, que me buscou no aeroporto na noite em que nos conhecemos e atravessou uma tempestade de neve comigo sem nunca olhar para trás. Tirei a sorte grande com você.

1

QUARTA-FEIRA, 1º DE MAIO
108 DIAS ATÉ EU PODER IR EMBORA

ALGUMAS PESSOAS NASCERAM para contar histórias. Elas sabem como descrever a cena, encontrar o ângulo certo, quando fazer uma pausa dramática ou pular detalhes inconvenientes.

Eu não teria me tornado bibliotecária se não amasse histórias, mas nunca fui muito boa em contá-las.

Se eu ganhasse um centavo a cada vez que já interrompi algo que estava contando para me perguntar se tinha *mesmo* acontecido em uma terça-feira, ou se na verdade era em uma *quinta-feira*, teria no mínimo uns quarenta centavos, e isso é tempo demais da minha vida sendo desperdiçado por tão pouco.

Peter, por outro lado, não teria recebido um centavo sequer e teria audiência cativa.

Eu adorava especialmente quando ele contava a *nossa* história, do dia em que nos conhecemos.

Era fim de primavera, três anos atrás. Morávamos em Richmond na época, e apenas cinco quadras separavam o apartamento elegante dele, reformado em estilo italiano, do meu — uma versão desgastada e não exatamente chique do mesmo tipo de lugar.

Eu estava voltando do trabalho para casa e resolvi cortar caminho pelo parque, algo que nunca fazia, mas o clima estava perfeito. E usava um chapéu de aba molenga, o que também nunca fazia, mas minha mãe tinha me mandado o chapéu de presente na semana anterior e eu achei que devia pelo menos *tentar* usar. E estava lendo enquanto caminhava — hábito que já tinha jurado deixar de lado, porque quase provocara um acidente de bicicleta fazendo a mesma coisa uns dias antes —, até que de repente uma brisa morna fez meu chapéu sair voando por cima de um canteiro de azaleias. E aterrissar bem aos pés de um homem lindo e loiro.

Peter dizia que isso tinha parecido um convite. E acrescentava, rindo, em um tom quase autodepreciativo:

— Eu não acreditava em destino, até aquele dia.

Se foi *mesmo* obra do destino, então é razoável presumir que o destino não vai muito com a minha cara, porque, quando me abaixei para pegar o chapéu, outra rajada de vento o fez voar de novo — eu saí correndo atrás e colidi com a lata de lixo em que ele foi parar.

Daquelas de metal, presas no chão.

Meu chapéu aterrissou em uma pilha de restos de lo mein e eu fui parar no chão, arfando, depois de ser atingida nas costelas pela borda da lata de lixo. Peter descrevia a cena como "atrapalhada e muito fofa".

Ele deixava de fora a parte em que eu soltei uma sequência de palavrões em alto e bom som.

— Eu me apaixonei pela Daphne no momento em que olhei do chapéu para ela — dizia Peter, sem mencionar os pedaços de macarrão que foram parar no meu cabelo.

Quando ele me perguntou se estava tudo bem, respondi:

— Eu matei um ciclista?

Peter achou que eu tivesse batido a cabeça. (Não tinha, só não sei causar uma boa primeira impressão.)

Ao longo dos últimos três anos, Peter desencavou a Nossa História cada vez que teve uma chance. Eu tinha certeza de que ele iria mencioná-la nos votos da cerimônia de casamento *e* no discurso que faria na festa.

Mas então veio a despedida de solteiro dele e tudo mudou.

A história virou para outro lado. Encontrou um novo ponto de vista. E, nesse novo jeito de contá-la, eu não era mais a *protagonista feminina*. Em vez disso, me tornei a complicação insignificante que seria usada para sempre a fim de tornar a história *deles* mais interessante.

Daphne Vincent, a bibliotecária que Peter resgatou do lixo, com quem quase se casou e então dispensou depois da despedida de solteiro para ficar com Petra Comer, sua "melhor amiga" "platônica".

Mas a verdade é: quando é que ele precisaria contar a história deles?

Todo mundo que convive com Peter Collins e Petra Comer conhece a história: os dois se conheceram no terceiro ano, quando foram forçados a se sentar em ordem alfabética na sala de aula, e se aproximaram por causa do amor em comum por Pokémons. Logo depois, as mães deles se tornaram amigas, quando acompanharam a turma da escola em uma excursão ao aquário, e os pais em pouco tempo seguiram o exemplo das mulheres.

Ao longo dos últimos vinte e cinco anos, os Collins e os Comer viajaram juntos nas férias. Eles comemoravam aniversários juntos, e os almoços de Natal reuniam as duas famílias — que tinham porta-retratos artesanais decorando suas casas com fotos em que os rostos radiantes de Peter e Petra se erguiam acima de alguma versão da frase MELHORES AMIGOS PARA SEMPRE.

Peter me dizia que a mulher mais linda que eu já vi na vida era *mais prima que amiga* dele.

Como bibliotecária, eu realmente deveria ter parado um pouco para me lembrar de *Mansfield Park* ou de *O morro dos ventos uivantes*, enfim, de todas essas histórias de amor e romances góticos intrincados em que os dois protagonistas, criados juntos, chegam à idade adulta e declaram amor eterno um pelo outro.

Mas não fiz isso.

Assim, aqui estou eu, sentada em um apartamento minúsculo, fuçando as redes sociais de Petra, checando cada detalhe do namoro recém-iniciado dela com o meu ex-noivo.

No cômodo ao lado, "All By Myself", na versão de Jamie O'Neal, soa alto o bastante para fazer a mesa de centro estremecer. O vizinho de porta, sr. Dorner, soca a parede em protesto.

Mal escuto, porque acabei de chegar a uma foto em que Peter e Petra estão espremidos entre os pais de ambos, à beira do lago Michigan — seis pessoas bizarramente bonitas, sorrindo com dentes bizarramente brancos, e a legenda: "As melhores coisas da vida valem a espera".

Como se aproveitasse a deixa, a música chega ao ápice.

Fecho o notebook com força e me obrigo a sair do sofá. Este prédio foi construído antes do aquecimento global, quando os moradores do norte do Michigan não tinham necessidade de ar-condicionado, mas ainda estamos em 1º de maio e o apartamento já parece um forno por volta do meio-dia.

Atravesso o corredor dos quartos e bato na porta de Miles. Ele não me ouve com Jamie O'Neal gritando. Bato com mais força.

A música para.

Escuto passos se aproximando. A porta é aberta, deixando escapar uma névoa de maconha.

Os olhos castanho-escuros do meu colega de apartamento estão vermelhos e ele não está usando nada além de uma cueca boxer e uma manta de crochê estilosa amarrada ao redor dos ombros, como uma capa tristonha. Levando em conta o forno que está nosso apartamento, só posso presumir que a função da manta é garantir a decência. Parece exagero para um homem que, ainda na noite passada, esqueceu que eu morava com ele por tempo suficiente para tomar banho com a porta do banheiro escancarada.

O cabelo cor de chocolate de Miles aponta para todas as direções. A barba está um caos. Ele pigarreia.

— E aí.

— Tá tudo bem? — pergunto, porque estou acostumada com Miles *desleixado*, mas não costumo ouvi-lo colocando a música mais triste do mundo para tocar no último volume.

— Tá — responde ele. — Tudo certo.

— Você pode abaixar a música.

— Não estou ouvindo música — retruca ele, muito sério.

— Bom, você pausou — digo, caso ele esteja chapado demais para lembrar o que aconteceu segundos atrás. — Mas é que está muito alta mesmo.

Miles coça a sobrancelha com o nó do dedo, o cenho franzido.

— Estou vendo um filme — diz. — Mas posso abaixar o som. Foi mal.

Sem me dar conta do que estou fazendo, me pego olhando por cima do ombro dele para ver melhor dentro do quarto.

Ao contrário do restante do apartamento, que estava arrumado à perfeição quando eu cheguei e continua do mesmo jeito, o quarto de Miles é um desastre. Metade dos discos dele está empilhada em cima dos engradados de leite que deveriam guardá-los. A cama está desarrumada, com o edredom e o lençol amarfanhados. Há duas camisas de flanela surradas saindo para fora das gavetas da cômoda, que ele não fechou totalmente, como pequenos fantasmas que Miles tivesse prendido ali quando estavam prestes a fugir.

Em contraste com os tons de creme e cinza que dominam meu quarto, o dele é uma confusão aconchegante de ferrugem, mostarda e verdes dos anos 70. Enquanto meus livros estão arrumados de um jeito impecável na estante e na prateleira que instalei acima da janela, os dele (bem poucos) estão jogados no chão com a capa para baixo, as lombadas rachadas.

Há manuais de aparelhos eletrônicos, ferramentas aleatórias e um saco aberto de balas de goma esparramados em cima da escrivaninha — e, no parapeito da janela, descubro um incenso queimando entre vasos de plantas surpreendentemente bem cuidadas.

Mas é a TV que chama minha atenção. Na tela, vejo a imagem de Renée Zellweger aos trinta anos, usando um pijama vermelho e se esgoelando de cantar diante de uma revista enrolada como microfone.

— Ai, meu Deus, Miles.

— Que foi?

— Você está vendo *O diário de Bridget Jones*?

— Esse filme é bom! — diz ele em voz alta, um pouco na defensiva.

— É ótimo — concordo —, mas essa cena dura, tipo, um minuto.

Miles funga.

— E?

— E por que a música está tocando há pelo menos — checo o celular — oito minutos?

Ele franze as sobrancelhas escuras.

— Precisa de alguma coisa, Daphne?

— Você pode abaixar o volume? — peço. — Todos os pratos da casa estão vibrando nos armários, e o sr. Dorner está a ponto de atravessar a parede da sala.

Outra fungada.

— Quer assistir? — convida Miles.

Ali dentro?

Há um risco grande de pegar tétano dentro desse quarto. Sem dúvida um pensamento mesquinho, mas meu estoque de generosidade se esgotou recentemente. É isso que acontece quando a pessoa com quem você imagina que vai passar o resto da vida te larga pela mulher mais bonita, mais legal e mais solar do estado do Michigan.

— Não, obrigada — digo a Miles.

Ficamos os dois parados ali. Esse é o máximo de tempo que já interagimos. Estou prestes a quebrar o recorde. Sinto a garganta coçar. Meus olhos estão ardendo.

— E você poderia, por favor, não fumar dentro de casa? — acrescento.

Eu teria pedido antes, mas tecnicamente o apartamento é do Miles. E ele me fez um enorme favor me deixando vir morar aqui.

Embora não tivesse muita opção: a namorada dele tinha acabado de se mudar daqui.

Para o *meu* apartamento.

Com o *meu* noivo.

Miles precisava que alguém assumisse a metade do aluguel que Petra pagava. E eu precisava de um lugar para dormir. Eu disse *dormir*? Melhor dizer: um lugar para chorar.

Mas já estou aqui há três semanas, e cansei de chegar à biblioteca com cheiro de quem foi trabalhar direto depois de um show da banda cover mais desconhecida do Grateful Dead.

— Eu coloco a cabeça pra fora da janela — diz Miles.

— Quê.

Na mesma hora imagino um labrador chocolate andando de carro, a boca aberta e os olhos estreitados contra o vento. As poucas vezes que Miles e eu nos encontramos antes de tudo isso, em saídas de casais com nossos antigos parceiros que agora formam um novo casal, era isso que ele me lembrava. Miles era simpático, magro e forte, com um nariz arrebitado que o fazia parecer um pouco travesso, e dentes que por algum motivo pareciam perfeitos *demais* em contraste com a barba por fazer.

Os acontecimentos das últimas três semanas o deixaram com uma aparência ligeiramente selvagem — como um labrador mordido por um lobisomem e depois jogado em um abrigo. Para ser sincera, consigo me identificar.

— Eu coloco a cabeça pra fora da janela quando fumo — esclarece ele.

— Tudo bem — digo. Isso é tudo o que eu consigo. Viro para me afastar.
— Tem certeza que não quer ver o filme? — pergunta Miles.

Ai, Deus.

A verdade é que Miles parece ser um cara legal. Legal de verdade! E imagino que o que ele está sentindo neste momento se compare à minha ruína emocional. Eu até *poderia* aceitar o convite dele, me sentar em sua cama desarrumada e assistir a uma comédia romântica enquanto absorvo um quilo de maconha pelos poros. Talvez fosse até bom fingir por um tempo que somos amigos, e não estranhos presos no mesmo pesadelo que é o fim de um relacionamento.

Mas tenho coisa melhor para fazer com a minha noite de quarta-feira.

— Talvez outra hora — digo.

Então, volto para o computador, para continuar a procurar um novo emprego, bem longe de Peter e Petra, bem longe de Waning Bay, Michigan.

Eu me pergunto se a Antártida estaria precisando de uma bibliotecária infantil.

Cento e oito dias e estarei fora daqui.

2

ABRIL ANTERIOR

ANTES DE EU SABER QUE PRECISAVA IR EMBORA

É ASSIM QUE a história continua quando sou eu que estou contando: Peter Collins e eu nos apaixonamos um dia no parque, quando o vento arrancou o chapéu que eu estava usando.

Sou provavelmente a pior pessoa do mundo para bater papo, mas Peter não queria jogar conversa fora.

Quando eu contei que o chapéu tinha sido um presente da minha mãe, ele quis saber se nós duas éramos próximas, onde ela morava, qual tinha sido o motivo do presente e, a propósito, *Parabéns, você gosta de fazer aniversário?* E quando eu respondi: *Obrigada, e, sim, eu gosto*, Peter logo adiantou que também gostava, que a família dele sempre tinha tratado aniversários como grandes conquistas pessoais, em vez de simples marcadores de tempo. E quando eu comentei que isso parecia lindo, tanto os aniversários quanto a família dele, Peter falou: *Eles são a razão pela qual eu sempre desejei ter uma família grande um dia*, e àquela altura eu já estava entregue, mesmo se ele não tivesse me perguntado na mesma hora, como se não houvesse lixo pendurado no meu cabelo castanho: *E você? Quer ter uma família grande?*

Os namoros até eu completar trinta anos tinham sido um inferno. Esse era o tipo de pergunta que eu normalmente faria pouco antes de o cara do outro lado da linha desaparecer sem deixar vestígios. Como se eu estivesse fazendo um convite formal: *Vamos pular a parte de tomar um drinque e quem sabe já congelar logo alguns embriões, só para garantir?*

Peter era diferente. Estável, determinado, prático. O tipo de pessoa em quem eu conseguia me imaginar confiando, o que não era natural para mim.

Cinco semanas depois daquele dia no parque, já estávamos morando juntos, tendo sincronizado nossa vida, nosso grupo de amigos e nossa agenda. Na primeira festa de arromba que organizei no aniversário de Peter, Cooper, o melhor amigo dele, e Sadie, minha melhor amiga, se encantaram um com o outro e também começaram a namorar.

Um ano depois, Peter me pediu em casamento. Eu aceitei.

Um ano depois disso, enquanto organizávamos o casamento, começamos a procurar uma casa para comprar. Os pais de Peter, duas das pessoas mais fofas que eu já conheci, mandaram para ele o anúncio de uma linda casa antiga, não muito longe da deles, na cidade à beira do lago Michigan onde ele havia crescido.

Peter sempre teve vontade de voltar a morar lá, e, agora que seu emprego de desenvolvedor de software era remoto, nada o impedia.

Minha mãe morava em Maryland àquela altura. Meu pai — que supermerece aspas de ironia nessa designação — morava no sul da Califórnia. Sadie e Cooper estavam avaliando a possibilidade de se mudar para Denver.

E, por mais que amasse o meu trabalho em Richmond, o que eu mais queria — o que eu *sempre* quis — era ser uma bibliotecária que trabalha com *crianças*, e por incrível que pareça a biblioteca pública de Waning Bay estava procurando alguém para preencher exatamente essa vaga.

Assim, compramos a casa no Michigan.

Bom, *Peter* comprou a casa. Eu tinha um péssimo histórico de crédito e economias bem magras. Ele pagou a entrada *e* insistiu em assumir as parcelas da hipoteca.

Peter sempre tinha sido bastante generoso, mas aquilo me pareceu excessivo. Sadie não entendia meu escrúpulo — *Eu deixo o Cooper pagar literalmente tudo*, ela falou, *afinal ele ganha muito mais do que eu* —, mas Sadie não tinha sido criada por Holly Vincent.

Não havia como minha mãe durona e hiperautossuficiente aprovar uma dependência tão completa em relação ao meu noivo, então eu também não aprovava.

Assim, Peter propôs um acordo: eu mobiliaria a casa, acrescentando aos poucos novas peças às que levaríamos de Richmond, enquanto ele ficaria responsável pelas contas.

A maior parte dos amigos de Peter que moravam mais longe tinha empregos legais em boas empresas e podia arcar com as despesas do deslocamento para a despedida de solteiro dele — além da viagem que já teriam que fazer para o casamento. Por outro lado, Sadie e o restante dos meus amigos eram na maioria bibliotecários também — ou trabalhavam em livrarias, ou eram aspirantes a escritores — e não poderiam bancar as duas viagens. Sadie e Cooper chegariam a Richmond poucos dias antes da cerimônia, no verão, e aí faríamos a minha despedida de solteira.

Então, três semanas atrás, no início de abril, Peter partiu para a sua Noite no Centro da Cidade e eu fiquei lendo na nossa nova casa vitoriana com paredes amarelo-manteiga. Nas primeiras paradas da noite, ele me mandou mensagens com fotos fofas do grupo. O irmão dele, Ben, que tinha vindo de Grand Rapids, o amigo do ensino médio, Scott, com quem eu *finalmente* tinha conseguido criar um vínculo quando li os primeiros quatro livros da série *Duna*, além de alguns amigos de

Richmond. Estavam todos com os braços passados nos ombros uns dos outros, e Peter bem no centro — em todas as fotos — com a deusa alta e esguia, de cabelo platinado e olhos de gata, que também era a melhor amiga dele, Petra Comer.

O namorado de Petra, Miles, *não* tinha sido convidado para a despedida de solteiro. Peter não *odiava* Miles. Só não considerava o cara bom o bastante para sua amiga, porque Miles é um maconheiro sem diploma universitário.

Petra *também* é uma maconheira sem diploma universitário, mas acho que as coisas são diferentes quando você é uma mulher linda, com uma família pitoresca e uma conta bancária recheada. Nesse caso você não é uma maconheira, e sim um *espírito livre*.

Outra coisa que deve ser mencionada, mesmo contra a minha vontade: Petra é gente boa demais.

Ela é aquela mulher que imediatamente se torna íntima de todo mundo, de um jeito que faz a pessoa se sentir escolhida. Está sempre pegando você pelo braço, rindo das suas piadas, sugerindo que você experimente o gloss dela quando está com você no banheiro, depois insistindo para você ficar com ele, porque "combina mais com você".

De verdade, eu não queria sentir ciúme dela. Fazia sentido Petra participar da despedida de solteiro de Peter. Ela era a melhor amiga dele. Fazia sentido eu *não* participar. É assim que funcionam tradições antiquadas.

Eu tinha planejado ficar acordada até poder enfiar um copo d'água e um analgésico na mão de Peter quando ele chegasse bêbado em casa, mas acabei cochilando no sofá.

Acordei assustada ao ouvir a porta da frente sendo destrancada, a sala já inundada de sol, por isso vi claramente a surpresa no rosto de Peter ao me encontrar ali.

Parecia que ele havia se deparado com uma mulher que invadira a casa e cozinhara seu coelhinho de estimação, e não com a noiva amorosa encolhida no sofá. Mesmo assim, as campainhas de alarme não soaram para mim.

Era difícil me sentir alarmada demais com Peter por perto, parecendo a representação menos criativa possível do arcanjo Miguel. Um metro e noventa e três de altura, cabelo dourado, olhos verdes e um nariz romano forte.

Não que eu faça ideia do que seja um nariz romano. Mas, sempre que um romance histórico menciona um, eu penso no de Peter.

— Você chegou — falei com a voz rouca de sono e me levantei para abraçá-lo.

Peter ficou rígido no meu abraço e eu me afastei, as mãos ainda unidas em sua nuca. Ele pegou meus pulsos, se desvencilhando do meu toque, e segurou minhas mãos no meio de nós dois.

— Podemos conversar um instante? — perguntou.

— É claro? — respondi como se fosse uma pergunta. E era.

Ele foi comigo até o sofá e me colocou sentada. Então, até onde pude perceber, duas placas tectônicas devem ter colidido, porque o mundo pareceu dar uma guinada, e meus ouvidos começaram a zumbir tão alto que só consegui distinguir algumas partes do que Peter estava dizendo. Nada daquilo podia ser verdade. Não fazia sentido.

Bebemos demais...

Todo mundo foi embora, mas nós ficamos lá para esperar passar um pouco o efeito da bebida...

Uma coisa levou a outra e...

Deus, eu sinto tanto. Não queria te magoar, mas...

— Você me traiu? — perguntei finalmente em uma voz fraca e aguda, enquanto ele estava no meio de outra frase indecifrável.

— Não! — falou Peter. — Quer dizer, não foi desse jeito. Nós estamos... Ela disse que está apaixonada por mim, Daphne. E eu me dei conta de que sinto a mesma coisa. Estou apaixonado. Por ela. Cacete, desculpa.

Mais alguns pedidos de desculpa.

Mais alguns zumbidos no ouvido.

Mais alguns clichês.

Não. Não, ele não tinha me traído? Não, ele só havia confessado que amava uma pessoa que *não* era eu? Tentei juntar as peças do quebra-cabeça, mas elas não se encaixavam. Cada frase que Peter dizia era incompatível com a anterior.

Finalmente meus ouvidos captaram alguma coisa que pareceu importante, se ao menos eu conseguisse encontrar um contexto para aquilo: *uma semana*.

— Uma semana? — falei.

Ele assentiu.

— Ela está me esperando agora, para a gente sair daqui. Para não ficarmos no seu caminho enquanto você assimila tudo.

— *Uma semana* — repeti, ainda sem entender.

— Eu dei uma pesquisada na internet.

Peter se inclinou para a frente no sofá, tirou um pedaço de papel dobrado do bolso de trás da calça e me entregou.

Alguma parte verdadeiramente iludida de mim achou que seria um bilhete de desculpas, uma carta de amor que tornaria tudo aquilo... não *tranquilo*, mas ao menos algo que pudesse ser *salvo*.

Em vez disso, me vi segurando uma lista impressa de anúncios de apartamentos para alugar.

— Você vai se mudar? — perguntei em um arquejo.

Um rubor profundo atingiu o pescoço e o rosto de Peter, e seus olhos se voltaram na direção da porta.

— Bom... não — falou ele por fim. — A casa está no *meu* nome, então...

Ele se interrompeu e ficou esperando que eu preenchesse a lacuna.

E aí eu entendi.

— Porra, você só pode estar brincando comigo, né, Peter? — Eu me levantei de um pulo. Não me sentia magoada naquele momento. Isso viria mais tarde. Na hora, só senti raiva.

Ele também se levantou, erguendo as sobrancelhas em direção à linha perfeita do cabelo.

— Não era a nossa intenção que isso acontecesse.

— É claro que ela tinha essa intenção, Peter! Que merda! A Petra teve vinte e cinco anos para confessar que estava apaixonada por você e escolheu *a última noite*!

— Ela não tinha percebido — falou ele, saindo em defesa dela. Protegendo *Petra* da explosão daquele desastre emocional, enquanto eu ficava ali tendo que contar só comigo mesma. — Só percebeu quando se deu conta de que ia me *perder*.

— Você me trouxe pra cá! — Eu estava quase gritando. No fim, minha voz saiu como uma espécie de risada transtornada. — Deixei os meus amigos pra trás. O meu apartamento. O meu trabalho. A minha *vida toda*.

— Estou me sentindo tão mal — disse ele. — Você não tem ideia.

— Eu não tenho ideia de como *você* está se sentindo mal? Para onde eu vou?

Ele indicou a folha de papel com os anúncios de aluguel, agora no chão.

— Escuta — falou. — Nós vamos sair da cidade para te dar espaço pra se organizar. Só vamos voltar no domingo.

Nós.

Voltar.

Ah.

Ah, Deus.

A questão não era simplesmente eu ser obrigada a sair da casa.

Ela iria se mudar para lá. Depois de eles voltarem de uma viagem sexy de casal em início de namoro — que estava sendo vendida para mim como um ato de bondade em meu benefício. Quase perguntei para onde eles iam, mas a última coisa que eu precisava era de uma imagem mental de Peter e Petra se beijando diante da Torre Eiffel.

(Errado. Mais tarde eu soube que eles tinham se beijado ao longo de toda a Costa Amalfitana.)

— Eu sinto muito, de verdade, Daph — falou Peter, e se inclinou para dar um beijo na minha testa, como se fosse uma espécie de figura paterna benevolente, que lamentava ter que partir para a guerra a fim de cumprir seu dever.

Eu o empurrei para longe e os olhos dele se arregalaram em uma expressão de choque por um segundo. Então Peter assentiu, muito sério, e se encaminhou para a porta sem levar nada. Como se tivesse tudo de que precisava e nem um cisco disso estivesse dentro daquela casa.

Quando a porta se fechou, foi como se alguma coisa se rompesse dentro de mim.

Peguei um dos potes enormes de amêndoas confeitadas que a sra. Collins havia comprado em sua última ida ao atacado, para serem distribuídas no casamento, e corri para fora, ainda usando o pijama de seda que Peter tinha me dado de presente no último Natal.

Ele olhou por cima do ombro, os olhos arregalados ao me ver, enquanto ocupava o banco do passageiro do Jeep sem capota de Petra. Ela não olhou para mim.

— Seu babaca desgraçado! — Arremessei um punhado de amêndoas confeitadas nele.

Peter deu um grito. Joguei mais um punhado na traseira do Jeep. Petra arrancou com o carro.

Desci correndo atrás deles pela entrada de carros, então joguei o pote inteiro de amêndoas no Jeep. Ele acertou uma das rodas e rolou até a lateral da rua, enquanto os dois partiam em direção ao pôr do sol.

Ao nascer do sol. Que seja.

— Para onde eu vou? — perguntei debilmente enquanto afundava na grama molhada de orvalho do nosso pátio da frente... do pátio da frente *deles*.

Fiquei ali, olhando para a rua, por cerca de dez minutos. Então voltei para dentro e chorei tanto que talvez tivesse vomitado... se não tivesse esquecido de comer na noite anterior. Eu não era grande coisa na cozinha, e além disso Peter era extremamente cuidadoso com sua dieta. Pouco carboidrato, bastante proteína. Procurei alguma coisa nos armários mal abastecidos da cozinha e comecei a preparar um macarrão com queijo de caixinha.

Então, alguém bateu na porta.

Tola que sou, meu único palpite foi que Peter tinha voltado. Que ele não conseguira ir além do aeroporto, em que uma súbita clareza o fizera voltar correndo para casa, para mim.

Quando abri a porta, porém, encontrei Miles, os olhos vermelhos de chorar, ou de fumar, brandindo como se fosse um forcado, ou talvez uma bandeira de rendição, um bilhete de três frases que Petra tinha deixado para ele na mesa de centro da casa que dividiam.

— Ela está aqui? — perguntou ele, a voz embargada.

— Não. — Eu estava entorpecida. — Joguei umas amêndoas confeitadas em cima deles, e os dois foram embora de carro.

Miles assentiu, a tristeza marcando seu rosto, como se soubesse exatamente o que isso significava — e não era nada bom.

— Merda — falou, rouco, e deixou o corpo escorregar pelo batente da porta.

Engoli um nó na garganta que parecia feito de arame farpado. Ou talvez estivesse engolindo uma dose do senso prático da família Vincent que tinha herdado da minha mãe, aquela velha habilidade familiar de usar as emoções negativas como combustível para Fazer. O. Que. Precisa. Ser. Feito.

— Miles — falei.

Ele ergueu os olhos, a expressão arrasada, mas com um pouco de esperança visível em algum lugar entre as sobrancelhas. Como se achasse que eu ia anunciar que toda aquela história tinha sido uma pegadinha muito engraçada e nada sociopata.

— Quantos quartos tem no seu apartamento? — perguntei.

3

SÁBADO, 18 DE MAIO

91 DIAS ATÉ EU PODER IR EMBORA

Para falar a verdade, Miles Nowak é um bom colega de apartamento.

Tirando os convites ocasionais para ver um filme ou as mensagens perguntando se eu preciso de alguma coisa do mercado, ele me deixa na minha. Depois do meu pedido de que só fumasse do lado de fora, Miles deve mesmo ter parado de apenas *colocar a cabeça pra fora da janela*, porque faz semanas que eu não sinto cheiro de maconha no corredor. Também não ouvi mais os lamentos da música de Jamie O'Neal. Na verdade, Miles parece estar muito bem. Eu jamais teria imaginado que ele é um homem recém-saído de um término horroroso de relacionamento se não tivesse visto o rosto dele seis semanas atrás, no dia em que tudo aconteceu.

Sem precisar falar a respeito, organizamos um esquema de uso do banheiro que funciona bem. Ele é um cara noturno, e eu costumo já estar de pé por volta das seis e meia ou sete da manhã, não importa se vou trabalhar no primeiro turno da biblioteca ou não. E, como Miles raramente está em casa, nunca deixa pilhas de pratos sujos "de molho" na pia.

Mas o apartamento em si é minúsculo. O meu quarto é pouco mais que um armário grande.

Na verdade, Petra usava esse quarto como closet quando morava aqui. Um ano atrás, essas dimensões mínimas não teriam sido problema.

Desde que me entendo por gente, sempre fui uma minimalista convicta. Depois que meus pais se separaram, minha mãe e eu nos mudamos várias vezes, aproveitando oportunidades de ascensão profissional no banco em que ela trabalhava, e depois, mais à frente, no qual ajudava a abrir novas filiais. Nunca contratamos empresas de mudança, só contávamos com a ajuda de algum cara que estivesse tentando sair com minha mãe na época — sem sucesso —, por isso aprendi a viajar com pouca bagagem.

Transformei em uma forma de arte a capacidade de ter o mínimo de coisas necessárias. Ajudava eu ter sido uma criança que vivia na biblioteca e não tinha toneladas de livros cheios de anotações. Livros eram a única coisa que despertava minha gula, mas eu não me importava tanto em tê-los, mais em absorver seu conteúdo.

Uma vez, antes de mudar de escola no ensino médio, convenci minha mãe a fazer uma fogueira cerimonial com todas as provas e trabalhos escolares em que eu havia tirado a nota máxima e que, até aquele momento, estavam presos na porta da geladeira. Acendemos a pequena lareira a gás na sala de estar — a *única* coisa daquele apartamento com cheiro de mofo que ambas concordávamos que sentiríamos falta — e eu comecei a jogar os papéis ali dentro.

Foi a primeira vez que vi minha mãe chorar. Ela era minha melhor amiga e minha pessoa favorita no mundo, mas não era uma mulher *emotiva*. Sempre pensei na minha mãe como uma pessoa totalmente invulnerável.

Mas naquela noite, vendo minha velha prova de física escurecer e se enrugar, seus olhos ficaram marejados e ela disse com a voz embargada:

— Ah, Daph. O que vai ser de mim quando você for embora para a universidade?

Eu me aconcheguei mais a ela, que passou os braços ao redor dos meus ombros.

— Você ainda vai ser você — falei. — A melhor mãe do planeta.

Ela deu um beijo na minha cabeça e disse:

— Às vezes eu penso que gostaria de ter guardado mais coisas suas.

— São só coisas — lembrei, repetindo o que ela mesma dizia como um lema.

Eu havia aprendido que a vida é como uma porta giratória. A maior parte das coisas que entra por ela só permanece ali por um tempo.

Os homens, tão decididos a provar seus sentimentos pela minha mãe, acabavam desistindo e seguindo o caminho deles. Os amigos da última escola, que tinham prometido escrever, sumiam da minha vida em um ou dois meses. O garoto que ligava todo dia depois de uma noite mágica de verão na sorveteria voltava para a escola no outono de mão dada com outra pessoa.

Não havia por que me apegar a algo que não era realmente meu. Minha mãe era a única coisa permanente na minha vida, a única coisa que importava.

Quando ela me colocou em um avião para me mandar para a universidade, nenhuma de nós duas chorou. Em vez disso, nos abraçamos por tanto tempo e com tanta força que, mais tarde, descobri uma mancha roxa no meu ombro. Todo o meu guarda-roupa de peças básicas em cores sólidas cabia em uma mala, e tínhamos despachado o tapete de juta que encontramos em uma liquidação, junto com uma caneca, uma tigela, um conjunto de talheres e uma panela elétrica que minha mãe brincava que me permitiria preparar todas as minhas principais fontes de alimento: chá, macarrão de caixinha e miojo.

As coisas permaneceram desse jeito por dois estados e cinco apartamentos. Em todo esse tempo, consegui acumular pouquíssima tralha.

Então, Peter e eu nos mudamos para a casa de Waning Bay, com a varanda que circundava a construção toda. Naquele dia, ele me carregou no colo e atravessou a porta da frente comigo, então disse as palavras mágicas que mudariam para sempre o meu coração minimalista.

Bem-vinda ao lar, Daphne.

Do nada, algo em mim relaxou, e minhas partes mais sentimentais se derramaram para além dos limites que eu mantinha cuidadosamente erguidos até ali.

Até aquele momento, eu tinha carregado a minha vida como uma trouxinha pendurada na ponta de um cabo de vassoura, uma bagagem pequena e contida que eu podia pegar e levar embora em um estalar de dedos. E nunca soube do que — ou para onde — eu estava correndo até Peter dizer essa frase.

Lar. A palavra acendeu uma faísca no meu peito. Ali estava a permanência pela qual eu vinha esperando. Um lugar que pertenceria a nós dois. E, sim, a disparidade na situação financeira de cada um complicava aquela noção de propriedade, mas, enquanto Peter pagava as contas, eu podia me concentrar em deixar a casa aconchegante.

Meu minimalismo foi jogado pela janela.

Agora, todas aquelas *coisas* — móveis para encher uma casa de três quartos — estavam enfiadas no quarto de hóspedes de Miles. Móveis que ocupavam o cômodo de parede a parede, um em cima do outro, com almofadas cobrindo minha cama inteira, como se eu fosse uma espécie de vilã desequilibrada de Stephen King, capaz de algemar alguém à cabeceira e manter a pessoa ali até ela morrer.

Eu devia ter deixado toda essa porcaria para trás, mas me sentia culpada demais com tanto dinheiro gasto mobiliando e decorando uma casa que nem era minha.

E ainda havia a parafernália do casamento, que eu tinha enfiado em todos os armários do apartamento, o vestido caro demais pendurado do lado de dentro de uma porta de correr laminada — um coração revelador, um retrato de Dorian Gray, um segredo sombrio.

Na teoria, vou vender o vestido e o restante das coisas pela internet, mas fazer isso exigiria *pensar* sobre o casamento, e ainda não cheguei a esse ponto.

Na verdade, passo as primeiras sete horas do meu turno de sábado de manhã na biblioteca afastando qualquer pensamento sobre o Casamento que Nunca Aconteceu.

Então, meu celular vibra em cima da mesa indicando a chegada de uma mensagem do Miles: vc tá trabalhando

É assim que ele escreve mensagens. Cheias de abreviações, com muito pouco contexto e sem nenhuma pontuação.

Miles está me perguntando se estou trabalhando ou está afirmando isso? Nenhuma das duas possibilidades faz sentido. Mantenho um quadro de avisos na cozinha com uma agenda detalhada, em que ele pode ver claramente onde eu vou estar e quando. Comparo a agenda da cozinha toda noite com a do meu celular e já convidei Miles a acrescentar seus compromissos ali, mas ele nunca se animou.

Sim, respondo.

Outra mensagem dele: Quer tailandês

Imagino que haja outro ponto de interrogação implícito ali, embora não esteja claro se ele está perguntando porque quer pedir comida tailandesa para o jantar ou se é mais uma questão existencial.

Não, obrigada, escrevo. Todo dia, no meu horário de almoço, vou até um dos três food trucks na praia do outro lado da rua. Sábado é dia de burrito, por isso sei que vou ficar com a barriga cheia por horas.

Blz, diz Miles.

Então, ele começa a digitar de novo e para. Eu me pergunto se pretende me sondar para que eu me ofereça para comprar a mencionada comida tailandesa no caminho de volta para casa.

Mais alguma coisa?, pergunto.

Ele responde: **Te vj em casa.**

Estranho. Aos sábados, quando eu chego, Miles costuma estar enfiado no quarto dele ou já ter saído para a noite. O celular vibra de novo, mas é só meu alerta dez minutos antes da Hora da História. Pego o material que vou usar e sigo para o Cantinho da História, uma sala rebaixada nos fundos da biblioteca. As crianças e seus cuidadores já estão reunidos na pequena arena, esparramados em trechos do carpete ou em tapetes de ginástica muito desinfetados. Alguns cuidadores mais velhos — avós ou bisavós — se acomodam nas cadeiras fundas arrumadas ao redor do espaço de leitura, e os frequentadores mais assíduos já estão se cumprimentando.

As janelas que ocupam a parede dos fundos da biblioteca banham o cantinho de sol, e consigo até adivinhar quem vai estar cochilando quando chegarmos ao segundo livro.

Ao me aproximar, um coro de vozes infantis se ergue, gritando "srta. Daffy!" e outras versões erradas e adoráveis do meu nome. Tenho a sensação de que meu coração vai derreter.

Uma garotinha anuncia quando eu passo:

— Tenho três anos!

Digo que isso é incrível e pergunto quantos anos ela acha que eu tenho. Depois de pensar por algum tempo, ela me diz que sou uma adolescente.

Na semana passada, a mesma garotinha disse que eu tinha cem anos, por isso encaro a resposta de hoje como uma vitória. Antes que eu possa responder, um menino de quatro anos chamado Arham — que eu literalmente *nunca* vi sem sua fantasia do Homem-Aranha — se joga em cima de mim e abraça meus joelhos.

Por pior que esteja o meu humor, a Hora da História sempre ajuda.

— Meu amor — chama Huma, a mãe de Arham, e se adianta para fazê-lo me soltar antes que a gente desabe no chão.

— Quem aqui gosta de dragões? — pergunto, e recebo aplausos quase unânimes.

Há muitas famílias legais que se tornaram frequentadoras assíduas da biblioteca desde que comecei a trabalhar aqui, um ano atrás, mas Huma e Arham estão entre os meus favoritos. Ele tem energia e imaginação inesgotáveis, e ela domina a arte de manter regras firmes sem sufocar o espírito excêntrico do filho. Sempre que vejo os dois, meu coração se aperta um pouquinho.

Me faz sentir saudade da minha mãe.

Me faz sentir saudade da vida que eu achava que teria com Peter e com o restante dos Collins.

Afasto da mente a onda de melancolia que ameaça envolvê-la e me acomodo na minha cadeira com o primeiro livro de hoje no colo.

— E taco? — pergunto às crianças. — Alguém gosta de comer taco?

Por algum motivo, elas mostram ainda mais entusiasmo por tacos do que por dragões. Quando pergunto se elas sabiam que dragões adoram taco, os gritinhos são ensurdecedores. Arham pula e a sola dos tênis que está usando cintila uma luz vermelha enquanto ele grita:

— Dragões comem pessoas!

Digo a ele que alguns talvez até façam isso, mas outros simplesmente comem taco, e essa é a melhor deixa para já começar a ler *Os dragões adoram tacos*, de Adam Rubin, ilustrado por Daniel Salmieri.

A Hora da História é a parte da minha semana que passa mais rápido. Fico tão envolvida no que estou fazendo que normalmente só lembro que estou no trabalho quando fecho o último livro do dia.

Como eu previa, a energia que me recepcionou foi sendo consumida com o passar do tempo, e a maior parte das crianças já está sonolenta no fim da sessão, prontas para irem para casa, a não ser por uma das trigêmeas Fontana, tão cansada que faz birra enquanto a mãe tenta ir embora com ela e os irmãos.

Aceno para me despedir dos últimos participantes, então começo a arrumar o cantinho de leitura, desinfetando tapetes, juntando o lixo e devolvendo livros abandonados para o balcão da frente, para que sejam acomodados em suas prateleiras.

Ashleigh, a bibliotecária responsável pelo planejamento e pelos clientes adultos, sai do escritório nos fundos da biblioteca, com a enorme bolsa de matelassê pendurada no ombro e o cabelo muito preto e brilhante preso em um coque meio torto.

Apesar de ser uma mulher de um metro e cinquenta, corpo estilo ampulheta e olhos de princesa da Disney, Ashleigh é a encarnação do estereótipo da bibliotecária assustadora. A voz dela tem a força de um objeto cortante, e já ouvi de sua boca que ela "não tem problema com conflitos", em um tom que me fez questionar se nós duas já *estávamos* em um. Ela é a pessoa que nosso gerente, Harvey, coloca em ação sempre que um cliente difícil precisa de uma mão firme.

No meu primeiro turno trabalhando com Ashleigh, um cara de meia-idade com o rosto sujo de molho se aproximou, os olhos fixos nos seios dela, e disse:

— Sempre tive uma queda por garotas *exóticas*.

Sem sequer erguer os olhos do computador, Ashleigh respondeu:

— Isso é inapropriado, e se falar desse jeito comigo de novo vou ter que expulsá-lo daqui. Quer que eu imprima alguns textos sobre assédio sexual?

Diante disso, eu admiro e temo Ashleigh em igual medida.

— Você pode trancar tudo? — pergunta ela agora, enquanto manda uma mensagem no celular. Outra característica de Ashleigh: ela está sempre atrasada, e normalmente vai embora um pouco antes do seu horário de saída. — Tenho que pegar o Mulder no taekwondo.

Sim, o filho dela foi batizado em homenagem ao personagem de David Duchovny na série *Arquivo X*.

E, sim, cada vez que me lembro disso eu morro um pouco.

Hoje já tenho idade para ter filhos sem que ninguém se escandalize com isso.

Caramba, já tenho idade para ter uma filha chamada Renesmee participando de uma escolinha de futebol, esperando a sua vez de chutar a bola para o lado errado, depois sentando no meio do campo para tirar as chuteiras.

Em vez disso, sou uma mulher solteira e sem vínculos, morando em uma cidade em que só conheço meus colegas de trabalho e os amigos e a família do meu ex-noivo.

— Daphne? — chama Ashleigh. — Você tá bem?

— Tô — respondo. — Pode ir.

Ela assente em despedida. Dou uma última volta pela biblioteca, apagando as luzes fluorescentes no caminho.

No carro, indo para casa, ligo para minha mãe do viva-voz. Como ela anda muito ocupada com o crossfit, o clube de leitura e as aulas de pintura de vitrais que começou a fazer, optamos por ligações mais frequentes e mais curtas nos últimos tempos, em vez das conversas de horas que costumávamos ter duas vezes por mês.

Conto a ela como está indo a organização do evento de arrecadação de fundos para a biblioteca, no fim do verão (daqui a noventa e um dias). Ela me conta que agora consegue levantar pesos de setenta quilos. Comento sobre o cliente de setenta anos que me convidou para dançar salsa, e ela me fala do treinador de vinte e oito que vive tentando encontrar motivos para trocar telefone com ela.

— Levamos vidas muito semelhantes — penso alto, enquanto estaciono junto ao meio-fio.

— *Quisera eu.* Se eu achasse que o Kelvin quer me levar para dançar salsa, talvez tivesse aceitado — diz ela.

— Bom, vai ser um prazer te passar o telefone do cara, mas esteja avisada que a minha colega, a Ashleigh, chama ele de *Stanley Mão Boba*.

— Quer saber? Eu passo — responde ela. — E vou mandar um spray de pimenta pra você.

— Ainda tenho aquele que você me deu quando comecei a faculdade — falo. — A não ser que já esteja vencido.

— Deve ficar mais eficiente com o tempo — comenta minha mãe. — Estou quase chegando à reunião do clube de leitura. E você?

Abro a porta do carro.

— Acabei de chegar em casa. Segunda-feira no mesmo horário?

— Por mim tá ótimo.

— Te amo — digo.

— Te amo mais — responde ela rapidamente, então desliga antes que eu possa discutir, como faz desde que eu me conheço por gente.

O apartamento de Miles fica no terceiro andar de um antigo armazém com paredes de tijolos, nos limites de Waning Bay, em um bairro chamado Butcher Town, algo como "vila dos açougueiros". Presumo que ali provavelmente ficavam os frigoríficos da cidade, mas nunca procurei no Google para confirmar, por isso não tenho certeza — talvez o bairro tenha sido batizado em homenagem a algum serial killer das antigas.

Após subir as escadas até a porta da frente, estou grudando de suor. Entro, pouso a bolsa na mesa e tiro o cardigã antes de descalçar os sapatos. Então, comparo a agenda do meu celular com o que está listado no quadro branco da cozinha. A única coisa que mudou desde a noite passada é que eu aceitei mediar o clube de leitura Adrenalina e Assassinatos na quinta-feira, enquanto Landon, que trabalha como assistente na biblioteca e costuma assumir essa função, se recupera de um tratamento de canal.

Anoto a hora e a data do clube de leitura no quadro branco, depois encho um copo com água gelada. Enquanto bebo, sigo em direção à sala. Vejo um movimento súbito de canto de olho e levo um susto tão grande que solto um grito e derrubo metade da água no tapete.

Mas é só Miles. Deitado de bruços no sofá. Ele geme sem nem levantar o rosto da almofada. A mobília do apartamento foi pensada apenas para o conforto, não tem nenhum sex appeal.

— Parecia que você estava morto — comento enquanto me aproximo.

Ele resmunga alguma coisa.

— O quê? — pergunto.

— Eu disse *Quem me dera* — volta a resmungar Miles.

Vejo a garrafa de rum com sabor de coco em cima da mesa e a caneca vazia ao lado.

— Dia difícil?

Fui pega desprevenida pelo incidente da *Bridget Jones* três semanas atrás, mas agora é quase um alívio ver Miles aparentando estar tão arrasado quanto me senti durante o último mês e meio.

Sem erguer o rosto, ele tateia pela superfície da mesa de centro até pegar um papel e levanta a mão.

Eu me aproximo e agarro o cartão grande e quadrado, impresso em papel off-white. Na mesma hora, Miles deixa o braço cair ao lado do corpo. Começo a ler o que está escrito em letras elegantes no cartão.

Jerome & Melly Collins
e
Nicholas & Antonia Comer
têm o prazer de convidar
para a celebração do casamento de seus filhos,
Peter & P...

— NÃO. — Jogo o convite longe, como se fosse uma cobra.

Uma cobra que *também* devia estar pegando fogo, porque de repente me sinto muito, muito quente. Ando alguns passos, me abanando com as mãos.

— Não — repito. — Isso não pode ser verdade.

Miles se senta com as pernas esticadas no sofá.

— Ah, é verdade. Você também recebeu.

— Por que *diabo* eles iriam convidar a gente? — pergunto, furiosa. Com ele, com eles, com o universo.

Miles se inclina para a frente e serve mais rum na caneca, enchendo até a borda. Então, estende a caneca para mim. Quando recuso com um movimento de cabeça, ele vira todo o conteúdo de uma vez e serve um pouco mais.

Pego o convite de novo, meio esperando descobrir que meu cérebro se confundiu e que aquilo na verdade é o cardápio de delivery de algum restaurante.

Mas não é.

— Vai ser em setembro, no fim de semana do Dia do Trabalho! — digo com a voz aguda e jogo o convite longe de novo.

— Eu sei — diz Miles. — Eles não ficaram satisfeitos de estragar a nossa vida. Tiveram que estragar um feriado legal também. Provavelmente não vou nem decorar a casa este ano.

— Estou dizendo que vai ser *neste* Dia do Trabalho — continuo. — Tipo... um mês depois da data em que seria o *nosso* casamento.

Miles ergue os olhos para mim, e vejo preocupação sincera em seu rosto.

— Daphne — diz ele. — Acho que esse bonde partiu no momento em que ele trepou com a minha namorada, aí levou ela para a Itália por uma semana pra não precisar ajudar você a fazer as malas.

Estou hiperventilando agora.

— Por que eles vão se casar tão rápido? O nosso noivado durou, tipo, dois anos.

Miles encolhe os ombros enquanto bebe mais rum.

— Talvez ela esteja grávida.

O prédio parece girar. Eu me deixo afundar no sofá, bem em cima das canelas de Miles. Ele volta a encher a caneca e, dessa vez, quando a estende para mim, eu viro a bebida em um único gole.

— Ai, meu Deus — digo. — Isso é horrível.

— Eu sei. Mas é a única bebida forte que eu tenho em casa. Quer mudar para vinho?

Olho para ele.

— Eu não vejo você como o tipo de cara que bebe vinho.

Ele me encara sem expressão.

— Que foi? — pergunto.

Seus olhos, que parecem ligeiramente embriagados, se estreitam um pouco mais.

— Não sei dizer se você está brincando ou não.

— Não? — respondo.

— Eu trabalho em uma vinícola, Daphne — diz Miles.

— Desde *quando*? — pergunto, incrédula.

— Faz sete anos. O que você *achava* que eu fazia?

— Sei lá. Achei que você fosse entregador.

— Por quê? — Ele balança a cabeça. — Com base em *quê*?

— Não sei! Posso só tomar uma taça de vinho?

Miles puxa as pernas que estão embaixo de mim, se levanta e vai até a cozinha. Pelo espaço entre o balcão e os armários da parte de cima, eu o vejo procurar em um armário que percebo que nunca abri. Não consigo distinguir muito de onde estou, mas dá para ver que está cheio de garrafas elegantes: vinhos brancos, rosé, tintos. Ele escolhe duas garrafas, então volta e se joga no sofá ao meu lado, enquanto pega um chaveiro com saca-rolhas que traz preso no passador de cinto da calça.

As janelas estão abertas e começa a chuviscar, a umidade do dia se derramando do céu enquanto Miles tira a rolha de uma garrafa e a estende todinha para mim.

— Não trouxe taça? — pergunto.

— Você acha que vai precisar de taça? — devolve ele, tirando a rolha da outra garrafa.

Meus olhos se desviam na direção do convite impresso em papel caro, que continua caído no tapete kilim esfarrapado de Miles.

— Acho que não.

Ele encosta a garrafa na minha em um brinde e toma um gole demorado. Faço o mesmo, depois seco com as costas da mão um pouco de vinho que escorreu pelo meu queixo.

— Sério que você não sabia que eu trabalho em uma vinícola? — pergunta Miles.

— Não fazia ideia — respondo. — O Peter sempre deu a entender que você fazia um monte de bicos.

— Eu faço mesmo várias coisas diferentes — diz ele, sem se estender. — Além de trabalhar no bar de vinhos da vinícola. Cherry Hill. Nunca foi lá? — Miles ergue os olhos para mim.

Balanço a cabeça, negando, e tomo outro gole de vinho.

Os lábios dele se curvam para baixo.

— Ele nunca gostou de mim, né?

— Não — admito. — E a Petra? Ela me detestava?

Ele franze o cenho, os olhos fixos na garrafa.

— Não. A Petra gosta basicamente de todo mundo, e todo mundo gosta dela.

— Eu não — retruco. — Não gosto nem um pouquinho da Petra.

Miles ergue mais uma vez os olhos para mim, com um meio sorriso.

— É justo.

— Ela nunca... — Enfio os pés entre a almofada do assento e a do encosto. — Sei lá, demonstrou ciúme de mim? Você nunca nem *desconfiou* que a Petra era... a fim dele?

Outro sorriso irônico, não exatamente feliz, enquanto ele se vira na minha direção.

— Bom... sim, às vezes eu ficava cismado. Óbvio. Mas os dois eram melhores amigos desde *crianças*. Eu não tinha como competir com isso, então deixava pra lá e torcia para isso nunca virar um problema.

Por algum motivo, do nada, é *isso* que me tira do sério: começo a chorar.

— Ei. — Miles chega mais perto. — Tá tudo bem. Isso tudo é... uma merda.

Ele me puxa desajeitado para junto do peito, a garrafa de vinho ainda na mão. Então beija o topo da minha cabeça, como se fosse a coisa mais natural do mundo.

Na verdade, essa é a primeira vez que Miles me toca, ponto. Nunca fui muito chegada a demonstrações físicas de afeto, nem mesmo com os amigos mais próximos, mas tenho que admitir que, depois de semanas sem absolutamente nenhum contato físico, é gostoso ser abraçada por um quase estranho.

— É um absurdo — volta a falar Miles. — Uma merda inacreditável.

Ele acaricia meu cabelo com a mão livre, enquanto eu continuo a chorar com o rosto enfiado na sua camiseta, que cheira de leve a maconha e muito mais a algum outro aroma, quente e amadeirado.

— Desculpa — diz Miles. — Eu devia ter jogado o convite fora. Não sei por que não joguei.

— Não. — Eu me afasto, secando os olhos. — Eu entendo. Você não queria ficar sozinho com essa notícia.

Ele abaixa os olhos com uma expressão culpada.

— Eu devia ter guardado só pra mim.

— Juro que eu teria feito a mesma coisa — falo.

— Mesmo assim — murmura Miles. — Desculpa.

— Não precisa se desculpar — insisto. — Não é você que vai se casar com a Petra em vez de comigo.

Ele se encolhe um pouco.

— Merda! Agora sou *eu* que peço desculpa — digo.

Miles balança a cabeça e se recosta no sofá, se afastando de mim.

— Só preciso de um instante — diz, evitando meu olhar. E vira a cabeça na direção da janela.

Ah, Deus. Agora é ele que está chorando. Ou se esforçando muito para não chorar. Merda, merda, merda.

— Miles! — Estou em pânico. Já faz um tempo que não sei o que é consolar alguém.

— Só preciso de um instante — repete ele. — Eu tô bem.

— Ei! — Engatinho pelo sofá até ele e seguro seu rosto entre as mãos, o que é a prova de que o vinho já fez efeito.

Miles ergue os olhos para me encarar.

— Eles são uns *bostas* — declaro.

— Ela é o amor da minha vida.

— O amor da sua vida é uma bosta — reforço.

Miles tenta conter um sorriso. E é tão fofo, deixa ele tão parecido com um cachorrinho, que me pego tentada a bagunçar o cabelo já bagunçado dele. Quando não resisto e faço isso, o sorriso curva ligeiramente seus lábios. E isso faz seus olhos escuros cintilarem.

Já se passaram seis semanas desde a última vez que transei — e de forma alguma isso é um recorde pessoal —, mas, vendo a expressão no rosto de Miles, me surpreendo ao sentir uma *pulsação* entre as coxas.

Miles é bonito, mesmo que não seja o tipo de homem de fazer o queixo cair ou as mãos suarem. Peter era esse tipo de homem — lindo como um artista de TV, era o que minha mãe dizia. Do tipo que deixa a gente de perna bamba desde o início.

A beleza de Miles é de outro tipo. Do tipo que desarma, que não faz a gente se sentir nervosa quando conversa com ele, nem preocupada em mostrar nosso melhor ângulo, até que... *bum!* De repente ele está sorrindo pra gente, com o cabelo desarrumado e o sorrisinho travesso, e a gente percebe que seu charme vinha fervendo tão lentamente que nem nos demos conta.

Além disso, o cheiro dele é mais gostoso do que eu esperava.

Um contraponto: ele divide o apartamento comigo e estava agora mesmo chorando por ter perdido o amor da sua vida.

Com certeza existem jeitos mais pragmáticos de afastar nossa mente de toda essa confusão.

— Quer ver *O diário de Bridget Jones*? — sugiro.

— Não.

Miles balança a cabeça e eu solto seu rosto, surpresa pelo aperto no peito que a rejeição dele provoca, ou talvez só esteja mal com a ideia de ficar sozinha no meu quarto me sentindo desse jeito.

— Não vamos ficar nos lamentando — ele prossegue e balança a cabeça mais uma vez.

— Mas estou ficando tão boa nisso — choramingo.

— Vamos sair — anuncia Miles.

— Sair? — É como se eu nunca tivesse ouvido essa palavra. — Sair para onde?

Ele se levanta e estende a mão para mim.

— Conheço um lugar.

4

DUAS HORA ATRÁS, eu nunca teria imaginado que terminaria a noite em um bar chamado Frigorífico, mas aqui estou, tomando shots com meu colega de apartamento e um velho motoqueiro chamado Gill.

Gill aprovou com louvor quando Miles colocou "Witchy Woman" para tocar na jukebox, então deslizou para perto de nós em um movimento embriagado e começou a conversar, querendo saber como nos conhecemos, provavelmente presumindo que fôssemos um casal. Miles respondeu sem hesitar:

— O amor da minha vida fugiu com o noivo dela.

E essa declaração inspirou uma enorme solidariedade da parte de Gill, traduzida na forma de muitas bebidas pagas para nós dois.

Enquanto jogávamos uma rodada de dardos, duas de sinuca, além de um jogo envolvendo shots cujas regras eram incompreensíveis para mim, eu assistia espantada à maneira hábil como Miles conseguia arrancar de Gill a história de vida dele.

Nascido em Detroit, filho de uma enfermeira e um técnico de manutenção que sofreu um acidente de trabalho numa montadora de automóveis, Gill fugiu do Meio-Oeste aos dezesseis anos, de moto. Ele seguiu uma banda na estrada por uma década, depois passou um tempo em uma seita na Califórnia, cuidou da segurança de algumas celebridades e acabou aqui novamente, após um *problema misterioso* com a lei ou talvez até com a máfia — essa foi a única coisa que Miles não conseguiu arrancar do homem.

Para uma pessoa com o magnetismo social de um peixe empalhado (eu), ver Miles fazer amizade com um estranho foi como assistir a Michelangelo pintar a Capela Sistina: impressionante, mas também atordoante. Como se a qualquer segundo ele pudesse cair da escada e se estatelar no mármore abaixo.

Gill continuou a nos pagar bebidas, a não ser pela rodada liberada para *nós três* pela bartender ruiva bonitinha, que tem um piercing no nariz e uma tatuagem em que se lê MÃE.

Agora, quando estamos na última rodada, Gill estende uma nota de vinte dólares na nossa direção.

— Para o táxi de volta pra casa.

— Não, não, não — responde Miles, empurrando a nota de volta para ele. — Fique com o seu dinheiro, Gill. Como você vai conseguir chegar a Vegas desse jeito?

Ele nos contou que Las Vegas é o próximo destino dele.

Mas Gill enfia a nota no bolso da camisa de Miles, então pousa a palma das mãos rijas no nosso rosto.

— Força, crianças — diz em um tom sábio. Depois joga a jaqueta de couro desgastada por cima do ombro e literalmente assobia uma despedida para a bartender.

Quando terminamos nossa última rodada de drinques, a chuva já parou e a noite está agradavelmente fresca, por isso decidimos voltar caminhando para casa, em um zigue-zague ébrio. Miles passa o braço ao redor dos meus ombros e eu engancho o meu na cintura dele, como se fôssemos velhos amigos — e não aliados recentes e muito bêbados.

— Esse tipo de coisa sempre acontece com você? — pergunto.

— Que tipo de coisa?

— Gill — explico.

— Não existem muitos Gills no mundo — responde Miles.

— Alguém te pagar bebida — esclareço. — As horas de conversa estimulante sobre crimes que ele pode ou não ter testemunhado.

— Não sei. — Ele dá de ombros. — Às vezes.

— Com que frequência você consegue bebida de graça, Miles?

Ele me encara, parecendo confuso.

— É um lugar onde a gente faz amizade.

— Chamado *Frigorífico*? — pergunto.

— Estamos em Butcher Town, a área dos açougueiros — lembra ele.

Bato com a mão na testa, e Miles para de andar, surpreso.

— É por *isso* que o nome do bar é Frigorífico — digo. — Passei a noite toda tentando descobrir se era um bar fetichista ou algo parecido.

Miles joga a cabeça para trás e solta uma gargalhada.

— Você achou que eu tinha te levado em um bar fetichista? — Ele parece entretido. — O Peter te falou que eu era chegado em sadomasoquismo?

— Espera, você *é*? — pergunto.

— Que eu saiba não — responde Miles. — Por quê? Você *é*?

— Provavelmente não — falo. — Acho que eu sou meio tediosa. Nessa esfera.

— Que esfera?

— A esfera sexual — digo.

— Você só fica deitada ali, olhando para o teto sem falar nada? — pergunta ele.

— Por favor — falo. — Isso não é da sua conta.

— Foi você que puxou o assunto, Daphne — lembra Miles.

— Não fico olhando para o teto — digo. Chegamos ao nosso prédio. Ele abre a porta para mim e começamos a subir a escada. — Só faço contato visual pleno, sem piscar, como qualquer mulher respeitável.

— Tá vendo? — diz ele, e indica com um gesto que eu suba na frente. — Nada entediante. Assustadora, talvez. Mas não entediante.

— Mas *como* a coisa acontece? — pergunto.

Miles arregala os olhos e seus lábios se curvam em algo entre um sorriso e uma careta.

— Bom, duas pessoas se sentem atraídas uma pela outra...

— A bebida de graça — interrompo.

Ele encolhe os ombros.

— Sei lá. Eu não saio procurando drinques na faixa.

A expressão no meu rosto deve ser de descrença, porque Miles franze o cenho.

— Você acha que eu sou uma espécie de picareta?

— Acho que você é um cara bem envolvente — respondo.

— No meu repertório de ofensas — diz ele, parando no meio de um lance de escada —, essa é nova pra mim.

— Não estou te ofendendo — retruco, embora, para ser honesta, eu nunca tenha confiado em pessoas envolventes demais. O meu pai é esse tipo de cara. O que não quer dizer que seja sincero em tudo o que diz. — É que... Sabe, eu sou *péssima* com pessoas que acabei de conhecer.

— O Gill adorou você — argumenta Miles.

— Por osmose — falo. — Porque você estava lá. Adoro conversar com pessoas que eu já conheço, mas, quando é uma pessoa nova, a minha mente parece ficar em branco metade do tempo, e na outra metade eu faço uma piada que ninguém percebe que é piada, ou pergunto alguma coisa pessoal demais.

Ele me olha de lado enquanto retomamos a subida.

— Você não fez isso comigo.

— Você deve ter percebido — digo — que eu mal falei com você antes de hoje.

— Era por isso? — pergunta Miles, e seus olhos se voltam para mim por mais um rápido instante. — E eu achando que você me odiava.

Sinto o calor percorrer meu corpo, dos pés à cabeça.

— É claro que eu não te odeio. Você é *inodíavel*. — Então, porque estou meio bêbada, admito: — Talvez isso me faça desconfiar um pouquinho de você.

Ele parece horrorizado.

— Só estou querendo dizer — me apresso a explicar, as palavras se misturando, arrastadas — que eu sempre fui o tipo de pessoa de ter *poucos amigos mais chegados*. E, quando eu conheço alguém que gosta de todo mundo e é gostado por todo mundo, um alarme dispara no meu cérebro. Tipo: *Olha, essa pessoa não vai ficar por perto muito tempo, portanto não se apegue.*

Agora ele parece arrasado.

— Isso é de um ceticismo deprimente.

— Não, não, não — digo, enquanto procuro uma maneira melhor de explicar. — Não tem problema! A não ser que o seu noivo te dê um fora, e você tenha passado o último ano se esforçando para fazer amizade com os amigos *dele*, e agora você tenha trinta e três anos e esteja tentando lembrar *como* se faz amigos. Mas quem neste mundo estaria enfrentando uma situação dessas, não é mesmo?

— Fazer amigos não é assim tão complicado — afirma Miles, o que me faz dar uma risadinha zombeteira, o que por sua vez o faz exibir um sorrisinho afetado. — Estou falando sério, Daphne. Eu só gosto de conversar com as pessoas. E, quanto às bebidas de cortesia, eu sou generoso na gorjeta. Quer dizer, se vou a um lugar com mais frequência, geralmente ganho desconto, porque o pessoal que trabalha lá sabe que eu vou compensar na gorjeta. Além disso, eu trabalho no ramo de serviços.

e acho que as pessoas do outro lado do balcão conseguem farejar isso. Que eu sou um deles.

— Eles sentem cheiro de biscoito de gengibre? — Minha voz sai mais arrastada conforme continuamos a subir a escada.

Miles para diante da nossa porta e deixa escapar uma risada.

— Biscoito de gengibre?

Esse é o cheiro dele. Doce e um pouco picante. Um cheiro terroso envolto pelo toque açucarado de um biscoito. Eu o tiro do caminho em vez de responder e tento enfiar minha chave na fechadura. Infelizmente, parece que nasceram três fechaduras extras na porta e não consigo acertar a chave no buraco certo.

Ainda rindo, Miles me afasta para o lado e tira a chave da minha mão em movimentos desajeitados para fazer sua própria tentativa.

— Merda — diz, quando a chave escapa da fechadura.

Continuamos lutando pelo controle da maçaneta, um tirando o outro do caminho de formas cada vez mais dramáticas, até ele quase me derrubar — para que eu não caia, Miles me encosta na parede e firma meu corpo com o quadril.

Estamos chorando de rir quando nosso vizinho idoso enfia a cabeça pela porta e sussurra, irritado:

— Tem gente tentando dormir aqui!

— Desculpa, sr. Dorner — diz Miles, como um estudante que acabou de levar uma bronca do diretor.

O sr. Dorner volta para dentro do apartamento dele.

Estreito os olhos depois que ele se recolhe, confusa.

— Ele não tinha cabelo?

Miles solta uma gargalhada nada baixa. Coloco as mãos sobre sua boca para calá-lo.

— Você achou que o cabelo dele era *de verdade*? — pergunta ele. — Daphne, você deve ser a pessoa mais ingênua do planeta.

— Olha, apesar do meu ceticismo, acho que as últimas seis semanas já provaram que nós dois somos ingênuos *demais*.

Algumas horas antes, isso talvez tivesse sido o gatilho para *comece a chorar agora mesmo* no meu cérebro. Em vez disso, nós dois voltamos a gargalhar.

Ouvimos o barulho da chave girando na porta do sr. Dorner de novo. Miles se afasta de mim para destrancar a *nossa* porta e me puxa para dentro antes que tenhamos que enfrentar outro puxão de orelha.

Já no apartamento, nos jogamos contra a porta fechada para recuperar o fôlego.

— Parece que estamos em *Jurassic Park* — diz ele, o que me faz rir ainda mais.

— Quê? — pergunto em um arquejo.

— Como se a gente tivesse acabado de fechar a porta na cara de um bando de velocirraptores — explica ele.

— Acho que os dentes do Dorner não representam esse tipo de ameaça — digo. — Inclusive tenho quase certeza que ele nem estava usando os dentes.

— Sabe o que eu acho? — pergunta Miles.

— O quê?

— Acho que a gente devia ir fundo.

Meu coração dispara e eu sinto a pele muito quente, e logo depois muito fria.

— *Quê?*

— Vamos confirmar presença — explica ele. — E vamos ao casamento. E vamos encher a cara. Comer o bolo antes de cortarem e vomitar na pista de dança.

Volto a rir.

— Tá bom.

— Eu tô falando sério — diz Miles. — Vamos nessa.

— De jeito nenhum — respondo.

— Tá, tudo bem — cede ele. — Então vamos só *falar* que vamos.

— Miles, *por quê?*

— Pra deixar os dois nervosos — diz ele. — E pra fazer eles pagarem noventa dólares por dois pratos de frango seco que ninguém vai comer.

— Os pais deles é que vão pagar esse frango — lembro. — E eu não sei os pais da Petra, mas os Collins são pessoas *incríveis*.

Miles se encolhe. Não sei o que foi, mas alguma parte do que eu falei com certeza mudou ligeiramente o humor dele.

— E também são ricos — diz Miles. — Noventa dólares não é nada para eles, e, se a gente confirmar presença, o Peter e a Petra vão passar os próximos meses preocupados com a possibilidade de a gente aparecer no casamento e estragar o grande dia deles.

— Talvez eles nem liguem.

O sorrisinho afetado desaparece do rosto dele.

— Merda — fala. — Você tá certa. Acho que foi por isso que eles convidaram a gente.

Dou uma risadinha debochada.

— Você *sabe* por que eles convidaram a gente, Miles. Porque tanto o Peter quanto a Petra são viciados em serem amados por todo mundo. E eles mandam bem nisso. Mandam tão bem que nem percebem que não dá pra ser amado por pessoas com quem você ferrou completamente. O Peter e a Petra acham que são as pessoas evoluídas nessa situação difícil. Mas eles não vão *conseguir* ser essas pessoas. Pelos próximos anos, os dois vão ter que conviver com o fato de que são os babacas dessa história.

Ele não parece muito convencido, mas agora *eu* tenho certeza do que fazer.

— Vamos *sim* confirmar presença no casamento — digo. — Eles não são os evoluídos. Que se foda!

— Que se foda! — concorda Miles.

— Que se foda! — meio que grito.

O sr. Dorner soca a parede. Miles pousa um dedo nos meus lábios.

— Que se foda — sussurra.

— Que se foda — sussurro de volta.

Ele observa meus lábios se moverem contra seu dedo. Sinto o corpo vibrar agradavelmente de novo.

— É melhor a gente ir pra cama — digo.

Então, porque minha voz saiu um pouco baixa demais, volto a falar:

— Quer dizer, é melhor *eu* ir pra cama.

Ele abaixa a mão.

— *Depois* que a gente confirmar presença.

ACORDO COM A luz forte do meio do dia e uma dor de cabeça latejante. A noite passada volta à minha mente em fragmentos desordenados.

A caminhada embriagada de volta para casa.

O feltro esfarrapado da mesa de sinuca.

Um dedo áspero encostado nos meus lábios.

Risadas no corredor do prédio.

Depois o sr. Dorner? Mesmo? Ali? Por algum motivo? Em algum momento?

Antes disso, ou talvez depois, Miles e eu bebemos vinho tinto direto da garrafa.

Em algum momento estávamos na rua, andando abraçados, a mão dele ao redor da minha cintura, tocando a minha pele no ponto em que a blusa levantou. Sinto o rosto e o pescoço quentes.

Estou tentando acelerar essas lembranças, para ter certeza de que só fiz coisas *ligeiramente embaraçosas*, e nada *irreversivelmente humilhante*.

Isso não ajuda. Lembro de cair na cama, exausta, e de logo me dar conta de que não ia conseguir dormir, porque *também* estava meio com tesão.

Ai, meu Deus, eu *chorei* em algum momento?

Espera. *Miles* chorou? Com certeza não.

Tateio ao redor em busca do meu celular e encontro o aparelho embolado nos lençóis. Imagino que eu tenha tido pelo menos a iniciativa de desligar o alarme. Já é quase meio-dia.

Eu nunca durmo até tão tarde.

Dou uma olhada nas mensagens que recebi nesse meio-tempo, procurando alguma evidência incriminadora da minha bebedeira. Mas não mandei nenhuma mensagem depois do trabalho.

No entanto, há outra coisa preocupante na tela do celular.

Um ícone novo.

Um aplicativo de encontros.

Não lembro de ter baixado. Na verdade, não lembro de quase nada depois de sair do bar.

Me arrasto para fora da cama e espero que o latejar no meu crânio diminua um pouco antes de seguir cambaleando para a sala. Tenho a sensação de que sou feita de *resíduo nuclear*.

O apartamento está silencioso, mas não está limpo. Vejo meia dúzia de copos de água pela metade espalhados na mesa de centro, na bancada da cozinha e na mesinha de café para duas pessoas. A garrafa de rum está vazia, e também não sobrou nem uma gota nas duas garrafas de vinho.

Eu me sinto como Hercule Poirot, esbarrando em um assassinato misterioso sem nenhum corpo ou mesmo sangue à vista, só a suspeita incômoda de que *alguma coisa* aconteceu aqui. Alguma coisa importante.

Então, o celular começa a tocar na minha mão.

Vejo o nome dele na tela.

E aí lembro tudo de uma vez.

E desejo muito, muito mesmo não ter lembrado.

5

DOMINGO, 19 DE MAIO
90 DIAS ATÉ EU PODER IR EMBORA

TENTO ME RECOMPOR, recuperar o fôlego e limpar a garganta, para não atender com a voz rouca de uma pessoa desidratada.

É claro que não *tenho* que atender.

Mas é a primeira vez que Peter faz contato comigo em semanas, e a ideia de *não* ouvir o que ele tem a dizer — de passar o resto da vida só *imaginando* o que seria — me deixa nauseada.

Brincadeira, os responsáveis pela náusea são os shots que Gill pagou.

O nome de Gill me ocorre do nada, e a imagem da barba grisalha e trançada dele passa de relance pela minha mente.

Colo o celular no ouvido e vou direto para a janela em busca de ar fresco. Está frio do lado de fora — o dia hoje é mais de primavera que de verão.

— Alô! — digo, alto demais, forçada demais, animada demais. Um trio de reações raro da minha parte.

— Daphne? — A voz suave de Peter enche minha cabeça como hélio.
— Sim?
Há uma pausa.
— Você parece diferente.
— Eu me sinto diferente — respondo. Não tenho ideia do motivo de ter dado essa resposta.
— Ah. — Um instante de silêncio do outro lado.
— Então... — digo.
Outra pausa.
— Então, eu recebi a sua confirmação de presença no casamento?
Levo as costas da mão à testa, que lateja, e pressiono com força para tentar diminuir o desconforto.
— Sim.
— E acho que eu só... — Ele respira fundo. — Queria ver se está tudo bem.
— Tudo bem?
Tenho a sensação de estar de volta à aula de matemática no ensino médio, com partes de equações e números diversos pairando ao meu redor de maneira aleatória: eu sei que há algum tipo de lógica nisso, mas juro que *não* tenho o raciocínio certo para interpretar.
— Sim, o que estou querendo dizer é... — Um suspiro baixo. — Você sabe que não *precisa* ir.
Minha risada soa mais como um acesso de tosse.
— Quer dizer, é claro que nós vamos adorar te receber — Peter se apressa a acrescentar.
Ouvir esse *nós* já basta para fazer meu estômago revirar, como se eu tivesse comido sopa de mariscos e entrado em uma montanha-russa logo depois. *Nós* (eu e ele) costumávamos ser o *nós* a que ele se referia.
— Eu só queria ter certeza que você sabe que não tem nenhum tipo de pressão da nossa parte — continua ele.
Nossa. Nós.

Pelo jeito a ideia é colocar as palavras mais dolorosas na mesa e garantir que cada uma delas destile condescendência.

O pior é que, mesmo depois de tudo o que aconteceu, não tenho *certeza* de que não o amo mais. Quer dizer, não *essa* versão dele, mas a que se lembrava de todas as datas importantes, que chegava em casa com um buquê só porque tinha passado por acaso na frente de uma banca de flores, que pedia delivery da minha sopa favorita toda vez que eu ficava doente.

As partes que agora estão reservadas para ela.

— Nós sabemos que deve ser difícil pra você — ele está dizendo, agora de volta ao outro Peter. O que eu odeio. — E eu só... fico chateado de pensar em você lá, sozinha...

Como se toda a situação já não fosse humilhante o suficiente, ele me ligou porque faz questão que eu saiba que se sente *mal* por mim. Estou furiosa agora.

— Não vou estar sozinha — retruco.

— Estou querendo dizer sem um acompanhante — esclarece Peter, o que é totalmente desnecessário.

— Eu sei — digo. — Vou levar o meu namorado.

No instante em que a frase sai da minha boca, já escuto uma vozinha gritando na minha mente: *O QUE VOCÊ ESTÁ FAZENDO?*

Eu me viro para a janela e abro a boca em um grito silencioso, enquanto passo uma das mãos pela lateral do rosto. Então me pergunto se foi um cenário como esse que inspirou o quadro *O grito*, de Edvard Munch.

— Seu *namorado*? — O tom de Peter é de total descrença.

Não, diz meu cérebro.

— Sim — diz minha boca.

— Mas... você não incluiu um acompanhante quando confirmou presença.

Não sei mentir. Na verdade, às vezes ainda fico acordada à noite me lembrando de uma vez, quando estava no sexto ano e tinha acabado de mudar de escola, que uma garota puxou conversa comigo sobre meu colar com pingente de cavalo. Então, no desespero de fazer amigos, me vi possuída por algum demônio idiota que me mandou falar para ela que eu adorava cavalos e que todo verão, desde pequena, frequentava um acampamento esportivo de equitação.

Até ali, eu tinha andado a cavalo duas vezes na vida. E tinha caído na segunda vez, que fique registrado.

Depois daquela conversa, passei a evitar a garota, de tanta culpa. Para minha sorte, nos mudamos de novo seis meses depois.

No entanto, pelo jeito o demônio que me possuiu naquela época finalmente conseguiu me encontrar de novo, porque, sem que eu pense a respeito, sem nenhum planejamento, uma mentira escapa da minha boca, completinha:

— Não precisei incluir um acompanhante. Ele também recebeu um convite.

O peso do silêncio que se segue me diz que agora é Peter quem está calculando mentalmente. A diferença é que ele tem o raciocínio certo.

— Você não pode estar falando... — A voz dele vai da desconfiança à incredulidade. — Você está com o *Miles*?

Não, não, não, grita a voz na minha cabeça.

— Sim! — deixo escapar em uma voz esganiçada.

Repito o grito silencioso da pintura de Munch na direção da janela.

O silêncio seguinte se estende por tempo demais. Não consigo rompê-lo porque a única coisa que eu *posso* dizer é: *Não sei por que eu falei isso... É uma mentira deslavada.* Mas também não posso. *Não posso* dizer isso a ele.

Peter pigarreia.

— Bom, o casamento é só daqui a alguns meses.

— Eu sei — respondo. — No Dia do Trabalho.

— Muita coisa pode mudar até lá — comenta ele.

Meu queixo cai. Peter está mesmo insinuando que o meu relacionamento fake não vai sobreviver aos três meses que faltam para o casamento... sendo que o relacionamento *dele* começou há um mês?

— Nós vamos estar lá — digo.

NÃO, grita meu cérebro.

— Tudo bem — responde Peter.

Preciso encerrar a ligação antes que eu involuntariamente revele uma gravidez fictícia a ele.

— Tenho que desligar, Peter. Se cuida.

— Sim — diz ele. — Você tam...

Desligo.

Fico andando de um lado para o outro na frente da janela por cerca de cinco segundos, então vou direto até a porta de Miles — uma pecadora a caminho da confissão.

Bato. Sem resposta.

Soco a porta.

— Miles? Tá acordado?

Sacudo a maçaneta. Ou era o que eu esperava fazer, mas a porta está destrancada. Por isso, acabo quase caindo dentro do quarto dele, e tenho que me segurar na cômoda. A TV em cima do móvel oscila e, enquanto firmo o aparelho, escuto uma voz dizer atrás de mim:

— Você tá roubando a minha TV?

Eu me viro, esperando encontrar Miles largado na cama. Em vez disso, ele está parado na porta, totalmente vestido, com um saco de papel engordurado na mão.

Solto a TV.

— Quase a derrubei — explico.

— Por quê?

— Eu falei para o Peter que nós estamos namorando — confesso.

Ele me encara por três segundos, então ri.

— O que isso tem a ver com a TV?

— Nada.

Miles ri de novo e se vira na direção do corredor.

— Aonde você vai? — pergunto.

— Pegar molho sriracha.

— Pra quê? — pergunto mais uma vez, enquanto o sigo até a cozinha.

— Para o meu sanduíche de café da manhã.

Ele deixa o saco de papel em cima da bancada enquanto vai até a geladeira.

— Você ouviu o que eu disse? — pergunto.

— Você falou para o Peter que nós estamos namorando — confirma Miles, enquanto procura o molho de pimenta na geladeira.

— Você não tá bravo?

Ele se vira para mim segurando o frasco de sriracha e um vidro de alguma coisa escura e gosmenta.

— Por que eu estaria bravo?

— Porque a gente não tá namorando — digo.

— Eu sei.

Miles vira a embalagem em cima da bancada e dois sanduíches embrulhados em papel amarelo caem lá de dentro. Ele desliza um na minha direção, então se vira para a cafeteira, que já tem café pronto.

— Há quanto tempo você está acordado?

— Sei lá. — Miles encolhe os ombros. — Uma ou duas horas. — Ele coloca duas canecas com café quente em cima da bancada. E passa para mim a que tem a estampa do Garfield usando um chapéu de caubói.

— Creme? Açúcar?

Balanço a cabeça. Não sou muito de tomar café. Vou tomar só uns goles para aliviar um pouco a ressaca.

Miles abre o vidro que pegou na geladeira e coloca algumas colheres do que imagino que seja xarope de bordo nó café dele.

— Fica bom? — pergunto e me inclino para olhar melhor.

— Não sei, deve ficar. Você fez uma ligação alcoólica?

— Uma o quê?

— Você ligou bêbada para o Peter? — explica Miles, enquanto desembrulha o sanduíche e afasta uma das fatias de pão para ensopar o ovo e o abacate com o molho sriracha.

— Não, foi ele que me ligou.

Ele para com o sanduíche a meio caminho da boca. Então deixa escapar outra risada e abaixa a mão.

— Espera. A gente confirmou presença no casamento ontem à noite?

Ouvir isso em voz alta, de novo, faz meu corpo inteiro estremecer. Solto um gemido e afundo o rosto nos braços, apoiados na bancada.

— Espera, espera. — Miles pressiona a palma da mão na minha testa e ergue meu rosto, para poder me olhar nos olhos. — Foi por isso que ele te ligou? Porque recebeu a confirmação de presença?

Assinto.

— Ele ligou para dizer que eu não preciso ir. Que sabe como vai ser difícil pra mim estar lá, *totalmente sozinha, absolutamente arrasada, solitária e desprezada.*

Miles dá uma risadinha debochada.

— Sujeitinho arrogante.

— Ele tem mais de um metro e noventa.

— Gigante arrogante — corrige ele. Então, depois de um instante: — Ou, sei lá, talvez ele tenha achado de verdade que estava sendo legal?

— Não, você estava certo na primeira suposição.

Miles desembrulha uma parte do meu sanduíche e empurra na direção do meu rosto. Dou uma mordida, e ele pousa o sanduíche na frente do meu queixo.

— Espera! — Ele apoia as mãos na bancada, e seu rosto se ilumina. — Ele ligou para tentar fazer você se sentir tão patética que acabaria desistindo de arruinar o grande dia deles, e você falou que a gente estava namorando?

— Desculpa — peço.

— Foi uma ideia incrível pra cacete. Como ele recebeu a notícia?

— Com certo silêncio e algumas risadinhas de descrença — conto. — E fez questão de me lembrar que o casamento é só daqui a três meses, e que não tem como você e eu ainda estarmos namorando até lá. Boa sacada da parte dele, levando em conta que não estamos namorando mesmo. — Abaixo o rosto e volto a gemer quando sinto a cabeça latejar de novo.

— Coma alguma coisa — diz Miles. — Vai ajudar.

Eu me acomodo em uma das banquetas de madeira descombinadas diante da bancada, puxo o sanduíche na minha direção e me forço a dar outra mordida.

— Talvez a gente *devesse* namorar — sugere ele.

Engasgo. Ele fica me olhando tossir com um sorriso travesso curvando os lábios travessos.

— Sim — consigo dizer finalmente. — Um chifre compartilhado é o terreno mais fértil possível para o amor brotar.

— É — diz Miles —, e além disso vai deixar os dois putos.

— Como você mesmo disse — retruco —, eles não estão nem aí. Os dois vão se casar, Miles.

— E seis semanas atrás *você* ia se casar — lembra ele.

— Ei, se você pretende ficar me lembrando disso todo dia, eu posso facilitar as coisas e renomear meu alarme matinal para algo do tipo ACORDA, CRETINA, VOCÊ LEVOU UM PÉ NA BUNDA.

— Não, estou querendo dizer que algumas semanas atrás você e o Peter estavam noivos. Ainda assim, ele tinha ciúme de *mim*, e *você* tinha ciúme da Petra.

— Retire o que disse — ordeno.

— Estou repetindo o que você me contou — retruca Miles.

— *Quando?*

— Na terceira vez que você colocou "Witchy Woman" pra tocar ontem à noite.

Estreito os olhos.

— Você não lembra de nada, né? — Ele parece achar a ideia divertida.

— Eu lembro do Glenn — falo.

— Gill — corrige Miles.

— Ah, é.

— Meu argumento é: só porque eles estão noivos, não significa que não têm ciúme.

Ele dá outro gole no café. Estendo lentamente a mão para o vidro de xarope de bordo, e Miles o empurra para mim.

Coloco um pouco na minha xícara e dou um gole.

— Que tal? — pergunta ele, se inclinando para perto.

— Bem gostoso — respondo. — De onde veio essa ideia?

— Ah, de um dos meus incontáveis bicos.

Sinto o rosto ficar quente.

Ele ri enquanto dá outra mordida gigantesca no sanduíche, o que me lembra de comer o meu.

— Nós não vamos ao casamento fingindo ser um casal — aviso.

Miles encolhe os ombros.

— Tá certo.

— Você não vai me convencer.

— Tudo bem — diz ele.

— Tô falando sério.

— O Peter ainda segue você nas redes sociais ou você bloqueou ele? — pergunta Miles.

Eu me contorço desconfortável no assento e me concentro em dar outro gole no café.

— Eu parei de seguir o Peter, mas não bloqueei ele.

Alguma parte patética de mim não quis fechar a porta de vez. Eu queria que Peter sentisse falta de mim, mesmo que fosse uma mínima fração da falta que eu sentia dele. Queria que ele se arrependesse de ter me perdido.

Não postei absolutamente nada nas redes sociais desde que nós terminamos.

Continuo:

— Não sei se ele ainda me segue.

— Você sabe, sim — afirma Miles.

— Tá, tudo bem. Até ontem ele me seguia.

— Posso ver o seu celular?

— Eu não *quero* bloquear o Peter — digo.

— Não vou fazer isso — promete ele.

Entrego o celular e ele pousa o sanduíche na bancada, ainda mastigando enquanto clica na tela. Então, dá a volta, para atrás de mim e segura o celular diante de nós, com a câmera frontal nos enquadrando. Miles se inclina para a frente, passa o braço livre ao redor da minha clavícula e abre um sorriso com covinhas.

— O que você está fazendo? — pergunto, me virando na direção dele e roçando o nariz na lateral do seu rosto.

— Pronto — diz Miles. Ele endireita o corpo e me devolve o celular.

A foto ainda está na tela. Estou no meio de uma frase, meus lábios quase grudados no rosto de Miles, que está sorrindo, e dá para ver uma parte das tatuagens old school no braço dele passado ao redor do meu peito, de um jeito casual mas ainda assim vagamente sugestivo.

Parecemos muito um casal, caso se ignore o fato de que também parecemos duas pessoas que não têm basicamente nada em comum. No entanto, acho que é assim que Peter, o certinho, e Petra, o espírito livre, se parecem quando estão um ao lado do outro.

Só que Petra usa essa estética como uma estrela pop rebelde, e Miles meio que parece o tipo de cara que repetiu de propósito o último ano do ensino médio só para passar mais tempo na escola, depois começou a vender perfume falsificado no estacionamento do shopping.

Não que eu pareça muito melhor do que isso. Na foto, meu queixo está sujo de abacate.

— O que eu faço com isso? — pergunto.

— O que você quiser.

Miles amassa o papel do sanduíche e joga no lixo.

— Isso quer dizer...?

— Daphne. — Ele inclina o corpo para a frente, apoiado nos cotovelos, e passa uma das mãos pelo cabelo. Que permanece arrepiado, desafiando a gravidade. Sua barba desponta em tufos escuros, como se ele fosse um jovem Wolverine desgrenhado e de ressaca. — Você sabe o que eu estou sugerindo.

— Você quer que eu poste isso para ele achar que a gente tá namorando.

— Não — responde Miles, pensativo. — Na verdade, eu quero que você poste isso para a Petra achar que a gente tá namorando.

— Por que *você* não posta? — pergunto.

— Porque eu não tenho rede social — declara ele.

— Certo.

Lembro de Peter ter comentado a respeito. Eu estava dando uma olhada em uma das redes sociais da Petra — que eram do nível de uma influenciadora profissional —, e não só Miles não estava *marcado* nas fotos como nem sequer aparecia em nenhuma delas. Quando comentei com Peter, ele revirou os olhos e resmungou alguma coisa sobre Miles ser *bom demais para ter rede social.*

Essa mera lembrança me ajuda a tomar a decisão.

Não escrevo legenda. Só posto a foto.

Miles sorri e comemora batendo com a palma da mão na minha.

— Somos perversos ou só imaturos? — pergunta ele.

— Talvez apenas amargos — respondo. — Ei, aliás, obrigada pelo sanduíche.

— Obrigado pela conversa motivadora ontem à noite — diz Miles.

— Quando isso aconteceu? — pergunto.

— Quando colocamos "Witchy Woman" para tocar pela *quarta* vez.

Uma lembrança vaga sobe à superfície da minha mente, só por um segundo, antes de submergir mais uma vez em uma névoa de vinho e destilados: eu de pé em um piso pegajoso, sob a luz de uma placa de neon, segurando o rosto de Miles entre as mãos enquanto dizia do jeito mais claro que era capaz: *Vai ficar mais fácil. Daqui a um ano, você não vai mais nem lembrar o nome dela.*

Se a gente continuar bebendo assim, respondeu Miles, *não sei se vou lembrar nem o meu nome.*

Miles pega o molho sriracha e volta a fechar a tampa do xarope de bordo.

— Tenho umas coisas pra fazer, mas, se tiver notícias do seu ex, dá um recado meu pra ele... — E levanta o dedo do meio.

— E, se tiver notícias da sua ex, diga a ela que estou agradecendo pelo meu *novo namorado*.

— Com prazer. — E ele se vira para sair.

6

SEXTA-FEIRA, 24 DE MAIO
85 DIAS ATÉ EU PODER IR EMBORA

NA SEXTA-FEIRA SEGUINTE, estou jogando o tipo de *Tetris* de que eu menos gosto no balcão de informações: escolhendo quais lançamentos de outono comprar para nossa biblioteca. Reorganizo e revejo a prioridade de cada um, cortando um título após o outro da lista até o custo se encaixar no nosso orçamento.

Toda vez que vou tirar um livro da lista, um rosto diferente surge na minha mente, da criança ou crianças para quem escolhi especificamente aquele exemplar.

Um livro ilustrado de super-herói para Arham. Outro sobre sereias para Gabby Esteves, de oito anos, que já começa a ler sozinha. Uma fantasia juvenil crossover, que me lembra da primeira vez que li Philip Pullman, para Maya, uma pré-adolescente que usa aparelho nos dentes, tem um adesivo dos Smiths na mochila e um nível de leitura tão avançado para a idade que já começou a fazer indicações para *mim*. Maya é bem tímida, levei meses para conseguir fazê-la responder às minhas tentativas de papo sobre livros (o único tipo de conversa superficial que consigo começar). Mas agora ela é capaz de passar quarenta minutos falando animada sobre algum livro que nós duas lemos e amamos, como em um clube de leitura informal com dois membros. Venho tentando convencê-la a se juntar a um dos grupos de leitura para adolescentes, mas ela me informou com toda a educação que não gosta de "atividades em grupo" e que "é mais do tipo independente".

Basicamente, Maya sou eu aos doze anos, se eu fosse novecentas vezes mais descolada — assim como eu, ela é filha única de uma mãe solo muito legal, com uma queda por bandas britânicas de rock gótico dos anos 80. Durante o ano escolar, Maya percorre sozinha a curta distância entre a escola secundária e a biblioteca, e a mãe passa para pegá-la quando termina seu turno como assistente jurídica.

A nova fantasia de capa dura que escolhi para ela é o livro mais caro da lista, mas não consigo suportar a ideia de cortá-lo. Costumo conversar sobre esse tipo de coisa com Harvey, o gerente dessa filial, mas ele saiu mais cedo hoje para ir à formatura da filha mais nova em medicina (as outras duas já são médicas — ao que parece, o homem criou um exército de filhas bem-sucedidas academicamente).

No escritório que todos compartilhamos, a bibliotecária que atende os adultos, Ashleigh Rahimi, está ao telefone, e a porta fechada reduz suas palavras a um murmúrio sem entonação.

Sobre a mesa, meu celular mostra uma notificação de Sadie. Sinto um frio de expectativa na barriga, mas logo desanimo ao ver que, em vez de uma mensagem, ou mesmo um comentário, ela só curtiu minha foto mais recente.

A foto em que pareço estar prestes a lamber a lateral do rosto de Miles, que paira acima de mim, o braço passado ao redor do meu peito.

Entro no perfil de Sadie e me arrependo na mesma hora. Ela usa as redes sociais com tão pouca frequência quanto eu, o que significa que ali, bem no alto, três fotos antes da mais recente, está uma foto dela e de Cooper comigo e com Peter na cervejaria Chill Coast, na última visita que eles nos fizeram — cerveja é a única coisa que faz Peter sair da dieta low carb.

Eu pessoalmente detesto cerveja. É óbvio que Petra adora. Ela é uma fantasia ambulante, e eu sou o retrato da bibliotecária clássica, que usa roupas de tweed cheias de botões.

De trás da porta do escritório escuto uma mistura de gritinho com gemido de frustração. Não é exatamente um grito, mas um som alto o bastante para fazer os adolescentes que estão jogando na área dos computadores se virarem ao mesmo tempo para ver o que está acontecendo.

— Tudo bem, está tudo bem! — digo a eles com um aceno.

Atrás de mim, a porta se abre e Ashleigh, do alto do seu um metro e cinquenta cravado, com um coque do tamanho de um melão no alto da cabeça, sai de maneira intempestiva.

— Nunca faça amizade com mães — me diz ela, antes de se dirigir à sua cadeira giratória.

— Você é mãe — lembro.

Ashleigh se vira na minha direção.

— Eu sei! — brada. — E isso significa que eu tenho basicamente uma noite a cada duas semanas em que posso fazer alguma coisa divertida com outros adultos. Só que todos os outros adultos para quem eu *costumava* ligar *também* são pais e mães e, em muitos casos, parceiros um do outro. Por isso, metade das vezes os planos não dão certo, porque alguém está vomitando, ou caiu do trampolim, ou esqueceu que precisava construir um maldito vulcão para a aula de ciências no dia seguinte!

— Ashleigh! — sussurro e indico com um movimento de cabeça a fileira de adolescentes gamers.

Ela acompanha meu olhar e devolve os olhares deles perguntando bruscamente:

— Que foi?

Todos se viram de novo para a tela diante de si.

— Quero sair — volta a falar Ashleigh. — Quero sair arrumada, beber e conversar sobre alguma coisa que não seja *Dungeons & Dragons*.

Enquanto ela fala, vejo a mim mesma em casa, sozinha, assistindo a programas de TV em que casais felizes fazem compras ou planejam reformas para a casa dos sonhos, como fiz na *última* sexta-feira, e na sexta-feira antes dessa, e em basicamente todas as noites desde o rompimento com Peter — com exceção da escapada até o Frigorífico com Miles para tomar um porre.

Enquanto isso, as redes sociais de Peter e Petra são como um documentário em tempo real dos dois se beijando, se abraçando e tirando selfies nos nossos lugares preferidos, com nossos antigos amigos em Arbor Park.

Na verdade, os lugares preferidos *dele*, me corrijo. Os amigos *dele*. Assim como Arbor Park é o bairro *dele*.

Eu achava que nós dois estávamos construindo algo permanente juntos. Agora me dou conta de que eu só me encaixei na vida *dele*, o que me deixou sem minha própria vida.

Sinto as palavras subindo pela garganta, depois se esparramando entre nós duas:

— *Eu* estou livre hoje à noite.

Ashleigh me encara de olhos arregalados. Como se eu tivesse acabado de vomitar no sapato dela. Ou de vomitar um sapato.

Procuro um jeito elegante de retirar o que acabei de dizer.

Estou me decidindo por algo como *Ah, droga, esqueci! Preciso organizar o meu Kindle*, quando ela encolhe os ombros abruptamente e diz:

— Por que não? Me manda o seu endereço por mensagem e eu pego você quando estiver indo para a Chill Coast.

— Chill Coast? — Tenho certeza de que meu rosto acabou de passar de vermelho-tomate para a palidez completa.

Por sorte, Ashleigh está com os olhos fixos no celular.

— É uma cervejaria — diz enquanto digita. — Em Arbor Park? Essa minha amiga que acabou de me dar o bolo disse que é uma graça e tem um pátio enorme.

Não há a menor possibilidade de eu ir na Chill Coast. Waning Bay já é pequena o bastante sem que eu entre diretamente no centro do Peterverso.

— A não ser que... — Ashleigh percebe minha hesitação. — Você tem algum outro lugar em mente?

É claro que não tenho outro lugar em mente. Não consigo ver Ashleigh amando o *Frigorífico*.

Mas preciso dizer alguma coisa, por isso solto o primeiro lugar — o único lugar — que me vem à mente:

— Cherry Hill.

Ela ergue as sobrancelhas escuras, avaliando a sugestão.

— É um bar de vinhos.

— Esse é aquele lugar que tem o bartender gostoso que é traficante, ou o que fica no fim da mesma rua, onde só toca Tom Petty?

— Hum... — respondo. — Na verdade eu só sei... que é um lugar para tomar vinho.

Na verdade eu sei que eles *têm* vinho.

Depois de uma nova pausa prolongada, Ashleigh concorda.

— Tudo bem. Cherry Hill.

— Maravilha! — falo.

Ela se volta para os escaninhos de devolução de livros.

— Você vai vestida assim?

Abaixo os olhos para o meu vestido de botões e decote alto.

— Não?

— Eu e uma colega do trabalho vamos dar uma passada em Cherry Hill hoje à noite — falo para Miles da porta, enquanto ele está escovando os dentes no nosso banheiro minúsculo de azulejos cor-de-rosa.

Ele encontra meus olhos no espelho, com pasta de dente escorrendo da boca.

— Por que você falou desse jeito? — pergunta.

— De que jeito?

— Como se fosse uma ameaça. — Miles cospe a pasta de dente na pia e abre a torneira. — Como se dissesse: *Eu e a minha amiga vamos te fazer uma visitinha, e talvez a gente leve um taco de beisebol junto.*

— Porque eu e a minha amiga vamos te fazer uma visitinha — falo —, e talvez a gente leve um taco de beisebol junto.

Ele enfia a cabeça *dentro* da pia, embaixo da água corrente, para lavar a boca. Quando endireita o corpo, pega a toalha que está pendurada perto e enterra o rosto todo nela.

— Só achei que podia ser estranho eu aparecer lá sem te avisar — digo.

Ele me encara, com uma das mãos e o quadril apoiados na pia.

— Estou lisonjeado por você lembrar onde eu trabalho.

— Eu precisava de um lugar descolado para impressionar a Ashleigh, e o lugar em que você trabalha pulou do meu subconsciente.

— A sua amiga ficou impressionada? — pergunta Miles. — Ela gosta do nosso vinho?

— Não faço ideia — respondo. — Mas ela acha que um dos seus bartenders é traficante. Ou que toca muito Tom Petty.

Ele franze o cenho.

— Ela não deve ter experimentado o pinot.

Dou uma risada surpresa.

— Você ficou ofendido?

— Um pouco — Miles admite, encolhendo os ombros. — É um vinho que já ganhou duas medalhas de ouro. Faça ela experimentar hoje.

— Vou me esforçar.

Por um segundo, ficamos só parados ali.

Ele indica a porta, que estou bloqueando.

— Claro! — Eu me afasto para o lado e Miles passa rapidamente, deixando um breve rastro de perfume. — A gente se vê mais tarde — digo por cima do ombro.

Então, me fecho no meu quarto para continuar minha busca — infrutífera até ali — de uma roupa adequada para sair.

Lá, tweed, cetim fazendo as vezes de seda, todas as peças combinando entre si, e todas com um ar de professora antiquada, mesmo minhas roupas de verão mais casuais. Sadie descrevia meu visual como uma intercessão entre Estilo Pessoal, Declaração de Personalidade e Não Olhe para o Meu Corpo, o que é bastante preciso.

Uma rápida busca no Google de "o que usar em um bar de vinhos" revela uma variedade do tipo de roupa leve e colorida que poderia ter sido tirada de um romance de Elin Hilderbrand. Meu guarda-roupa é basicamente formado de peças creme, marrom, caramelo e bege. Eu poderia optar por um jeans e uma camiseta, mas desconfio de que, entre parecer vestida com exagero e com desleixo, a última opção seria o maior pecado na visão de Ashleigh, e quero causar uma boa impressão.

Assim, engulo meu orgulho e me enfio no vestido preto justo, frente única, que comprei para a festa do meu noivado com Peter.

Não usei mais desde então, o que é uma bobagem, porque o vestido custou *muito* mais do que eu gastaria com roupas (foi Peter quem pagou) e cai muito bem em mim.

Às sete e quinze, alguém bate na porta. Não me surpreende Ashleigh estar atrasada. O que me surpreende é ela ter vindo até a porta. Achei que teria três lances de escada para me ajudar a superar o nervosismo por *estar saindo com alguém novo* antes de me ver cara a cara com ela.

Tem anos que não faço uma nova amizade. Estou falando de realmente *fazer* uma nova amizade, e não herdar alguma do Peter, ou da Sadie, que sempre foi muito mais sociável que eu.

Aliso a frente do meu vestido, como uma adolescente nervosa prestes a descobrir se conseguiu mesmo um acompanhante para o baile de formatura ou se os outros alunos combinaram de jogar um balde de sangue de porco em cima dela.

Quando abro a porta, Ashleigh se sobressalta um pouco, porque estava com os olhos fixos no celular.

— Você não precisava ter subido — digo. — Podia ter mandado uma mensagem que eu descia.

— Eu tomei um isotônico no caminho e a minha bexiga está estourando — diz ela. — Além disso, não sei basicamente nada sobre você, então essa também é uma boa oportunidade para descobrir se a sua casa é cheia de equipamentos de vigilância.

Eu a encaro, surpresa.

— Equipamentos de vigilância?

— O Landon e eu apostamos se você é ou não agente do FBI — explica Ashleigh prontamente.

Estreito os olhos.

— E vocês acham que eu sou do FBI porque...?

— *Eu* não acho — esclarece ela. — Quem acha é o Landon. O *meu* palpite é que você está no serviço de proteção à testemunha.

Não ter jeito para conversas casuais é uma coisa, mas ser tão reticente a ponto de seus colegas de trabalho presumirem que você testemunhou contra um chefe da máfia é outra muito diferente, e eu nunca me dei conta de como é tênue a linha entre esses dois cenários.

Em minha defesa, Landon tem dezenove anos e está quase sempre ouvindo shoegaze em altíssimo volume nos seus AirPods, por isso não chegamos a ter chances infinitas de conversar.

— O banheiro é por aqui — digo, convidando-a a entrar.

Ela olha ao redor enquanto atravessa o apartamento, não parecendo nada surpresa por não ver nenhum equipamento de vigilância.

Paramos na entrada do corredor, que leva ao quarto de Miles, ao banheiro e ao meu quarto.

— Bem bonitinha a sua casa — comenta Ashleigh.

— Obrigada — digo, embora, para ser honesta, o mérito seja todo do Miles. É uma mistura vibrante de peças dos anos 50 a 70 garimpadas em brechós, em um estilo que lembra Laurel Canyon, o famoso bairro de Los Angeles que já foi um paraíso de música e contracultura.

Ashleigh se fecha no banheiro — muito provavelmente, penso, para investigar o armário em cima da pia — e eu volto para a cozinha para tomar outro copo d'água. Quando eu estava na faculdade, levava ao pé da letra o que diziam os pôsteres espalhados pelos nossos alojamentos: UM PARA UM, PELO MENOS, com a ilustração de uma garrafa de cerveja ao lado de um copo d'água. Força do hábito.

Da cozinha, escuto o rangido da porta do banheiro se abrindo e entro em silêncio na sala, mas Ashleigh não está ali.

— Você faz snowboard? — pergunta ela do fim do corredor.

— O quê?

Chego ao corredor e vejo que Ashleigh não está no quarto da direita, o meu, mas no da esquerda, do Miles. Ela está andando bem devagar por ali, como se estivesse em um museu, indo da prancha de snowboard e dos tacos de hóquei muito usados em um canto às plantas e suportes para incenso no parapeito da janela.

— Esse é o quarto do cara que divide o apartamento comigo — explico.

Ela está lendo o texto em letras minúsculas ao redor da beira do pôster emoldurado de um show, mas *eu* não consigo tirar os olhos do porta-retrato com a foto de Miles e Petra que está em cima da cômoda. Os dois estão parados na frente do lago, os braços dela passados ao redor da cintura dele, e Miles parece uma versão menos desmazelada de si mesmo, olhando para ela com uma cara de adoração. Petra parece delicada e fofa, e ele muito alto, esguio e encantador, e é impossível odiar aquela versão dela, a que deixa Miles tão feliz. Então me ocorre que, neste momento, ela está fazendo *Peter* feliz desse jeito.

Eu sempre achei que ele e eu éramos tão bons juntos... Peter era estável, confiável e motivado. Ele tinha um planejamento de cinco anos, e isso não era nada tedioso. Nós íamos viajar para ver as cerejeiras em flor no Japão, visitar Dubai e ver a Torre Eiffel. Mas também íamos juntar dinheiro para a aposentadoria e fazer almoços ou jantares mensais com a família dele.

Resumindo, Peter era o exato oposto do meu pai, que de vez em quando até era *carinhoso*, mas raramente era *presente*.

Eu precisei de muita terapia para parar de gravitar na direção de homens indisponíveis emocionalmente, do tipo que propõe fazermos uma tatuagem combinando na primeira semana e, na semana seguinte, está saindo com a vizinha do andar de cima. Fiquei tão aliviada quando enfim me apaixonei por alguém disposto de coração a retribuir o meu amor...

Um cara que levava os relacionamentos a sério, que torcia para ter o tipo de casamento que os pais tinham. Que gostava de rotina, respondia às minhas mensagens em um prazo razoável e compartilhava a agenda comigo.

Talvez se não tivéssemos nos mudado para cá ainda estivéssemos juntos.

Mas talvez também, daqui a cinco anos, ele ainda tivesse me trocado por Petra. Talvez eles estejam tão *destinados* um ao outro quanto Peter acha. Fico nauseada com a ideia de que talvez ela pertença àquele lugar, àquela casa que eu pensei que fosse minha, enquanto eu não pertenço a lugar nenhum.

Ashleigh aponta para os dois pares e meio de Crocs (sim, são cinco Crocs) perto do armário.

— Espera um pouquinho — diz ela. — Quantas Crocs esse homem tem?

— Bom — respondo. — Pelo menos essas e as que eu presumo que estejam nos pés dele neste momento.

Ashleigh fica olhando para os sapatos.

— Ele está no ramo de serviços, é enfermeiro ou é só esquisito mesmo?

— Ramo de serviços — confirmo, e completo em um tom afetuoso: — Mas também é esquisito. O que me lembra que a gente tem que experimentar o pinot esta noite.

— Por que *isso* fez você se lembrar do pinot? — pergunta ela, mas, conforme me viro para sair do quarto, esqueço de responder.

Meu peito se aperta quando vejo a parede atrás da cabeceira da cama de Miles.

Nunca tinha reparado nela, porque só estive aqui uma vez antes dessa.

Há dezenas de polaroides coladas em colunas bem arrumadas. Mais bem organizadas, desconfio, do que Miles teria feito. Devem ser uma relíquia da era Petra.

O que faz sentido, levando em consideração que as fotos contam muito claramente a história do relacionamento dos dois. Três anos de bolos de aniversário. O equivalente a três Natais de pequenas árvores douradas. Três anos de stand-up paddle, de saltos de penhascos na água, de tomar vinho assistindo ao pôr do sol, de passear em uma bicicleta motorizada compartilhada diante do que presumo ser o mar Mediterrâneo. Três anos sorrindo com as bocas muito próximas, as mãos no cabelo um do outro.

Eles parecem *tão* felizes.

É meio intrusivo ver os dois desse jeito, e mais ainda deixar minha colega de trabalho admirar as evidências do relacionamento fracassado de Miles.

— É melhor a gente ir — digo, guiando Ashleigh de volta ao corredor e fechando a porta do quarto.

Ele a aceitaria de volta?, me pego pensando, antes de passar automaticamente para: *Eu aceitaria Peter de volta?*

— Com certeza não — digo em voz alta.

— O quê? — pergunta Ashleigh.

— Nada! — respondo. — Vamos ao vinho.

Ela me segue até a porta da frente, girando a cabeça em todas as direções.

— Você vê fantasmas ou alguma coisa assim? — indaga.

— Alguma coisa assim.

— Muito bem, Vince — fala Ashleigh. — Você pode não ser do FBI, mas com certeza é mais interessante do que todas aquelas roupas de tweed levam a crer.

— Meu sobrenome é Vincent — corrijo.

— Está vendo? Duas letras que eu desconhecia. Você é cheia de surpresas.

— Detesto surpresas — afirmo.

Cherry Hill, como a maior parte das vinícolas, fica em uma península na vasta expansão da curva norte do lago Michigan. Os vinhedos se espalham pelas colinas suaves e ondulantes de ambos os lados da longa estrada de cascalho que nos leva ao bar de vinhos, todo de vidro, madeira leve e resistente e chapas de metal. O estacionamento está lotado, os jardins ao redor explodindo com flores das mais diversas cores, tudo sob a luz rosada do pôr do sol.

Para além dos canteiros de flores e arbustos, vejo mesinhas brancas espalhadas pelo gramado, com clientes circulando da cancha de bocha, em uma das extremidades, para uma lagoa com patos na outra, segurando taças de haste delicada. Há fios com luzinhas pendurados na área das mesas, só esperando a noite cair como deixa para acenderem.

— Que lugar lindo — comento depois que saio do carro velho de Ashleigh. O ar está mais frio, e me arrependo de não ter trazido um casaco.

Ela me olha de lado.

— Você nunca veio aqui?

Acho que meu óbvio espanto me denunciou.

— O Peter não era muito chegado em vinho.

— Peter? — pergunta Ashleigh. — É o seu ex, certo?

Consigo soltar um *ahã*.

Ela pendura a bolsa muito grande no ombro e puxa a bainha da minissaia na direção das botas de cano longo, que chegam à altura dos joelhos, enquanto começa a andar para as portas do bar.

— E os seus amigos? Nenhum deles é "chegado em vinho"?

O que eu não digo é que a gente tinha os mesmos amigos.

O que eu não digo é que, tecnicamente, isso quer dizer que eu não tenho amigos. Mesmo depois de todos aqueles livros de Frank Herbert que eu li só para ter alguma coisa para conversar com Scott.

— Acho que não — respondo apenas. — E você? Já esteve aqui antes, né?

— Só duas vezes — fala Ashleigh. — O Duke também não era muito chegado em vinho.

— E Duke é...? — Empurro a porta.

— Um cavalo bem grande — diz ela. — O que você acha, Daphne? É o meu ex-marido.

— Acho que eu poderia ter deduzido isso — admito, enquanto a sigo para dentro.

Um cheiro que lembra cedro queimando nos envolve quando entramos no espaço pouco iluminado. Há um balcão moderno e elegante ao longo da parede à esquerda, diante de uma parede toda de vidro fumê, com imensos barris de vinho empilhados atrás, cintilando suavemente sob a luz dourada. As outras três paredes também são de vidro, mas transparentes, com vista para os vinhedos, e sustentam bancadas estreitas de madeira que permitem que as pessoas assistam ao pôr do sol enquanto tomam seu vinho. Há mesas altas no meio do salão, e, na parede cheia de janelas do outro lado do balcão do bar, uma lareira enorme se ergue na direção do teto de vigas, com um fogo muito vivo aceso dentro dela.

Ashleigh agarra meu braço.

— Vem... Parece que aquele pessoal está indo embora.

Ela me leva para uma das extremidades do balcão, o que exige algumas manobras porque, apesar do clima ameno, aqui dentro está ainda mais cheio que no gramado. Ashleigh se espreme entre dois homens de meia-idade usando camisa polo para tomar posse de uma das banquetas que acabaram de ficar vagas e coloca a bolsa em cima da outra, enquanto acena me chamando. Ela não tira a bolsa até eu quase me sentar em cima.

Abafada pelo burburinho das conversas, toca uma música sexy, uma voz baixa e rouca que se funde perfeitamente com o tilintar delicado das taças e talheres.

Há duas pessoas trabalhando atrás do balcão, mas então uma porta vaivém se abre para o cômodo escondido atrás da parede de barris, e Miles passa por ela carregando uma bandeja de madeira cheia de taças.

Fico hipnotizada assistindo à dança intrincada entre ele e os outros bartenders, ou sommeliers, ou seja lá o que eles são. Os três se comunicam com frases rápidas e toques sutis, os outros dois se afastando para que Miles possa reabastecer o estoque de taças. Uma das bartenders troca de lugar com ele e, depois de uma conversa rápida, ela assente e desaparece pela mesma porta por onde Miles acabou de sair.

Apesar da camiseta surrada e cheia de furos e da calça de trabalho que está usando, Miles parece à vontade aqui, e o brilho cálido atrás do balcão me faz vê-lo sob uma luz mais *habilidosa* e menos *exausta*.

Ele se debruça no balcão para ouvir o que uma ruiva bonita está dizendo, então ri e pega uma garrafa aberta de vinho em um balde de gelo, girando-a um pouco enquanto volta a encher a taça da mulher.

— Está vendo ali? — diz Ashleigh, inclinando-se para que eu a escute. — O traficante gostoso.

Volto rapidamente o olhar para ela, então me viro na direção em que ela está olhando, no outro extremo do balcão.

— O Miles é *traficante*? — digo em voz alta.

Ele se vira ao ouvir o próprio nome. Então ergue o queixo em cumprimento e dá um sorrisinho de lado.

— Espera, você *conhece* ele? — pergunta Ashleigh.

Miles retorna a garrafa para dentro do balde de gelo e se aproxima de nós.

— Peça o pinot — digo rapidamente a Ashleigh.

— Estou confusa de verdade agora, Daphne. Você *já* esteve aqui ou...

Miles apoia o antebraço em cima do balcão de madeira cintilante.

— Olha — diz, alto o bastante para ser ouvido acima do barulho ambiente no salão. — Se não é a minha namorada querida.

7

—**N**AMORADA? — ASHLEIGH ME chuta por baixo do balcão. Solto um gritinho e me afasto dela.

— É *brincadeira*. Ele divide o apartamento comigo. É o Miles. Miles, esta é a Ashleigh.

Ele estende a mão para apertar a dela.

— É um prazer te conhecer.

— Encantada — diz Ashleigh, soando subitamente como uma herdeira da Era Dourada dos Estados Unidos.

— O que eu posso servir a vocês? — pergunta Miles.

Ashleigh apoia o queixo na mão e se inclina para a frente, para ser ouvida.

— O que você recomenda?

Ele pega um cardápio dentro de uma taça e empurra na nossa direção.

— Tem várias coisas em falta na cozinha agora, mas ainda temos isso aqui. — Miles marca três das seis opções de porções, então vira o cardápio e circula os vinhos para degustar, desenhando estrelinhas ao lado dos que recomenda.

Ele me encara para saber o que acho. Olho para Ashleigh. Ela assente e diz, quase gritando:

— O que o Miles sugerir!

— Volto logo — promete ele. Então desparece com o cardápio anotado, parando para murmurar alguma coisa para uma bartender de franja cortininha antes de passar mais uma vez pela porta vaivém.

Ashleigh se vira na minha direção.

— Então, que *brincadeira* tão engraçada é essa de você ser namorada dele?

— E que história é essa de o cara que divide o apartamento comigo ser traficante?

Ela afasta o assunto com um aceno de mão.

— Esse é só o jeito que eu me refiro a ele mentalmente, por causa do visual.

— O visual *vendo remédio tarja preta por baixo do pano*?

— Não, é mais do tipo *cultivo umas plantinhas no meu apartamento*. Mas isso foi antes de eu entrar desavisada no *quarto* dele meia hora atrás. Agora vou ter que rever toda a imagem que criei do Miles no castelo da minha mente.

— Está querendo dizer *palácio da memória*? — pergunto.

— Minha vez de fazer as perguntas. — Os olhos dela dançam com um brilho malicioso. Ainda não tinha visto esse lado travesso da Ashleigh. É intimidante, me dá a sensação de que não vou conseguir escapar da curiosidade dela, mas também me lembra um pouco a Sadie, o que me traz um aperto no peito. — Me conta sobre essa brincadeira, em que você é a namorada do Miles Gostoso.

— Oi, meninas! — diz a bartender de franja cortininha, sobressaltando nós duas.

— Oi! — respondemos em uníssono, com uma voz aguda.

— O Miles já volta com a degustação de vocês, mas posso servir alguma outra coisa enquanto isso? — Ela pousa dois copos no balcão e enche ambos com a água de uma jarra.

Balançamos a cabeça.

— Bom, se precisarem de alguma coisa, meu nome é Katya. É só gritar. — Ela dá uma pancadinha no balcão e se afasta.

— Então? — volta a insistir Ashleigh. — Qual é a brincadeira?

— Foi só por causa de uma foto.

Ela arqueia a sobrancelha, esperando. Eu cedo, pego o celular e abro na foto em que Miles e eu estamos juntos, meu rosto sujo de abacate, nossas bocas sugestivamente próximas. É mais lasciva do que eu me lembrava. Meu estômago se agita de um jeito desconfortável.

Ashleigh fica encarando a foto e uma covinha surge em seu queixo.

— Ah, só porque vocês parecem muito um casal nessa foto? É por isso a brincadeira?

Faço uma careta enquanto debato comigo mesma quanto mais eu devo contar. Esse é o meu problema. Não sei conversar superficialmente, mas também não quero ficar desencavando a parte feia da história, vezes sem conta, para pessoas que estão só *de passagem* pela minha vida. É desgastante. Como se, toda vez que eu compartilhasse um detalhe da minha vida com alguém que não terá um papel fixo nela, uma parte de mim fosse levada embora e eu nunca mais conseguisse recuperá-la.

Não dá para voltar atrás depois que você conta seus segredos a alguém. Não adianta se arrepender depois que você compartilha verdades delicadas com uma pessoa que, mais tarde, você descobre não ser merecedora da confiança que depositou nela.

Ashleigh coloca meu celular de lado.

— Escuta. Se você não quer que a gente seja amigas, eu não vou te *obrigar*. Nós trabalhamos juntas já faz mais de um ano, e eu sei superpouco sobre você. Nunca te pressionei porque consigo ver quando alguém é um livro fechado...

— Eu não sou um livro fechado — protesto.

— ... mas o que eu não consigo entender — continua ela — é por que você me chamou pra sair hoje. Se é só uma tática de *boa samaritana*, eu preferia ter ficado em casa a sair com alguém que tem pena de mim.

— Eu não saí com você por pena! — protesto. — De jeito nenhum. E desculpe não ter me esforçado mais pra te conhecer melhor desde o começo. Não foi por sua causa.

Ela me encara com um olhar penetrante.

— Tá certo, talvez tenha sido um *pouquinho* por sua causa — admito.

Ela deixa escapar uma gargalhada tão sincera que não consigo conter um sorriso.

— Como assim, você me acha assustadora?

— Bom... sim — confesso. — Mas de um jeito bom! É mais porque você está sempre atrasada.

Outra risada.

— Meu Deus, você não é do Michigan, é?

— Não, por quê? — pergunto.

— Esse jeito sincero — explica ela. — É revigorante. Então você não quis fazer amizade comigo porque eu sempre chego atrasada.

— E você não quis fazer amizade comigo por causa do meu nariz empinado? — deduzo.

Ashleigh dá uma risadinha.

— Não, na verdade não foi isso. Foi mais por você estar tão *comprometida e feliz*. O meu divórcio ainda é recente demais para eu conseguir ficar perto de uma pessoa que parecia ter corações de desenho animado nos olhos e passarinhos carregando um longo véu de renda atrás dela.

Eu não *contei* a ninguém no trabalho sobre o fim do meu noivado, exatamente. Mas, quando se tem três semanas de férias marcadas para uma lua de mel, e esse pedido de repente é cancelado, as pessoas comentam.

— Ah, mesmo antes do meu noivado acabar, não era assim que eu ficava.

— Por causa do nariz empinado? — brinca ela.

Meu sorriso fica mais largo.

— Porque passarinhos nunca chegam na hora, e pode parecer meio prosaico, mas, quando as pessoas estão sempre atrasadas, eu acho que elas não são confiáveis, e com certeza fico pensando que não vão estar interessadas em fazer amizade comigo.

Ela assente, pensativa.

— É justo. Mas, só para deixar claro, eu estou sempre atrasada porque tenho um filho. Gosto de pensar que os meus amigos podem contar comigo, mas, se for preciso escolher, sim, eu escolho o Mulder acima de qualquer coisa.

Se eu sou um livro fechado, envolto em correntes e trancado com um cadeado, Ashleigh Rahimi acabou de dizer a única coisa que poderia funcionar como a chave para abri-lo.

— Também é justo — digo.

— Muito bem — comenta Ashleigh. — Eu conquistei o direito de saber a história original dessa *brincadeira*?

— Tem uma coisa que eu não contei para ninguém na biblioteca — digo, tentando ganhar tempo. — Sobre o fim do meu noivado. Uma coisa... humilhante.

Ela me encara de boca aberta.

— Você traiu o seu ex-noivo com o Miles.

— O quê? Meu Deus! Não! — Olho ao redor para ver se tem alguém prestando atenção na nossa conversa. Se vou contar tudo em voz alta mais uma vez, gostaria que permanecesse só entre nós duas. — Como eu vou saber que essa história não vai se espalhar feito rastilho de pólvora por todas as pilhas de livros da biblioteca e além?

Ashleigh tem a elegância de não parecer ofendida. Em vez disso, ela torce os lábios, em uma expressão pensativa.

— Deixa eu te fazer uma pergunta: eu já te contei *alguma coisa* sobre o Landon?

— Além do fato de vocês dois terem uma bolsa de apostas em relação a quanto eu sou esquisita?

— Vamos só dizer que, se algum dia você conseguir fazer o garoto pausar o som do My Bloody Valentine, vai descobrir que seria muito fácil fazer uma série de TV inteira no estilo *The Crown* sobre a família dele. Ainda assim, você não sabe *nada* sobre isso. Eu sou boa em guardar segredos.

— Você pode muito bem estar inventando tudo isso — argumento.

— É verdade — diz Ashleigh. — Mas não estou. Sou uma mulher recém-divorciada que passa a maior parte do tempo com uma criança de onze anos. Não vou sair por aí contando os segredos dos outros. Só gosto de saber dos dramas! Me julgue!

— Se você espalhar o que eu vou te contar, posso muito bem fazer isso — retruco.

— Já entendi! — brada ela, e bate com as duas mãos no balcão. Ashleigh pega a bolsa enorme e procura o celular. — Neste momento eu estou com uma erupção horrível nas costas. Vou te mandar uma foto.

— Por favor, não faça isso — peço.

— Você pode usar a foto como garantia do meu silêncio.

— E se... entenda o que eu vou dizer... você só, sei lá, me contar alguma coisa a seu respeito? — É minha vez de sugerir.

— Hum... — Ashleigh estreita os olhos. — Como se a gente estivesse realmente se conhecendo, do jeito antigo?

— Exato — digo.

— O que você quer saber?

— Qualquer coisa que você queira me contar.

— Tudo bem. — Ela suspira e ergue os olhos para as vigas expostas no teto enquanto pensa. — O meu filho foi concebido em um estacionamento atrás da Associação Cristã de Moços. Serve?

Não consigo conter uma risada.

— Ah! — Ashleigh se inclina na minha direção, mais animada agora do que eu jamais tinha visto. — No sexto ano, o lenço que eu tinha enfiado no meu sutiã caiu da blusa enquanto eu estava escrevendo na lousa, na frente de todo mundo.

— Ai, meu Deus. Você é o próprio Dante, então. Foi até o nono círculo do inferno.

— O que mais? — Ela ergue novamente os olhos para o teto. — Ah! Logo depois que o Mulder nasceu, noventa por cento do tempo eu não tinha ideia do que fazer com ele enquanto o Duke estava no trabalho. Então eu levava o menino para a biblioteca, para aquele grupo de mães, procurava a pessoa que me parecesse mais calma ali e perguntava se ela poderia dar uma olhadinha nele enquanto eu ia ao banheiro. Aí eu me trancava lá dentro, programava um alarme e chorava de me acabar por cinco minutos.

— Ashleigh! Que triste! — digo, mas agora ela também está rindo.

— Era terrível! — concorda. — Todo dia eu acordava e tinha, sei lá, um segundo de paz. Aí lembrava: *Ah, merda, eu sou mãe de alguém*. Eu fiquei um caco por uns seis meses. Mas aquilo me convenceu a voltar a estudar e me tornar bibliotecária, *e* o Mulder é basicamente o meu melhor amigo, então valeu a pena.

Meu coração se aperta quando lembro da minha mãe. Quando penso que, mesmo depois de muitas horas de trabalho, ela costurava fantasias de Halloween para mim, acompanhava minha turma em excursões da escola e dava um jeito de me ajudar com matemática. Minha mãe batalhou muito para me dar a melhor vida que poderia, e eu dou muito valor a isso.

Sempre achei que a nossa família de duas iria crescer, que um dia eu teria uma casa cheia de vozes de crianças, de risadas altas, de um amor infinito. Pensei que a Melhor Mãe Que Já Existiu seria promovida a Melhor Avó do Mundo, e que eu daria a alguém o amor que ela me deu, mas com uma vida diferente. Uma casa cheia, em que os meus filhos não passariam a maior parte das noites sozinhos, esperando uma mãe sobrecarregada de trabalho chegar em casa, ou um pai ausente na maior parte do tempo se dignar a aparecer.

— Que tal agora? — Ashleigh bate as pestanas. — Conquistei o direito a algumas informações confidenciais?

Levanto um dedo e tomo um longo gole de água.

— Ahhh, ela precisa se hidratar — brinca Ashleigh. — Deve ser uma história suculenta.

Pouso o copo.

— Vou contar rápido e prefiro não me estender demais sobre o assunto.

— Entendido.

— O Peter me trocou pela melhor amiga de infância dele, que por acaso era namorada do Miles, e foi assim que nós acabamos dividindo um apartamento — conto de um fôlego só.

Sua boca se abre.

Tomo outro gole de água.

— Daí, sem querer eu falei para o Peter que o Miles e eu estamos namorando, por isso a gente tirou aquela foto, para a mentira ficar mais convincente.

A boca de Ashleigh agora forma um círculo perfeito.

— Tá brincando.

Escondo o rosto nas mãos.

— Não estou.

— *Adoro* — diz ela em voz alta. Estou percebendo que o volume da voz é o primeiro indicador de emoção de Ashleigh. Isso e a gargalhada brusca que ela solta de vez em quando, antes mesmo de abrir um sorriso.

— O que a gente adora?

Abro os olhos e vejo Miles arrumando taças de vinho na nossa frente.

— O relacionamento fake de vocês — diz Ashleigh.

— Bom, *eu* não adoro — rebato. — Agora não tem um jeito bom de sair dessa. Quer dizer, quando a gente "terminar", o Peter vai ficar se achando, se sentindo superior.

— Não tem problema — diz Miles, servindo uma prova de vinho branco para cada uma de nós. — A gente só precisa casar e ficar junto até eles se separarem. E, se os dois tiverem filhos, a gente tem só *um a mais* que eles. Se eles adotarem um cachorro, vamos encontrar um mais fofo. E, se eles comprarem uma casa, nós compramos uma mansão.

— Que plano perfeito — digo. — Por que eu não pensei nisso antes?

Ele desliza as taças na nossa direção.

— Pinot blanc. É fresco e cítrico, com um toque de pera, e vai bem com aves e frutos do mar. A propósito, eu estava brincando sobre o casamento.

— Não diga. — Dou um gole.

— O que achou? — Miles inclina o corpo para a frente, animado, concentrado.

Deixo o sabor do vinho envolver minha língua antes de engolir.

— Tem gosto de primavera.

Ele sorri.

— Exatamente.

— Acho que tem alguma coisa errada com o meu — comenta Ashleigh. — Está com gosto de vinho.

— Aqui. — Miles serve mais. — Experimenta de novo.

Ashleigh dá um gole, então estala os lábios.

— Ah, sim. Toda uma vibe de primavera.

Katya, a moça da franja cortininha, chama Miles. Ele olha por cima do ombro. Um cara de meia-idade, com o cabelo penteado para trás e olhos que desaparecem no rosto, está inclinado por cima do balcão, claramente bêbado, exigindo *alguma coisa* dos bartenders.

Miles se afasta de nós.

— Já volto.

Ele segue na direção do homem com um sorriso calmo e educado fixo no rosto, embora alguma coisa em seus olhos esteja diferente, sem expressão, como se ele estivesse olhando através de janelas muito escuras.

Ashleigh se inclina para perto de mim.

— Você acha que se eu continuar a parecer ignorante ele vai continuar a me servir mais vinho, ou foi só desta vez?

Vejo-o trocar algumas palavras com o homem. Miles assente, então inclina a cabeça na direção de Katya e os dois conversam baixinho. Ela pousa as mãos de leve nos ombros dele e fica na ponta dos pés para alcançar seu ouvido.

Os dois olham na nossa direção ao mesmo tempo, e eu me viro de volta para Ashleigh e tomo meu vinho até a última gota.

— Acho que você pode só pedir mais — digo —, ele provavelmente vai te servir.

— Eu me sinto uma celebridade — comenta ela. — Nunca tive esse tipo de *privilégio* em um bar antes.

— Bom, fico feliz de saber que o meu coração partido do jeito mais humilhante possível serviu para ajudar alguém.

— Sinto muito, meu bem — diz Ashleigh, enquanto gira a taça —, mas, se o Peter não tivesse te magoado agora, teria feito isso em algum momento mais para a frente.

— Como assim? Você está dizendo que o Peter e a Petra são almas gêmeas e que isso ia acabar acontecendo mais cedo ou mais tarde?

— Almas gêmeas? — Ela ri. — Não. Estou dizendo que o seu ex é o garotinho que vive olhando por cima do ombro do coleguinha, tentando descobrir se ele tem um lanche melhor. Só que a lancheira está fechada, por isso, embora ele *saiba* que o lanche que os pais *dele* mandaram é muito bom, mesmo assim quer trocar, só para abrir aquela lancheirazinha enferrujada do Batman.

— Que metáfora é essa, Ashleigh... — comento.

— Faz todo o sentido — insiste ela. — Ele é o cara que gosta de trocar de lancheira, não importa se por uma toda enferrujada do Batman, ou uma de *Carros 2* cheia de mofo, a verdade é que em algum momento ele ia trocar o lanche no saco de papel.

— Só para ficar claro, eu sou o lanche no saco de papel? — pergunto.

— Não tem a ver com a embalagem, meu bem — diz Ashleigh. — É o que está dentro.

— Então eu sou um saco de papel com um coração de ouro.

— Você poderia ser uma refeição balanceada de três pratos com uma sobremesa deliciosa que não ia adiantar nada. O Peter *conhece* você, e o lanche que ele *não* conhece ia atrair a atenção dele de um jeito ou de outro. Desculpa, acabei de perceber que estou morrendo de fome, o que provavelmente explica parte da... Ah, *graças a Deus*.

Miles está de volta para servir nosso pedido: uma tábua com três queijos locais, uma variedade de vegetais em conserva, algumas compotas típicas de Waning Bay e uma cesta de pães de uma padaria da cidade.

— Então — diz ele —, nós temos um probleminha.

— O que aconteceu, as uvas estão em falta? — brinco.

Os olhos de Miles cintilam enquanto ele pega a garrafa seguinte debaixo do balcão.

— A Katya, minha colega... — Ele pigarreia enquanto serve a etapa seguinte da nossa degustação. — Ela soube pela Petra. Sobre a minha nova namorada.

— Ah, não — digo.

Ele faz uma careta.

— Eu... sinto muito mesmo, Daphne.

— Ela acabou de te perguntar se sou eu, né? Se eu sou a sua nova namorada.

Miles assente, e as pequenas velas espalhadas pelo balcão deixam ver o rubor subindo pelo seu pescoço.

— E você confirmou — completo.

O rubor se torna mais intenso.

— Não sei o que deu em mim.

Ashleigh joga a cabeça para trás e solta uma gargalhada. O homem a sua esquerda se vira e a examina da cabeça aos pés com uma expressão de flerte nos olhos. Ela nem se dá conta, de tanto que está se divertindo com a situação em que me encontro.

— Estou amando isso. — Ashleigh bate palmas para enfatizar cada palavra.

— Nunca mais minto na vida — declaro.

— A menos que a Katya venha até você e diga: *Ei, você tá transando com o Miles, né?* — brinca ele. — Porque, se você contar a verdade, aí sim vai ser constrangedor.

— Você falou para ela que nós estamos *transando*? — pergunto.

— Ah, claro. A Katya perguntou: *Aquela é a sua namorada?* E eu respondi: *Nós fazemos sexo e estamos apaixonados. Um dia vamos ter um bebê que vamos batizar de Sue Ellen em homenagem à minha mãe.* Não, Daphne. Eu não *falei pra ela* que nós estamos transando. A Petra contou pra ela que eu estou morando com a minha nova namorada. Estou só imaginando que a Katya deve ter feito algumas deduções a partir daí. Mas, se você quer que eu vá até lá e pergunte se ela acha que estamos transando, eu posso fazer isso.

— Quanto tempo vai demorar até todo mundo em Waning Bay ouvir essa mentira? — pergunto com um gemido.

— Tenho certeza que os paparazzi já estão lá fora neste momento — diz ele. — A propósito, esse é um chardonnay 2020. As pessoas pensam que odeiam chardonnay porque na maior parte das vezes tomaram um chardonnay merda. É um vinho muito incompreendido.

— Ahhh — arrulha Ashleigh, levando a mão ao coração. — Vinhozinho incompreendido.

— Não se sinta mal por ele — murmuro. — Parece que *muita gente* leva ele pra cama.

Miles me lança um olhar brincalhão de reprovação e continua:

— O nosso é bastante contido.

— Tudo bem, retiro o meu último comentário — digo.

— Escuta, Daphne — diz Miles, enfrentando minha irritação com uma expressão muito séria —, as uvas chardonnay em si são bem neutras. É por isso que elas podem acabar assumindo um sabor de carvalho forte demais para o gosto de muitos apreciadores de vinho. Mas o nosso tem um aroma maravilhoso de pêssego, e esse toque de raspas de limão, além de um sabor leve e quente de carvalho, mas não tanto a ponto de ser predominante.

— O aroma é mesmo incrível — comenta Ashleigh.

— Obrigado, também acho. — Miles vira na minha direção de novo, claramente esperando que eu prove o vinho.

Faço toda uma cena girando a bebida na taça e examinando-a de vários ângulos, então, muito, muito devagar, levo a taça aos lábios e dou um golinho.

Mesmo assim, esse único gole faz a parte de dentro da minha boca parecer iluminada pelo sol. Como se eu tivesse acabado de *provar* um dia na costa do Michigan.

— Uau — digo.

Miles endireita o corpo, sorrindo.

— É bom?

— É bom — respondo.

A luz de um flash estoura à nossa esquerda, e olho para Ashleigh, com círculos coloridos ainda dançando no meu campo de visão.

— Ahhh — arrulha ela de novo, baixando os olhos para o celular. — A primeira foto espontânea do casal.

O homem atrás dá uma palmadinha no ombro dela.

— Se quiser uma foto de vocês três, posso tirar com prazer — grita ele acima da música, que ficou mais alta depois que anoiteceu.

— Não precisa — tento gritar de volta, mas Ashleigh já está assentindo com entusiasmo, concordando.

— Estou avaliando o novo namorado da minha amiga — diz ela ao homem. — Eles não ficam fofos juntos?

— Na verdade — comento com Miles —, somos *nós* que estamos avaliando *ela*.

Ele olha na direção de Ashleigh, o sorriso mais largo agora.

— Eu voto para ficarmos com ela.

— Quem vai dar comida e levar pra passear? — pergunto.

— Eu — insiste ele. — Todo dia. Prometo.

Ashleigh arrasta sua banqueta para colocá-la ao meu lado e volta a se empoleirar ali, se inclinando na minha direção, enquanto seu pretendente ergue o celular dela para a foto. Miles desliza o cotovelo por cima do balcão, se aproximando mais de mim pelo outro lado, o queixo apoiado no meu ombro.

— Todos digam *vinho* — pede o homem, com uma piscadela.

Ashleigh murmura baixinho:

— Ele é cafona mas é bonitinho.

8

ASHLEIGH E GREG/Craig (não tenho certeza com qual dos dois nomes ele se apresentou) estão se agarrando com vontade em um canto. Eles deram uma escapada para trocar telefones já faz bem mais de cinco minutos.

Nesse meio-tempo, todas as outras pessoas que estavam neste canto do salão de degustação foram embora. Em defesa de Ashleigh e Greg/Craig, isso talvez tenha mais a ver com o fato de que são nove e cinquenta e sete e Cherry Hill fecha às dez.

Tudo bem que é sexta-feira, mas estamos em uma vinícola no norte do Michigan, não em uma rave em Ibiza, e todos os clientes provavelmente precisam pular da cama cedo, cheios de energia, para fazer ioga, ou velejar, ou fazer ioga *em* um veleiro.

— Ela está bem pra dirigir?

Eu me viro e vejo Miles passando por uma abertura no balcão, com a carteira, o celular e um avental embolado em uma das mãos.

NEM TE CONTO

— Ah, ela não está bêbada — garanto a ele. — A Ashleigh não deu nem um gole nos dois últimos vinhos. Ela só tá com tesão mesmo.

Ele assente, sério.

— É complicada essa vida de solteira.

Nesse momento, Ashleigh desvencilha a língua da boca de Greg/Craig e se aproxima de nós, parecendo agitada.

— Então. — Ela lança um olhar furtivo por cima do ombro e baixa a voz. — Alguma chance de você voltar pra casa com o Miles?

Olho para ele.

Miles ergue a chave do carro.

— Por mim tudo bem.

— Graças a Deus. — Ashleigh me dá um abraço breve, firme e com cheiro de baunilha. — Não me faça passar vergonha no trabalho sobre isso aqui, tá certo?

— Do que você está falando, de eu ter visto um cara lambendo as suas amígdalas? — brinco.

— Tinha que acontecer em algum momento! Boa volta pra casa, pombinhos. — Ela já está retornando para onde deixou Greg/Craig. Ele entrelaça a mão na dela e acena enquanto Ashleigh o puxa para fora.

— Então — diz Miles —, o amigo do Craig não estava à altura dos seus padrões?

Fico constrangida ao me dar conta de que Miles testemunhou minha tentativa sofrida de conversar com o camarada de Craig, um cara com a camisa tão aberta que eu consegui ver seu umbigo de relance.

— Eu é que não estava à altura dos padrões *dele* — respondo. — O cara recebeu uma mensagem urgente, disse que era do trabalho e pediu licença. Depois eu fui ao banheiro e, quando passei por ele, vi que estava jogando paciência no celular, na outra ponta do bar.

— Como assim?— comenta Miles.

— Não é culpa dele — falo. — Sou uma negação para conversar com gente que acabei de conhecer.

— Não acredito em você de jeito nenhum.

— Em três minutos de conversa — continuo — eu já estava listando as minhas intolerâncias alimentares. Acho que é um misto de autossabotagem com autopreservação... Eu tento entediar as pessoas que acabo de conhecer, para afastá-las.

Miles parece horrorizado.

— Você tinha que ter me avisado sobre as suas intolerâncias alimentares antes de eu trazer comida pra vocês.

— Não é nada sério a ponto de eu precisar de medicação — explico, enquanto o sigo na direção da porta.

— Mesmo assim — diz Miles. — Aliás, se eu soubesse que você precisava de ajuda com o Rei da Paciência do Norte do Michigan, poderia ter te trazido o baralho da sala de descanso. Você iria arrasar com o cara.

— Sinceramente, não sei se estou com humor pra arrasar.

Ele segura a porta aberta para mim.

— E um milkshake?

— Que que tem? — pergunto.

— Você está com humor para um milkshake? — explica Miles. — Porque eu passei a noite toda pensando no Big Louie's.

— Quem é Big Louise? — pergunto, saindo para a noite quieta. — Ela sabe o espaço que ocupa nos seus pensamentos?

— Estou falando do Drive-In Big Louie's. — O fio de luzes penduradas acima do estacionamento de cascalho ilumina suavemente a expressão de surpresa dele. — Você nunca foi ao *Big Louie's*?

— Não?

Ele para de repente e me encara, chocado.

— É uma hamburgueria? — pergunto.

Miles solta uma risadinha de desprezo.

— *É uma hamburgueria?* — imita e vira à esquerda, na direção da caminhonete meio enferrujada.

— Não sei se isso é um sim ou um não, Miles — comento.

Ele destranca manualmente a porta do lado do passageiro.

— Isso é um *Entra no carro, Daphne, porque eu não vou me dar ao trabalho de responder essa pergunta.*

Obedeço e me inclino para destrancar a porta do motorista, enquanto Miles dá a volta pela frente.

Assim que ele dá partida, começa a tocar "The Tracks of My Tears", de Smokey Robinson & the Miracles, bem alto.

Uma música enganosamente animada que, na verdade, é depressiva pra caramba.

Tento engolir uma risada, sem sucesso.

Miles se vira para mim com um sorriso envergonhado.

— Não tenho ideia de como *isso* aconteceu.

— Essa caminhonete deve ser assombrada — sugiro.

— Isso mesmo. — Ele sai da vaga com o carro e segue pelo caminho de cascalho. — Por sinal, se a trilha de *Nasce uma estrela* começar a tocar, não se assuste. É que o fantasma também gosta dela.

— Esse fantasma fica mais trágico a cada segundo que passa — comento.

— Ele está muito bem, obrigado — diz Miles.

— Vibrante? — pergunto.

— Vibrante — concorda ele.

— Ah, se ele tiver alguma dica — emendo —, fala pra me procurar.

— Daphne — diz Miles. — O primeiro conselho que *qualquer um* vai te dar pra melhorar a sua situação é ir ao Big Louie's. Como é possível que você more aqui há...

— Treze meses — completo.

— *Treze meses inteiros* — continua ele — e ainda não experimentou a batata Petoskey deles?

— O que é batata Petoskey? — pergunto.

Ele estala a língua.

— Não é de espantar que você esteja deprimida.

— Esse lugar fica *em* Petoskey? Vamos dirigir uma hora e meia pra comer batata?

— Não, o nome é uma homenagem às pedras Petoskey.

— Que são...?

A estrada chega a um cruzamento e ele simplesmente para o carro para olhar para mim.

— Daphne.

— Nossa, que ar de decepção. Toda vez que você diz o meu nome.

— O Peter te deixava trancada em um bunker? — pergunta Miles.

— Só me diz logo o que são essas pedras, Miles.

— São fósseis de corais — explica ele, como se fosse uma informação óbvia. Então solta o freio de mão e atravessamos o cruzamento vazio.

— E isso tem a ver com batata frita porque...?

— O vínculo é sutil — responde Miles. — Mas é incrível. Estou falando da batata. Ela vem com uma quantidade absurda de queijo e pimenta jalapeño.

— Ah, isso explica por que eu nunca experimentei — digo. — O Peter não é chegado em quantidades absurdas de gordura. É mais do tipo "shot de germe de trigo com carne magra depois do treino de perna".

— Como assim? — Miles parece achar divertido o que acabei de falar. — Você não tinha permissão para comer sem o Peter?

Reviro os olhos.

— Não tinha a ver com "permissão". Eu não sei cozinhar. Ele sabe.

No nosso segundo encontro, Peter preparou o jantar para mim. Salmão, aspargos e uma salada de macarrão sem glúten. Eu não teria ficado tão impressionada nem se descobrisse que ele era um deus do Olimpo. Cozinhar era uma coisa que minha mãe *não* fazia quando eu era criança. Vivíamos de comida comprada pronta e noites de nachos semanais. Mas Peter começava todos os dias com um suco verde e fazia o jantar do zero na maior parte das noites. O auge da vida doméstica, pelo menos para mim.

Depois de alguns meses morando juntos, ele tentou me ensinar o básico da culinária, mas eu acabava atrasando o processo, por isso voltei a cuidar apenas da louça.

— Germe de trigo. — Miles balança a cabeça. — Vocês também eram o casal que faz academia junto, certo?

— Bom, a gente era o casal que tem título de sócio da academia.

— E que treina junto — deduz ele. — Sem perder um dia.

Nós éramos mesmo. E um dos poucos lados bons do fim do nosso relacionamento está no fato de eu não precisar mais sentir culpa por *não* ir à academia. Peter gostava de quase todo tipo de exercício físico, mas eu era mais lenta e tinha menos coordenação que ele, por isso, nas poucas vezes que tentamos fazer trilhas a pé ou de bicicleta, o resultado foi mais irritante que compensador. Na academia, podíamos cada um fazer seu próprio tipo de exercício e ainda assim passar um tempo juntos. E, como o trabalho exigia muito dele, esse tempo era precioso.

— Nós dois somos bem organizados — comento. — Seguíamos a agenda para *tudo*.

Ele me lança um olhar de lado e eu sinto a nuca esquentar.

— Tá bom, sim, a gente punha *isso* na agenda também — confesso.

— Não vejo problema — diz Miles. — A vida de todo mundo é corrida.

Olho para ele, tentando descobrir se Miles acredita mesmo nisso ou se me considera absurdamente tediosa. Talvez Peter também me achasse tediosa.

Miles interpreta mal minha expressão e conta:

— Não, a gente não tinha agenda. Mas talvez tivesse sido útil. Às vezes ela vivia a vida dela e eu a minha. Mas não tenho nada contra ter uma agenda. Tenho contra germe de trigo só.

Solto uma risadinha sem querer, como um cavalo resfolegando baixo. Um som de incredulidade.

Os olhos de Miles se estreitam em um sorriso.

— Nunca comi germe de trigo. Acho que eu não conseguiria dizer *o que é* germe de trigo nem se a minha vida dependesse disso.

— *Ninguém* conseguiria — digo. — Mas estou falando da agenda.

— Da agenda?

— Sim, da agenda.

Ele finge uma expressão de inocência confusa.

— Você por acaso está se referindo ao quadro branco que ocupa uma parede inteira lá em casa, onde você registra seus pagamentos, os telefonemas com a sua mãe e o seu ciclo menstrual?

— Não — rebato. — Estou falando do quadro onde eu registro a sua profunda má vontade de planejar as coisas e seguir uma agenda. O que deixa claro que você é contra agendas.

— Eu só não tinha me dado conta de como é importante pra você saber onde eu estou — brinca Miles. — Quer que eu compartilhe a localização do meu celular com você?

— Não, não precisa. Eu não quero cortar as suas asinhas, acorrentar o seu espírito livre e tal.

— Vou começar a colocar as minhas coisas na agenda — afirma ele.

— Se você acha tão importante.

Encolho os ombros.

— Tá tudo bem. Só não vai ficar bravo se eu chegar em casa e você estiver no meio da pegação com uma amig... Ai, meu *Deus*. Essa música é de *Nasce uma estrela*.

— Sério? — O tom de Miles é tranquilo. — Que estranho...

— Então você ainda não passou para a fase da raiva — deduzo.

Agora é ele quem encolhe os ombros.

— Não sei se tenho essa fase em mim.

— É mesmo? — pergunto, surpresa. — Porque eu estou acampada nela há semanas...

— Ficar com raiva não resolve nada — declara Miles.

— Ficar *deprimido* também não.

— Não estou deprimido. Só gosto de música triste.

Quando olho para ele, me vejo obrigada a acreditar nisso. A não ser por alguns poucos dias difíceis e *um* telefonema tenso que ouvi através da porta do quarto dele, Miles parece mais ou menos bem, diria até animado, desde o rompimento. Enquanto eu vivo em um estado de infelicidade constante.

Ele sai da estrada e segue na direção das luzes fluorescentes de uma lanchonete drive-in.

De ambos os lados do prédio quadrado há uma fileira de vagas, e ao lado de cada uma há um cardápio afixado acima de um alto-falante. Entre as duas fileiras, vejo algumas mesas de piquenique de metal azul espalhadas no pátio de cimento. O lugar está cheio de adolescentes bronzeados, o cabelo com a textura de quem saiu da praia não faz muito tempo, sentados em cima das mesas ou esperando na fila para falar com o atendente no balcão.

Nenhum dos clientes, com suas bandejas de plástico vermelho cheias de comida, parece ter um dia além de dezessete anos. Eu me pergunto se Peter, Scott e Petra vinham aqui quando estavam no ensino médio. O lugar tem uma cara inconfundível dos anos 50, tudo meio gasto e desbotado, dando a entender que sempre esteve aqui, o ponto de encontro dos famintos, embriagados e cheios de tesão desde tempos imemoriais.

Miles abaixa o vidro da janela dele.

— O que você quer?

— Sou uma turista aqui — digo. — O que você recomenda?

— Milkshake de chocolate com cereja e batata Petoskey.

Assinto, aprovando a escolha, e, quando a voz cheia de estática soa pelo alto-falante, Miles pede a mesma coisa para nós dois.

— Então, o que rolou com aquele cara bêbado no bar? — pergunto.

Ele fica me olhando por alguns instantes.

— Ah — diz Miles quando a ficha cai. — Ele estava tentando pedir mais uma degustação de vinho, só que ele nem conseguia parar em pé. Acontece o tempo todo. Só precisei dar uma acalmada na situação.

— E como você fez isso?

— Falei que, se ele entrasse no táxi que já tínhamos chamado, não iríamos cobrar as duas últimas taças e *não* iríamos proibir a entrada dele no bar.

— Uaaau — digo.

— O quê?

— Você botou moral e o seu sorriso nem vacilou.

— As coisas fluem melhor quando a gente não deixa as pessoas nos provocarem — afirma Miles. — Se a gente permite que outras pessoas controlem o jeito como a gente se sente, elas sempre vão usar isso contra nós.

— Finalmente estou vendo o seu lado cético.

Ele sorri, mas seu maxilar está tenso e o sorriso não chega até os olhos.

— Não é ceticismo. Se você não passar a responsabilidade pelos seus sentimentos para outras pessoas, consegue ter uma relação decente com quase todo mundo.

Para ser sincera, isso não fica muito distante do que eu sempre pensei. Só que, para mim, nunca teve a ver com controlar os sentimentos em si. Eu não saberia nem como começar a fazer isso. No meu caso, tem mais a ver com controlar a expectativa que se tem em relação a certas pessoas.

Se uma pessoa te decepciona, é hora de reconsiderar o que você espera dela.

No pátio com as mesas, os adolescentes barulhentos estão começando a reunir suas coisas e a jogar o conteúdo das bandejas no lixo, antes de se apertarem em dois carros velhos estacionados lado a lado. Um minuto depois, uma garota usando bermuda jeans e uma camiseta em que se lê COMA NO BIG LOUIE'S sai da lanchonete carregando um saco e dois copos de papel estampados com o contorno do Michigan em azul-petróleo.

Miles fica atento à minha reação ao dar o primeiro gole. Após o impacto inicial da bebida muito gelada, que quase congela meu cérebro, registro o sabor e deixo escapar um gemido. Só então Miles dá um gole no seu milkshake, antes de pousar o copo no suporte do carro.

— Sabe o que a gente devia fazer?

— Não quero chorar de soluçar vendo *Bridget Jones* com você — adianto.

— Na verdade as lágrimas escorrem devagar — refuta ele. — E não era isso que eu ia dizer, mas, se você não vai me deixar falar...

— Não, não! — Seguro o cotovelo dele. — Desculpa. Eu quero ouvir. O que a gente devia fazer?

— A gente devia ir até a praia — diz Miles.

— A praia não fecha depois que escurece?

Ele estreita os olhos.

— Que praias você anda frequentando?

Encolho os ombros.

— A que fica em frente à biblioteca? Com os food trucks, o quiosque de sorvete e as quadras de vôlei de praia.

— Aquela praiazinha minúscula aonde vão todos os fudgies? — rebate Miles. — Com as cadeiras de madeira pintadas de azul-turquesa? A areia lá provavelmente nem é daqui. Aposto que foi trazida de caminhão da Flórida.

— O que é um fudgie? — pergunto.

— Daphne, Daphne, Daphne. — Ele estala a língua em reprovação.

— Deixa eu adivinhar: sou uma tonta sem noção — digo.

Miles liga o carro.

— Não, só uma moça inocente, ingênua e fofa que foi criada em cativeiro por um homem que adora germe de trigo.

— Então a praia *não* fecha depois que escurece? — pergunto.

Ele sai com o carro do estacionamento pedregoso.

— As boas não.

9

P ELO QUE ENTENDI, um fudgie é um turista. Uma pessoa que viaja para o norte no verão para comprar fudge, o doce, pega uma praia medíocre e volta para casa antes que o outono chegue. Acho estranho que Peter nunca tenha me apresentado a esse termo, mas Miles comenta que os Collins são eles mesmos ex-fudgies, porque se mudaram para o lugar onde gostavam de passar férias quando Peter estava no segundo ano.

Seguimos de carro por vinte minutos, no escuro, até Miles parar no acostamento de terra da estradinha, atrás de dois SUVs já estacionados ali. Não vejo nenhuma placa de estacionamento, na verdade nenhuma placa de qualquer tipo, nem indicação de início de trilha, só os carros e o bosque.

— Isso é propriedade particular? — pergunto, enquanto desço do carro e começo a segui-lo para dentro da floresta iluminada pela lua, com o saco de batata frita em uma das mãos e meu milkshake na outra.

— É a orla de um lago — responde Miles. — Uma área federal preservada. Tem uns trechos de praia mais conhecidos por aí que ficam lotados, mas os melhores pontos são os que a gente descobre pelo boca a boca.

— Ah, então é um lugar *exclusivo* — brinco.

— O clube mais badalado do norte do Michigan. — Ele estende a mão para mim enquanto passa por cima de um tronco de árvore caído no meio da trilha improvisada.

— Cherry Hill deve ficar bem aqui atrás. — Solto a mão de Miles depois que passo pelo tronco. — Estava lotado.

— Os negócios vão bem lá o verão todo — diz ele. — Ainda estamos tentando melhorar as coisas no inverno. — Ele me lança um olhar de lado. — É por isso que eu faço mil bicos na baixa temporada.

Sinto que estou ficando vermelha e paro de repente sob o luar. Miles também para.

— Aquilo foi arrogante — digo. — O comentário sobre os bicos.

Ele encolhe os ombros.

— Você não falou de um jeito maldoso.

E não falei mesmo. Mas agora posso admitir que Peter com certeza falou.

Retomamos a caminhada em silêncio.

— Você não tem que justificar nada sobre o seu trabalho — esclareço depois de algum tempo. — Acho que eu só queria acreditar que o Peter tinha motivos para achar que você não servia para a Petra. Porque se você fosse, sei lá, um parasita imbecil, então isso significava que o Peter só estava *mesmo* preocupado com uma amiga. E não, você sabe...

— Apaixonado por ela? — completa Miles, o tom neutro.

— Isso. — Minha voz vacila.

Está mais fresco aqui, no bosque tão perto da praia. Por alguma razão, isso me faz achar ainda mais delicado falar sobre esse assunto, como se estivesse exposta demais agora que estamos só nos dois.

— Ei. — Ele me dá um cutucão de brincadeira. — Foi um livramento, né?

— É que eu me sinto bem idiota — confesso.

Miles para de andar de novo.

— Você não é idiota.

Abaixo a cabeça e sinto a mão dele pousar no meu cotovelo, depois subir e descer pelo meu braço, esfregando-o para aquecê-lo.

— O Peter te pediu para confiar nele, e foi isso que você fez — insiste Miles. — É isso que *supostamente* se deve fazer com as pessoas que a gente ama. Só que nem sempre essas pessoas correspondem à nossa expectativa.

Miles abaixa a cabeça para olhar nos meus olhos, com um sorriso divertido curvando seus lábios.

— Quer voltar para o carro pra gente ouvir Adele?

Dou risada e seco os olhos úmidos com o braço.

— Não, já concordamos que isso não vai trazer nada de bom. Vamos ver essa praia. Se é que tem mesmo uma praia, e você não está só me levando para a beira de um penhasco.

— Quer que eu te conte — pergunta Miles, o tom irônico — ou prefere manter a surpresa?

— Detesto surpresas.

Ele dá um sorrisinho.

— Tem uma praia mesmo.

Voltamos a andar. A trilha passa a ser de areia conforme subimos. As árvores vão rareando até que, de repente, chegamos ao topo e eu me vejo no alto de uma duna íngreme. Lá embaixo, o lago escuro quebra na areia, e vejo por toda a extensão da praia várias fogueiras acesas na escuridão, com barracas ao redor das mais distantes.

O barulho das ondas abafa as vozes e risadas dos outros frequentadores noturnos do lugar, e seria fácil acreditar que esse grupo aleatório talvez seja o último na Terra. Nômades no estilo *Estação onze*. Ou talvez a gente esteja em outro planeta, estranhos em uma terra estranha.

— Uau — digo em um sussurro.

— É a segunda melhor praia da cidade — murmura ele.

— A *segunda* melhor? — Eu me viro para encará-lo. — Você me trouxe para a sua praia *estepe*?

— Ninguém sabe da outra — brinca Miles. — Não posso sair por aí entregando o jogo.

— Pra quem eu vou contar? — Aceno com os braços na lateral do corpo. — Todo mundo que eu conheço ou está aqui, ou é meu inimigo mortal, ou amigo íntimo ou parente de um inimigo mortal.

— Sim, mas o seu inimigo mortal *acabou* de se separar de você. — Ele empurra meu ombro com delicadeza. — Quem me garante que, se eu te levar para a Praia Secreta hoje, você não vai acabar levando aquele babaca adorador de germe de trigo lá na semana que vem?

Balanço a cabeça.

— Eu nunca volto com ex-namorados. Quando a pessoa me mostra quem ela é de verdade, pra mim é isso que vale.

Miles fica me olhando, a cabeça inclinada para o lado.

— Que foi? — pergunto. — Você discorda?

— Eu só tenho mais uma ex além da Petra. A gente nunca voltou, mas não sei se isso conta como um comportamento típico meu.

— Só *uma* ex? — Volto a olhar para Miles. — Quantos anos você tem?

— Não sou um cara de relacionamentos sérios — justifica ele, um pouco acanhado. — A Petra foi a exceção pra mim, não a regra. Agora, se ela por acaso quisesse voltar comigo? Não sei. Mas não vale a pena pensar nisso, já que ela está noiva do seu ex.

Meu estômago aperta. Eu me viro e me concentro na luz da lua brincando nas ondas, escuto o som da água.

— Parece mais alto que durante o dia.

— Eu sempre adorei esse som.

Ele indica com a cabeça que eu o siga, então descemos a duna e dobramos à esquerda, saindo da trilha e do caminho de alguém que possa aparecer ali. Sentamos na areia e apoiamos os copos no chão. Miles pega as duas bandejinhas de papel quadriculado cheias de batata frita e apoia em cima do saco de papel onde elas estavam.

Eu o flagro me observando enquanto mordo a primeira batata.

— Que foi? — pergunto, de boca cheia.

Ele ergue um ombro, em sintonia com um dos cantos da boca.

— Só estou esperando pra ver se você vai gemer de novo.

Sinto o rosto quente enquanto mordo uma pimenta jalapeño.

— Não sei do que você está falando.

— Do som que você fez quando experimentou o milkshake — diz Miles. — Quero saber se a batata atingiu a expectativa.

— Pra ser sincera — digo —, neste momento a minha boca está pegando fogo.

Ele me estende o copo de milkshake. Eu me inclino na direção do canudo e dou um gole longo.

— Melhor? — pergunta Miles.

Meus dentes começam a bater.

Ele ri e abre o zíper do agasalho, que tira e joga na minha direção. Menos *para* mim e mais *em* mim.

— Obrigada — digo, enquanto afasto o agasalho do rosto e passo ao redor dos meus ombros e das minhas costas nuas. O cheiro de fumaça da lareira do bar de vinhos me envolve. — Agora eu sei de onde vem o seu cheiro.

Ele recua.

— Eu sou fedido?

— Não — explico. — É que eu achava que você tinha um cheiro meio de biscoito de gengibre. Mas você tem o cheiro do bar de vinhos. É gostoso.

Ele se inclina na minha direção e cheira o tecido do próprio agasalho ao redor do meu ombro.

— Acho que eu não percebo porque estou acostumado.

— Bom, normalmente esse cheiro fica escondido pelo cheiro da maconha — comento.

Ele me lança um olhar desconfiado e brincalhão.

— Isso foi uma *crítica*, Daphne?

— Só uma observação.

Miles se recosta na areia, o corpo apoiado nos antebraços.

— Eu tenho fumado um pouco mais que o normal. — Ele me olha por entre os cílios. — Não sei se você soube, é que eu levei um pé na bunda.

— Soa vagamente familiar.

— Estou pegando mais leve — afirma Miles.

Neste *exato* momento, enfio as mãos nos bolsos do agasalho e encontro um baseado já enrolado, prontinho. Tiro-o do bolso com uma gargalhada.

— Eu estava procurando isso. — Miles pega o baseado dos meus dedos e coloca entre os lábios. — Você tem um isqueiro.

— Desculpa, não tenho.

— Não, estou afirmando que *você tem um isqueiro* — explica ele. — No outro bolso.

— Ah.

Pego o isqueiro de plástico laranja-neon e acendo, bloqueando o vento até a chama ficar firme. Ele se inclina para que eu possa acender a ponta do baseado. Depois traga e estende para mim.

Hesito, e os lábios de Miles se curvam em um sorriso largo.

— Não importa o que os agentes do programa antidrogas te disseram na escola, não vou forçar você a fumar. Só estou oferecendo.

Como adoro ter as coisas sob controle, nunca tive uma grande fase de fumar maconha, só que a voz irritante na minha cabeça que faz questão de me lembrar disso não é minha, e sim do Peter. E não quero mais ouvir essa voz. Ela não tem o direito de continuar ecoando no meu cérebro.

Passei três anos comendo como ele, me exercitando como ele, me esforçando feito louca para fazer amizade com os amigos *dele* e para impressionar a família *dele*, frequentando as cervejarias favoritas dele e achando o tempo todo que aquilo era ideia minha, que era a *minha* vida. Só que agora, com Peter fora de cena, absolutamente nada no restante da imagem faz sentido.

Não sei bem que partes de mim são *ele* e que partes são minhas de verdade. E quero saber. Quero me conhecer, testar meus limites e ver onde eu termino e o resto do mundo começa.

Assim, pego o baseado que está entre o indicador e o polegar de Miles e trago com vontade, deixando a sensação espiralar dentro de mim. Quando devolvo, ele traga mais uma vez, então apaga o cigarro.

— Este lugar tem nome? — pergunto.

Lá embaixo, junto à fogueira mais próxima, um grupo — não sei dizer se são adolescentes ou jovens de vinte e poucos anos — está brindando com garrafas de cerveja e latas de hard seltzer, um tipo de refrigerante alcoólico, uivando para a lua.

— Não sei — diz Miles. — Só ouço as pessoas chamarem de *o lugar*.

— *O lugar* — comento. — Parece *exatamente* o jeito como os alunos do ensino médio chamam o lugar aonde vão para fumar maconha.

— É verdade — concorda ele. — Pena que ainda não consegui achar a praia aonde o pessoal de trinta e poucos anos vai para fumar maconha.

— Ah, eles ficam todos fumando vaporizador na cama enquanto assistem TV.

— Menos a gente — diz Miles.

— É, a gente é aventureiro.

— Certo, me diz uma coisa, Daphne. — Ele ergue o rosto para o céu. Eu me reclino para trás, apoiando o corpo nos antebraços.

— O quê?

Ele abaixa os olhos, a metade esquerda do rosto sombreada.

— Aonde você vai quando não está em casa?

— Sem ser o trabalho?

— Sem ser o trabalho. — Miles assente. — Porque, apesar do seu impressionante comprometimento com a agenda, a verdade é que *existem* espaços de tempo em que você não está ocupada, mas eu nunca te vejo sair. E você nunca tinha ido a Cherry Hill, nem ao Frigorífico, e nunca tinha vindo aqui. Então, aonde você vai?

— Lugar nenhum — respondo. — Sou um tédio.

— Você não é um tédio — rebate ele. — Você guarda segredos.

Lembro o que Ashleigh disse a meu respeito: *um livro fechado*.

Houve uma época em que eu sabia fazer amigos. Mas isso foi umas quatro ou cinco mudanças de endereço atrás. Com o tempo, começou a parecer que não valia a pena abrir frestas de mim para deixar alguém entrar e poucos meses depois ter aquela pessoa arrancada de mim com violência, quando minha mãe fosse transferida mais uma vez.

— Pra ser sincera — digo —, se não estou em casa ou no trabalho, estou lendo em algum outro lugar. Na praia... a praia *pública*, ou no Lone Horse Café, na Mortimer Avenue. Agora, quando eu não estou lendo, provavelmente estou vendo TV. E também curto fuçar as lojas de produtos baratos.

Miles estreita os olhos para acomodar o sorriso que se expande.

— Você está pensando que tudo isso parece muito entediante, né? — digo.

Ele ri.

— Não — garante, com um pouco de veemência demais. Ao ver minha expressão, acaba cedendo. — Tá certo, um pouquinho. Mas, só porque as coisas que você faz parecem tediosas pra mim, não quer dizer que eu acho *você* um tédio.

— Sim, mas você aguentou uma conversa de quinze minutos com o Craig sobre imposto predial, portanto eu acho que os seus padrões sociais são bem baixos.

— Ele era um cara legal — diz Miles.

— Sem comentários.

— Eu gosto da maior parte das pessoas. Isso é tão ruim assim?

— Não é nada ruim — respondo. — E sem dúvida está funcionando a meu favor. Só fica mais difícil pra mim ter um parâmetro realista do tamanho do fracasso que eu sou.

— Você não é um fracasso de jeito nenhum — afirma ele, enfático.

Reviro os olhos. Miles endireita o corpo, uma expressão intensa no rosto, apesar das pupilas visivelmente dilatadas.

— Estou falando sério. Aquele babaca já tirou a sua casa. Não deixe ele tirar a sua autoestima também.

— A casa não era minha de verdade — digo. — Estava no nome dele.

— Mas era o seu *lar* — insiste Miles.

Essa palavra não me machuca tanto quanto de hábito.

A maconha provocou uma reação agradável no meu corpo, o céu está lindo esta noite, e o ar cheira a abetos, fumaça e água doce, com um ligeiro toque de gengibre. A verdade parece mais administrável. Eu *quero* administrá-la.

— Só que eu me dei conta de uma coisa — digo a Miles, apertando o agasalho com mais força ao redor do corpo. — Aquela casa nunca foi o meu lar. Quando a gente *tira o Peter da agenda*, não sobra muita coisa. Waning Bay não me *pertence* do jeito que pertence a ele.

— Eu até aceito que a casa seja dele — diz Miles. — Mas o cara não vai ficar com a cidade.

Lanço um olhar de lado para ele.

— Não te incomoda saber que você pode esbarrar nele a qualquer momento? Não te incomoda a ideia de você estar comprando papel higiênico e antiácido e acabar dando de cara com os pais da Petra?

Miles encolhe os ombros.

— Seria tranquilo. — Ele se senta mais reto. — Espera... você tá pensando em ir embora?

— Estou é sonhando com isso. — Olho diariamente o portal de empregos da Associação Americana de Bibliotecas.

— Vai voltar para Richmond? — pergunta Miles.

Agora sinto aquela pontadinha de melancolia que a palavra *lar* não provocou.

Essa foi minha primeira ideia, quando a poeira assentou. Eu poderia voltar. Para minha antiga cidade, meu antigo emprego, meus antigos amigos.

Mas aí, alguns dias depois da grande ruptura, eu enfim me forcei a sair do poço de desespero em que me encontrava por tempo suficiente para atender uma das ligações de Sadie.

Estou tão brava com o Peter que, sinceramente, seria capaz de dar um soco na cara dele, disse ela.

Sadie lamentou o que tinha acontecido, me consolando. Mas então o não dito se tornou dito: *Vocês dois são importantes demais pra gente. Não vamos escolher nenhum lado.*

Como se fosse um jogo de basquete. E ela e Cooper tivessem decidido não fazer cartazes nem se sentar em um setor específico das arquibancadas. Como se as coisas precisassem seguir seu rumo, então alguém simplesmente teria que ganhar, enquanto o outro perdia.

Eu disse a Sadie que jamais havia *desejado* que ela escolhesse um lado.

Mas, para falar a verdade, eu não queria que precisasse ser uma escolha. Queria que ela tivesse certeza de onde estava. O problema é que Sadie não era mais a minha melhor amiga. Ela e Cooper eram *os nossos melhores amigos*.

Os dois eram uma unidade e nós éramos outra, e era dessa forma que nos relacionávamos.

Eu não conseguia me lembrar da última vez que Sadie e eu tínhamos feito alguma coisa só nós duas.

E, naqueles dias em que eu estava no fundo do poço, Peter estava fazendo o controle de danos. Portanto, se o nosso rompimento não era um jogo de basquete, talvez fosse uma corrida, e eu fui lenta demais.

Sadie eu nos falamos poucas vezes desde aquela ligação, e eu sofri tanto ou mais por essa perda do que pelo fim do meu noivado.

— Para Richmond, não — digo a Miles. Isso talvez fosse ainda pior que permanecer aqui, o que não é pouca coisa. — Para Maryland, eu espero.

Miles inclina a cabeça daquele jeito que o deixa parecido com um labrador.

— O que tem em Maryland?

— A minha mãe — respondo.

— Vocês são bem próximas — diz ele, meio como uma observação, meio como uma pergunta.

Puxo os joelhos para junto do peito e passo os braços ao redor deles.

— Ela e o meu pai se separaram quando eu era muito pequena, por isso sempre fomos só nós duas. Mas não de um jeito triste. Ela é demais. E você? Se dá bem com a sua família?

Ele coça a nuca e desvia o olhar para a água.

— Com a minha irmã mais nova, sim. A gente troca mensagens praticamente todo dia. Ela mora em Chicago.

— E os seus pais? — pergunto.

— Moram a uma hora de Chicago.

Miles não diz mais nada. Essa é a primeira vez que tenho a sensação de que há alguma coisa sobre a qual *ele* prefere não falar.

Sinto uma leve decepção. É tão fácil me abrir com Miles. Queria que ele se sentisse assim comigo também.

— Enfim — diz ele —, acho que você não devia se mudar para Maryland.

— Só vou embora depois que você achar outra pessoa pra dividir o apartamento — garanto.

— Não é por isso. Você se mudou pra cá por causa do Peter. Não deixa ele também ser o responsável por você ir embora.

— Então você está dizendo que eu devia ficar só pra fazer pirraça.

— Só acho que seria uma merda você mudar toda a sua vida por causa desse cara, duas vezes — diz ele.

— Miles. Eu acabei de te contar como é *toda a minha vida*, e deu pra ver uma parte da sua alma morrer através dos seus olhos.

— Não foi isso que aconteceu — nega ele.

— Foi sim — insisto.

— E o seu emprego?

As brasas no meu coração se agitam.

— O que tem ele?

— Você está sempre, sei lá, ensinando as crianças a fazerem comedores de pássaros e organizando concursos de fantasia. É óbvio que esse emprego significa muito pra você.

— Significa mesmo — concordo. — Às vezes, quando estou com as crianças na Hora da História, eu lembro de repente que estou sendo paga pra fazer uma coisa que amo e tenho a sensação de que é um sonho. Como se eu fosse acordar e me dar conta de que estou atrasada para o meu turno como vendedora em uma loja de roupas.

Faço uma pausa e logo continuo:

— E tem uma menina, a Maya, que vai à biblioteca uma vez por semana. Ela tem uns doze ou treze anos. Uma garota cheia de personalidade. Ela lê de tudo... chega a devorar cinco livros por semana. E nós duas temos um clube de leitura informal, em que eu escolho algum livro que acho que ela vai gostar, a Maya acrescenta esse livro à pilha dela, aí volta uma semana depois e a gente conversa por uma hora mais ou menos sobre ele, enquanto eu resolvo assuntos administrativos. A Maya é superinteligente. As coisas na escola são difíceis pra ela, mas dá pra ver que ela vai ser uma escritora incrível um dia, ou, sei lá, diretora de cinema.

— Você *ama* o seu trabalho — diz Miles.

— Eu *amo* — admito. É a parte da minha vida que ainda parece certa, mesmo com Peter fora de cena.

— Então não desiste dele — insiste Miles. — Não por causa daquele idiota.

— É claro que também tem dias em que eu preciso passar uma hora no telefone com um dos nossos frequentadores regulares porque o homem quer que eu procure um poema de amor e leia cada palavra para ele.

— Por quê? — pergunta Miles.

— Às vezes o trabalho de uma bibliotecária é simplesmente *não fazer perguntas*. De qualquer modo, apesar de estar de olho em vagas de emprego em outras cidades, só posso ir embora daqui a oitenta e cinco dias.

— Isso é... bem específico.

— É quando acontece a Maratona de Leitura — explico.

— Ah. — Ele abre um sorriso. — Reunião de planejamento para a Maratona de Leitura: sempre às terças, das duas às três da tarde.

— Você tem memória fotográfica? — pergunto.

— Claro — responde Miles. — E esse é um compromisso fixo na sua agenda desde que você se mudou pro apartamento.

— Então você lê a agenda! — digo, sem conseguir esconder a alegria.

— É claro que eu leio. Mas me explica essa história de Maratona de Leitura.

— É um evento para angariar fundos — explico. — Uma noite inteira de leituras para as crianças, com disputas, prêmios e esse tipo de coisa. Basicamente um evento para patrocinar *outros* eventos, porque não temos dinheiro nenhum. Waning Bay nunca fez uma Maratona de Leitura, mas eu fui a uma quando era criança e foi divertido demais. Estou trabalhando nisso praticamente desde que cheguei aqui.

Ele ergue as sobrancelhas.

— E vai ser no fim do verão?

— No meio de agosto — confirmo.

Depois de um instante, Miles diz:

— Então vamos fazer o seguinte: vou ser o seu guia turístico.

— Não vou tomar ácido com você, Miles — aviso.

— Bom saber — retruca ele —, mas não é desse tipo de guia turístico que estou falando. Vou mostrar Waning Bay pra você. Podemos sair aos domingos, quando nós dois estamos de folga. Começando na semana que vem. Aí, se no fim de julho você ainda quiser ir brincar de *Supergatas* com a sua mãe...

— Você por acaso tem ideia de como *Supergatas* é aconchegante? — pergunto, chegando à fase de estar chapada em que começam as risadinhas. — Se eu pudesse, eu me mudaria para o cenário de *Supergatas*.

— Você diz isso agora, mas no fim do verão vai estar louca por este lugar, Daphne. Espere e verá.

— Tá, tá, tá.

— Eu tô falando sério — insiste ele.

— Ah, você tá falando *sério*? — pergunto. — Tá falando *sério* quando diz que vai passar o verão inteiro rebocando uma quase estranha por aí pra ela não ir embora desta cidade?

— Você não é uma estranha. — Ele bate com a perna na minha. — É a minha namorada séria e monogâmica, lembra?

Solto uma risadinha engasgada, chapada a ponto de a sensação parecer estar explodindo nas minhas veias, tamanha a força do impacto.

A expressão no rosto de Miles continua profunda e dolorosamente sincera.

— Não quero que você vá embora. Eu *gosto* de você.

— Você gosta de todo mundo — lembro a ele. — Sou fácil de substituir.

Ele revira os olhos.

— Você jura que me decifrou, né?

— Estou errada? — pergunto.

Miles sustenta o meu olhar, sem sorrir exatamente. Nós dois damos um pulo quando o celular emite um alerta no bolso dele. Miles pega o aparelho e a luz da tela ilumina seu rosto — e a ruga funda que se forma entre as sobrancelhas — enquanto ele lê a mensagem.

— Tudo bem? — pergunto.

Ele morde o lábio inferior, a expressão preocupada.

— Petra.

— Sério? Vocês ainda se falam?

— Não com frequência. — Miles esfrega o maxilar.

Lembro da ligação tensa que ouvi sem querer atrás da porta do quarto dele e me pergunto se era ela — e o que Peter acharia disso.

— Parece que a Katya contou pra ela que estávamos juntos em Cherry Hill hoje — diz Miles.

Mudo a posição do corpo, me sentindo desconfortável.

— E o que ela falou na mensagem?

— Que está feliz por nós dois — diz ele, a voz baixa e sem expressão.

— Ah, que bom — digo. — A felicidade da Petra sempre foi a minha maior preocupação.

Miles me encara e começa a rir devagar.

O baseado deixou meu coração parecendo manteiga derretida, embora meu *estômago* esteja se revirando de raiva. De Petra e de Peter, não só por *minha* causa dessa vez, mas por causa do Miles. Esse homem absurdamente gentil, que deixou que eu me mudasse para a casa dele sem fazer nenhuma pergunta — e sem nem me cobrar o primeiro mês de aluguel —, que escolheu minha comida esta noite e me comprou um milkshake e me trouxe para uma praia aonde eu nunca tinha vindo e me emprestou o agasalho dele.

Que acabou de se oferecer para me ciceronear o verão inteiro, só para eu não me mudar.

Depois de a gente sair junto só *duas vezes*.

Eu geralmente não boto muita fé no charme de uma pessoa, mas acho que Miles talvez seja um raro espécime autêntico. Uma pessoa de coração bom, que gosta de todo mundo e merece mais do que um bilhete deixado em cima da mesa de centro e o quarto que Petra usava como closet esvaziado às pressas.

Estendo a mão para o celular dele. Miles pensa por um instante, depois me entrega o aparelho.

— Vem cá — digo enquanto abro a câmera do celular.

Ele franze o cenho em uma expressão confusa.

— Para onde?

Afasto os restos da batata frita para longe de mim e dou uma palmadinha no espaço entre nós.

— Ah, aí? Trinta centímetros à minha esquerda?

Ele não pergunta por que, apenas continua me encarando e se aproxima até a lateral do seu corpo estar colada ao meu.

— Aqui?

Sinto um frio na barriga diante da proximidade da voz dele.

— Assim tá bom.

Levanto o celular à nossa frente, o flash ligado, e me inclino para junto dele. Miles passa um braço ao meu redor e dá um sorriso melancólico, incapaz de fingir alegria verdadeira. No último instante, em um impulso, eu me viro e dou um beijo em seu rosto, no momento em que a foto finalmente é tirada.

Miles vira o rosto na direção do meu, nosso nariz quase se tocando, partes do seu queixo e do seu rosto escondidas atrás do efeito da luz do flash.

— Só achei que a gente podia deixar a Petra mais feliz *ainda* — explico.

— Muito atencioso da sua parte — diz ele, os lábios se curvando em um sorriso.

— Sim. Eu até pensei em gravar um vídeo fazendo uma dancinha sensual no seu colo, mas não tenho onde apoiar o celular, então isso foi o que deu pra fazer no momento.

— Seria um prazer voltar para o bosque, pegar uns galhos e improvisar um tripé pra você, Daphne — oferece Miles.

Eu rio e me ocupo dando outro gole no milkshake, que na mesma hora me faz tremer de frio.

— Vem cá.

Ele me puxa contra o peito, de modo que agora nossos corpos se encaixam, quase como se estivéssemos em um trenó — ele atrás, eu na frente, os braços dele passados ao meu redor, bloqueando o pior do vento.

Estremeço de novo enquanto me aconchego mais e tiro mais algumas fotos.

Sendo bem sincera, minha cabeça está zonza com tantas sensações desconhecidas, e não sei bem se ainda estou tirando fotos por qualquer outra razão que não evitar admitir como é gostoso ficar aconchegada a ele. Fazia muito tempo que eu não ficava aconchegada em *alguém*.

— Você sabe que não precisa fazer isso — diz Miles.

Abaixo o celular e olho para ele por cima do ombro.

— Sim, eu sei.

— Você provavelmente estava certa. Eles nem devem estar com ciúme. E, mesmo que ela esteja, e daí? No fim das contas, isso não me faz sentir menos merda.

— Mas *me* faz sentir menos merda — digo.

Ele ergue a sobrancelha, a expressão cética.

— Faz?

— Tudo bem, não exatamente — admito. — Mas eu fico irritada porque a Petra, tipo, acha que você precisa da aprovação dela para tocar a sua vida ou coisa parecida. Se ela estava apaixonada pelo Peter, nunca devia ter se envolvido com você como se envolveu, e ainda terminar tudo da pior maneira possível. E esse jeito de a Petra *insistir* que você a veja com gentileza... de tentar fazer você *não* ficar revoltado em vez de só te deixar seguir com a vida... é muito egoísta. Então, sim, talvez seja imaturo e idiota da minha parte. Mas *de verdade* eu me sinto um pouco melhor pensando que talvez a Petra veja essas fotos e perceba que, mesmo que ela não seja uma *completa* cretina, foi cretina nesse caso, não te valorizou, e devia ter valorizado. Mesmo que isso significasse terminar com você *antes* de dizer para o meu namorado que estava apaixonada por ele, em vez de manter você em banho-maria, só para o caso de o Peter não querer nada com ela. Me deixa um *pouquinho* melhor pensar que ela pode ver uma foto em que estou sentada no seu colo, olhando com adoração pra você, e lembrar que era isso que você merecia o tempo todo.

Um sorriso de lado se abre lentamente no rosto de Miles. Depois de um longo momento, ele se inclina para a frente e dá um beijo na minha têmpora.

— Obrigado — diz, os braços se apertando ao meu redor.

Meu corpo esquenta, como se eu estivesse mergulhada em uma piscina aquecida.

— Eu só falei a verdade.

Eu me viro para olhar para a água, sentindo o sangue vibrar nas veias com uma energia nervosa.

Paramos de tirar fotos, mas nenhum de nós se mexe. É uma delícia estar sendo abraçada por alguém, protegida do vento, ouvindo o ritmo tranquilo das águas do lago, sentindo a respiração de Miles mover seu peito até minha própria respiração estar sincronizada com a dele, sem eu nem tentar.

— Isso é gostoso — digo, o tom ligeiramente sonhador e *totalmente* não intencional.

Nas poucas vezes que fumei maconha, esse sempre foi um dos principais efeitos: a sensação de que uma corda entre meu cérebro e minha boca foi rompida, e que eu deixo de ter controle do que estou dizendo.

Miles assente contra a lateral da minha cabeça.

— É, sim — concorda.

— Miles.

— Hum?

Eu e a maconha prosseguimos:

— Acho que você pode ser a pessoa mais legal que eu já conheci.

— Não estou sendo legal quando te falo pra não ir embora — esclarece ele. — Eu gosto de sair com você. E você é de longe a melhor colega de apartamento que eu já tive.

— Você está dizendo que eu sou limpa — digo.

— Aprenda a aceitar um elogio.

— Tá vendo?

— Tô vendo o quê? — pergunta Miles.

Eu me viro para olhar para ele.

— Até quando está tentando ser antipático você é legal.

Os olhos de Miles cintilam quando ele sorri.

— Vou me esforçar mais.

Continuamos sentados ali, abraçados, olhando o fogo dançar nas fogueiras ao redor e a água do lago quebrar na margem.

10

SÁBADO, 1º DE JUNHO
77 DIAS ATÉ EU PODER IR EMBORA

MILES E EU passamos a semana seguinte sem sequer nos esbarrar na cozinha.

Acho que nenhum de nós está conscientemente evitando o outro — é mais como se de repente nós dois tivéssemos lembrado que não nos conhecemos bem e que não temos nada em comum, a não ser o fim dos nossos relacionamentos, algo hilariante de tão terrível. Voltamos ao território dos acenos educados de cabeça, refeições separadas e conversas monossilábicas.

Quando chegamos em casa da praia, Miles fez toda uma cena escrevendo "TURISMO EM WANING BAY" na agenda, ocupando a coluna inteira do domingo, mas desde então não acrescentou mais nada.

Conforme se aproxima a hora do meu turno no sábado de manhã, já estou convencida de que o empenho dele em me mostrar a cidade não passou de um efeito do baseado que compartilhamos.

Saio antes que Miles se levante, o sol e os pássaros já a pleno vapor, embora o ar permaneça fresco. Estou adiantada como sempre, por isso resolvo ir caminhando até a biblioteca e faço uma parada em uma cafeteria toda pintada de branco, com plantas penduradas ao redor, onde compro um chai.

É estranho... Já fiz esse caminho de carro dezenas de vezes, mas a pé reparo em coisas novas:

Uma casa em estilo Tudor com um jardim cheio de flores e uma placa de madeira anunciando que se trata de uma escola Montessori. Uma loja de artigos para hobbies em geral chamada High Flyers, que parece aludir a uma mistura de *pipas* e THC. Então, entro em uma rua residencial e sigo lendo as placas nos jardins: uma sobre o Pé-Grande, outra divulgando uma feira de artes que vai acontecer, depois uma placa torta de "VENDE-SE" no gramado descuidado de um chalé verde e caramelo. A cerquinha de madeira branca precisa de conserto — inclusive faltam algumas tábuas —, e as janelas com vidraça em formato de diamante estão cobertas pela hera. Parece um lugar saído de um livro: mágico e aconchegante, mas também extravagante e misterioso, daquele jeito irresistível das casas de contos de fadas.

No trabalho, ajudo Harvey a atualizar a programação da semana no quadro de cortiça. A equipe de funcionários da biblioteca pública de Waning Bay é tão pequena que todo mundo faz um pouco de tudo. Fazemos o que precisa ser feito, não importa o cargo que ocupamos.

Enquanto prendo no quadro um folheto que convida: "Noite do terrário: venha aprender a fazer o seu", Harvey diz:

— Você está mais animada esta semana.

Ele é muito parecido com Morgan Freeman, e sua voz, embora mais áspera e não exatamente baixa, tem a mesma seriedade. É uma voz que faz a gente querer deixá-lo orgulhoso.

— Desculpa — me apresso a dizer. — Vou melhorar. Não vou mais deixar os meus problemas transparecerem aqui no trabalho.

Harvey deixa escapar um murmúrio aborrecido e empurra os óculos de armação dourada mais para cima do nariz.

— Isso aqui é uma biblioteca, Daphne. Se você não puder agir como um ser humano aqui, onde vai poder?

Sinto uma pontada de culpa por estar procurando emprego, por *saber* que há uma vaga aberta para bibliotecária em Oklahoma, um lugar que desconheço, a não ser pelo que se pode apreender do musical *Oklahoma!*

— Temos sorte de ter você aqui — continua Harvey, enquanto prende no quadro a ficha de inscrição para o torneio de *Dungeons & Dragons*, na sexta-feira. — Só continue com a mesma dedicação àquelas crianças. Isso já basta.

A pontada de culpa fica mais forte.

Harvey dá uma batidinha na parede e volta ao escritório, enquanto eu começo a desmontar o origami que usamos para divulgar o Dia do Dinossauro, a fim de abrir espaço para a vitrine do Mês do Orgulho. Depois, ajudo Ashleigh a finalizar o material de divulgação do Juneteenth, feriado que celebra o fim da escravidão nos Estados Unidos, e do Loving Day, que lembra o aniversário da decisão da Suprema Corte que legalizou o casamento inter-racial em todos os estados do país. Enquanto trabalhamos, ela me conta sobre sua primeira saída *de verdade* com Craig, descrevendo cada mínima informação espantosa com um tom absolutamente monocórdio, enquanto eu me controlo para não fazer xixi na calça de tanto rir.

(Quando eles chegaram à casa do Craig, depois do jantar, o homem fez Ashleigh ficar sentada dentro do carro com ele por vinte minutos enquanto o álbum do Phish acabava de tocar, depois fez exatamente a mesma coisa quando a deixou em casa.)

— Fico feliz por alguém estar se divertindo com isso — diz Ashleigh, mas percebo que ela também está gostando de contar a história. É legal, meio empolgante até, a sensação de que agora nós somos meio que... amigas de verdade.

Quando volto para minha mesa, retorno algumas ligações e, depois disso, ensino umas quinhentas crianças, pela quingentésima vez, a se conectar a um jogo online.

A essa altura já tenho que correr para o auge da minha semana de trabalho: a Hora da História de sábado.

Bônus: o dia hoje está quente, o céu sem nuvens, por isso vamos poder fazer a atividade ao ar livre.

Quando estamos acomodados em círculo no gramado na frente da biblioteca, pergunto:

— Quem quer ouvir uma história?

Mãos se erguem ao redor do círculo. Uma empolgação despudorada. Os sentimentos à vista nos rostos expressivos.

Engraçado: quando eu era pequena, não tinha ideia de como interagir com as outras crianças. Eu me sentia mais à vontade com minha mãe e as amigas dela. Agora, adulta, acho muito mais fácil compreender as crianças.

Elas dizem de forma clara como se sentem, e também demonstram isso. Há poucas intenções veladas ou regras implícitas. Seus silêncios não provocam um constrangimento insuportável, e a transição súbita para assuntos diferentes é a regra. Se querem fazer amizade com alguém, basta pedir, e, se a amizade não for desejada, a criança provavelmente vai dizer isso na cara.

Eu pigarreio e abro o livro que conta a história do jacaré Snappsy para começarmos, observando a plateia fascinada enquanto começo a ler.

Arham, é óbvio, está usando a fantasia de Homem-Aranha que é sua marca registrada. Uma menina de três anos, Lyla, tem molho de tomate espalhado por todo o rosto e pelo macacão. E está chupando uma fatia de limão como se fosse uma chupeta.

Basicamente, está tudo certo no mundo.

Quando estamos na metade da segunda história, percebo alguém se aproximando, vindo do estacionamento, parecendo trazido pelo sol e pelo sopro de uma brisa de verão. Ele está olhando para a passagem coberta que leva às portas da frente como se nunca tivesse visto nada daquilo. Como se nunca tivesse visto uma biblioteca e ponto-final.

O homem desvia o olhar na nossa direção e eu perco o ritmo da frase que estou lendo. O rosto de Miles se ilumina com um sorriso. Ele levanta o queixo em um cumprimento e fica parado pouco atrás do nosso círculo de leitura.

Pigarreio e abaixo os olhos para o livro ilustrado na minha mão, até encontrar a frase onde parei e começar a ler novamente em voz alta.

Quando ergo a cabeça um tempinho depois, vejo que Miles ainda está ali, parecendo arrebatado.

Por essa história. Sobre ratos antropomórficos. Que estão aprendendo a se exercitar.

Eu gostaria de não ter acostumado *tanto* as crianças comigo fazendo vozes para todos os personagens antes de ele aparecer, porque agora me vejo obrigada a continuar.

Assim, uso meu guincho agudo para o rato menorzinho, e meu rugido baixo para o rato mais velho e solene, com o bigode distinto. Toda vez que ergo os olhos para a plateia, o sorriso de Miles está um pouco mais largo, um pouco mais bobo. Ele olha ao redor o tempo todo, para as crianças, os pais, as babás, como quem diz: *Dá pra acreditar nisso? Que loucura!*

Quando leio a palavra "Fim", os cuidadores das crianças aplaudem brevemente, da forma apropriada para um passeio à biblioteca no fim da tarde, enquanto Miles enfia os dedos na boca e solta um assobio alto. Por algum motivo, isso transforma as quinze crianças na plateia de anjinhos sonolentos em piratas turbulentos, bêbados de rum. Algumas mães olham com curiosidade para meu colega de apartamento, que mais parece um lobo desgrenhado.

Ele parece não se dar conta dos olhares e se aproxima de mim, atravessando o aglomerado de cuidadores — que estão reunindo bolsas de fraldas e crianças de mãos pegajosas para levá-las na direção do estacionamento.

— Eu não imaginava que você era capaz de fazer isso — comenta Miles.

— Ah, sim — digo, já seguindo na direção das portas da frente. Elas se abrem rapidamente e nós entramos no ambiente silencioso. — Eu leio desde os seis anos. Estou ficando boa nisso.

— Estou me referindo às vozes — esclarece ele. — Você foi muito convincente como o rato mago idoso.

— Se aquilo impressionou você, tinha que ter me visto fazer a senhorinha que mora em um sapato.

— Vou começar a deixar os meus sábados livres — garante Miles.

— Eu estava brincando.

Ele sorri.

— Eu não.

Indico as estantes de livros com um gesto.

— Posso te ajudar a encontrar alguma coisa?

— Eu tinha a esperança de que você pudesse recitar cada palavra de um poema de amor para mim — diz Miles, com uma expressão impassível.

— O cara já ligou hoje — comenta Ashleigh do balcão da recepção.

— Sim, já atingi o meu limite diário de metáforas pornográficas com flores, portanto essa é a única coisa com a qual não posso te ajudar — falo.

Ele encolhe os ombros.

— Eu tento de novo na segunda-feira. Na verdade, estou indo para Cherry Hill e só queria confirmar se está tudo certo pra amanhã. Eu teria te mandado uma mensagem, mas esqueci o celular em casa.

— Amanhã? O que vai acontecer amanhã? — pergunta Ashleigh.

Ela ergue os olhos do esmalte em gel que está passando nas unhas, com direito até a um secadorzinho iluminado ligado entre o computador dela e a impressora. Harvey já saiu para comemorar o aniversário de quarenta anos da filha, e o balcão da recepção está entregue ao caos.

— Eu não estava planejando te cobrar a promessa — digo a Miles.

Ele dá uma risadinha debochada.

— Já está na agenda. E poderia muito bem estar gravado nos anais da história.

— A pronúncia é *ânais* — diz Ashleigh.

Miles olha para mim, as sobrancelhas erguidas.

Balanço a cabeça.

— Com certeza não é. E você não tem que ficar me arrastando por aí. Eu posso só... sei lá, comprar um mapa.

Ele revira os olhos e se debruça sobre o balcão, o corpo apoiado nos antebraços.

— Esteja pronta à uma da tarde, tá certo?

— Tá certo — digo.

Ele olha de mim para Ashleigh.

— Devo esperar vocês duas em Cherry Hill hoje à noite?

— Tenho algumas coisas da Maratona de Leitura para fazer — respondo.

— E o meu filho convidou uns amigos para jogar videogame em casa — diz Ashleigh. — Isso significa que eu vou ficar pondo e tirando pizzas do forno até amanhecer. Mas ele vai para a casa do pai de novo no domingo, se vocês quiserem marcar alguma coisa.

— Vamos chamar o Craig também? — provoca Miles, se debruçando mais no balcão, o tom com um leve toque de flerte.

Ashleigh estremece.

— Não, não, nem pensar. A Daphne pode te contar o que aconteceu. Não consigo me forçar a dizer tudo em voz alta de novo.

— Ele sofreu uma overdose de Phish — explico.

— Phish no sentido de... peixes em um aquário? — pergunta Miles, confuso.

— No sentido de pôsteres e mais pôsteres do Phish. A banda — explico mais uma vez.

— Qual é o problema com o Phish? — quer saber ele.

— Nenhum, se for com moderação — comenta Ashleigh.

— Mas ele também tem canecas comemorativas, bonecos e totens em tamanho real dos caras. E... será que eu quero mencionar os *lençóis*?

— Toalhas de mão — corrige ela. — Não vou implicar com o hobby de um homem, mas, se o cara tem quarenta anos e o apartamento dele tem um *tema*, simplesmente não tem como dar certo.

— Ah, que merda — diz Miles. — Isso tira do páreo quase todo mundo que eu conheço.

— Eu já vi o seu quarto — retruca Ashleigh. — Não vejo um tema consistente ali. A menos que seja *depressão*.

— Quando você viu o meu quarto? — pergunta Miles.

— Passei no apartamento de vocês pra pegar a Daphne — diz ela, nem um pouco abalada por ter sido descoberta.

— Na verdade o tema é *você nunca mais vai ser convidada a ir até lá* — digo a Ashleigh. Então, me viro para Miles. — A que horas você precisa estar no trabalho?

— Merda! — Miles se debruça por cima do balcão para checar a hora no meu computador. Seus olhos cintilam quando encontram os meus, e ele aponta para mim a fim de reforçar a mensagem, o que serve para acentuar a âncora em estilo Popeye tatuada em seu bíceps. — Amanhã. Uma da tarde. Não se atrase.

— Eu nunca me atraso.

Miles está quinze minutos atrasado.

Digo isso assim que ele entra no apartamento.

— Eu sei — responde ele. — Desculpa. Fui comprar café e a fila estava enorme. — Ele me estende um copo de papel. Reconheço a marca do Fika, a cafeteria em que parei no caminho para o trabalho ontem.

— Obrigada.

Miles não responde, fica só na expectativa de que eu dê um gole, imagino.

— A verdade é que eu quase não tomo café — digo. — A não ser que esteja supercansada, porque me deixa agitada demais.

Ele franze o cenho, os lábios cerrados.

— Eu vi um copo dessa cafeteria no balcão da biblioteca ontem, do seu lado, então deduzi...

— Era chai — explico.

Miles bate na testa, como se estivesse martelando a informação na cabeça.

— Vamos? — falo.

Do lado de fora do nosso prédio, a súbita claridade do dia atinge minhas retinas com força. Perco o senso de direção, e por algum motivo acabo andando para *cima* de Miles, quando ele estava *bem* ao meu lado.

Ele me segura pelo braço e me vira no sentido da caminhonete, que está meio quarteirão acima na rua.

— Então, aonde nós vamos? — pergunto.

— Fazer compras.

— Sério? — Eu me viro para ele e o vento joga meu cabelo no rosto. Afasto os fios dos olhos, segurando-os junto à testa. — Vamos fazer uma transformação no visual?

Ele abaixa os olhos para o próprio corpo.

— Tá tentando me dizer alguma coisa?

— Ah, quando você apareceu na Hora da História, ontem, peguei a sra. Dekuyper olhando de você pra imagem do Lobo Mau em um livro, como se estivesse tentando descobrir a diferença.

— Sim, claro — diz Miles. — Ela me achou gostoso.

— Você nem sabe quem era a sra. Dekuyper — argumento.

— Todas elas me acharam gostoso. Mulheres de uma certa idade me adoram.

— Você deve fazê-las se lembrarem de quando eram jovens — digo — e Abraham Lincoln era o Homem Mais Sexy do Mundo segundo a revista *People*.

Ele destranca a porta do lado do passageiro da caminhonete e segura aberta com uma das mãos, enquanto coça o maxilar barbado com a outra.

— Você acha que eu devia tirar a barba?

— Acho que você deve fazer o que quiser. — Me acomodo no assento rasgado.

— Mas você não gosta da minha barba. — Miles fecha a porta, e a janela entre nós está aberta.

— Acho a sua barba meio caótica, não exatamente *ruim*. O rosto é seu, Miles. Só a sua opinião a respeito importa.

Ele apoia os braços em cima da porta.

— Bom, Daphne, estou menos seguro de como *eu* me sinto a respeito depois do comentário maldoso sobre o Lobo Mau.

— Não leve a minha opinião a sério demais — digo. — Você já sabe que eu tenho um péssimo gosto para homens. — E, para ser sincera, começo a gostar dessa barba. O aspecto caótico combina com Miles. — Onde nós vamos fazer compras? No supermercado?

— Num lugar melhor. — Ele tranca minha porta, então dá a volta na caminhonete e senta no banco do motorista.

— No hortifrúti?

— Melhor — repete Miles.

— Ah, já sei! — falo, animada. — No hipermercado.

Ele ergue os olhos enquanto liga o motor, que engasga um pouco até pegar de vez.

— Me faz um favor? — pede Miles, o tom tranquilo. — Destranque a sua porta.

— Por quê?

— Para que eu possa te empurrar pra fora do carro enquanto saio desta vaga.

— Você não se atreveria — retruco.

— Jamais — admite ele, e sai com o carro para a rua. Miles nos leva para longe do centro da cidade e do lago, seguindo na direção do campo.

A trilha sonora depressiva está a todo vapor no som do carro.

Ou talvez Miles só tenha colocado de novo para me divertir, porque seu sorriso *realmente* parece mais travesso que o normal.

O trânsito vai ficando mais tranquilo conforme avançamos para o interior, longe do cenário pitoresco do centro da cidade e dos resorts litorâneos em cores pastel, em estilo vitoriano e colonial revisitado.

É fácil esquecer como Waning Bay é isolada quando estamos dentro da cidade, mas em poucos minutos entramos em uma área rural gloriosamente iluminada de sol.

Então, de repente, paramos no acostamento. Pelo para-brisa empoeirado, vejo uma barraca verde na beira da estrada, na qual duas mulheres mais velhas usando calça de brim e regata de estampa floral, com viseiras combinando, estão vendendo aspargos.

— Então, traduzindo — digo —, quando você falou que nós íamos *fazer compras*, estava se referindo a *aspargos*.

Miles me encara com uma expressão levemente ofendida.

— Esta é só a fase 1 — afirma.

Desço da caminhonete, a terra da estrada se erguendo a cada passada com as minhas sandálias, e sigo Miles até a barraca.

— Ora, vejam só quem está aqui! — diz uma das mulheres. — Já de volta?

— É claro — diz Miles. — Barb, Lenore, esta é a minha amiga Daphne Vincent. Daphne, essas são Barb Satō e Lenore Pappas.

— É um prazer — digo.

— A Daphne é mais ou menos nova na cidade — continua Miles —, e ela nunca experimentou o aspargo de vocês.

— É mesmo? — A mulher mais baixa, Barb, se anima. E começa a examinar os caixotes. — Vou pegar os melhores entre os melhores para vocês.

— Tenho certeza que não tem nenhum ruim aqui — comento.

— Não, não, é claro que não — fala a outra mulher, uma cabeça mais alta que a primeira —, mas a Barb tem um dom especial para escolher os melhores. Queremos que os nossos clientes de primeira viagem voltem, por isso deixe ela fazer a mágica dela.

— Fico muito grata — digo.

Lenore se debruça por cima da bancada.

— E como você está indo, meu bem?

— Tudo certo — responde Miles. — Estou bem.

Ela aperta o braço dele.

— Você é um bom rapaz e merece ser feliz. Não se esqueça disso.

— Esses são perfeitos para vocês. — Barb levanta um maço de aspargos que deve conter pelo menos vinte e sete brotos.

— Ah, sim, estão lindos — concorda Miles, enquanto abre a sacola de compras que pegou na caminhonete. A mulher coloca os aspargos ali dentro e ele tira a carteira do bolso.

— Não, não, não — apressa-se a dizer Barb. — O seu dinheiro não vale nada aqui.

Mesmo sob fortes protestos, ele coloca uma nota de dez dólares dentro do pote de gorjetas delas.

— Seria um crime não pagar por isso.

— Tecnicamente um roubo — acrescento.

— Você, tome conta do nosso menino — me diz Lenore, o tom severo, mas com uma piscadela. — Não tem outro igual.

— Estou percebendo — observo.

Elas paparicam um pouco mais Miles enquanto nos despedimos e voltamos para a caminhonete empoeirada, e sinto o rosto doer pela tentativa de manter um sorriso tão solar quanto o delas. Assim que entramos no carro e estamos fora do alcance dos ouvidos de Barb e Lenore, sussurro:

— Você não estava brincando quando comentou sobre o efeito da sua barba em mulheres mais velhas.

Ele ri.

— Não, elas *odeiam* a minha barba. Só gostam de mim porque eu gasto uma fortuna com os aspargos que elas vendem. E com o milho, mais pra frente no verão.

Deixo escapar uma gargalhada enquanto voltamos para a estrada.

— Miles, tenho certeza que as duas teriam te dado todo o lucro da barraca *e* tudo o que tem naquele pote de gorjetas. Quantas espigas de milho um homem precisa comer para conquistar esse tipo de adoração?

— Não é um homem — diz ele.

— Caramba. Um Walt Whitman moderno.

— Não, estou dizendo que elas são nossas fornecedoras.

— Nossas? — pergunto.

— De Cherry Hill — explica ele. Diante da minha expressão confusa, ele volta os olhos da estrada para meu rosto algumas vezes. — Eu sou o comprador da vinícola.

— O que significa isso?

— Significa que o nosso chef, Martín, monta alguns cardápios diferentes a cada estação, e eu encontro os melhores ingredientes que consigo para ele. Ou seja, vou atrás do açougueiro, dos produtores rurais, da loja de azeites, da queijeira...

— *Queijeira!* Você tem uma queijeira na sua discagem rápida?

— Como não estamos em 1998 — retruca Miles —, não, eu não tenho a minha queijeira na discagem rápida. Mas nós trocamos mensagens sempre que ela recebe algum produto especial.

— Uau. Quem iria imaginar que eu estava me mudando para o apartamento do homem com as melhores conexões desta margem do lago Michigan?

— Provavelmente todo mundo que me conhece — responde ele. — Então, tipo, metade de Waning Bay?

— Quer dizer que se eu precisar, sei lá... de geleia de morango...

— Fazenda Reddy Family — diz ele de pronto. — Se eles não tiverem estoque, a Drake também é ótima.

— E se eu quiser abóbora-manteiga...

— Fazenda Sustentável Faith Hill — responde Miles. Abro a boca para comentar, mas ele acrescenta: — Infelizmente eles não têm nenhuma ligação com a cantora country.

Franzo o cenho.

— Que pena.

— Eu sei.

— E se eu precisar de vagens? — pergunto.

— Fazenda de Vagens Ted Ganges.

— E se eu precisar matar alguém...

— Gill, do Frigorífico — responde Miles sem nem parar para pensar. Diante da minha expressão horrorizada, ele solta uma gargalhada.

— É brincadeira, Daphne. A verdade é que o Gill mencionou que estava procurando um lar para uma ninhada de gatos.

— Não sei se a clientela de Cherry Hill é chegada nesse tipo de aventura culinária — digo.

— Para sorte deles, o chef Martín também não é. Mas *eu* andei pensando em adotar um gato.

— Mais um motivo para eu me mudar para Maryland — declaro. — Sou alérgica.

— Esquece o gato.

— Não desista do seu gato hipotético por minha causa, Miles. A Barb e a Lenore provavelmente me matariam se eu te roubasse essa alegria.

— O gato é só um sonho impossível — diz ele. — Depois de passarem a infância com o Gill, não tem como eu conseguir dar a um desses gatinhos a vida a que ele se acostumou.

— É verdade. Você não tem tanto couro, *nem* uma moto com um sidecar minúsculo e um capacete ainda menor.

— Ai, meu Deus, isso seria fofo pra cacete — diz ele, os olhos castanhos profundos cintilando com uma expressão encantada.

Miles liga o pisca-alerta quando nos aproximamos de uma barraca de cerejas.

Ali, basicamente se repete o que aconteceu na barraca de aspargos, a não ser pelo fato de que, no lugar de Barb e Lenore, estão Robert pai, um cara corpulento de quarenta e poucos anos, e Rob Jr., um garoto magro e alto que pode ter qualquer idade entre onze e vinte e dois. Dessa vez eu insisto em pagar pelos dois sacos de cerejas, e, quando voltamos à caminhonete, Miles fica me olhando em expectativa, ainda sem prender o cinto de segurança e com o motor desligado.

— Você não vai experimentar?

— Isso é algum tipo de tara sua? — pergunto.

O alto das bochechas dele fica vermelho, a única parte do rosto que não está coberta pela barba de lobisomem.

— Só quero saber se você vai achar as cerejas tão boas quanto eu acho.

— Tá certo, tá certo.

Enfio a mão em um dos sacos, pego duas cerejas gordas, de cabo longo, e entrego uma a ele. Como se houvesse alguma contagem regressiva invisível, fazemos contato visual e colocamos as cerejas na boca no mesmo instante.

É doce sem ser exagerada. Ácida sem provocar aquela sensação de estar mordendo metal. E suculenta. Mais que qualquer cereja que eu já comprei no mercado. Tão suculenta que, quando mordo, o suco rosa escapa pelos meus lábios e escorre pelo meu queixo.

E, embora *há menos de dois segundos* eu estivesse determinada a não deixar escapar nenhum som, não consigo conter um *hummm* entusiasmado, seguido por um *uau*.

Miles sorri, pega um guardanapo do Big Louie's no console do carro e seca meu queixo antes que eu acabe toda melada de suco de cereja. Ele amassa o guardanapo e enfia em um copo de papel vazio que está encaixado no porta-copos da cabine, então cospe o caroço da cereja ali e segura o copo para mim, para que eu faça o mesmo — um gesto estranhamente íntimo, que me dá a sensação de que fiquei com as entranhas expostas ao sol por alguns minutos a mais do que deveria, e que elas vão torrar se não forem recolhidas de imediato.

— A melhor cereja que você já comeu — deduz Miles.

— Para ser bem sincera, eu nem sabia que gostava de cereja até este exato momento.

— Também não era chegado antes de mudar pra cá — diz ele.

— De onde você é mesmo? — pergunto. — Desculpa, eu esqueci.

Miles desvia os olhos dos meus.

— Não, tudo bem. — Ele liga o carro. — Sou de Illinois.

— E como veio parar aqui?

Miles olha por cima do ombro antes de voltar para a estrada.

— Vim atrás de uma garota.

— Petra?

Ele balança a cabeça, negando.

— Ahhh, a *outra* namorada — digo.

— A primeira das duas — confirma ele. — Dani. Na verdade, ela é prima do chef Martín. Ele e o marido começaram Cherry Hill, e o Martín ofereceu um emprego pra Dani no salão de degustação. Aí ela conseguiu um emprego pra mim também e nós viemos de Chicago. Terminamos alguns meses mais tarde. Àquela altura eu não queria mais ir embora daqui, e a Dani queria, então ela voltou para a cidade grande.

— É por isso que você acha que eu não devia ir embora? Pela possibilidade de um por cento de a Petra e o Peter decidirem ir primeiro?

— Eu te disse — responde Miles. — Acho que você não devia ir embora porque eu não quero que você vá. E a minha felicidade é *muito* importante. Você ouviu a Barb e a Lenore.

— Ouvi. E eu me lembro da letra da segunda estrofe da balada que elas cantaram sobre você.

— Aquilo não foi nada — diz ele. — Espera até conhecer o Clarence, da fazenda de lavanda.

— Ou você é o homem mais simpático do planeta — declaro —, ou é um serial killer de nível internacional.

— Por que eu não posso ser as duas coisas?

CLARENCE DEVE SER no máximo cinco anos mais velho que Miles e eu, tem a fala mansa e o cabelo ruivo encaracolado. Ele não é fazendeiro, só trabalha na lojinha que funciona no chalé caiado além das fileiras de flores roxas vibrantes, cercadas de abelhas.

Eles vendem *tudo* de lavanda.

Spray de lavanda para a casa e sabonete de lavanda com limão. Panos de prato com estampas delicadas de lavanda, feitos por um artesão local, e um roupão fofinho com lavandas bordadas nos bolsos, feito por *outro* artesão local.

Mas desconfio de que o verdadeiro motivo para Miles ter me trazido aqui é o biscoito amanteigado de lavanda e a limonada de lavanda com mirtilo. Miles compra um biscoito para cada um de nós e Clarence coloca seis no nosso pacote.

— Acho que vou levar alguma coisa para a Ashleigh — digo. — Espera, talvez eu deva levar *tudo*, assim ela vai ser forçada a ter uma casa com tema de lavanda.

— Não sei por que ela ficou tão apavorada com o amor do Craig pelo Phish — diz Miles, pegando o pacote de biscoitos, o copo de limonada dele e abrindo caminho até o pátio com vista para os campos de lavanda. — Dá pra ver que o homem sabe assumir um compromisso. E isso é uma coisa *boa*. — Ele para, me dá um biscoito e pega outro para si.

Então, desvia o olhar enquanto dou uma mordida, o que faz com que eu me pergunte se realmente consegui constranger Miles com o comentário sobre a tara. Uma semana atrás eu jamais teria imaginado que alguma coisa pudesse deixá-lo com vergonha.

— Divino — declaro.

Miles fica feliz de um jeito tão *óbvio* com meu comentário que não consigo evitar sentir uma pontada de profundo afeto por ele.

Mas isso logo é abafado por uma pontada bem mais dolorosa. Porque, no estacionamento, vejo um homem alto e elegantemente musculoso sair de um BMW conhecido, o sol refletindo em seu cabelo dourado muito bem penteado e fazendo cintilar os olhos verde-esmeralda.

Aqueles olhos passam direto por nós e se fixam na loja, enquanto ele caminha na direção dela, então se voltam de repente para mim.

Nossos olhares se encontram.

O calor gostoso que eu sentia no estômago se transforma em um nó desconfortável.

Peter tropeça. Por um instante, parece que ele vai cair de cara e deslizar pelo cascalho banhado de sol.

Mas aquele é Peter. Nada tão banal quanto a gravidade conseguiria derrubá-lo.

Miles segue meu olhar no momento em que Peter volta a atravessar o estacionamento.

Então sussurra baixinho:

— Que merda.

Já é ruim o bastante esbarrar tão cedo com Peter, mas esbarrar com ele *aqui*, neste lugar sobre o qual ele nunca me falou, menos ainda pensou em *me trazer*, dá a sensação de um tapa na cara estranhamente específico.

Como se fosse um lembrete de que ele nunca se dedicou de verdade a saber se eu estava feliz aqui, se eu havia me apaixonado pela cidade. Como se eu devesse me contentar com ele e apenas ele, embora *eu* jamais fosse ser o bastante para *ele*.

Agora Peter está se desviando da trilha que leva à loja e caminhando determinado na nossa direção

Que merda mesmo.

11

DOMINGO, 2 DE JUNHO

76 DIAS ATÉ EU PODER IR EMBORA

Quando Peter chega aonde estamos, há dois longos segundos de silêncio, como se nós três estivéssemos esperando um dos outros falar primeiro.

— Oi — diz Peter por fim.

— Olá — respondo.

Miles permanece em silêncio. Provavelmente é melhor assim. Acho que ele é simpático demais para tratar Peter com a frieza que ele merece.

Depois de um instante, Peter olha de relance na direção das portas abertas da loja, como se estivesse torcendo para alguém o chamar de lá, ou para o chalé entrar em combustão espontânea e lhe dar algum assunto para comentar que não o clima.

Nós poderíamos ter evitado um ao outro com facilidade, e me irrita o fato de ele ter decidido vir até nós.

Mas é claro que Peter não iria querer parecer grosseiro.

— É um bom dia para colher lavanda — diz ele.

Miles diz apenas:

— É.

Peter o ignora.

— Será que a gente pode conversar um instante, Daphne?

Miles se inclina na minha direção de forma protetora, como um lembrete de que eu *não tenho* que dizer sim, que podemos simplesmente voltar para a caminhonete e fingir que isso nunca aconteceu. Voltar para o nosso apartamento e beber e chorar ouvindo Celine Dion.

— Te encontro no carro? — murmuro para ele.

Miles sustenta o meu olhar por um instante antes de assentir. Ele não diz mais nada para Peter, apenas caminha devagar até a caminhonete.

Mais um silêncio constrangedor. Belisco a palma da mão para me impedir de rompê-lo.

— Então — diz Peter. — Como você está?

Eu me pergunto se meu queixo está encostando na clavícula, tamanho o meu espanto com a pergunta.

— Você tá falando sério?

Peter funga e olha por cima do ombro para a caminhonete enferrujada e o homem apoiado nela.

— Escuta — diz ele, a voz mais gentil quando me encara. — Eu sei que te magoei. Eu sei que o que eu fiz foi terrível...

Deixo escapar uma gargalhada.

— Uau, que imenso alívio pra mim.

Fico esperando que Peter reaja com arrogância, se fazendo de superior, como fez quando terminou comigo. Para seu crédito, ele não faz isso. Apenas franze o cenho e os cantos de seus lábios cheios se inclinam para baixo.

— Eu mereço isso e todo o resto que você não está dizendo. Eu compreendo. Mas nada muda o fato de que eu me importo com você.

Eu gostaria de ser capaz de soltar outra risada. Mas parece que uma camada de gelo cobriu meus órgãos, tornando qualquer movimento impossível.

— E eu sei que tudo isso deve ser péssimo pra você — fala Peter. — Estar aqui sozinha.

— Eu não estou sozinha.

— Eu sei. É disso que eu estou falando. Talvez seja mais fácil simplesmente... estar com alguém. Mas você merece coisa melhor.

Eu me pego boquiaberta de novo.

— Escuta, só estou dizendo pra você tomar cuidado — continua ele. — Aquele cara é encrenca, e eu não quero vê-lo te arrastando pra baixo.

Como se eu tivesse muito mais para onde descer.

— Você sabe por que ele mudou pra cá? — pergunta Peter. — Sabia que ninguém da família dele fala com ele? Aquele cara é um fracassado, Daphne. Você pode conseguir coisa *muito* melhor.

Sou pega de surpresa por isso. E sinto uma minúscula pontada de dúvida se insinuando dentro de mim. Seguida rapidamente por um instinto protetor furioso.

É claro que há uma montanha de coisas que eu não sei sobre Miles. Dividimos o apartamento há apenas dois meses, e somos amigos há menos tempo que isso. Ele não tem obrigação de me contar nada sobre sua vida, ou a verdade sem filtros.

Mas *Peter*... Peter me pediu em casamento.

Ele me pediu para abrir mão da minha vida toda e assumir a dele.

Me pediu para aceitar sua melhor amiga linda e hétero sem questionar, porque havia um inequívoco *não tem nada acontecendo entre nós*, e eu sempre disse *sim* para tudo o que ele pedia, porque confiava nele. Eu *decidi* confiar nele. Jurei fazer isso. Um juramento pessoal, que fiz muito antes do nosso casamento.

E agora ele está aqui, olhando para mim com essa mistura torturada de preocupação e esperança, como se estivesse pensando: *Eu consegui! Consegui mexer com ela! Salvei essa mulher da ruína!*

— Quer saber, Peter? — digo, por fim. — Obrigada por conversar a sós comigo aqui.

O rosto dele se ilumina e o alívio invade suas feições.

— É sempre bom ser lembrada de que o nosso ex *é mesmo* tão babaca quanto a gente lembrava que era.

E, com isso, eu me viro e saio pisando firme na direção do estacionamento iluminado com força pelo sol, direto para o cara apoiado junto à caminhonete, a porta do lado do motorista aberta, à espera.

— Você tá bem? — pergunta Miles, no momento em que me jogo em seus braços e passo os meus ao redor do seu pescoço. Ele ergue as sobrancelhas em uma expressão que tem um misto de surpresa e bom humor.

— Ele tá olhando? — sussurro.

Miles assente.

— Posso te beijar?

Um sorriso em parte bem-humorado, em parte escandalizado, curva seus lábios.

— Tudo bem.

Assim, colo mais o corpo ao dele e levanto a cabeça, ao mesmo tempo em que ele abaixa a dele, e damos o que, a princípio, é um dos cinco piores beijos da minha vida, incluído o da sexta série.

O problema é que eu me disponho a um beijo ardente *demais*, enquanto Miles pretendia algo mais casto, na linha "atores adolescentes em uma peça do ensino médio", portanto acabo engolindo a boca toda dele, o que o faz rir dentro da minha, o que por sua vez *me* faz rir também. Só que, a essa altura, Miles já ajustou sua abordagem para combinar melhor com a minha, e a risada morre no fundo da minha garganta quando ele segura minha cintura com uma das mãos, meu maxilar com a outra e me beija *de verdade*.

É um beijo rude, impaciente, mas nada *desajeitado*.

A boca de Miles ainda está fria da limonada, seu hálito com um leve sabor de lavanda, e sua mão desliza pelas minhas costas e segura com força minha blusa. A outra mão agora encontra meu cabelo, enquanto ele me puxa com mais força para junto de si, curvando minha coluna até estarmos grudados um no outro.

Miles deixa a língua deslizar para dentro da minha boca aos poucos, então vai um pouco mais fundo, brincando com ela. Sinto um arrepio de prazer descer pelas costelas quando ele nos vira juntos, cento e oitenta graus, me apoiando na lateral da caminhonete, do lado do motorista, e encaixa os quadris nos meus.

Já li entrevistas com alguns atores e atrizes dizendo que filmar cenas de sexo não é nada excitante, que tudo é feito de forma automática demais. Um pouco constrangedor, sim, porém, de modo geral, apenas profissional.

Mas não é isso que está acontecendo comigo. O que está acontecendo é biológico, não superficial.

Meus mamilos estão rígidos junto ao peito de Miles, e um calor desce pela minha barriga até se instalar entre as minhas coxas, e, quando sinto ele enrijecer ao encostar no meu corpo, o choque quase na mesma hora dá lugar a um desejo confuso e agoniado.

Não me lembro de ter enfiado as mãos no cabelo dele, mas sinto os fios escorrendo pelos meus dedos e escuto o som baixo de prazer que escapa da minha garganta quando sua língua roça meu lábio inferior.

Miles recua devagar e o beijo termina como o fim de uma tempestade rápida, os pingos rareando em vez de pararem abruptamente.

Minha respiração é superficial, e posso sentir o coração dele disparado.

— Como foi? — pergunta ele baixinho.

— É — consigo dizer. — Foi bom.

— Ele ainda está olhando?

Claro. Peter.

Como Miles mudou nossa posição, agora sou que estou de frente para a loja e o pátio adjacente.

Peter *não* está olhando. Nem sei se ele ainda está *aqui*.

Ou ele está dentro da loja, ou entrou no carro e foi embora. Sem esticar o pescoço para examinar o estacionamento de forma ostensiva, não dá para ter certeza.

O calor sobe pelo meu pescoço até a testa.

— Não.

Miles afasta os dedos do meu maxilar e sua outra mão relaxa contra as minhas costas.

— Vamos embora? — pergunta.

— Sim! — respondo com uma voz aguda e me espremo para passar entre ele e a caminhonete. É bom estarmos no carro dele: não tenho a menor condição de dirigir.

LAVAMOS AS CEREJAS e comemos enquanto grelhamos os aspargos para misturar na salada enorme que preparamos para o jantar.

Nenhum de nós dois toca no assunto do beijo, e não sei dizer se Miles sequer voltou a se lembrar do fato depois que saímos da fazenda de lavanda. Mas, toda vez que *eu* me perco em pensamentos, um fragmento da cena volta à minha mente e minha pele esquenta com a lembrança.

Por um lado, parece que talvez eu tenha tido um mero sonho erótico muito real com Miles e só precise agir com naturalidade até que outro sonho libidinoso com, sei lá, o Papai Noel ofusque o anterior.

Por outro lado, eu *sei* que realmente aconteceu, porque, se eu tivesse que *imaginar* como seria beijar Miles, teria visualizado alguma coisa fofa, brincalhona e divertida — talvez um pouquinho bagunçada. Porque *ele é* fofo, brincalhão, divertido e um pouquinho bagunçado.

Mas o beijo não foi assim de jeito nenhum.

É claro, se tivesse acontecido em circunstâncias menos *vingativas*, talvez fosse diferente. Talvez aquele seja simplesmente o jeito que Miles beija quando acabou de ser confrontado pelo homem por quem a namorada o abandonou. De um jeito vingativo.

— Você tá bem? — pergunta ele.

Ergo os olhos do pepino e do tomate que estava cortando no piloto automático.

— Sim!

Ele franze o cenho e apoia um lado dos quadris na bancada.

— Quer conversar a respeito?

Ergo rapidamente a cabeça de novo.

— Sobre o que ele falou que te deixou chateada — esclarece Miles.

Levo a tábua até a tigela da salada e jogo o conteúdo ali dentro.

— Ele só foi um bosta.

Miles se volta para o fogão e vira os aspargos com a pinça para grelhar do outro lado.

— Não tem problema se você não quiser me contar.

Depois de vários segundos, digo:

— Você estava certo quando falou que ele ainda tem ciúme. O Peter não consegue suportar o fato de que qualquer pessoa possa gostar de você. Ele acha que é, sei lá, uma condenação direta ao caráter dele. E sabe de uma coisa? Talvez seja.

Miles inclina a cabeça com um sorrisinho astuto.

— Isso não tem a ver *comigo*. Tem a ver com *você*. O Peter quer vocês duas. Ele está com a Petra, mas ainda quer você apaixonada por ele.

— Claro, porque, se eu estiver interessada em alguém totalmente diferente dele, é um golpe pro ego dele. — Eu me corrijo na mesma hora: — Você entendeu: se ele *achar* que eu estou namorando alguém superdiferente dele.

Miles balança a cabeça.

— Não acho que seja isso. O Peter tomou uma decisão radical, e, agora que a empolgação inicial está passando, ele deve estar se perguntando se fez a coisa certa. Então, quando te vê com outra pessoa, ele lembra como era estar com você.

Eu me pego mordendo o lábio inferior. Quando os olhos dele se fixam no movimento, eu paro.

— Ele falou uma coisa sobre você — deixo escapar em um rompante. Na mesma hora me arrependo.

Miles ergue as sobrancelhas.

— Ele só estava sendo um bosta — repito. — E me deixou com raiva. E foi por isso que eu...

Ele cruza os braços, a expressão neutra agora. E a expressão de Miles muito raramente está neutra.

— O que ele falou?

Sinto a garganta apertada.

— Antes de mais nada, tenha em mente que você não me deve *nenhum* tipo de explicação.

— Daphne — chama Miles, como quem diz: *Vá direto ao ponto*.

— Ele disse que a sua família não fala com você.

A reação é imediata e nada sutil. Um lampejo de choque. Mágoa.

Ele se vira e volta a mexer nos aspargos.

— O Peter foi um babaca — digo.

Miles assente, sem me encarar, os ombros rígidos, muito diferente da sua postura em geral relaxada e lânguida.

Volto a falar:

— Como eu disse, você não me deve nenhuma explicação. O Peter só falou isso pra ser um cretino, a sua vida não é da minha conta.

Ele assente de novo, ainda tenso.

Merda. Acabei fazendo exatamente o que Peter queria. Ele conseguiu um jeito de magoar Miles a distância — porque Miles teve a *audácia* de amar a melhor amiga de Peter, e agora supostamente também a ex--namorada dele.

Paro atrás de Miles e pouso as mãos nos seus ombros, pressionando--os para baixo com gentileza. Ele solta um suspiro profundo e cansado. Resisto à vontade de encostar o rosto no espaço entre suas omoplatas.

— Miles? — chamo.

Ele me olha por cima do ombro e a luz se reflete no castanho-escuro dos seus olhos, iluminando-os até ficarem do âmbar de um xarope de bordo.

— Desculpa por eu ter comentado sobre isso — peço.

— Não, tá tudo bem.

Miles se vira na minha direção, e eu deslizo as mãos pelas suas costas até pousá-las de novo em seus ombros. Ele segura meus pulsos com suavidade e abaixa os olhos.

— Desculpa, eu... — Miles respira fundo. — Acho que eu fiquei surpreso pela Petra ter contado isso a ele. Eu só... Eu mal falei sobre essas coisas com ela.

Pressiono a palma das mãos nos músculos abaixo do pescoço dele, tentando aliviar a tensão ali. Enquanto isso, Miles continua a passar os polegares para a frente e para trás na lateral dos meus pulsos, parecendo inquieto. Tenho a sensação de que ele está tentando se acalmar e se distrair. Mas o gesto está tendo o efeito oposto em mim.

— Desculpa — volto a dizer.

Ele inclina ligeiramente a cabeça para o lado.

— É verdade. Eu não falo com os meus pais. As coisas são o que são, e não tem nada que eu possa fazer para mudar. Mas tem tanta coisa boa na vida. De que adianta ficar perdendo tempo com as merdas que não são boas?

— Uau. Eu não poderia me identificar menos com isso — brinco, em tom carinhoso. — Eu reclamo de tudo.

Ele sorri, só um pouquinho.

— Não reclama não.

— Tá brincando? — falo. — A minha mãe eu tínhamos uma brincadeira que a gente chamava de Bebês Chorões. A gente se revezava pra reclamar sobre as coisas mais insignificantes e idiotas que conseguíamos lembrar. Tipo... a garota que sentava do meu lado na aula de literatura mastigava o lápis alto demais. Quem fizesse a reclamação mais fútil tinha o direito de escolher o jantar.

Os cantos dos lábios dele se curvam em um sorriso.

— Parece divertido.

— E era mesmo. Às vezes reclamar das coisas, ter alguém que seja solidário com você, ameniza as dores.

— Não tem dores — garante Miles. — Tá tudo bem. Eu tenho a minha irmã. Ela é a minha família.

— Acho que todas as famílias são complicadas, de um jeito ou de outro.

Eu me lembro da garagem vazia, de ficar parada, descalça em cima da saída do aquecimento de casa, deixando o calor subir pelo meu pijama enquanto eu olhava pela janela, esperando. Para ser merecedora, para ser escolhida.

Miles torce os lábios.

— A família da Petra era basicamente um quadro de Norman Rockwell.

— Sim, a do Peter também — concordo com um suspiro.

Miles ergue os olhos para mim, o cenho ainda um pouco franzido, os polegares ainda deslizando para a frente e para trás nos meus pulsos.

— Você era próxima deles? — pergunta. — Dos pais do Peter?

Sinto um aperto no peito.

— Mais ou menos. Quer dizer, não tão próxima. Mas eles sempre foram superlegais comigo. A mãe dele foi comigo e com a minha mãe ajudar a escolher o vestido de noiva. E ela também encomendou uma meia de Natal com as minhas iniciais, para combinar com a do Peter e a do irmão dele. Eles são o tipo de família com um milhão de tradições. Têm prato e sobremesa específicos para o aniversário de cada um. Tudo o que tem naquela casa é algum tipo de lembrança de família, com uma história incrível por trás, e Peter e o irmão, Ben, debatiam quem vai ficar com o quê algum dia, mas de um jeito brincalhão. Os parentes deles sempre vêm pra cá na noite de Ano-Novo, eles fazem amigo-secreto roubado, e é tudo tão... sei lá. Acho que eu só queria...

— Fazer parte daquilo? — deduz Miles.

Assinto.

— Sim.

Eu não tive notícia de nenhum dos amigos do Peter depois do nosso rompimento, nem de Scott, mas tanto a mãe dele quanto a namorada do irmão, a Kiki, me mandaram mensagem nas primeiras semanas. Kiki me disse para avisar se algum dia eu for a Grand Rapids, e eu sei que ela estava sendo sincera.

A mensagem da sra. Collins dizia apenas: Pensando em você, com um coraçãozinho roxo ao lado.

— Se vale de alguma coisa — comento —, o que o Peter me disse... Parecia que ele não sabia muito bem do que estava falando. Como se tivesse ouvido alguma coisa da Petra e depois inventado o resto. Duvido que ela esteja falando mal de você por aí.

— É, eu sei. Ela não faria isso.

Há uma leveza em sua voz, mas Miles parece distante de um jeito atípico, como se uma parte dele estivesse aqui comigo e a outra estivesse mergulhada em pensamentos.

Fico surpresa com a intensidade da minha ânsia para consolá-lo. Também me surpreende como é confortável me permitir ficar apoiada nele, em um dos poucos abraços que trocamos nos meses que moramos juntos.

Miles desliza as mãos pelos meus braços e envolve minhas costas. Ficamos parados ali por vários segundos, agarrados um ao outro.

— Quer ir jogar ovo no carro dele? — murmuro junto ao seu peito.

— Parece um desperdício de bons ovos — responde Miles.

— Concordo. Só queria que a minha ginecologista tivesse me dito isso antes.

Estou brincando, mas Miles se afasta o necessário para me olhar nos olhos.

— Você seria uma mãe incrível.

Esse é o tipo de coisa que todo mundo diz para os amigos, mas eu acredito na sinceridade dele e me sinto estranhamente comovida.

— E você? Quer ter filhos?

— Eu não saberia nem por onde começar a ser pai. — Miles dá um sorrisinho débil e coloca alguns fios de cabelo atrás da minha orelha. Isso provoca uma sensação como se uma garrafa de refrigerante de dois litros fosse virada de cabeça para baixo, fazendo todas as bolhas correrem de repente na direção oposta. — Ei, me conta alguma coisa.

— O quê?

— Alguma coisa sobre você. Que não tenha nada a ver com *ele*.

— Nossa. — Dou risada. — Acho que tudo o que você precisa saber é que me deu um branco total neste momento. Isso mostra como estou segura de *quem eu sou* hoje em dia.

— E a sua família? Você tem irmãos ou irmãs?

— Não que eu saiba.

Ele inclina a cabeça, curioso.

— Meu pai teve *muitas* namoradas ao longo dos anos — explico. — Eu não ficaria nada surpresa se descobrisse alguns meios-irmãos espalhados por aí.

— O seu pai e a sua mãe não se casaram de novo? — pergunta Miles.

— A minha mãe nem voltou a namorar depois que se separou do meu pai.

— Ela ficou arrasada demais?

A pergunta me faz rir.

— Ocupada demais. Quando eu era criança, a minha mãe trabalhava muito para conseguir pagar as contas, e ela sempre disse que preferia passar o tempo livre dela comigo. Quando fui para a faculdade, achei que ela faria algumas tentativas. Em vez disso, minha mãe passou a levar muito a sério as aulas de crossfit e fez um monte de amigos. Ela passa o tempo basicamente se exercitando com uma amiga chamada Pam, ou tendo aulas de arte com uma mulher chamada Jan, ou tomando vitamina com as duas. Mas ela é feliz de verdade com a vida que leva. Que é o que importa.

No momento em que digo isso, sinto uma pontada dolorida. Sei que minha mãe estava sendo sincera sempre que me disse que eu podia ir morar com ela, em seu apartamento minúsculo. No entanto, pela primeira vez desde que me entendo por gente, vejo minha mãe tendo uma vida realmente plena, que não se resume a tomar conta de mim.

Na semana em que Peter terminou comigo, precisei passar duas horas ao telefone com ela para convencê-la a *não* cancelar o mochilão de cinco dias que havia combinado com Pam, porque ela ficou insistindo em vir cuidar da filha arrasada. Minha mãe já passou tempo demais da vida dela largando os próprios interesses por minha causa, porque sabia que ficava tudo nas costas dela.

Eu posso muito bem ir chorar no colo dela no fim do verão, durante minha visita já agendada, depois da Maratona de Leitura.

— Crossfit — comenta Miles, pensativo. — Isso explica tudo.

— Explica o que, exatamente?

— Os gritos e o barulho de metal batendo em metal que escuto do meu quarto quando você coloca a ligação no viva-voz.

— Ah, não — digo —, não tem nada a ver com isso.

— Não quero saber de mais nada. — Ele se junta à brincadeira. — Minha curiosidade desapareceu.

— As minhas ligações agendadas com Christian Grey são completamente triviais.

Miles franze o cenho.

— Quem?

— É um personagem de um livro — explico. — Deixa pra lá.

— Ah. Eu não leio muito.

— Eu sei que isso é possível, mas ainda assim sinceramente não consigo compreender que uma pessoa não goste de ler.

— O que você gosta na leitura? — pergunta Miles.
— Tudo.
Os lábios dele se curvam em um sorriso.
— Fascinante.
— Eu gosto da sensação de que posso viver quantas vidas eu quiser — digo.
— E qual é o problema com esta vida?
Diante da minha expressão significativa, ele solta uma risadinha.
— Tá certo. Mas nós somos mais do que o que aconteceu em abril. Vamos nos concentrar em outras coisas.
— Tipo...?
— Como começou? — quer saber Miles. — Sua história com as bibliotecas.
Volto mentalmente ao período antes da pós-graduação, antes mesmo da faculdade, até o primeiro momento em que eu *me lembro* de ter amado uma história. De ter a sensação de estar vivendo dentro dela. Mesmo ainda criança, fiquei perplexa por alguma coisa imaginária poder se tornar tão real, a ponto de conseguir mobilizar todas as minhas emoções, ou de me deixar com saudade de lugares onde eu nunca estive.
— Com Nárnia — digo a ele.
— Ah, desse eu já ouvi falar.
— Desde que o sr. Tumnus surgiu diante daquele poste de luz coberto de neve, o mundo em que a gente vive nunca mais bastou pra mim.
— Quem é sr. Tumnus? — pergunta ele.
— Achei que você tivesse lido! — reclamo.
— Não, eu *ouvi falar* — corrige Miles. — Quando eu era criança, nunca lia por diversão. Sou disléxico, ler um livro demora demais.
— E audiolivros? — pergunto.
— Isso também conta?
— É claro que conta — garanto.
Ele estreita os olhos.

— Tem certeza?

— Sou bibliotecária — digo. — Se alguém tem condições de decidir o que conta ou não, sou eu.

O sorriso dele fica mais largo e ruguinhas aparecem no canto dos olhos.

Por um segundo, ficamos parados ali, um pouquinho próximos demais. Ou talvez seja um espaço totalmente normal, mas *o beijo* de repente começa a vibrar através do meu corpo, e não paro de revivê-lo em pensamento.

As mãos de Miles ao meu redor. O sabor de lavanda e limão na sua língua. Nossas costas curvadas na mesma direção. Ele ficando duro. Tenho quase certeza de que consigo ver a cena sendo repassada nos olhos *dele* também.

— Merda! — Miles se afasta de mim. — Os aspargos!

Ele tenta arrancar um dos brotos enfumaçados da grelha, mas tira a mão rapidamente, sibilando, e tateia em busca da pinça antes de fazer uma segunda tentativa de passar os aspargos para a travessa.

Enquanto isso, fico parada onde estou, esperando a vibração assentar.

12

QUINTA-FEIRA, 6 DE JUNHO
72 DIAS ATÉ EU PODER IR EMBORA

MESMO NOS MELHORES momentos da vida, não é aconselhável começar a cobiçar seu colega de apartamento, e não estamos nem perto de um bom momento na vida.

Tento empurrar a lembrança do beijo para o fundo da mente, junto com qualquer curiosidade restante em relação à boca de Miles, mas não é fácil.

Na quinta-feira, vou pegar um copo d'água tarde da noite no momento exato em que Miles está enchendo um copo para ele na cozinha escura, sem usar nada além de um short de ginástica, com aquela variedade incoerente de tatuagens espalhadas pelo peito reduzida a manchas escuras, pedaços dele que eu já tinha visto, mas não *depois do beijo*, e agora me pego com uma curiosidade insaciável.

Quero saber mais sobre os pratos equilibrados à perfeição na balança de Libra, sobre a ilustração do homem na lua, a ferradura que por algum motivo parece meio torta, a frutinha vermelha... um morango, talvez?

— Oi — diz Miles, a voz rouca de sono. — Precisa de alguma coisa?

Levanto rapidamente o olhar culpado para o rosto dele.

— Não!

Já estou de volta ao meu quarto antes de me dar conta de que, na verdade, sim, eu precisava da garrafa de água que Miles estava segurando, mas de jeito nenhum vou voltar para a cozinha agora.

No domingo, vamos de carro até as dunas Sleeping Bear e é fácil agir com naturalidade, porque a claridade é ofuscante *e* nós dois estamos completamente vestidos, e também porque essa deve ser a extensão mais linda de água azul-turquesa que eu já vi — mesmo sabendo que também pode ser o lugar em que vou encontrar minha morte prematura, porque hoje Miles decidiu que devemos alugar um buggy para andar pelas dunas.

— Você vai curtir — promete ele, enquanto me estende um capacete.

— Qualquer coisa que exija que a gente use um capacete — argumento — provavelmente não deve ser feita.

Miles se aproxima mais, a brisa desarrumando seu cabelo, e enfia o capacete na minha cabeça.

— Ou talvez — diz ele, os olhos estreitados por causa do sol — tudo o que realmente vale a pena ser feito venha com algum risco.

O sorriso cativante de Miles provoca um arrepio na minha coluna, como um pavio aceso ficando mais curto a cada segundo. E não tenho ideia do que vai acontecer depois que ele queimar até o fim.

Miles inclina a cabeça na direção do buggy.

— Prometo ir devagar com você.

O jeito que ele fala, o tom baixo e provocante, faz meus pensamentos se espalharem para todo lado, como bolas de sinuca depois de uma tacada perfeita. Não consigo pensar em absolutamente nada como resposta. Subo em silêncio no buggy.

O lado bom desse passeio é que a experiência de subir as dunas de areia em um veículo sem portas e sem laterais, o vento agitando meu cabelo e a areia pinicando minha pele, acaba sendo uma boa distração e me impede de ficar olhando para a boca de Miles por tempo demais.

O lado ruim é que, toda vez que atingimos uma depressão na areia, eu agarro sua coxa direita com as *duas* mãos, até ele diminuir a velocidade, pousar a palma da mão sobre as minhas e murmurar: "Tá tudo bem. Eu tô cuidando de você", em um tom aveludado que presumo que era para ser *tranquilizador* e não sedutor.

Sempre que chegamos a uma nova vista deslumbrante (o que acontece quase o tempo todo), Miles insiste em parar para tirarmos uma foto juntos, e tenho que dar um jeito de desconectar meu cérebro para que a sensação dos braços dele ao meu redor, do queixo junto ao meu ombro, não me leve mais uma vez de volta à lembrança da gente se agarrando junto à caminhonete, na frente dos campos de lavanda.

O domingo seguinte é um pouco melhor. Para começar, atravessamos três cidades até chegar à feira de produtores favorita de Miles. Andamos sem pressa por horas e saímos com tudo de que precisamos para fazer pizza.

Em casa, à noite, montamos uma margherita simples (minha contribuição) e uma pizza com queijo de cabra, alcachofra e molho pesto (feita pelo Miles). Então, ele fica de olho nelas no forno enquanto eu aproveito a oportunidade para tomar um banho mais que necessário.

Quando volto, usando meu pijama de seda favorito, Miles já levou as pizzas para a mesa.

— Na hora exata. — Ele me olha brevemente e desvia, mas logo seus olhos voltam a se fixar no meu corpo.

Abaixo a cabeça, acompanhando a direção desse olhar, e, para meu horror, percebo que não me sequei o bastante antes de me vestir. A blusa do pijama está úmida, quase transparente em vários pontos, e — falando em "hora exata" — meus mamilos escolhem esse instante para ficar rígidos, como fuinhas erguendo a cabeça.

Cruzo os braços diante do peito.

Na mesma hora, Miles volta a olhar para o meu rosto.

— Vou pegar os pratos — me ofereço.

— E eu pego as bebidas — diz ele, meio engasgado.

Na cozinha, tiro do armário dois pratos descombinados, de estampa floral, então me viro e trombo nele, os pratos imprensados entre nós, e as mãos dele — na tentativa de segurar meus braços e evitar o esbarrão — pressionando a parte externa da minha clavícula.

— Desculpa — dizemos os dois ao mesmo tempo.

Ou melhor, *ele* diz. Já o *meu* pedido de desculpas sai como um piado agudo.

Nós nos afastamos, desajeitados, e seguimos na mesma direção. Então, Miles recua alguns passos e faz um gesto, como se dissesse *Você primeiro*, e eu vou rapidamente para perto da mesa, deixando que ele procure o que precisa na cozinha. Quando Miles emerge, está segurando duas taças de vinho.

— Graças a Deus — deixo escapar sem querer quando ele me entrega uma das taças, um comentário que ele faz a gentileza de ignorar.

Miles serve uma fatia de cada pizza para cada um de nós e passamos para a sala, onde nos sentamos nas extremidades opostas do sofá. Experimento a pizza de alcachofra primeiro.

— Lá vai — comenta Miles.

Abro os olhos. Porque, sem querer, eu os tinha fechado e também deixado escapar um gemido baixo. Ele está se controlando para não sorrir enquanto prova a pizza de alcachofra.

— O gemido da Daphne — diz Miles.

Sinto o rosto ficar vermelho.

— Fazia muito tempo que eu não comia pizza.

Os lábios dele se curvam em um sorriso irônico.

— É verdade, você estava na dieta do germe de trigo. — Ele inclina a cabeça, os olhos cintilando. — Então, o que mais a gente deve fazer, agora que você está solteira?

Quase engasgo, ao mesmo tempo em que meu estômago se aperta em um nó quente.

Revivo mais uma vez a lembrança intensa das *mãos rudes na base da minha coluna, o abdome pressionado ao meu, os lábios frios com sabor de limão e lavanda.*

Tusso com vontade e pergunto:

— Como assim?

— Estou falando de coisas de que o seu ex não gostava — explica Miles. — E que você pode fazer agora.

Por algum motivo, isso soa ainda mais erótico.

— Tipo comer pizza — balbucio, determinada a provar que não estou tendo nenhuma fantasia em relação a esse assunto.

— Isso — diz ele. — Ou, sei lá... ver o sol nascer num caiaque. Eu sempre quis fazer isso e nunca fiz.

— A Petra não gostava de andar de caiaque? — pergunto, incrédula.

— Ela não era uma pessoa muito matinal. Mas não estamos falando *deles*. Estamos falando de *nós*.

Basta a palavra *nós* para provocar um novo rubor. Todo o sangue nas minhas veias podia muito bem ficar esperando no terço superior do meu corpo, porque, assim que ele se espalha para as outras partes, volta a ser chamado para cima.

— Bom, eu nunca vi o sol nascer num caiaque, mas estaria disposta a tentar. Em um dos nossos domingos, se você quiser.

— Sério?

— Eu não vou *mandar bem* — alerto —, mas vou tentar.

— O que mais? — murmura Miles, apertando de leve o meu joelho. Ignoro o relâmpago que parece atingir o centro do meu corpo.

— Eu sempre quis aprender a fazer bolo, pão, mas...

— Você estava vivendo com um serial killer — completa ele.

Abro um sorriso, o que o leva a fazer o mesmo. A mão de Miles ainda está pousada no meu joelho, e isso dá a sensação de que uma parada de formigas em fogo está subindo pela minha pele, em todas as direções. O olhar dele se desvia na direção do botão de cima da blusa do meu pijama, depois volta ao meu rosto.

— E você? — me apresso a perguntar.

Miles desvia os olhos e morde o lábio inferior enquanto pensa a respeito.

— Filmes de ação — diz ele. — Deve fazer uns três anos que eu não vejo um filme de ação.

Peter tampouco gostava do gênero.

— Eu também.

— Então talvez a gente deva ver.

— Talvez agora mesmo — digo, porque preciso de outro lugar para olhar, outra coisa em que pensar.

Ele abre um sorriso largo.

— Talvez agora mesmo.

— Estou tão feliz por você, meu bem — diz minha mãe, entre arquejos em busca de oxigênio.

Ela me ligou quando estava voltando para casa do crossfit, e ou ainda está ofegante por causa do exercício, ou — o que é mais provável — continua a andar em sua velocidade típica de dez quilômetros por hora.

Já eu estou esparramada no meu tapete marfim fofinho, olhando para o teto, com uma xícara de chai apoiada na lateral dos quadris. Isso é o mais próximo que eu chego de uma vida cheia de aventuras: chá com leite e um tapete quase branco.

— Feliz por mim? — repito.

Feliz por você não é a reação que se espera depois de contar que uma colega de trabalho teve que banir temporariamente um cliente que arrancou um computador da parede.

— Estou feliz por você ter feito amizade com a sua colega — explica minha mãe.

— Eu também. — Acho que eu não tinha me dado conta de como estava solitária nesta cidade, mesmo antes do rompimento com Peter.

Ashleigh e eu não tivemos outra noitada desde a visita ao bar de vinhos — Duke é um pai presente, mas ela tem a guarda, e a agenda de Mulder é cheia de atividades extracurriculares —, porém só os almoços que passamos a fazer juntas nos food trucks em frente à biblioteca já me fazem sentir mais em casa em Waning Bay.

— Só estou feliz por você estar se dispondo a ter novas experiências, a conhecer pessoas novas — diz minha mãe. — A sua vida pode ser *absolutamente* plena mesmo sem um relacionamento romântico. Veja o meu exemplo.

Ou ela tem uma libido muito mais baixa que a minha, ou está conseguindo queimar essa energia arremessando pneus em um piso de concreto.

Talvez minha mãe seja mesmo um exemplo. Talvez eu deva me juntar a alguma turma de atividade física. Não crossfit, mas uma modalidade em que seja possível passar mais tempo deitada de costas olhando para o teto. Ioga? Eu poderia *pelo menos* começar a ir caminhando para o trabalho, agora que moro mais perto.

— Você sabe, meu amor — continua minha mãe —, que sempre tem lugar para você aqui. Estou falando sério.

Analisando apenas o que se refere ao espaço físico, isso não é verdade.

— Obrigada, mas eu preciso ficar aqui durante o verão.

— Claro, claro — lembra ela. — A Maratona de Leitura.

Eu não mencionei o outro motivo. A agência de turismo de um homem só de Waning Bay, que fica do outro lado do corredor do meu apartamento. Minha mãe é ligada demais para que eu possa falar disso sem que ela repare na minha clássica "paixonite pós-rejeição amorosa". E eu sei que qualquer atenção extra só vai fazer o problema durar mais.

— E você tem como pagar o aluguel nesse meio-tempo? — pergunta ela.

— Não vou pegar dinheiro emprestado com você, mãe.
— Eu não me importo — diz ela.
— Tá tudo bem.

E é verdade, mas, ainda que não fosse, eu não pegaria um centavo com ela. Por anos depois que os dois se separaram, meu pai tratou minha mãe como um caixa automático, e ela o ajudou todas as vezes, até eu completar dezoito anos. Como se fosse uma porcaria de pensão alimentícia reversa, em que *ele* era a criança e minha mãe tinha a obrigação de sustentá-lo.

Ela dizia que não podia deixar meu pai na pior, que não era certo. Mas a coisa mais engraçada aconteceu quando ela parou de dar dinheiro a ele: meu pai ficou bem.

Minha mãe já cuidou de outras pessoas pelo equivalente a duas vidas, e, se meu pai consegue se virar sem ajuda, posso fazer o mesmo. Quando eu me mudar, vai ser porque encontrei não só um bom emprego mas também o meu canto — um lugar que eu tenha condições de pagar com o *meu* dinheiro.

— Está tudo sob controle — prometo a ela.

Minha mãe parece ter parado de caminhar e provavelmente está recuperando o fôlego diante da porta.

— Você sempre teve uma determinação de aço.
— A quem será que eu puxei? — brinco.
— Não tenho ideia — retruca ela, impassível.

Nós nos despedimos, dizendo o *eu te amo, eu te amo mais* de sempre, e volto a ler um livro no estilo *Goonies* que foi enviado à biblioteca para leitura antecipada, para um público entre sete e dez anos.

Depois de um minuto, porém, pego o celular e mando uma mensagem para Ashleigh: **Você conhece alguma boa aula de ioga para iniciantes?**

Ela responde apenas com reticências. Retorno com um ponto de exclamação. Ela manda: **Não acredito em exercícios organizados.**

Não tenho ideia do que Ashleigh quer dizer com isso.

Ela acrescenta: **Tá querendo entrar em forma?**

Procurando um hobby, respondo, porque "mais amigos" soa desesperado demais.

Tem que ser com exercício?, pergunta Ashleigh.

Não. Quando vejo que ela está digitando, já me adianto: Mas não estou interessada no grupo de crochê da biblioteca.

Tenho uma coisa melhor, escreve ela. Você tá livre na quarta depois do trabalho?

Escuto uma batida na porta do quarto e deixo o celular de lado.

— Entra.

A porta é aberta devagarinho e Miles entra, o cabelo molhado do banho, a barba apontando em todas as direções.

— Oi.

— Oi — digo, então me dou conta: — Hoje é sexta-feira.

— É — confirma ele.

— Você não devia estar no trabalho?

Ele encolhe brevemente os ombros.

— A Katya precisava de mais horas. Quer ver outro filme?

Temos assistido a um filme por noite desde domingo. Especificamente comédias de ação muito exageradas que eu sempre presumi que tinham sido feitas para ser vistas quando as pessoas estão chapadas. Mas acabo descobrindo que também são ótimos filmes para ver quando você está sóbrio e tentando *não* pensar em se jogar em cima do seu colega de apartamento.

Estar deitada no chão do meu quarto minúsculo enquanto ele paira acima de mim desse jeito, por exemplo, está muito longe do ideal.

Eu me sento de repente e derrubo o chai no processo.

— Merda!

Miles sai do quarto e volta com uma toalha de mão, que joga para mim. Não *para* mim. *Em* mim. A toalha acerta meu rosto.

— Você agarra bem — diz ele.

— Obrigada. — Pego a toalha e seco o chá. — Quando vai ser a exibição?

— Na hora que você quiser — afirma Miles.

— Me dá dois minutos.

— Vou fazer pipoca — avisa ele.

Cinco minutos depois, estamos acomodados para o nosso ritual.

As duplas esquisitas são totalmente clichê e previsíveis. E mesmo assim *funcionam*.

O cara grande e o pequeno.

O assassino treinado e o cara comum que acaba envolvido com ele.

O camarada sério, bom em tiradas céticas, e o parceiro espertinho que absolutamente todas as vezes é o Ryan Reynolds, ou alguém quase indistinguível do Ryan Reynolds quando se fecha os olhos.

— Esse ator deve fazer uns sessenta filmes como este por ano — digo.

— E o Dwayne Johnson está só em metade deles — comenta Miles, do lado oposto do sofá.

— Eu gostaria de poder mandar uma cesta de café da manhã pra eles em agradecimento pelos serviços prestados. — Levanto o corpo no sofá para pegar outra minhoca de goma entre as guloseimas que Miles arrumou para nós.

— Tem algo nesses filmes em que as coisas explodem durante uma perseguição de carro — comenta ele — que me dá a sensação de que tudo vai terminar bem.

Quando solto uma gargalhada, ele ergue os olhos e estende uma das pernas no sofá, até seu pé estar cutucando minha coxa.

— Essa foi de verdade.

Eu me viro para encará-lo, as costas apoiadas no braço do sofá, e ergo as pernas para as almofadas.

— De verdade?

— Uma risada de verdade — explica Miles. — Você tem uma risadinha por educação, e também tem essa risada profunda e esquisita que você solta quando de fato me acha engraçado.

— A outra não é uma risada por educação — digo. — É uma demonstração de diversão moderada. Eu não finjo risadas. Não finjo nada.

Ele me encara com intensidade.

Fico quente em vários lugares.

— Então, se a risadinha educada é de diversão moderada — diz ele —, essa risada baixa e profunda é reservada para...

— Quando você de fato é engraçado — respondo.

Sem aviso, ele agarra meus tornozelos e me puxa para baixo no sofá, passando minhas pernas pelo seu colo, o que deixa meu traseiro encostado na lateral da sua coxa, enquanto seu rosto paira sobre o meu.

— Tá bom! — digo, o coração disparado diante dessa proximidade. — Você é *engraçado de fato* muitas vezes.

Os cantos dos lábios dele se inclinam em um sorriso.

— E a gargalhada profunda então é para...?

— Acho que ela sai quando estou relaxada — respondo. — Sempre tive vergonha da minha risada, mas essa imensa quantidade de atenção que ela está atraindo com certeza está ajudando.

O sorriso de Miles fica mais largo diante do meu sarcasmo. Ele segura meus pulsos.

— Não, não fica com vergonha — diz. — É uma risada bonitinha pra cacete.

— Dá pra ver, pelo jeito como você descreveu — retruco com ironia.

— Tô falando sério. — Ele levanta meus pulsos e pousa minhas mãos frouxas nas laterais do seu rosto, como uma versão adulta e barbuda de Macaulay Culkin em *Esqueceram de mim*. — Eu nunca teria comentado nada se não achasse uma gracinha.

Isso é o máximo que nos tocamos em semanas. Cada ponto de contato em mim vibra.

Miles coloca minhas mãos de volta com cuidado sobre meu peito, cruzando-as como se eu estivesse deitada em um caixão, e, por mais que os nós dos seus dedos mal encostem em mim, meus mamilos logo ficam rígidos contra o tecido da blusa.

Vejo que ele percebe.

O poder anestesiador de uma comédia de ação não está mais fazendo efeito. Estou uma pilha de nervos e de desejo.

Miles ergue os olhos de repente.

— Merda, desculpa — diz. — Desculpa.

Ele começa a endireitar o corpo, mas agora sou eu que agarro os pulsos *dele*, impedindo-o de se afastar demais.

— Tá tudo bem — falo. — Sério. Isso não precisa ser constrangedor.

— Acho que é só porque a gente se beijou.

— Também acho — concordo.

Ainda assim, nenhum de nós se move.

— Venho tentando não pensar demais naquilo — confessa ele.

Saber que ele andou pensando o *mínimo* que seja no beijo já basta para elevar a temperatura do meu corpo em alguns graus.

— Eu também — deixo escapar.

Já se passaram quase três semanas, e, em vez de o beijo estar sumindo à distância, parece que estou cada dia me aproximando mais e mais de um peitoril invisível, mais e mais desesperada para saber o que tem depois dele.

Os olhos de Miles encontram os meus e eu vejo os músculos do seu maxilar se contraírem quando ele engole em seco. O calor me absorve de vez, começando no ponto em que minhas palmas envolvem os pulsos dele e descendo até o meu centro.

Preciso soltá-lo.

Em vez disso, deixo as mãos subirem pelos braços dele. A sensação é deliciosa. Não são braços esculpidos na academia, são braços de quem faz bom uso desses músculos diariamente. Para um homem tão descuidado com a própria aparência, a pele de Miles é suave, os pelos nos braços, finos e macios. Meus dedos acompanham por instinto o caminho das veias até os bíceps, com a tatuagem da âncora em um deles e o desenho old school de um pássaro no outro. Sigo a curva dos seus ombros, como se acompanhasse um fluxo irrefreável.

Quando passo as mãos pela sua nuca, Miles se debruça sobre mim, lentamente, uma das mãos pousada com cuidado na minha cintura. Há um momento de hesitação conforme nossas bocas se aproximam.

Eu devia dizer alguma coisa, romper essa tensão que só faz crescer.

Em vez disso, levanto o queixo na direção dele.

O primeiro roçar dos lábios de Miles é suave, nada como o beijo ardente, de retaliação, que aconteceu junto à caminhonete. Ao menos não a princípio. Mas então eu deslizo as mãos pelas costas dele, que se abaixa mais em cima do meu corpo, e tenho a impressão de que meu sistema nervoso não vai dar conta de tantas sensações: o peso dos quadris dele contra os meus, seu peito me prensando no sofá, o som baixo e voraz que Miles deixa escapar conforme aprofunda o beijo, que aumenta de intensidade, à altura do nosso desejo.

Miles puxa um dos meus joelhos para cima, junto aos seus quadris, e vejo estrelas, pontinhos de cor explodindo em minhas pálpebras. Ergo os quadris para encontrar os dele e minha timidez se desintegra no momento em que a boca dele roça meu maxilar, seus dentes arranhando meu pescoço.

Não há espaço para eu me preocupar com o que ele está pensando, ou como estou me saindo. Porque agora tenho certeza de que Miles me quer, do jeito que eu o quero. Nada mais importa.

Deixo as mãos descerem até sua bunda, e ele lambe a pele atrás da minha orelha. Arquejo e ele pressiona mais os quadris contra os meus, me fazendo arquear o corpo. Isso já não parece mais *só um amasso*. É o prelúdio de algo maior.

— A gente não devia transar de jeito nenhum — sussurro.

— Eu sei — concorda Miles, enquanto beija meu pescoço.

— Não estou pronta — falo, mais para mim mesma do que para ele.

— É cedo demais — volta a concordar ele.

Mas não paramos. A mão de Miles passa pela saliência do meu quadril, até a ponta dos seus dedos roçar a base do meu seio. Ele aprofunda o beijo e seus dedos ficam provocando a curva do meu seio, sem subir mais.

Então, Miles leva as mãos até o botão de cima da minha blusa. Quando ele é aberto, sinto um arrepio percorrer meu corpo.

— Sempre tão abotoada — murmura ele baixinho, o tom brincalhão.

Miles deixa os dedos descerem pelo meu peito e eu arqueio o corpo embaixo do dele, como uma onda sendo puxada pela maré. O botão seguinte também é aberto e seus dedos tocam a pele sensível ali, traçando o contorno do meu esterno.

Quando não consigo mais aguentar, me remexo embaixo de Miles até a mão dele estar em cima de mim, segurando meu seio com força, o polegar roçando meu mamilo.

— Cacete, obrigado por isso — diz ele.

Levanto mais o corpo na direção de Miles. Ele abre com pressa o botão seguinte e beija o espaço entre meus seios, a mão ainda me segurando com força.

Tentamos mudar de posição, ele de volta para o fundo do sofá, eu deslizando para a frente. Mas quase caio. Miles me segura a tempo e me puxa de volta junto ao seu corpo, e nós dois rimos, uma risada vagamente histérica.

— Estou sem prática — diz ele, a voz rouca. — De dar uns amassos no sofá.

Acho que ele não pretendia falar como um convite, mas poderia facilmente se transformar em um. Estamos a menos de cinco metros dos quartos.

Se formos para qualquer lugar perto de uma cama, vou transar com Miles.

E eu quero muito transar com ele.

Só *não* quero destruir meu arranjo de moradia, tipo, um por cento mais.

O que eu tô fazendo?, penso.

Então, Miles me puxa para cima dele, meus joelhos encaixados de cada lado dos seus quadris, os olhos escuros cintilando enquanto me observam. E a única coisa em que consigo pensar neste momento é ele.

As almofadas que ficam em cima do sofá agora estão embaixo do pescoço dele, e sua cabeça está erguida em um ângulo estranho. Eu me inclino para a frente para tirar duas delas dali e ele aproveita para me segurar pelos quadris e se ergue para beijar a parte mais baixa do meu peito, que consegue alcançar só com os botões de cima abertos. O som que deixo escapar fica no limite do humano, mas isso só o encoraja. Miles captura um dos meus seios na boca, e sinto o calor da sua língua se movendo através do tecido, deixando a blusa molhada e colada à minha pele, então ele passa para o outro seio.

Eu me inclino na direção do seu corpo, apoiando meu peso nas mãos, posicionadas de cada lado dele. Miles deixa as palmas descerem pela minha pele e nós oscilamos juntos, em ondas lentas e pesadas. Ele afasta a abertura central da minha blusa para o lado, desnudando metade do meu peito.

— Caramba, Daphne — murmura. E puxa o decote aberto para o outro lado, erguendo o corpo o bastante para conseguir capturar a pele agora nua com a boca.

Solto um grito de desejo. As mãos frias de Miles sobem pela minha pele febril, por baixo da blusa, seu toque quase tão dolorosamente suave quanto os movimentos urgentes da sua língua ao longo do meu corpo. Ele abaixa as mãos para envolver minha cintura e se afasta. Sinto o ar frio atingir minha pele.

— Você é tão gostosa — diz Miles, a voz rouca. Sinto uma onda de calor descer da base do meu cabelo até as coxas.

Essa não é uma palavra que eu já tenha ouvido muito. Uma gracinha, fofa, *às vezes* bonita. Nunca gostosa.

— Você também — mal consigo me fazer sussurrar de volta.

Os olhos de Miles parecem muito escuros e inebriados conforme ele ergue um pouco o meu corpo e coloca a mão entre nós, a palma no meio das minhas coxas. Fecho os olhos quando sinto essa mão pressionar o meu centro. Me inclino mais na direção dele, querendo me aproximar mais do seu toque, e mordo seu pescoço. Eu me sinto como se fosse outra pessoa, alguém que faz isso o tempo todo. Como se não fosse nada de mais estar montada no colo do meu colega de apartamento, deixando ele me lamber e me morder.

Sinto o abdome dele se erguer e abaixar em uma respiração profunda.

— Daphne — murmura Miles no meu ouvido.

— Hum? — O som sai um pouco agudo, trêmulo.

— Eu sei que a gente falou que não vai transar, mas posso te tocar? — murmura ele junto ao meu pescoço, a mão ainda se movendo, lenta e pesada.

Assinto, sentindo a garganta apertada demais para falar. Ele pousa a mão mais uma vez no meu abdome antes de mergulhá-la dentro do short do meu pijama.

— Tão gostosa... — sussurra Miles de novo, e beija meu pescoço, enquanto sua mão continua a descer pelo meu corpo, a ponta dos dedos se curvando para cima e para dentro. Eu arquejo e me ajusto ao toque dele. Sua outra mão desce até a minha bunda e me agarra, me guiando na direção do seu toque. — Adoro os sons que você faz — diz ele, a voz ainda rouca.

Estou mais ou menos consciente de que, em outra vida, isso seria absurdamente embaraçoso. Nesta, só consigo deixar meu corpo acompanhar o movimento dele, e continuar a permitir que ele provoque seja qual for o som de desejo desesperado que quer arrancar de mim. Minhas mãos tateiam o jeans que ele usa, e Miles me ajuda. Um instante depois, minha mão está ao redor do seu sexo, a dele no meu, e Miles também está gemendo agora, e é muito provavelmente o som mais excitante que eu já ouvi.

Então, o celular dele começa a tocar em cima da mesa de centro.

Nós dois olhamos na direção do aparelho. Espero para ver se Miles vai querer parar.

Ele me beija com vontade. Mordo seu lábio. Estamos enlouquecidos agora, os movimentos cada vez mais desesperados.

O celular para de tocar. Mas logo começa de novo.

Ele senta, me puxa para si e me beija com intensidade, do jeito que nos beijamos no estacionamento, só que com muito mais toques, apalpações, arquejos, mais *privacidade*, mais *pele*, mais tudo. Cada parte de Miles parece tão gostosa, tão convidativa.

No fundo, o filme continua rodando, alguém está sendo sarcástico e cético enquanto outra pessoa se mostra calma e indiferente e, nesse meio-tempo, estamos tentando chegar o mais perto possível um do outro.

Uma parte de mim quer diminuir a velocidade do momento, fazê-lo durar, mas essa parte já perdeu a batalha. Estou chegando ao meu limite. Minhas mãos sobem por baixo da camisa de Miles para sentir a pele lisa, uma das mãos dele está no meio das minhas coxas, me levando cada vez mais perto do clímax, até eu estar gritando e cravando as unhas em sua carne, me perdendo, perdendo toda a noção do lugar onde estamos, do mundo, de qualquer outra coisa que não essa sensação.

Que não esse cheiro de gengibre e fumaça de lenha.

A pele e os músculos dele sob as minhas mãos. O ar frio tocando o meu peito. A pressão do desejo se abatendo sobre mim em ondas. A mão áspera ao redor do meu pescoço, os lábios roçando os meus, me guiando até o pico mais alto.

É como emergir da água, o modo como tudo depois volta ao foco, mas Miles ainda é a imagem mais clara. Seus lábios nos meus, nossas línguas dançando juntas, sua barba arranhando meu maxilar. O corpo de Miles parece pulsar em todos os lugares em que toca o meu, e ele ainda está duro, e, apesar da lassidão deliciosa que começa a tomar conta dos meus membros, isso provoca um arrepio renovado de desejo.

Envolvo seu sexo novamente com a mão. Miles ergue os olhos enevoados, que cintilam sob a luz baixa, e passa a mão ao redor da minha.

O celular dele começa a tocar. De novo.

— Merda — diz Miles, a voz saindo em um grunhido. — Vou só... — Ele se inclina para desligar o celular. A palavra JULIA se acende na tela. — Merda! — repete ele, mas dessa vez é claramente um tipo diferente de *merda*.

Não é um *Merda, deixa eu jogar meu celular no mar pra gente poder continuar o que estava fazendo*, e sim um *Merda, eu devia ter atendido na primeira vez que tocou*.

— Desculpa — diz Miles, me afastando do seu colo com gentileza.
— Tá tudo bem! — Minha voz sai alta demais.

A súbita ausência do calor do seu corpo, da vibração do seu sangue correndo nas veias, das batidas ansiosas do seu coração, me dá a sensação de que vapores alucinógenos estão escapando por uma janela.

Miles pega o celular.
— É a minha irmã.

Outra desagradável intromissão da realidade, me arrancando da névoa de desejo.

Só consigo dizer um "Ah" constrangido.
— Ela não ligaria tantas vezes se não fosse importante — diz ele.
— Sim, claro.

Faço um gesto liberando-o, mal encontrando seus olhos. E me pergunto se minhas bochechas, meu maxilar e meu pescoço estão muito vermelhos. Minha pele nesses lugares está ardida por causa do atrito com a barba de Miles.

Ele me olha com um sorriso de quem pede desculpas e belisca com carinho o meu queixo.

Até esse gesto bobo é excitante para mim.

O celular ainda toca na mão dele. Seus olhos estão fixos nos meus. Pigarreio.
— Atende — digo. E saio, já abotoando a blusa do pijama.

13

S INTONIZO A TV em um canal ao vivo, na tentativa de não ouvir a conversa, mas as tábuas do piso rangem enquanto Miles anda de um lado para o outro no quarto dele, e o murmúrio indistinto de sua voz me faz notar um tom muito semelhante à frustração — pelo menos a versão desencanada de Miles de frustração.

Então, uma frase menos indistinta:

— Não, não, quer dizer, é óbvio que eu quero que você venha. É só que...

Uma pausa.

— Merda, Julia — diz ele. — Só me pergunta da próxima vez. Não finge que tá me perguntando se a questão já está decidida.

Depois de um instante, ele abre a porta do quarto.

— Tá certo. A gente se vê, então. — Outra pausa. — Também te amo. Ele respira fundo e sai para o corredor, parecendo exausto.

— Tá tudo bem?

Coloco a TV no mudo: mais um programa sobre um casal perfeito procurando uma casa em um subúrbio qualquer com um orçamento de quatro trilhões de dólares.

Miles joga o celular na poltrona e esfrega o rosto com as duas mãos.

— A minha irmã às vezes é meio impulsiva.

Endireito o corpo no sofá e puxo uma almofada para o colo.

— Tá tudo bem com ela?

Ele se senta, deixando meio metro entre nós no sofá. E diz, com um suspiro:

— Ela está no aeroporto. Em Traverse City.

O aeroporto mais próximo de nós.

— O quê? — pergunto. — Por quê?

Miles afunda o rosto nas mãos, massageando a pele por um instante, antes de encontrar meus olhos.

— Ela... — Ele solta uma mistura de risada com suspiro. — Sei lá. A Julia disse que está aqui para "me ajudar a tirar tudo isso da cabeça".

Bom, esse é um lembrete nítido do estado das coisas.

O maxilar e a testa dele ficam tensos.

— Mas tem mais alguma coisa acontecendo. A Julia é espontânea, mas ela não iria espontaneamente *atravessar fronteiras de avião sem avisar antes*.

Miles resmunga e massageia os olhos de novo.

— Desculpa. Isso não é problema seu. É só que... ela já está aqui. Então, se não tiver problema pra você, vou pegar a Julia no aeroporto e trazer pra cá. A gente não precisa deixar ela ficar a semana toda. Ou, se você não quiser a minha irmã aqui de jeito nenhum, posso encontrar um hotel pra ela. Eu teria conversado com você sobre isso se soubesse...

— Miles, ei. — Pego o braço dele para chamar sua atenção. — É claro que ela pode ficar aqui. A menos que você queira que eu diga "não", pra que você não precise fazer papel de vilão. Nesse caso, é claro que eu não quero que ela fique, cacete!

Ele sorri.

— Ela vai me encher a paciência por causa da barba.

— Ah, a barba *de luto*? — implico. — A barba de "vou morar na floresta e nunca mais volto a amar"? Por que a sua irmã teria problema com isso?

— Você vai fingir que gosta da barba? — pergunta Miles.

Meu coração se aperta enquanto assinto. É gostosa a sensação de sermos cúmplices.

— Mais alguma coisa? — pergunto. — Quer que eu finja que o seu bong é meu? Precisa que eu enfie as suas revistas de mulher pelada embaixo da minha cama?

Ele joga a cabeça para trás em uma gargalhada.

— Não tenho revista de mulher pelada — retruca. — E, para sua informação, não tenho bong também.

— Que tipo de maconheiro não tem um bong? — pergunto.

— O tipo que, de modo geral, só fuma um baseado quando precisa fazer uma faxina intensa no apartamento, tirar bolinhas de tecido do sofá ou assistir a *Planeta pré-histórico*.

— Tá bom, mas eu nunca conheci nenhum desse tipo — comento.

Ele aponta com os polegares para si mesmo.

— Esse cara aqui.

— Você é mesmo uma pessoa única, né? — digo.

Eu estava tentando fazer piada, mas o rosto de Miles se suaviza e ele segura minhas mãos entre as dele e desliza os polegares sobre os meus, o que provoca uma descarga de desejo pelo meu corpo.

— Se a Julia for demais e você quiser que eu coloque ela pra fora daqui, é só dizer a palavra mágica — fala ele.

Estou com a garganta muito seca.

— E qual seria a palavra mágica?

— Ryan Reynolds — sugere Miles.

Minha risada quebra parte da tensão crescente.

— São duas palavras, e também é *bem fácil* de surgir em qualquer conversa.

— Tudo bem, então é só gritar *chega* bem alto, aí eu uso as pistas do contexto pra entender.

— Por que você está tão preocupado com isso? — pergunto.

— Bom, em primeiro lugar, a Julia tem vinte e três anos.

— Você tá me chamando de velha?

— Estou te chamando de uma mulher de trinta e três.

— Seu grosso — retruco.

— A Julia é incrível — garante Miles. — Mas é a típica irmã caçula. Ela vai ficar completamente à vontade aqui. Se você perceber que a sua escova de dentes sumiu, é melhor presumir o pior e comprar uma nova.

— Não consigo nem começar a imaginar o que é o *pior* nesse cenário.

— Seja qual for, é ruim — diz ele. — Digamos que é melhor não deixar no banheiro nada a que você seja muito apegada.

Nossos olhares se encontram por um momento longo demais.

— Então... — começo a dizer, ao mesmo tempo em que Miles fala:

— É melhor a gente não...

Ele ri. Meu estômago parece um daqueles brinquedos que guardam água dentro, em que o glitter e a água se agitam furiosamente quando o sacudimos. Tenho certeza de que meu rosto está vermelho.

— Pode falar — digo.

Ele esfrega a lateral da cabeça com a palma da mão.

— Aquilo foi uma péssima ideia, certo? — Miles está me olhando com atenção, como se a pergunta não fosse retórica. — Quer dizer, nós dois acabamos de sair de términos traumáticos.

Esse é um bom argumento. Não estou cem por cento dona de mim no momento. Não costumo fazer coisas como a que estávamos fazendo.

Mas a Daphne que eu sempre fui, a mulher prática e determinada, não me colocou exatamente no caminho do sucesso. Por alguns minutos, eu só quis dar uma oportunidade à Daphne divertida e relaxada.

Essa Daphne não assumia o controle nem quando eu tinha vinte e um anos e precisava tomar conta da Sadie nas festas de fraternidade e puxá-la para dentro de um arbusto qualquer quando a polícia chegava para acabar com a farra. Nunca fui aquela que estava *só* se divertindo. Eu era a que antecipava as consequências.

Não que eu quisesse voltar a ter vinte e um, mas minha vida toda desmoronou, e eu venho experimentando coisas novas... E o que acabou de acontecer foi novo e divertido.

Miles ainda está me olhando, atento, como se estivesse tomando uma decisão. Sinto a coragem aumentar, as palavras subirem pela garganta. No momento em que estou prestes a dizer que *não* acho que foi um erro, ou que, mesmo que tenha sido, talvez eu esteja disposta a dar um tempo de só tomar decisões sensatas, ele deixa escapar um suspiro pesado e continua:

— A gente mora junto. Se as coisas ficassem esquisitas...

Toda a efervescência que eu vinha sentindo no peito se transforma em chumbo.

Se as coisas ficassem esquisitas, ele iria precisar de outra pessoa para dividir o apartamento, e eu iria precisar de um novo lugar para morar. Por mais que eu esteja pronta para ir embora do Michigan, vou continuar aqui até a Maratona de Leitura e não posso pôr tudo a perder antes disso.

— Pra ser sincero — ele continua —, não costumo ser o cara que pensa muito antes de fazer as coisas. Mas eu gosto de você de verdade, e a última coisa que quero neste momento é ferrar com a nossa amizade. Ou magoar você.

Que timing perfeito para minha crise de identidade: ele quer ter a atitude mais sensata, e eu quero transar com ele sem pensar no amanhã.

— Eu também gosto de você de verdade — digo a Miles. Diante do sorrisinho constrangido, pigarreio e acrescento: — Você é um amigo querido. Também não quero estragar as coisas.

Essa parte, pelo menos, ainda é verdade. Só queria que pudéssemos "não estragar as coisas" na cama, juntos.

— Então — diz ele, o sorriso agora entre arrependido e sem graça —, amigos?

Pigarreio de novo.

— É claro.

Ele se levanta e o sorriso se alarga um pouco.

— E você vai me dar cobertura com a Julia, sobre a barba.

— É pra isso que servem os amigos — respondo, impassível.

O sorriso se abre de vez.

— Quer ir até o aeroporto comigo?

— Não, vai só você, pra ter um tempo sozinho com a sua irmã, enquanto eu arrumo as coisas aqui. — Abaixo os olhos, mas logo volto a erguê-los para encontrar o olhar de Miles, o rosto ruborizado.

— Que foi? — pergunta ele.

— Nada, é só que... seu zíper ainda está aberto.

— Ah, merda — diz Miles, tranquilo, e fecha o zíper sem um pingo de vergonha. Infelizmente, acho até *isso* sexy pra caramba. — Esqueci mais alguma coisa? — pergunta ele, abrindo os braços nas laterais do corpo.

Ele parece exatamente o que é: um homem em quem eu estava me esfregando agora mesmo.

— Tá tudo certo — falo, em um tom exageradamente animado.

Ele sorri, faz um último carinho no meu queixo, então se vira e sai sem olhar para trás.

Quando eu era criança, minha mãe era uma anfitriã incrível.

Não sei como ela dava conta, trabalhando em tempo integral, mas *de algum modo* a casa estava limpa quando precisava estar, a geladeira e a despensa estocadas com *coisas boas* — batata chips e cereais de marcas conhecidas, cookies de marcas desconhecidas que eram ainda melhores que os originais. Ela pedia pizza para o jantar e, de manhã, servia salada de frutas e ovos mexidos, uma de suas poucas especialidades.

Antes da nossa primeira mudança, ela, meu pai e eu morávamos em uma casa pequena de dois quartos e um banheiro. A tela da nossa TV antiquada mostrava barras coloridas que distorciam a imagem até a gente bater na lateral dela. Mas a nossa mobília era absurdamente confortável, e a casa estava sempre cheirando a manjericão e limão.

Quando meu pai saiu de casa, minha mãe não tinha condições de pagar o aluguel sozinha, por isso nos mudamos para um apartamento de um quarto no outro extremo da cidade. Ficava no quarto andar, tinha o piso coberto por um carpete marrom e paredes que pareciam ocas. O grande atrativo desse lugar era uma varandinha minúscula, com vista para um lago artificial de águas marrons e para outras varandas idênticas.

Ainda assim, durante todo o ensino fundamental, aquele apartamento era *o* lugar onde minhas amigas queriam se reunir para passar a noite.

Então, entrei no ensino médio e minha mãe foi promovida de caixa em uma filial local para trabalhar no setor administrativo do banco, a uma hora e vinte minutos de distância.

Nos dois primeiros meses, ela me levava de carro para visitar minha amiga Lauren nos fins de semana, ou a mãe da Lauren a trazia para se encontrar com a gente na sexta à noite e nós a deixávamos em casa no domingo.

Mas as viagens de um lugar para o outro, os telefonemas, as mensagens foram rareando conforme Lauren se ambientava na nova turma e eu fazia amizade com algumas meninas da comissão do anuário do colégio na minha.

Então nos mudamos para St. Louis, para que minha mãe ajudasse a abrir uma filial do banco ali. Correu tudo tão bem que a designaram para fazer o mesmo no leste da Pensilvânia, um ano mais tarde. No penúltimo ano da escola, nos mudamos mais duas vezes, primeiro para a Carolina do Norte, depois para um subúrbio nos arredores de Alexandria.

NEM TE CONTO

Os apartamentos foram ficando mais bonitos, as paredes grossas o bastante para não permitir que a gente ouvisse os vizinhos brigando (ou se pegando), os tetos eram lisos em vez de pipocados, com árvores nos pátios e cercas de madeira onde antes tínhamos cascalho e cercas de arame. Minha mãe começou a estudar para se tornar analista de crédito, e, com os estudos somados ao trabalho, os cuidados da casa acabaram sob minha responsabilidade.

Naquela época, nós quase nunca recebíamos pessoas em casa. Minha mãe não tinha tempo para vida social e eu havia basicamente desistido de fazer amigos. Já não via mais por que me dar o trabalho. Nenhuma daquelas amizades durava além da mudança seguinte.

Um ano mais tarde, fui para a universidade, em Columbus, onde conheci Sadie.

Meu coração fica quentinho quando lembro dela naquela época.

A pequena e brilhante Sadie. Nós nos sentamos perto uma da outra em uma aula eletiva que era mais um clube de leitura de Jane Austen, com duração de um semestre, no primeiro dia na universidade. O professor pediu que todos nos apresentássemos, disséssemos com qual personagem de Austen nos identificávamos e por quê. Noventa por cento dos colegas de turma disseram alguma variação de "Eu sou a Lizzie todinha". O único garoto entre nós declarou, muito ousado, que era o Darcy. Duas meninas escolheram Elinor Dashwood ou Jane Bennet.

Provavelmente fui sincera demais para um joguinho bobo de "vamos nos conhecer melhor", mas, quando chegou a minha vez, falei:

— Infelizmente, acho que eu sou Charlotte Lucas.

Ela era a personagem mais prática em que consegui pensar, mesmo que esse seu jeito a tenha levado a se casar com o sr. Collins.

Ao meu lado, Sadie caiu na gargalhada.

— Não se sinta mal por isso. Acho que eu sou a Lydia.

Depois da aula, Sadie me convidou para tomar um café no caminho para sua próxima aula. Eu sinceramente não conseguia me imaginar indo até alguém e começando uma conversa, menos ainda convidando essa pessoa de cara para tomar um café.

Tinha tentado fazer isso uma vez no ensino médio. Acho que a resposta da garota foi:

— Hum. Por quê?

Sadie fazia amizade com quase todo mundo que conhecia, mas naquele dia tive a sensação de que ela tinha me escolhido, de um jeito que nunca tinha me acontecido.

Ela me levou para minha primeira festa de fraternidade. Eu a levei ao Cellar Cinema, uma sala de exibição bem pequena, no porão de uma livraria, que minha mãe e eu tínhamos descoberto durante nossa visita ao campus no ano anterior. Sadie conseguia que a gente entrasse nos bares, apesar de não termos idade para beber, e eu a arrastei para um sarau de poesia no quintal de uma casa, onde um cara de quem eu gostava fez uma homenagem tão horrível a *Uivo*, de Allen Ginsberg, que aquilo acabou com qualquer atração minha por ele.

Sempre brincávamos que Sadie teria se dado bem como uma dama do período regencial britânico, porque ela sabia bordar e tricotar, tinha postura de bailarina e falava espanhol e francês fluentemente. Já *eu* me daria bem em um apocalipse, porque era meio briguenta, estava acostumada a viver de macarrão instantâneo e ficaria de boa se passasse dias a fio sem falar com ninguém, desde que tivesse um monte de livros ao meu redor.

Durante os quatro anos seguintes, eu raramente precisei fazer meus próprios amigos ou batalhar pelos meus próprios convites. No entanto, sempre que Sadie combinava saídas em grupo ou organizava festas de Halloween, o *meu* trabalho era incorporar a minha mãe e fazer o papel de anfitriã.

Assim, no instante em que Miles sai para pegar Julia no aeroporto, a memória muscular assume o controle com força total.

Arrumo a cozinha, varro as migalhas para um canto e passo aspirador em tudo. Pego duas velas no meu quarto e acendo, então abro as janelas para arejar a casa. Depois de respirar fundo, me preparando emocionalmente, abro o armário do corredor, ignorando o lado direito e seu excesso de toalhas de mesa rendadas, velas votivas e o Temido Vestido para o meu casamento cancelado, e procuro lençóis e toalhas limpos, que empilho em cima do sofá.

Passo aspirador embaixo das almofadas, limpo a pia do banheiro e coloco a louça na lavadora.

Me ocorre então que temos muito pouca comida, por isso pego minha bolsa e as chaves e vou até o mercado mais próximo, com suas luzes fluorescentes e corredores quase vazios.

Não posso comprar muitos produtos aqui sem devastar o coração de Miles, com seu amor por bancas de produtores rurais, mas escolho algumas maçãs, brócolis, um pão de fôrma, um pote de creme de amendoim e mais alguns itens essenciais.

Quando estou a caminho do caixa, faço um rápido desvio para pegar quatro escovas de dentes novas.

Só para garantir.

Consigo voltar para casa antes de eles chegarem e estou acabando de guardar as compras quando escuto duas vozes *muito* altas vindo pelo corredor e a porta de casa sendo aberta.

Vejo Miles primeiro.

— Oi — diz ele, estacando e sorrindo, como se estivesse agradavelmente surpreso por me ver ali. Como se tivesse esquecido que nós moramos juntos. Não sei bem se isso é um elogio ou um insulto.

A irmã dele entra na cozinha logo atrás. Ela é alta. Tanto ou talvez até mais alta que Miles e muito magra, com o mesmo nariz arrebitado, dentes perfeitos e cabelo escuro, embora o cabelo dela seja cortado em um estilo chanel curtinho, ondulado e com direito a uma franja.

— Oi! — cumprimenta ela, o tom animado, soltando (na verdade, arremessando) a bolsa de viagem na direção da sala. — Você deve ser a colega de apartamento, Daphne.

— E você deve ser a irmã, Julia — digo.

— O que me denunciou? — Ela passa um braço ao redor do pescoço de Miles e cola o rosto ao dele. — Nós não somos *nada* parecidos.

— Ah, foi um chute — brinco.

Ela se afasta do irmão e passa a mão pelo maxilar.

— Você precisa tirar esse bicho morto da cara — diz, já a caminho da geladeira. — Acho que acabei de ser atacada por pulgas.

Julia abre a porta e olha para mim por cima do ombro, embora não a tempo de pegar Miles me dizendo apenas com o movimento da boca algo como *Eu te disse*.

— Você já viu o meu irmão sem barba? — me pergunta ela. — É uma graça. Tipo uma versão quinze por cento menos sexy de mim.

— Não sei, eu meio que gosto da barba dele — falo.

Julia estreita os olhos para mim. Então endireita o corpo e torce os lábios em uma expressão de mau humor enquanto me avalia, como se eu fosse uma oponente de pôquer particularmente desafiadora. Mas não sou. Sou uma péssima mentirosa — a não ser quando fui possuída por aquele demônio insano e inventei um namorado do nada.

De repente, Julia se vira na direção de Miles e aponta o dedo para o rosto dele.

— Você mandou ela falar isso, cacete! — grita, o tom vitorioso.

Ele afasta a mão da irmã do caminho.

— Jules, fala baixo. O nosso vizinho mal-humorado daqui a pouco começa a gritar com a gente.

— Confessa! — berra ela, afastando a mão *dele*.

Julia se vira para mim, o rosto animado, mostrando uma versão mais extrema do sorriso iluminado por dentro, encantado com tudo, de Miles.

— Te dou vinte dólares se você me contar a verdade, Daphne.

— Daphne — alerta Miles, tentando passar por ela.

Julia abre os braços ao lado do corpo, as pernas separadas, em uma postura defensiva para impedir que alguma mensagem seja passada entre nós.

— Daphne! — chama ela, a voz aguda entre gargalhadas, enquanto Miles tenta afastá-la do caminho. — Me diz a verdade!

— Eu já disse! — falo, correndo para longe dos dois e me refugiando do outro lado da bancada. — Eu gosto da barba do seu irmão! Me apeguei a ela!

— *Daphne*. — Julia endireita o corpo, as mãos na cintura. — Nós duas temos que ser uma *dupla* aqui.

— Vocês acabaram de se conhecer — diz Miles, dando a volta na bancada e parando ao meu lado. — Nós estamos morando juntos faz mais de dois meses.

— Tá, tá, tá — resmunga Julia, e se vira para continuar a examinar a geladeira. — Cacete, vocês têm comida mesmo aqui. Tipo... não são só restos.

— Temos? — pergunta Miles, ao mesmo tempo em que eu digo:
— Temos.

Ele se vira para mim.

— Obrigado.

Julia pega uma água com gás aromatizada com toranja e nos encara enquanto abre.

— Então, há quanto tempo vocês dois estão juntos?

Eu arquejo.

— O quê?

— Não estamos — responde Miles, nitidamente constrangido.

Julia ergue as sobrancelhas enquanto dá um gole, então pousa a lata com força na bancada. Se Miles é um labrador, a irmã é mais um pitbull desajeitado, que fica trombando nos cantos e esbarrando com a cabeça nas mesas de centro sem querer nem perceber. Gosto dela de cara.

Julia inclina a cabeça.

— Não foi isso que a Petra disse.

— Você falou com a Petra? — pergunta Miles.

— Não de um jeito Judas Iscariotes — se apressa a dizer ela. — Eu disse poucas e boas pra ela em uma mensagem há algumas semanas e não recebi resposta. Aí, na semana passada, ela me mandou uma mensagem do nada pra dizer que está *feliz por você*.

— Que atenciosa — murmuro.

O olhar de Julia se volta mais uma vez para mim.

— Tem alguma razão especial para ela achar que vocês dois estão transando?

Eu me pergunto se há urticárias visíveis surgindo no meu pescoço.

Também me pergunto se fiquei com marcas nos lugares onde Miles me mordeu.

— Foi culpa minha — digo a Julia. — É uma longa história, mas o Peter, o meu ex, me ligou e eu sem querer falei...

Ela ergue as sobrancelhas enquanto espera que eu continue. É uma expressão típica de Miles Nowak, mas de algum modo parece muito mais intensa nela.

— Eu menti descaradamente — completo.

Ela me olha por um segundo, então cai na gargalhada, dobrando o corpo e apoiando o rosto nos braços pousados na bancada, enquanto estremece de tanto rir. Quando Julia enfim se afasta do granito, diz:

— Adorei.

Miles dá um sorrisinho sem graça.

— Essa foi a minha reação também.

Julia tamborila com as mãos na bancada por um instante.

— E aí, vamos encher a cara?

Dou risada.

— A Daphne tem que trabalhar amanhã cedo — avisa Miles. — Ela organiza a Hora da História na biblioteca aos sábados. Faz todas as vozes dos personagens.

Não acho que ele está tentando me deixar com vergonha; tenho para mim que ele acredita sinceramente que essa é uma informação interessante e talvez até *impressionante* a ser compartilhada com sua irmã caçula ultradescolada e confiante.

— Ah, que legal, a gente precisa ver isso — diz Julia.

— Não precisa — digo. — O livro de amanhã é *O homem de queijo fedorento*.

— Você não vai conseguir me convencer a não ir. — Ela se vira na direção de Miles. — E você? Vamos tomar todas? Tenho certeza que seria bom pra você relaxar um pouco, considerando a... — Ela indica a barba dele com um gesto.

Miles segura a beira da bancada, afasta o quadril que tinha encostado ali e endireita as costas com um gemido.

— Julia — diz. — Estou com trinta e seis anos. Se eu beber demais, o corpo cobra caro.

— Ah, que é isso — implico. — Da última vez você já estava de pé, comprando um sanduíche para o café da manhã, enquanto eu ainda estava tremendo e suando na cama.

— Ha! — grita Julia. — Te peguei.

— Eu consigo dar conta muito de vez em quando — confirma ele —, mas vamos sair no domingo à noite com a nossa amiga Ashleigh.

Fico surpresa por ele se lembrar. Então, olho por cima do ombro e vejo que Miles acrescentou isso à agenda, bem ao lado da seta atravessada na coluna do domingo.

— Você vai gostar dela — diz Miles à irmã. Então ele franze o cenho. — Ou vai detestar. Na verdade não sei bem.

— O tempo vai dizer — responde Julia, dando de ombros e tomando mais um gole da água com gás. — Vamos pedir pizza?

Miles arrisca um olhar para mim, o tom rouco e provocador:

— Com certeza a Daphne iria adorar.

Sinto um arrepio percorrer minha espinha enquanto lembro de um sussurro: *Adoro os sons que você faz.*

— Hum... que tal outra coisa? — sugiro.

Tento pensar na comida menos sexy que consigo lembrar. E me dou conta de que a maior parte das comidas é no mínimo *um pouco* sexy.

— Nachos? — digo.

14

SÁBADO, 22 DE JUNHO
56 DIAS ATÉ EU PODER IR EMBORA

Infelizmente, Julia estava falando sério sobre a Hora da História.

Eles se atrasam, é claro, mas pouco. Sinto cheiro de grama quente de sol e de lenha aromática e, quando ergo os olhos, ali estão os dois.

Julia abre caminho através do círculo concêntrico de pais, babás e crianças, enquanto Miles murmura pedidos de desculpa logo atrás.

Ele tirou a barba. Sem dúvida por causa da implicância da irmã, que animou nossa conversa até tarde da noite, quando por fim aceitou minha quinquagésima oitava tentativa de ir dormir.

Algumas pessoas deixam a barba crescer para esconder ou realçar certos traços do rosto — como quando mudei a risca do meu cabelo aos dezenove anos e, depois de ver que harmonizava melhor com meu nariz meio torto, nunca mais penteei o cabelo de outro jeito.

No caso de Miles, parece que o que a barba vinha escondendo é que ele é um homem chocantemente bonito, com maçãs do rosto altas e um maxilar tão anguloso que parece capaz de cortar a ponta dos dedos que correrem por ali. Ou a língua. Enfim, o que for.

Que momento cruel para descobrir isso... logo depois de termos acabado de concordar em não atravessar os limites da amizade platônica.

Os olhos de Miles encontram os meus, e ele torce um lado dos lábios — *essa* parte do seu rosto continua suave e brincalhona, mesmo com o novo visual. Tenho a sensação de ter engolido uma espada enfiada em um balão de gás.

Mesmo nas melhores circunstâncias, *não* sou chegada a surpresas. Só que, se *tenho* que ver de surpresa o homem com quem estava me agarrando a noite passada, preferia que isso não acontecesse (*a*) enquanto estou lendo em voz alta e (*b*) em um dia em que *ele* parece mais bonito do que nunca e *eu* resolvi vir andando para o trabalho, e acabei sendo surpreendida por uma garoa que deixou meu cabelo cheio de frizz e meu rímel manchado.

Fiz o melhor que pude para me arrumar um pouco quando cheguei, e é claro que foi o momento em que *imediatamente* parou de chover, mas optamos por fazer a Hora da História dentro da biblioteca, para não correr nenhum risco, e tenho certeza de que a luz que não para de piscar acima da minha cabeça não está me dando um brilho celestial.

Quando chego ao fim, Julia fica de pé e bate palmas com enorme entusiasmo. Todo o restante da plateia aplaude do jeito educado a que estou acostumada. Depois de um coro de vozinhas finas dizendo *obrigada, obrigado*, seguindo as instruções dos pais, o grupo se dispersa e Julia vem saltitando até mim.

— O Miles não estava brincando — diz ela. — Você *manda bem mesmo* com as vozes.

Dou uma olhada por cima do ombro para onde o irmão dela parou para "ensinar o caminho" a uma mãe que tenho quase certeza de que *nasceu* aqui. Uma mãe *jovem* — parece que ele estava certo sobre o efeito da barba nas senhoras mais velhas, porque dessa vez não são *elas* que não tiram os olhos dele.

Julia segue meu olhar e ri.

— Ah, olha só, o meu irmão arranjou uma amiga. Que novidade.

— Ele sempre foi assim? — pergunto.

— Desde que eu me entendo por gente, sim — responde ela. — Só Deus sabe de quem ele puxou isso. Com certeza não dos cretinos dos nossos pais.

Fico chocada com a menção casual aos pais deles. É como finalmente abrir uma caixa que estava trancada e descobrir que havia uma rachadura no fundo o tempo todo.

— Uma vez, no ensino médio, o Miles estava no mercado e esbarrou com a professora que cuidava da banda da escola. Ele acabou ganhando um convite para o casamento dela — me conta Julia. — E ele *nem estava* na banda.

A imagem de um envelope de qualidade, com letras elegantes na frente, surge na minha cabeça.

A expressão no rosto de Julia se suaviza.

— Merda, desculpa. O Miles me contou sobre o negócio do convite.

— Tá tudo bem — digo.

Ela inclina a cabeça, curiosa.

— Jura? *Bem mesmo?*

— Não — respondo. — Mas estou tentando reclamar menos.

Ela me pega olhando na direção de Miles e dá uma risadinha irônica.

— Se você está tentando imitar o meu irmão, te desejo sorte. Ninguém consegue reprimir emoções negativas como o Miles. Ele tem prática demais nisso.

Como sempre, Miles parece o sol em forma de gente, totalmente envolvido na conversa, interessado naquela estranha, e isso faz meu peito doer.

— Eu tinha presumido que a disposição solar dele era um traço natural.

— O que estou dizendo — fala Julia — é que nós tivemos a mesma criação e *eu* não me tornei Cronicamente Bem, por isso acho que, sim, de certa forma é um traço natural. Quando eu era criança e o Miles se mudou para a cidade grande, ele passava em casa todo sábado e me levava para tomar café da manhã no McDonald's. Eu ficava o tempo todo tentando irritar ele, porque eu era terrível. Mas nunca consegui tirar o meu irmão do sério. O Miles é o máximo em ignorar coisas ruins.

— E você? — pergunto.

Julia solta uma risada abafada.

— Ah, eu convido as coisas ruins a tentarem me irritar.

Depois de enfim se desvencilhar da Mãe Gostosa, Miles se junta a nós.

— O que eu perdi?

— Nada — diz Julia, o tom inocente, enquanto eu digo:

— A sua irmã quer entrar em uma briga de faca.

— Vou ligar pro Gill — diz Miles. — A gente ainda pode conseguir um gatinho pra ela.

— *Eu* perdi alguma coisa? — pergunta Julia.

Ashleigh também se junta a nós.

— É só mais uma das piadas fofas de *melhores amigos* deles — ela diz a Julia. — Você deve ser a irmã.

— Você deve ser a amiga que eu vou amar ou odiar — retruca Julia.

Os ombros de Ashleigh se agitam em um breve estremecimento.

— Intrigante.

— Acho que vai ser divertido de um jeito ou de outro — fala Julia. — Então, que tal a gente ir a Cherry Hill jogar minipretzels em cima do Miles enquanto ele trabalha?

— Nós *não* servimos pretzels — diz Miles, o tom claramente ofendido.

— Por mais maravilhoso que pareça esse programa — falo —, preciso terminar uns materiais promocionais para a Maratona de Leitura.

— E eu estava pensando em adiantar a comida lá de casa hoje à noite, assim posso tirar isso da cabeça amanhã... — Ashleigh se interrompe com um arquejo e vira para Miles. — Já sei aonde a gente deve ir. Vamos levar essas duas ao Barn.

— Barn no sentido de celeiro? — pergunto. — Tipo... daqueles que tem na fazenda?

— Tipo um bar em um celeiro — responde Miles. — Em uma fazenda.

— Não tem lugar no mundo como Waning Bay — retruco.

— O Barn tem cabras — informa Ashleigh, já se afastando de nós para ajudar um casal de clientes a encerrar o que precisam, antes de fecharmos. — Você vai amar.

O telefone de Julia apita e ela verifica.

— Você não devia estar no trabalho às quinze pras cinco? — pergunta a Miles.

— Merda! — Ele se adianta em direção à porta, com Julia ainda digitando uma mensagem enquanto se apressa a segui-lo. Então, Miles olha por cima do ombro e fala: — O sol nasce antes das seis. Esteja pronta às cinco e meia.

— Cinco — retruco. — Você também vai, Julia?

— Às cinco da manhã? — pergunta ela, bem-humorada. — Prefiro comer papel-alumínio. Mas divirtam-se, vocês dois.

SAIO DO MEU quarto na ponta dos pés às 4h58 da manhã, com as sandálias na mão, e passo em silêncio por Julia, que está roncando no sofá. Acendo a luz embaixo da prateleira do micro-ondas e tomo um copo d'água enquanto espero Miles sair do quarto dele.

Cinco da manhã chega e passa.

Então cinco e cinco.

Cinco e onze.

Estou tentando não ser irracionalmente rabugenta, mas está cedo pra cacete, mesmo para mim, e se tem uma coisa que eu detesto de verdade é esperar pelas pessoas.

Dezenas de lembranças desagradáveis circulam pela minha mente, como um vídeo de *piores momentos*, e estou cansada demais para conseguir afastá-las da maneira adequada.

Assim, enquanto bocejo com tanta força que meu maxilar estala, também estou de volta ao primeiro apartamento em que morei com minha mãe sem meu pai, esperando diante da janela da frente, erguendo os olhos toda vez que um carro velho passa na rua.

Ou esperando no meio-fio coberto de neve, na frente da escola, quando eu ainda estava no ensino fundamental, arrastando as botas no chão enlameado, dizendo a mim mesma que se eu contar até cem meu pai vai aparecer. E que, se isso não acontecer, vai ser quando eu chegar a duzentos e cinquenta. Conto e espero até minha mãe parar o carro, agitada e ainda com os sapatos de salto que usa no trabalho, se desculpando em nome dele através da janela do carro: *Desculpa, desculpa, acho que ele teve um imprevisto.*

Esperando na frente da caixa de correio por cartões de aniversário que não chegam.

Esperando por um telefonema no Natal.

Esperando.

Esperando.

Esperando por alguém que quase nunca aparece, me sentindo pior a cada vez, até finalmente perceber que essa sensação não vai passar enquanto a espera não acabar.

Não podemos forçar uma pessoa a aparecer, mas podemos aprender a lição quando ela não aparece.

Confie nas ações das pessoas, não nas palavras delas.
Não ame ninguém que não esteja disposto a te amar também.
Deixe de lado as pessoas que não são leais a você.
Não espere por ninguém que não tem pressa de chegar até você.

Levo em consideração a possibilidade de voltar para a cama e terminar o programa de divulgação da Maratona de Leitura, que se aproxima. Então a porta da frente se abre, deixando entrar um facho de luz vindo do corredor.

— Oi — sussurra Miles, e levanta as garrafinhas térmicas que tem na mão. — Tá pronta?

— Desde as cinco horas.

Ele se inclina para a frente para ver o horário no relógio do forno.

— Merda. — Então me passa uma das garrafas. — Saí com quinze minutos de antecedência e não tinha fila, mas acabei me distraindo, conversando com o barista e... Não importa, desculpa, Daphne.

Balanço a cabeça, já deixando a rabugice de lado. Afinal Miles está me fazendo um favor.

— Tá tudo bem. — Calço as sandálias. — Vamos.

Está mais frio do lado de fora que no apartamento, e o ar gelado deixa meus braços e pernas arrepiados. Quase posso sentir os pelos crescendo na minha perna e me pergunto por que me dei o trabalho de me depilar ontem à noite.

Porque você está a fim do seu colega de apartamento, diz minha vozinha interna, tentando ser útil, *e quer que ele olhe, toque e provavelmente até lamba as suas pernas.*

Não, debato comigo mesma. *É porque eu quero ir trabalhar de saia amanhã.*

Mas não compro meu próprio argumento: da última vez que usei saia no trabalho, Stanley Mão Boba me disse que eu ia provocar um infarto nele.

A bainha chegava ao meio das minhas panturrilhas.

Por sorte, Ashleigh estava passando pelo balcão da recepção naquele exato momento e determinou uma suspensão de três meses para Stanley.

Estou tão cansada que estaria disposta a tomar combustível de avião misturado com espresso, mas, para minha surpresa, quando dou um gole na garrafa que Miles me entregou, sinto um sabor doce e cremoso com um toque de especiarias.

— É chai — observo.

Ele abre a porta do carro e entra.

— Achei que era isso que você ia querer.

Entro também.

— Não, é isso mesmo, é só que... Obrigada.

— De nada.

Miles gira a chave na ignição, o motor resmunga, mas o carro não liga. Ele precisa tentar mais duas vezes até pegar, então seguimos pela nossa rua silenciosa, a cidade adormecida ainda escura, preta e azulada como um hematoma.

No lugar onde se alugam caiaques, já há outro casal esperando — os dois loiros, mas comicamente desproporcionais em altura. E, a julgar pelo volume alto e animado da conversa que a mulher está mantendo com o homem de olhar sonolento, esse é o primeiro encontro deles. Que talvez, *de algum modo*, já seja também uma viagem de fim de semana?

A mulher mantém um fluxo contínuo de perguntas que o homem rebate com agilidade sobre os empregos um do outro (finanças e administração de parque temático, respectivamente) e os animais de estimação um do outro (três gatas e dois pastores-alemães), desde o guichê de registro, durante o trajeto de van e até o lugar onde estão os caiaques.

Sem combinarmos, tanto Miles quanto eu ficamos para trás e deixamos os dois embarcarem em seus caiaques, fingindo que estamos ocupados guardando nossas coisas nas bolsas impermeáveis que nos deram e vestindo o colete salva-vidas, até o casal estar bem longe.

— Lembra quando você disse que eu gosto de todo mundo? — me pergunta Miles, enquanto arrastamos um dos nossos caiaques para a água.

— Sim.

— Não gosto deles. — Ele indica com um movimento do queixo as costas dos nossos companheiros de van e se encolhe enquanto ambos batem rapidamente os remos para a frente e para trás.

Disfarço um sorriso.

— Você *conhece* os dois?

— Depois daquela viagem de sete horas na van, conheço o suficiente — diz Miles.

Não consigo conter uma risadinha.

— Levamos seis minutos para chegar aqui.

— Eles são meus inimigos. — Ele firma o caiaque e faz sinal para que eu entre.

— Então, se eu quiser continuar nas suas boas graças, tenho que lembrar de *não* tomar vinte e cinco comprimidos de estimulante antes das seis da manhã. Bom saber.

— Nem ter três gatas e batizar todas de A Deusa — acrescenta Miles.

— É mesmo? Na verdade foi isso que eu mais gostei no Keith.

— A minha parte favorita foi quando a Gladys teve aquele ataque de tosse e não conseguiu falar por, sei lá, onze segundos.

— É divertido ver você resmungando — digo a ele, enquanto entro no caiaque e me deixo cair no assento molhado e escorregadio.

— Aproveita — retruca Miles. — Nunca mais quero acordar cedo desse jeito. Detesto admitir, mas a Petra tinha razão.

Eu me debruço por cima da lateral do meu caiaque e jogo água nele, fazendo-o arregalar os olhos.

— Que é isso!

— É o imposto Petra — digo. — Se falar o nome dela de novo, vou chamar a Gladys e o Keith de volta aqui e transformar este momento em uma caravana de caiaques.

— Tudo bem, tudo bem — concorda Miles, enquanto sobe de novo para a margem para colocar o próprio caiaque no lago. — Mas se você mencionar o Peter eu te jogo na água.

— Quem? — pergunto, o tom inocente.

A verdade é que, depois de cinco minutos longe da margem, Peter ocupou um camarote na minha mente, porque meus braços e ombros já estão ardendo de exaustão, e Miles só consegue dar duas remadas antes de ser obrigado a parar e esperar que eu o alcance.

O horizonte escuro acabou de começar a se suavizar e a luz parece vazar para a água, e já estou certa de que isso aqui foi um grande erro.

Tínhamos planejado fazer uma volta de uns dez quilômetros ao redor de uma pequena ilha na baía, onde os moradores mais aventureiros da região — pessoas como Miles e Petra, imagino — gostam de acampar.

No meio da baía como estamos, não há correnteza ou ondas a vencer, não como haveria no lago propriamente dito, mas ainda assim estou lamentavelmente despreparada no quesito condicionamento físico.

— Pode ir na frente — digo para Miles.

Ele ri.

— E por que eu faria isso?

— Porque eu tenho quase certeza que na verdade o meu caiaque tá indo pra trás.

— É água — argumenta ele. — Em todas as direções. Não precisamos estar em nenhum lugar específico. A menos que você estivesse falando sério em relação a ficar perto do Keith e da Gladys.

— Não tenho nem a intenção nem a capacidade emocional de fazer isso — retruco.

— Então vamos relaxar. Sem pressa.

— Bom, se essa sua disposição mudar, fique à vontade para me largar pra trás.

— Sim, Daphne, se alguma coisa mudar e eu precisar escapar de um tubarão de água doce, vou remar como um louco e deixar você morrer sozinha aqui.

— Tem tubarão no lago mesmo? — indago.

— Estou ofendido de você sequer perguntar isso.

— Acho que alguém precisa defender a honra do lago Michigan.

— E por que não eu, né? — concorda Miles.

Continuamos a remar lentamente, lado a lado, e o sol que se ergue aos poucos pinta tudo de rosa e dourado.

— Eu sei que é clichê — comenta ele, depois de um instante —, mas estar na água sempre me dá a sensação que imagino que ir a uma igreja provoque em algumas pessoas.

— Entendo o que você quer dizer. Aqui a gente é pequeno e não tem mais ninguém ao redor, mas não nos sentimos solitários. É como se a gente estivesse conectado a tudo e a todos.

— Exato — concorda Miles. — E a gente lembra de se deixar maravilhar com as coisas. É muito fácil esquecer como o planeta é incrível.

Olho de relance para ele.

— Acho você muito bom em se deixar maravilhar com o cotidiano.

— Às vezes — diz Miles, e completa: — Você também.

Dou uma risadinha sarcástica.

— Meu estilo é mais de uma pessimista mal-humorada, e nós dois sabemos disso.

— Você geme toda vez que come — lembra ele. — Não acho que seja tão pessimista quanto você acha que é.

Fico ruborizada e, com cuidado, guio a conversa para outro rumo.

— Acho que, quando eu era criança, a biblioteca era o que me deixava *maravilhada*. Eu nunca me sentia solitária ali. Era como se eu estivesse conectada com todo mundo. Para ser sincera, acho que também me fazia sentir conectada com o meu pai.

Aqui está, uma verdade terrivelmente embaraçosa jogada bem no meio de uma conversa. Um fato que nunca admiti em voz alta.

Talvez seja uma simplificação excessiva, mas é a verdade.

— É por causa dele que eu amo bibliotecas.

— Ele lê muito? — deduz Miles.

Dou uma risadinha.

— Não. É que o meu pai nunca planejava as visitas dele com antecedência, e também nunca tinha dinheiro. Então, ele chegava de repente na cidade e me levava para a biblioteca, para dar uma olhada em uns livros, fazer alguma atividade ou o que fosse. Assim, quando eu era pequena, associava mesmo bibliotecas a ele. Parecia ser "o nosso programa".

— Vocês são próximos? — pergunta ele.

— De jeito nenhum — respondo. — Ele mora há muito tempo na Califórnia, e as visitas dele são imprevisíveis. Não aparece quando diz que vai aparecer, e aí surge do nada quando não estou esperando. Mas o meu pai era muito *divertido* quando eu era pequena. E as idas à biblioteca pareciam um presente incrível, uma coisa especial dele pra mim, sabe?

Como se meu pai guardasse com ele a chave para tudo o que eu queria ler.

— A minha mãe nunca tinha tempo de ir à biblioteca pública, e eu tinha um certo pavor da bibliotecária da escola, por isso, quando fiquei um pouco mais velha, simplesmente ia para a biblioteca da cidade depois da aula e a minha mãe me pegava lá quando saía do trabalho.

Miles sorri.

— Uma boa bibliotecária faz *toda* a diferença.

Eu me inclino na direção dele.

— Você tá brincando, mas é verdade.

— *Não* estou brincando — afirma ele. — Se você tivesse sido a minha bibliotecária, eu teria lido muito mais.

— Porque eu teria te explicado que audiolivro também conta? — pergunto.

— Só pra começar. E eu ia querer te impressionar.

Sinto o rosto quente.

— A Julia é ótima — comento.

— Ela é, sim — concorda ele. — Ela é demais.

— Vocês sempre se deram bem? — pergunto.

— No geral, sim — responde Miles. — Quer dizer, eu tinha treze anos quando ela nasceu, então passava muito tempo fora de casa, mas quando eu estava em casa ela me seguia como um cachorrinho, quer dizer, literalmente engatinhava atrás de mim.

Sorrio, imaginando a cena. Julia bebê, de olhos castanhos e cabelo escuro, disparando atrás de Miles adolescente, desengonçado, também de olhos castanhos.

— A Julia tinha só cinco anos quando eu me mudei — diz ele. — Mas eu tentava voltar para vê-la o máximo que podia.

— Ela me contou que vocês saíam juntos todo sábado.

Percebo uma careta discreta.

— Eu só precisava tirar a Julia daquela casa de vez em quando.

E ali estava de novo, aquela fresta na caixa. Mas é fechada com a mesma rapidez com que se abriu, escondendo o conteúdo ali dentro.

Voltamos a remar em silêncio. Sinto o suor se acumular na linha do meu cabelo, escorrer entre as omoplatas e pelas costelas.

— Você pode falar sobre isso, sabia? — digo a Miles por fim.

— Sobre o quê? — pergunta ele.

— Sobre tudo. Seja o que for que te perturbe. Na verdade eu sou melhor em escutar do que em falar.

— Você é ótima em falar — retruca Miles. — Mas não tem nada me perturbando. Eu tô bem. Só preciso descobrir do que a Julia está fugindo.

— Ela disse que está *fugindo* de alguma coisa? — Acabei de conhecer a irmã dele, mas é difícil imaginá-la fugindo de *qualquer coisa*. — Mesmo se a Julia por acaso esbarrasse naquele urso viciado em cocaína, acho que ela iria reagir e se sair muito bem.

— Ela insiste em dizer que veio para "me dar uma força".

— Ah, talvez seja isso mesmo.

Ele me lança um olhar de quem não está nada convencido.

— A Julia nunca me conta quando as coisas não vão bem, mas ela também não é boa em esconder. — Miles desvia os olhos na direção da ilha e afasta o assunto. — Vou descobrir. Tá tudo bem.

Quando ele volta a olhar para mim, está sorrindo, parecendo despreocupado, embora desta vez eu não me deixe convencer.

— Você tá bem pra continuar ou quer voltar? — pergunta Miles, encerrando o assunto Julia.

Faço a vontade dele.

— Eu tô bem.

Quando o sol está alto o bastante para a água cintilar com seu verde cristalino, Miles para de remar e tira o moletom e a camiseta em um único movimento, deixando os dois no colo. Insisto por vinte minutos até não conseguir mais aguentar o jeito como a regata se cola ao meu corpo, então cedo, tiro a blusa e fico só de maiô.

— É lindo — comenta Miles.

Olho na direção dele enquanto volto a vestir o colete salva-vidas. Os olhos de Miles estão virados na direção da ilha arborizada, com o pouco que resta da neblina da manhã ainda sobre as águas, o caiaque dele encostado no meu.

— É — digo, por algum motivo sentindo a necessidade de sussurrar.

Ele se vira para mim.

— Obrigado por vir comigo.

— Obrigada por me convidar.

Ele ergue o queixo, os lábios se curvando em um sorriso provocador.

— Mesmo que você esteja detestando?

— Eu não estou detestando — afirmo.

Miles não parece convencido.

— Na verdade eu acho que estou gostando — falo. — Só não sou boa nisso, e me estressa pensar que estou fazendo outra pessoa me esperar.

— Por quê? — pergunta ele.

Encolho os ombros.

— Não sei.

— Mas eu não me importo — garante Miles.

— Isso é o que você está *dizendo* — retruco.

— Não estou treinando para as Olimpíadas, Daphne. Por que isso importaria?

— Quando a gente tentava fazer caminhadas juntos, eu ficava sem fôlego, e o Peter... — Só percebo meu erro tarde demais.

Miles provavelmente não teria reparado, se não fosse pelo modo como interrompo a frase de repente.

Ele dá um sorrisinho enquanto estende a mão para meu caiaque. Balanço a cabeça, mas ele não se detém.

— Não! — digo com um gritinho agudo, enquanto ele me empurra para um lado. — Eu não falei!

— Você falou com todas as letras — argumenta ele.

— É outro Peter! — grito, rindo enquanto lutamos por um instante. — É outro Peter!

— Você devia ter chamado ele de Pete, então.

Ele empurra meu caiaque outra vez, com mais força agora, e eu caio na água fria. Afundo por um segundo, até o colete salva-vidas me erguer acima da superfície.

— Tá de brincadeira? — digo com a voz aguda, enquanto nado na direção dele e seguro a lateral do seu caiaque.

— Eu não quebrei a regra — argumenta Miles.

— Você me jogou no lago — falo, tentando virá-lo também, mas sem sucesso. — O que é muito pior.

— Tá bom, tá bom — cede ele. — Vou entrar.

Mas, no instante em que diz isso, ele pega o remo e começa a deslizá-lo pela água, tentando escapar.

Agarro a lateral do caiaque dele e puxo com a maior força possível.

Leva alguns segundos, mas acabo conseguindo.

Miles cai no lago. Ele sobe à superfície, encharcado e cuspindo água, o cabelo para trás, colado à cabeça, os olhos estreitados para se proteger do sol.

— Você nem perguntou se eu sabia nadar — reclama ele, fingindo estar chateado.

— Eu teria te salvado — garanto.

— Você? Eu sou, sei lá, uns vinte quilos mais pesado que você.

— Antes de mais nada — digo —, com certeza não é. E eu estou com um colete salva-vidas. Nós teríamos ficado bem.

Miles nada na minha direção e passa um braço ao redor das minhas costas, e meu estômago dá um pulo quando sinto a pele dele colada à minha, seu peso puxando nós dois para baixo, enquanto meu coração parece prestes a sair pela garganta.

— Você não dá conta, Daphne — diz ele junto ao meu ouvido, quando começamos a afundar.

Eu me viro para encará-lo, e me afasto antes que alguma coisa me faça ficar exatamente onde estou.

— Eu sabia que você nadava, Miles.

— Como? — pergunta ele.

— Em primeiro lugar, tudo em você diz isso. Em segundo lugar, eu vi fotos.

— Quando você e a Ashleigh estavam bisbilhotando? — provoca ele.

— Sim, quando a gente estava bisbilhotando — admito.

Ele assente, enquanto se desloca de um lado para o outro na minha frente.

— Foi o que eu pensei.

— Você nunca bisbilhotou o meu quarto? — pergunto.

— Não — responde Miles.

Eu o encaro até ele começar a rir e virar na direção da ilha, para logo voltar a encontrar meu olhar.

— Tá bom, umas duas vezes, quando você deixou a porta aberta, eu dei uma *espiadinha*. Mas não fiquei revirando as suas gavetas.

— Espera um pouquinho — protesto. — Eu não *revirei* as suas gavetas. Não que precisasse fazer isso, já que estavam todas abertas.

— Você olhou dentro delas. — Ele nada mais para perto de mim.

— Não olhei.

— No caso de você estar em dúvida — diz Miles —, as suas gavetas não estavam abertas nesses dias em que eu espiei pela porta.

— Eu não estava em dúvida.

— Seu quarto estava imaculado — continua ele. — Nem uma única pista de quem você é.

— Muito tedioso da minha parte.

— Misteriosa — contrapõe ele. — Como um quebra-cabeça.

— Ou uma bandeja de talheres extremamente organizada — é minha vez de contrapor.

Embaixo d'água, nossas panturrilhas roçam uma contra a outra, fazendo uma descarga elétrica subir pela minha coxa até a barriga.

— O mesmo vale para o jeito como você se veste.

— Como uma bandeja de talheres muito bem organizada?

Ele balança a cabeça. Nossas pernas se roçam de novo, um pouco mais alto desta vez.

— Como um segredo.

Uma descarga poderosa de tensão agora. Para disfarçar, digo:

— Como se eu estivesse escondendo dois braços a mais.

— Acho que eu já teria reparado nisso — diz Miles.

Nossas mãos se tocam embaixo d'água. Na segunda vez, nossos dedos se entrelaçam brevemente antes de nos afastarmos.

Eu nado de costas, me afastando dele, o rosto virado na direção do sol. Quando minha pulsação se acalma, pergunto:

— Vamos remar mais um pouco?

— Se você quiser — diz ele.

Desvio os olhos para a extensão cintilante de água azul-turquesa, na direção da margem da ilha. Não é tão longe quanto eu pensei. Parece possível, agora, que a gente consiga chegar até lá.

— Eu quero — respondo.

15

—**A**MEI — DECLARO.
— Eu te disse!

Ashleigh passa agitada por mim, na direção do pátio iluminado por luzinhas cintilantes do BARn, que agora eu sei que é escrito dessa forma estilizada — BARn, brincando com as palavras "bar" e "celeiro".

Meu cabelo ainda está molhado do banho pós-caiaque, meus ombros doem no ponto em que as alças do vestido roçam a pele queimada de sol, e os músculos dos meus braços parecem gelatina misturada com concreto molhado.

Miles e eu nem conseguimos *chegar* à ilha, menos ainda *contorná-la*, antes que eu me visse obrigada a aceitar que não conseguiria continuar.

Foi naquele momento também que me dei conta do meu maior erro do dia. Eu não guardei nenhuma energia para remar de volta até a praia. Tivemos que parar a cada poucas remadas para eu recuperar a força, enquanto Miles remava para a frente e para trás em um zigue-zague louco.

Vai demorar algum tempo para eu voltar a andar de caiaque, seja antes do nascer do sol ou não.

Até agora, o BARN faz muito mais o meu estilo.

Julia e Miles estão saindo com dificuldade do carrinho de Ashleigh para o estacionamento gramado.

— Ai, meu Deus, um food truck de tacos — diz Julia, já se apressando para alcançar Ashleigh, que continua na direção do pátio.

À direita do food truck estão montados uma pista de dança e um palco, onde uma banda cover brada "The Boys of Summer". À direita do palco há um enorme celeiro pintado de vermelho de portas escancaradas, com gente entrando e saindo, segurando drinques servidos no pote de vidro e garrafas de cerveja. Também há um bar parcialmente coberto, e lotado, se projetando da lateral do celeiro.

— Amei este lugar, muito mais do que já amei alguns namorados! — anuncia Julia, se virando para nós, enquanto Miles fecha a porta do carro.

— Isso é só uma prova da nossa dificuldade com vínculos emocionais — me diz ele.

— Ah, é? — Eu me viro para encará-lo. — Vocês compartilham essa dificuldade? Bom saber.

— A Julia já dispensou um cara porque ele achava que *Mamma Mia 2* era melhor que o primeiro — conta Miles.

— Uau, uma fã radical — comento.

— Ela não viu nenhum dos dois filmes. Só achou que ter uma opinião tão convicta sobre o tema era um sinal de alerta.

A infame risadinha esquisita escapa de mim, e o sorriso dele é tão afetuoso que eu adoraria poder me enrolar nesse gesto, como se fosse uma manta.

— Bom, pelo menos ela e a nossa "Ashleigh que odeia o Phish" vão ter alguma coisa em comum.

— Elas provavelmente vão nos dispensar até o fim da noite — concorda ele.

Nossos olhos se encontram. Meu sangue parece cantar nas veias. Meu corpo se aquece com sensações fantasmas, lembranças de duas noites atrás.

Ele roça a ponta dos dedos no meu ombro vermelho de sol.

— Está ardendo? — pergunta em um murmúrio.

— Um pouco — admito. — Mas é bem-feito pra mim por tentar bancar a garota descolada e cabeça fresca que não precisa besuntar cada centímetro do corpo com filtro solar a cada meia hora.

Paramos de andar, mal estamos ao alcance das luzinhas piscantes do BARn — Julia e Ashleigh já se perderam no meio da multidão.

— Essa garota pode ser descolada e cabeça fresca agora — diz ele —, mas vai ficar menos despreocupada quando tiver que fazer visitas semanais ao dermatologista.

— Não, garotas descoladas e cabeça fresca nunca encaram as consequências da própria espontaneidade. É assim que elas conseguem continuar a ser descoladas e cabeça fresca. São geneticamente predispostas a serem saudáveis. Não têm alergia a urtiga nem a frutos do mar, nunca têm enxaqueca, mesmo que durmam só três horas em uma barraca gelada, e jamais sofrem queimaduras de sol.

— Hum... — murmura Miles.

— Que foi? — pergunto e vejo Julia na fila do food truck, acenando para que a gente vá até lá.

— Acabei de me dar conta de que eu sou uma garota descolada e cabeça fresca — diz ele.

Começo a caminhar na direção de Julia e Ashleigh — rumo à segurança de alguns escudos protetores — e digo por cima do ombro:

— Eu poderia ter te falado isso.

Nós quatro comemos tacos de peixe frito em uma das mesas de madeira montadas diante do food truck. Pedimos bourbon e chá gelado no bar ao ar livre, e enfiamos brevemente a cabeça dentro do celeiro, antes de decidir que está cheio demais. Damos a volta pelos fundos do celeiro até o cercado das cabras, onde uma delas está roçando o focinho contra a cerca, enquanto as outras estão confinadas em uma área coberta, inacessível aos clientes do bar. Fazemos carinho na cabeça da cabra solitária por um tempo, então limpamos as mãos usando quantidades generosas do desinfetante disponibilizado no lugar, antes de voltar para a pista de dança montada em cima do gramado.

A banda continua tocando covers de sucessos country de várias décadas, e dançamos até meu cabelo estar seco, e logo molhado de novo, agora de suor.

Em certo momento, Miles sai para pegar mais cerveja para os três — e uma sidra para mim — e volta usando um punhado de colares cintilantes, com uma mancha de batom rosa no rosto.

— É *claro* — grita Julia acima da música, sem parar de dançar em momento nenhum e nem perto de ficar ofegante.

Ah, os vinte e três anos.

Ela vira a cabeça na direção de Miles.

— Sai pra comprar cerveja, volta com um chupão!

Acho que ela deve estar falando de maneira figurada, mas isso não me impede de examinar o pescoço de Miles enquanto ele distribui as bebidas. Quando já entregou todas, ele coloca um dos colares cintilantes ao redor do pescoço de Ashleigh, depois dá um para Julia, que ela ajusta para que fique menor e possa ser usado como tiara. Então, Miles coloca os dois últimos ao redor do meu pescoço.

— Obrigada — grito.

A banda acabou de começar um cover de "Crimson and Clover", e metade da plateia está cantando bêbada ao nosso redor.

— O prazer foi meu — diz ele.

— Estou *vendo* que foi. — Dou um peteleco de leve no rosto dele, logo abaixo da mancha de batom. Torço para ter soado simpática e brincalhona como pretendi, e não morrendo de ciúme.

— Teve a ver com a gincana de uma despedida de solteira — explica ele. — Pode limpar pra mim?

Passo os dedos pela umidade na garrafa de cerveja dele, então limpo a mancha em sua pele.

— A gente não pode te levar a lugar nenhum.

Miles se inclina para perto de mim, para que eu consiga ouvi-lo.

— Se eu estivesse de barba — grita —, isso não teria acontecido.

— Você podia estar usando a máscara do *Pânico* e isso ainda teria acontecido — retruco.

Ele vira para mim, a boca quase tocando minha orelha, os aromas picantes de gengibre e fermentado da cerveja chegando ao fundo do meu nariz.

— Está com ciúme? — provoca.

Eu me ergo na ponta dos pés, apoiando a mão em seu ombro, alegrinha o suficiente para entrar na brincadeira, mas *não* bêbada a ponto de ser honesta:

— Só acho que seria legal conquistar meus próprios colares cintilantes de vez em quando.

Ele toca minha cintura. Sinto o corpo todo quente, da cabeça aos pés. Me inclino automaticamente na direção desse toque, e Miles curva os dedos ao redor do meu quadril enquanto abaixa a cabeça mais uma vez.

— A turma da despedida de solteira ainda está perto do bar. Vai ser um prazer te apresentar a elas.

— E perder essa música? Nem por todos os colares cintilantes do mundo.

Eu me viro para ele e meu coração dispara no peito quando vejo o modo como seus olhos escuros se dilatam, como os cantos da sua boca se inclinam em um sorriso irônico.

Quando fixo os olhos na boca de Miles, esqueço o que estávamos falando. Engulo um nó na garganta e toco seu maxilar já áspero da barba por fazer.

— A barba está quase de volta.

Ele passa a mão de leve ao redor do meu pulso, e sinto uma descarga elétrica correr da sua pele para a minha.

— A Petra também detestava — diz Miles, a voz um zumbido que mal consigo ouvir com a música.

Meu estômago afunda um pouco.

— Eu não detesto — digo. — Comecei a gostar bastante até.

O sorriso dele fica um pouco mais largo e seu polegar acaricia a lateral do meu pulso.

— Então devo continuar com ela?

Pigarreio para conseguir falar.

— Você que sabe.

— Estou perguntando pra você — ele devolve, o sorriso ligeiramente malicioso, os olhos escuros e intensos o bastante para me manterem paralisada no lugar.

O momento parece um fôlego preso, uma bolha de sabão, algo que não pode durar, que vai ser interrompido de um jeito ou de outro.

E é o que acontece. A música termina e Julia dispara na nossa direção, a franja colada na testa e o rímel borrado ao redor dos olhos.

— Quem quer um shot? — pergunta ela, e Miles se afasta de mim.

— Eu pego — oferece ele, e se enfia no meio da multidão, lançando um último olhar sobre o ombro, com uma expressão inebriada que me faz sentir um presente de Natal que ele está a uma noite de desembrulhar.

— Você e o Miles estão transando? — pergunta Ashleigh diante do food truck de bao bun, o pão cozido no vapor típico da culinária chinesa, na nossa pausa para o almoço, na segunda-feira.

Acabei de tomar um gole de limonada e estava esticando a mão para pegar a senha no caixa, e mal consigo desviar o rosto antes de engasgar e cuspir o suco.

— Ashleigh! — repreendo, afastando-a do balcão.

— Que foi? Aquele cara tem, sei lá, uns sessenta anos. Acho que não vamos conseguir surpreender o homem com uma pergunta dessas. — Ela acrescenta, então, com o tom pensativo: — A menos, é claro, que ele *também* esteja transando com o Miles.

— Eu não estou transando com o Miles — digo a ela.

— Sei, tudo bem. Devo ter interpretado errado os sinais. — Seu tom deixa bem claro que ela não acredita.

O vendedor chama nossa senha e pegamos a comida no balcão. Então, vamos até as mesas de piquenique na colina gramada com vista para a praia pública.

— Uma vez — admito. — Rolou um lance entre a gente, uma vez.

Um sorriso se abre nos lábios pintados de rosa.

— Eu sabia. Me conta tudo.

— Não tem nada pra contar.

— Foi tão ruim assim?

— *Não* — respondo, um pouco enfática demais. Ao ver o sorrisinho presunçoso dela, acrescento: — Só estou dizendo que não sei bem como aconteceu.

— Bom, você ainda sabe mais do que eu, que não sei nem *o que* aconteceu.

— A gente ficou só se pegando, se agarrando por um tempo — conto.

— Em que contexto.

— Em casa — explico. — A gente estava vendo um filme e... sei lá, simplesmente aconteceu.

— O que vocês estavam assistindo? — pergunta ela.

— Isso importa?

— Me ajuda a visualizar a cena — diz Ashleigh. — Fala sério, Daphne, você *nunca* teve uma amiga íntima?

A última conversa que tive com Sadie volta à minha mente como fumaça cáustica. Mas, de um jeito estranho, também sinto um frio agradável no estômago diante da dica de Ashleigh de que é isso que estamos nos tornando: *amigas íntimas*.

— Não, já faz um tempo que não tenho — confesso.

Ela segura meu cotovelo.

— Você sabe que a minha vida social também não está exatamente transbordante no momento. Só estou querendo dizer que é para ser *divertido* relembrar essas coisas, não embaraçoso. Este é um espaço seguro, livre de julgamentos. Estamos a vinte metros da biblioteca, pelo amor de Deus. Ontem eu tive que pedir para um cara parar de guiar pombos para dentro com uma trilha de migalhas de pão.

— *De novo?*

— Não foi o Larry — diz ela. — Outro cara.

— Bom, eu não tive que atrair o Miles com migalhas de pão — brinco.

— Isso é sempre um bom sinal.

— A gente estava vendo *Velozes & furiosos* — conto.

— Qual deles? — pergunta ela na mesma hora.

— Sinceramente não sei dizer. Um que tem o Vin Diesel.

— Qualquer um ficaria excitado — comenta Ashleigh. — E aí... foi esquisito?

— Não. Foi... — Abaixo a voz, com medo de que o atendente do food truck decida se inclinar para a frente. — Estranhamente *bom*.

— E o que tem de estranho nisso? — pergunta ela. — O Miles é um tesão.

— É estranho porque fazia, sei lá, cinco anos que eu não beijava ninguém além do Peter, e não achei que quando finalmente fizesse isso seria com o ex-namorado da atual noiva do meu ex-noivo.

— Quando você coloca a situação desse jeito...

— De qualquer modo, nós dois concordamos que foi um grande erro — digo.

— É mesmo? Por quê?

Encolho os ombros.

— Ah, por todos os motivos concebíveis. Nós moramos juntos. Os dois acabaram de sair de relacionamentos longos.

Ashleigh revira os olhos.

— Você não precisa mergulhar em nada sério. Eu terminei meu processo de divórcio faz um ano e ainda não consegui passar do segundo encontro com ninguém.

— Não, eu sei disso — falo. — Não poderia mesmo ser sério, já que...

Ela ergue uma das sobrancelhas.

— Já que...?

Solto um suspiro. Não ia contar a ninguém da biblioteca até as coisas estarem mais definidas, mas Ashleigh agora é minha amiga. Eu devo isso a ela.

— Estou procurando outro emprego.

Ela fica me encarando, como se não entendesse.

— Você é obcecada pelo seu trabalho. Às vezes te pego encarando as planilhas como se fossem bilhetes de loteria premiados.

— Pera aí, isso já é exagero — argumento —, mas, sim, eu adoro o meu trabalho. Foi a cidade que não me conquistou tanto. Quer dizer, eu gosto dela *como cidade*. Mas só me mudei pra cá por causa do Peter. Não sei se consigo continuar aqui. Desculpa não ter te falado antes.

Ashleigh balança a cabeça e abaixa o bao bun que tem na mão.

— Escuta, eu entendo. Nós somos adultas. Temos que fazer o que for melhor pra gente. Vai ser uma *merda* pra mim, mas eu entendo.

— Obrigada, Ash. De verdade.

Ela encolhe os ombros, pega de novo o bao bun e dá uma grande mordida. Então, diz com a boca cheia:

— Agora, se você não vai ficar por aqui e não quer nada sério, então realmente não entendo qual é o problema de ter alguma coisa com o Miles.

— A questão é que *ele* disse que aquilo não devia acontecer de novo.

— Huh — murmura ela.

— Huh o quê? — pergunto, ligeiramente em pânico na mesma hora.

— Nada — garante Ashleigh. — Só fico surpresa de ouvir isso. Senti um clima entre vocês ontem à noite.

— Acho que o Miles poderia estar sozinho em um quarto com um saco de papel e ainda assim rolaria um clima — falo. Mas, para ser sincera, fico feliz por outra pessoa também ter percebido. Não foi só uma fantasia da minha cabeça.

Afasto isso da mente. Com ou sem clima, o principal continua como antes. Não vou ter um caso de uma noite com meu colega de apartamento.

— Posso perguntar... — Eu me interrompo, tentando decidir como fazer a pergunta. — É cedo demais para eu perguntar o que aconteceu? Entre você e o Duke?

— Bom, como você acabou de me contar sobre a sua pegação clandestina com o colega de apartamento — diz ela, dando mais uma grande mordida no bao bun —, acho que fomos oficialmente promovidas de *amigas de trabalho* para amigas *de verdade*.

Meu coração se aperta ao pensar nisso. Gostaria de ter me esforçado para conhecer Ashleigh melhor há mais tempo. Mesmo antes do fim do meu noivado, teria sido legal ter uma amiga como ela.

— O Duke foi meu namorado de escola — começa Ashleigh, e para um instante para mastigar. — Nós terminamos quando entramos na faculdade. Aí acabamos voltando pra cá e nos esbarramos na Associação Cristã de Moços, e nos *reconectamos* no carro dele, no estacionamento, como eu te contei.

— Entendi.

— Nove meses depois, nasceu o Mulder — continua ela. — E o Duke foi incrível durante a gravidez. A gente não estava *junto* pra valer, mas ele estava presente o tempo todo. E, depois, acho que estávamos só... embriagados com a perfeição do nosso bebezinho, por isso, quando o Duke disse que queria casar comigo, eu só falei: Ah, claro! Vamos lá. A gente já era uma família, sabe?

Ashleigh faz uma pausa, mas logo volta a falar.

— E por, sei lá, cinco anos as coisas foram boas. Então, o Mulder começou no jardim de infância e eu passei a trabalhar em tempo integral na biblioteca. O Mulder começou a fazer caratê, ginástica, o Duke se juntou a um time amador de hóquei e... — Ela encolhe os ombros. — Não sei. A gente ainda se dava bem. Mas tudo no nosso relacionamento girava ao redor do nosso filho. Até os outros casais com quem a gente saía, todos eles tinham filhos da idade do Mulder. Era assim que a gente escolhia os nossos amigos. Era assim que a gente escolhia os programas pra assistir. A gente só conversava sobre o Mulder. E, conforme o nosso filho foi ficando mais ocupado, o relacionamento entre o Duke e eu simplesmente... parou de parecer suficiente pra mim.

Outra pausa.

— A gente tentou sair só nós dois algumas noites, e isso ajudou. Ter um tempo só pra gente. Mas alguma coisa ainda não funcionava. Era como... como se a gente já tivesse chegado à nossa versão final. Tipo... eu sugeria da gente fazer uma aula de culinária, e o Duke dizia: *A gente não gosta de cozinhar*, ou eu falava: *E se a gente se mudasse para Portugal*, e ele: *A gente não tem emprego em Portugal*.

— Hum... não sei se eu devia dizer isso, mas as respostas dele me parecem sensatas.

— Ah, totalmente — concorda ela. — Mas o problema era que a conversa terminava aí, toda vez. Não havia um: *E se a gente visitasse Portugal no verão?* Não havia nem um: *Por que você de repente quer se mudar para Portugal?*

— E por que você queria? — pergunto.

— Eu não queria — diz ela, como se fosse óbvio. — Só queria me sentir menos... acomodada.

Dou uma risadinha irônica.

— A gente devia ter trocado de vida.

Ashleigh balança a cabeça.

— Uma coisa é desejar *estabilidade* e *segurança*, isso é ótimo. Mas acomodação? Simplesmente decidir que você já sabe tudo de que gosta e de que não gosta no planeta inteiro, tudo em que você é boa, todos os amigos que vai fazer, toda a comida que vai comer? O cara não me deixava nem pintar o nosso quarto! Eu queria conhecer partes diferentes do Duke, e queria descobrir novas partes de mim mesma. Por isso pedi a ele para fazer terapia de casal comigo.

— E funcionou? — pergunto.

Ela sorri, mas por algum motivo é o primeiro relance de tristeza que vejo em seu rosto.

— Para mim funcionou. Mas ele não ia às sessões. O Duke estava disposto a ser bom pra mim, mas não estava disposto a ser *melhor*. Aguentei o máximo de tempo que consegui. Então, um dia, acordei e não aguentei mais. E falei isso pra ele. E uma parte de mim ainda esperava que o Duke finalmente entendesse. Que dissesse que ia fazer terapia, que ia *tentar*. Mas ele não fez isso.

— Que merda — digo. — Sinto tanto, Ashleigh.

Ela encolhe os ombros, agora de um jeito blasé.

— Às vezes é uma merda, mas foi escolha minha. Acho que muitos amigos meus pensaram que eu estava sendo uma idiota egoísta, desistindo de um casamento relativamente bom pela esperança de conseguir alguma coisa boa *de verdade*. Mas como posso ensinar o meu filho a não se contentar com pouco se eu não estiver disposta a lutar para ter a vida que eu quero? Tentei com todas as forças amar a vida que eu tinha, e se o Duke também tivesse tentado eu teria ficado. Mas ele é um desses caras que não acreditam em compartilhar as "coisas" dele com um estranho, então terapia estava fora de questão.

Ashleigh para de falar por algum tempo.

— Ele não queria nem que eu conversasse com os nossos amigos a respeito, por isso, quando a gente se separou, pareceu que tinha sido do nada. Todo mundo ficou do lado dele e, sinceramente, até os que *não ficaram* pararam de me convidar para qualquer coisa. Acho que é *constrangedor* ter uma única pessoa solteira em uma sala cheia de casais.

Sinto um peso no peito.

Lembro da minha última conversa com Sadie: *Vocês dois são importantes demais pra gente*. Doeu ser colocada no mesmo nível que ele. Mas o que doeu de verdade foi que eu não acreditei nisso.

Se nós dois fôssemos mesmo tão importantes para ela e Cooper, Sadie não teria me ligado em algum momento dos últimos dois meses e meio? Ela não me quer mais, não eu estando sozinha.

— Meu Deus. — Ashleigh balança a cabeça. — Talvez seja por isso que eu estou sempre atrás de uma fofoca boa. Eu *nunca* senti que podia contar a alguém o que estava acontecendo com a gente. Caramba, acho que eu tive uma revelação, Vincent.

— Sem falar que agora você sabe o meu sobrenome todo — aponto.

— Tá vendo? — Ela dá outra mordida. — Oficialmente amigas.

16

TERÇA-FEIRA, 25 DE JUNHO
53 DIAS ATÉ EU PODER IR EMBORA

Quando chego em casa, Miles está a caminho da porta, pronto para sair, com uma torrada enfiada na boca e as chaves, o celular e uma garrafa de água em uma das mãos.

— Atrasado? — deduzo e seguro a porta para ele sair.

Miles assente e tira a torrada dos lábios.

— Precisei dar uma carona pra Julia. Para um *encontro*.

— Nossa, ela está aqui faz... três dias — falo, maravilhada.

— Eu sei. Acho que conheceu o cara no BARn.

Alguns segundos se passam e parece que nenhum de nós dois tem algo para dizer. É a primeira vez que estamos sozinhos no apartamento desde que Julia chegou.

Sou a primeira a romper o silêncio.

— Enfim! A gente se vê.

— Tá certo. Até mais tarde. — Ele se vira para ir, mas volta para mim de novo quase na mesma hora. — Esqueci de mencionar: não vou poder sair no domingo.

— Ah. — Tento não parecer desapontada. Tento não me *sentir* desapontada. Para ser sincera, acho que é melhor mesmo passarmos menos tempo juntos. — Sem problemas.

— A questão é... — **ele começa a falar de novo.**

— Miles, é sério, tá tudo bem — asseguro.

— Eu sei, é só que... — Ele faz uma pausa. — É que tenho um compromisso no sábado à noite.

Assinto, determinada, como se não apenas estivesse pessoalmente envolvida como também empolgada por ele ter um compromisso.

— Mas eu tenho dois ingressos — diz Miles. — Por isso, pensei que talvez você queira ir comigo?

— Ah.

Devo ter demorado demais para continuar a falar, porque ele dá um sorrisinho, os olhos cintilando, bem-humorados.

— Sem pressão, Daphne. Se você não quiser ir...

— Não. Não é isso.

É *exatamente* isso.

— É só que talvez eu precise trabalhar em umas coisas — falo.

O trabalho, nesse caso, é *não* ficar sozinha com Miles Nowak em um sábado à noite, me sentindo totalmente incapaz de manter nosso relacionamento no modo *platônico* que combinamos.

— Desculpa — me forço a dizer. — Quem sabe uma próxima vez.

Ele assente.

— Claro. Até mais tarde.

Assinto também.

— Até.

Ele coloca a torrada entre os lábios de novo e desaparece na escada no fim do corredor.

Fecho a porta do apartamento e espero até a sensação de arrependimento dominar todo o meu corpo.

Mas é melhor assim. Estou presa neste apartamento por *pelo menos* mais cinquenta e três dias, e não vou estragar minha vida *de novo* durante esse tempo.

Deixo a bolsa na mesa e atravesso o apartamento. Os sapatos de Julia estão no hall de entrada, suas roupas espalhadas por toda a sala e a roupa de cama ainda largada em cima do sofá. A bancada do banheiro está ocupada pela maquiagem dela, que ainda deixou dois dispositivos diferentes para arrumar o cabelo ligados na tomada.

A não ser pelo potencial risco de incêndio dos aparelhos ligados, não me importo. Quando eu era criança, tinha muita inveja das minhas amigas que tinham irmãs e irmãos. Minhas melhores lembranças na vida são das noites vendo filmes com minha mãe, ou dos nossos longos passeios nos sábados de manhã pelas lojas de variedades e de discos, mas grande parte da minha infância foi passada em um apartamento vazio, ansiando pelo tipo de barulho, bagunça e sensação de permanência que vem de ter uma família grande, em vez de apenas uma mãe que trabalhava demais.

Julia pode ser uma bagunceira de primeira, mas ver as coisas dela espalhadas por todo lado faz este apartamento vazio parecer menos solitário.

Tiro a chapinha e o secador dela da tomada e dou uma arrumada nas coisas, depois tomo um banho e preparo um macarrão de caixinha para mim. Enquanto como, mando e-mails para possíveis patrocinadores e também para alguns poucos autores renomados que já recebemos na biblioteca de Richmond, para perguntar se poderiam gravar vídeos para colocarmos no ar conforme formos alcançando nossas metas de arrecadação ao longo da noite. Então, confiro as informações da minha agenda no celular com a agenda na parede na cozinha. Para minha surpresa, Miles acrescentou seus turnos na vinícola em azul, e Julia (deduzo) acrescentou em um vermelho estridente, ao longo da quinta-feira: COMETER ASSASSINATO.

Abaixo, escrevo na menor letra que consigo: *Chamar o FBI para denunciar a Julia.*

Então, vou para a cama e tento ler alguma coisa, sem sucesso. Também tento assistir a um filme de ação e logo me dou conta de que não tem a menor graça ver esse tipo de coisa sozinha, por isso acabo rolando a tela do celular nas redes sociais, vendo anúncios de gravidez de amigas da universidade, uma viagem recente de um colega de Richmond para a Tailândia, para ver a família, e então, sem aviso, ali está ela, na minha tela.

Petra.

E, é claro, ver sua foto já seria desagradável o bastante. Mas não é isso que me faz jogar o celular do outro lado do quarto, a pulsação disparada.

É quem postou a foto. É quem *também* está nela.

A mulher pequena ao lado de Petra, com os braços passados ao redor dela, as duas sorrindo radiantes com seus pratos vazios de waffles de chocolate em cima de uma mesa coberta por uma toalha xadrez cor de laranja.

Só vi a imagem por um segundo, mas ela está gravada na minha mente. Como poderia não estar, se eu *reconheço* a toalha de mesa, os waffles e até mesmo a amiga radiante da Petra?

Me arrasto pela cama, o coração disparado, e respiro fundo antes de virar a tela do celular para cima de novo.

Foi Cooper quem postou. Não preciso checar a localização — RICH-MOND, VIRGÍNIA — para saber onde a foto foi tirada. É o lugar onde a gente costumava tomar café da manhã. Aonde ele, Sadie, Peter e eu íamos quase todos os sábados.

Peter e Petra estão saindo com eles.

Não consigo respirar. Minha roupa parece apertada demais, minha pele quente e irritada. Cambaleio até a janela, e meus braços parecem ter ficado fracos de repente, a ponto de eu não conseguir abri-la na primeira tentativa. Quando finalmente consigo, não entra brisa alguma.

Uma coisa é ser trocada por um ex. Outra é experimentar a sensação de que toda a sua vida foi entregue nas mãos de outra pessoa.

Tenho a sensação de que vou vomitar. Chego a ir para o banheiro, só para garantir.

Isso é culpa sua, sussurra uma vozinha no fundo da minha mente. *Foi você que construiu toda a sua vida ao redor do Peter.*

Eu me mudei para a cidade natal *dele*. Deixei que Sadie e nosso relacionamento fossem absorvidos por nós quatro — nossas saídas semanais, só nós duas, viraram saídas a quatro, nossas viagens juntas nos fins de semana foram substituídas por viagens de casais, nossas conversas abarcadas por chats em grupo, em vez das longas ligações de antes, só eu e ela. Fui eu que apostei todas as minhas chances na tentativa absurdamente constrangedora de fazer amizade com Scott e com o restante dos amigos de Peter de Waning Bay, em vez de fazer meus próprios amigos — sem mencionar a dificuldade que é fazer amigos em um grupo que, na maior parte do tempo, só está interessado em renovar lembranças compartilhadas. Fui eu que aceitei morar em uma casa que pertencia apenas ao Peter.

Miles estava certo. Preciso parar de pensar no que perdi e me concentrar em construir uma nova vida. Eu já sei que minha vida antiga acabou. Ficar sentada aqui relembrando aquilo tudo não vai me fazer bem.

Abaixo a tampa do vaso sanitário e sento em cima dela, então mando uma mensagem para Ashleigh. Você disse que tinha um hobby que eu podia pegar emprestado?

Toda quarta quarta-feira do mês. Também conhecida como amanhã, escreve ela em resposta. Topa?

O que é?, pergunto. Você disse que não era "exercício organizado".

Não é mesmo, responde ela. Não vá de moletom velho.

É um exercício DESorganizado?

Isso com certeza está mais perto da verdade.

Ótimo, respondo, depois mando uma mensagem para Miles também. Talvez seja um erro, talvez não seja *sensato*, mas ser "sensata" não me trouxe grandes vantagens até aqui.

Eu topo sair no sábado, digo a ele.

Não foi assim que eu imaginei a noite mensal de pôquer da Ashleigh.

Em primeiro lugar, o homem que atende a porta do sobrado a oito quilômetros do centro da cidade não é um estranho.

É um sósia de setenta e poucos anos do Morgan Freeman, desde que se ignore seu traje completo em homenagem ao Red Wings — moletom com a marca do time de hóquei e pantufas combinando, o que não me soa como uma escolha de figurino que Freeman faria.

— Até que enfim chegaram! — ele nos cumprimenta e se afasta para entrarmos na casa.

— Harvey! — digo, espantada demais para conseguir sair do lugar.

— Desculpa, a gente se atrasou. — Ashleigh inclina a cabeça na minha direção. — Culpa da Daphne, obviamente.

Harvey dá uma risadinha.

— Eu sei que tenho um brilho de juventude, mas não nasci ontem. Entrem, entrem. Tirem os sapatos. Estão todos lá atrás, na salinha de café da manhã.

Deixo meus mocassins ao lado das botas de cano alto de Ashleigh e seguimos Harvey por um corredor estreito forrado com painéis de madeira em direção ao som de um jazz suave e ao cheiro potente de fumaça de charuto. Cada centímetro das paredes é coberto com fotos de pelo menos três gerações da família, indo desde instantâneos recentes das netas em torneios de futebol até retratos desbotados do casamento do próprio Harvey com a falecida esposa.

— Há quanto tempo acontece essa noite do pôquer? — pergunto.

— Literalmente desde que eu nasci — responde Ashleigh —, mas só tive permissão para entrar no grupo quando completei dezoito anos.

— Vocês se conhecem há tanto tempo assim? — comento, surpresa.

Os dois se dão bem no trabalho, mas nunca tive a sensação de que *se conheciam* de verdade.

— Desde que essa mocinha tinha pouco mais de meio metro — me conta Harvey agora.

— No oitavo ano, então — brinco, e ele solta uma gargalhada.

— O Harvey tem essa história de "não mostrar favoritismo" no trabalho. — Ashleigh faz aspas com os dedos. — Ele chegou a delegar ao gerente distrital a tarefa de fazer a minha entrevista de emprego, e só depois me contratou.

— Você não ia detestar ficar sempre na dúvida se merecia o cargo ou não? — pergunta ele.

— Para ser sincera, não.

Harvey sai do corredor e entramos na salinha de café da manhã atrás dele.

— Olhem só quem finalmente decidiu aparecer — fala — e nos trouxe um quinto elemento.

— É só um teste — esclarece Ashleigh. — Vamos ver se ela consegue garantir uma posição permanente. Essa é a Daphne. Daphne, essa é...

— Lenore! — digo, chocada ao ver a mulher alta e magra da banca de aspargos sentada na cadeira mais próxima da janela ampla e saliente do cômodo. E, à direita dela, a participante final da noite de pôquer, uma mulher pequenina e de cabelo escuro: — Barb!

As duas estão usando as mesmas viseiras de quando as conheci. Ambas também têm um charuto pendurado no mesmo ângulo nos lábios. Lenore tira o dela da boca e se levanta para me cumprimentar.

— Que bela surpresa!

Ashleigh olha para nós, espantada.

— Vocês se conhecem?

— Sim — digo. Ao mesmo tempo, Barb fala, animada:

— Ela é a nova namorada do nosso amigo Miles!

Cidades do interior.

— Como vocês conhecem o Miles? — pergunta Ashleigh, na mesma hora que eu digo:

— Ah, nós somos só amigos.

E no mesmo momento Harvey solta:

— Quem diabos é Miles?

Ele afunda em uma das cadeiras com encosto de palhinha. Essa é a primeira vez que vejo Harvey dizer uma palavra mais forte. O que ainda me choca menos que as pantufas do Red Wings.

— Como *vocês duas* se conhecem? — pergunta Lenore a Ashleigh.

— A Daphne trabalha com a gente na biblioteca.

— E quem é esse camarada Miles? — volta a perguntar Harvey.

— O Miles é o meu colega de apartamento — esclareço, e Lenore e Barb trocam um olhar malicioso ao ouvir isso.

Ashleigh pousa a bolsa no chão e se acomoda na cadeira ao lado de Harvey, deixando para mim o lugar restante, ao lado de Barb. Ele pega um charuto em uma caixinha de madeira no centro da mesa de fórmica, então empurra a caixa na nossa direção.

— Não, obrigada — digo. Ashleigh pega um na mesma hora e estende a mão para o cortador de charuto que está na tampa da caixa. — Então, como *todos vocês* se conheceram? — pergunto.

Harvey começa a embaralhar as cartas.

— Ah, todos mundo aqui se conhece há muito tempo.

— Igreja da Graça Episcopal. — Lenore assente, como se dissesse: *Você entende.*

Não entendo.

— A minha mãe era pastora na igreja — explica Ashleigh. — Minha madrasta, tecnicamente, mas o meu pai morreu quando eu era muito pequena, e a minha mãe se casou com a Adara quando eu tinha seis anos, por isso a Adara era minha mãe também desde que me entendo por gente.

Uma tristeza paira na sala. Harvey pousa a mão em cima da de Ashleigh e aperta com carinho.

— Ela era uma boa mulher.

— A melhor. — Lenore sopra um anel de fumaça perfeito na direção da janela aberta. — E uma grande jogadora de pôquer também.

Antes que eu possa perguntar — ou decidir se devo fazer isso —, Ashleigh explica:

— Câncer no estômago. Faz cinco anos e meio.

Lembro da minha própria mãe e sinto o peito apertado.

— Sinto muito. Eu não fazia ideia.

— É difícil. — Ela curva a mão ao redor do charuto enquanto acende a ponta. — Quando perdemos a Adara, a minha mãe sentiu que precisava mudar de ares, por isso foi para Sedona, onde mora a irmã dela. O Mulder e eu sentimos muita saudade das duas, mas pelo menos sem a minha mãe e a Adara por perto me contendo eu posso finalmente acabar com esses velhotes no jogo.

Lenore dá uma risadinha presunçosa.

— Boa sorte.

— Ela me ensinou tudo o que sabia — conta Ashleigh, as mãos para cima, o charuto pendurado em um canto da boca, como um personagem de Hunter S. Thompson. — Sou a herdeira natural aqui.

— Você seria mesmo — retruca Barb —, se fosse o tipo de pessoa que escuta uma única palavra do que os mais velhos dizem.

Todos soltam "ohs". E "ahs". E implicam uns com os outros. E se acusam de tentar evitar o inevitável, até enfim começarmos a primeira rodada.

Eu desisto logo dessa mão, tendo apenas um par de dois. Harvey comemora seu royal flush vitorioso indo até a cozinha e voltando com uma garrafa de um bom uísque. Ele serve um pouco para cada um de nós e Barb coloca outro disco para tocar.

— Segunda rodada — diz Lenore, esfregando as mãos.

No fim da noite, perdi quarenta dólares, ganhei onze de volta, fumei meu primeiro charuto e confirmei presença na festa de setenta e cinco anos de Harvey, que só vai acontecer em outubro — daqui a três meses e meio —, mas cujos preparativos já estão em andamento.

— Vamos alugar um ônibus de festa para nos levar ao cassino! — me conta Barb, os olhos cintilando de riso, bebida e fumaça, e do prazer de ter acabado com a gente no carteado.

— Isso se eu não bater as botas antes — diz Harvey.

— Ah, mesmo assim nós vamos alugar o ônibus de festa — afirma Lenore. — Só que aí vai ser um funeral em vez de um aniversário.

— Partindo com estilo — comenta Harvey.

— Devemos garantir que você esteja usando o seu visual característico? — pergunto, indicando a roupa dele. Assim que digo isso, sinto aquele conhecido *ah, merda* afundar no meu estômago, com medo de a brincadeira ter ultrapassado algum limite.

Mas Harvey solta uma risada junto com uma nuvem de fumaça.

— Você pode voltar — diz ele, então vira para Ashleigh e declara com firmeza: — Traga a moça de volta. — E novamente para mim: — Só não espere tratamento especial no trabalho.

Juro com a mão no peito.

Já na porta da frente, trocamos abraços de despedida, então Ashleigh e eu calçamos nossos sapatos e caminhamos para a rua sem saída, silenciosa a essa hora. A maior parte das outras casas ou está escura, ou tem apenas uma lâmpada solitária cintilando na porta da frente, mas, se o que Ashleigh diz é verdade, a noite de pôquer está só começando.

— Vamos dividir um táxi? — pergunta ela, cambaleando um pouco no lugar enquanto chama um pelo celular.

Nenhuma de nós está em condição de dirigir.

— Primeiro dividimos um hobby, e agora um táxi — brinco. — O que vai vir depois disso?

— Um segredo mortal — brinca Ashleigh de volta.

Pelo menos eu acho que é brincadeira.

— Adorei a noite — digo. — Eu não ia a uma festa desde... — Penso por um instante. — Desde a minha festa de noivado, eu acho.

— Você acha que isso foi uma festa? Precisamos mesmo levar você para sair mais vezes.

Encolho os ombros.

— Acho que eu sempre fui meio maria vai com as outras. Só que nos últimos tempos não tenho nenhuma "maria" pra seguir.

— Não é nada disso — diz ela. — Você é uma garota-nós.

— Tipo travada? — pergunto.

— Não, tipo Nós *adoramos esse restaurante*. Nós *sempre passamos férias lá*. Nós *não gostamos de filmes de terror*. Uma mulher que se sente mais confortável sendo parte de um todo, que nunca vai a lugar nenhum sem um parceiro.

— Merda. Você tá certa.

— É claro que eu tô certa — retruca Ashleigh. — Eu sou brilhante.

O primeiro *nós* fomos minha mãe e eu, depois Sadie e eu, e por fim Peter e eu. Sempre me ancorei às pessoas que amo, tentando orientar minha órbita ao redor delas. Me dou conta de que talvez tenha tentado a vida toda me tornar "inabandonável". Mas não funcionou.

— Não quero ser só parte de um *nós* — digo a Ashleigh. — Quero ser um *eu*.

— Você já é um *eu*. A questão é só quanto você abraça essa ideia.

— Acho que sim — concordo.

— Você se saiu muito bem hoje — elogia Ashleigh.

— É, bom, tive a sensação de que pegaram leve comigo.

— Ah, eles te trataram como se você fosse feita de cristal — concorda ela, a cabeça inclinada, o olhar aguçado. — Mas você não é tão frágil assim, Vincent.

— Não sou. — Isso parece verdade, ao menos neste momento. Não sou tão frágil. Solitária, magoada, com raiva, um pouquinho chorona? Com certeza.

Mas não frágil.

Talvez eu consiga lidar com a possibilidade de permanecer nesta cidade, onde minha vida desmoronou. Talvez possa recomeçar, construir alguma coisa eu mesma desta vez.

O táxi chega.

— Ashleigh? — digo.
— Hum?
— Obrigada. De verdade.
Ela revira os olhos.
— A gente tava precisando de uma quinta pessoa.
Balanço a cabeça.
— Não só por isso. Por ser minha amiga. Por ainda me dar uma chance, depois do último ano.
As feições sempre tão firmes dela se suavizam.
— Sabe de uma coisa? Eu também precisava de uma amiga — diz.
— Fico feliz por ser eu.
— Digo o mesmo.
O motorista pisca o farol para nós e descemos cambaleando a rua até ele, os braços passados no ombro uma da outra.
Por razões que não consigo compreender completamente, tenho a sensação de que poderia começar a chorar.

17

SÁBADO, 29 DE JUNHO

49 DIAS ATÉ EU PODER IR EMBORA

—Por que você simplesmente não me conta? — pergunto a Miles, enquanto o sigo para dentro da cozinha.

— Porque você já concordou em ir — diz ele, abrindo a geladeira.

— E você tem medo que eu desista quando souber o que é?

Miles pega a garrafa de água, enche o copo e bebe tudo de uma vez, enquanto me encara com um sorrisinho afetado.

— Ah, Miles, por favor — digo. — Eu detesto surpresas.

— Então você devia ter perguntado o que era *antes* de dizer que iria comigo.

— Vamos saltar de paraquedas? — pergunto.

Ele enche a garrafa na torneira da pia.

— Duvido.

— Seja o que for, envolve algum trabalho braçal pesado?

Miles guarda a garrafa de volta na geladeira.

— Vai colocar uma roupa elegante, Daphne. A gente tem que sair daqui a pouco. — Ele passa por mim e sai da cozinha.

— Um funeral? — pergunto.

Ele para e vira para mim.

— Agora está mais perto.

— Por favor, me diz que é piada.

O sorriso dele fica mais largo.

— Você pode usar vermelho, se é o que está querendo saber.

— O funeral de alguém que você *detesta*? — pergunto.

Ele ri e volta a andar.

— Esteja pronta em meia hora — fala, de algum lugar fora do meu campo de visão.

No meu quarto, visto a única roupa realmente elegante que eu tenho, o mesmo vestido preto frente única que usei na festa do meu noivado *e* para ir a Cherry Hill com Ashleigh naquela primeira noite. Ela e Julia foram juntas a um clube de jazz esta noite, por isso mando uma mensagem para elas em um grupo: alguma de vocês sabe onde o Miles e eu vamos hoje?

Julia responde: ele ainda não te contou?

Ashleigh diz apenas: kkkkk, eu sei.

Mando um monte de pontos de interrogação.

Julia escreve: ai, meu deus, ela acabou de me contar.

O que é?, pergunto.

Ashleigh responde apenas com um emoji piscando. Julia acrescenta: tira muitas fotos, POR FAVOR.

BAILE SÊNIOR, DIZ a faixa prateada. Ela está presa entre as duas colunas que se erguem na entrada do prédio rosa-bebê do resort na beira da praia, com um buquê de balões de gás pretos e prateados de cada lado.

A caminhonete de Miles para diante das colunas.

— Quê — digo.

— Não se preocupa. — Ele desliga o carro. — Vai ficar muito mais esquisito.

Um manobrista adolescente sai correndo do hotel, e Miles desce da caminhonete para entregar a ele as chaves do carro. Desço também e ele me encontra na porta da frente.

— Estamos no meio do verão — lembro.

— Dia 29 de junho — diz ele, concordando.

— E a gente tem, tipo... trinta e cinco anos — argumento também.

— Sim, temos — concorda Miles mais uma vez.

— Como foi que a gente veio parar em um baile de formatura?

— Como qualquer um de nós vai parar em algum lugar? — brinca ele. — Vem.

Miles pousa uma das mãos nas minhas costas e eu sinto um arrepio subir pelas vértebras, enquanto deixo seu toque suave me guiar para dentro do saguão opulento do hotel.

O piso de porcelanato brilhante é coberto de tapetes florais felpudos, o papel de parede tem uma estampa geométrica ousada, há poltronas de veludo arrumadas em áreas de estar de ambos os lados, e vejo uma placa em cima de um cavalete, bem à nossa frente, na qual se lê: *Baile sênior da Sociedade Histórica de Waning Bay.*

A seta na placa aponta para a esquerda.

Olho de relance para Miles, que parece encantado com meu estado de absoluta perplexidade. Ele pega minha mão e me leva pelo corredor acarpetado, a música chegando até nós antes mesmo de alcançarmos as portas duplas abertas no outro extremo.

Passamos por baixo de um arco de bexigas prateadas e entramos em um salão de baile decorado com fitas brilhantes e balões cheios de glitter. Mesas cobertas com toalha branca e buquês de rosas-brancas estão dispostas ao redor de uma pista de dança encerada, e, além dela, uma fileira de portas se abre para uma varanda iluminada com luzinhas cintilantes — ali, alguns casais já estão parados ao redor de mesinhas altas, conversando, com drinques na mão.

Só então reparo nos convidados, todos vestidos de forma extravagante, alguns perto de nós *extravagantemente* perfumados, a maior parte deles com uma característica óbvia em comum.

— Ai, meu Deus. — Eu me viro na direção de Miles e abaixo a voz. — O que é isso?

— Um baile sênior — diz ele, sorrindo para mim.

Sênior aqui tem uma conotação bem diferente do "sênior" que se refere ao último ano do ensino médio. Miles e eu devemos ser um dos três únicos casais no recinto que não se lembram do dia em que o homem finalmente pousou na Lua.

Ele pega duas taças de champanhe de um garçom que passa com uma bandeja de prata.

— Isso vai te ajudar a superar o choque — diz Miles, e leva uma das taças aos meus lábios.

Mal consigo engolir a bebida sem cuspir.

— Por favor — peço —, me explica o que tá acontecendo como se eu fosse recém-chegada ao planeta.

— Você é meio nova em Waning Bay — lembra Miles —, portanto o efeito é o mesmo.

— Esse baile é de que escola? — pergunto.

— Não é de escola — explica ele. — É um evento para arrecadar fundos que a Sociedade Histórica promove todo ano. Tem uma enorme quantidade de empresários aqui. Achei que podia ser um bom lugar pra você conhecer patrocinadores. Para a Maratona de Leitura.

Fico tão estranhamente comovida quando ouço isso que todo o meu corpo parece estar vários graus mais quente do que há um segundo. Mas também pode ser por causa do espumante que acabei de beber de um gole só.

— Isso é muito legal — digo a Miles —, mas não explica por que *você* está aqui. Você já tinha ingressos para este evento.

— Bom, antes de mais nada... — Ele se inclina para perto e abaixa a voz até estar sussurrando no meu ouvido. — Eu adoro o pessoal mais velho.

— Eu *percebi* que você costuma se dar bem com o grupo setenta mais — concordo. — Mas a verdade é que também não é tão ruim com os que estão abaixo dessa idade.

Miles revira os olhos, mas está sorrindo.

— Acho legal estar perto de gente que já conseguiu superar algumas merdas na vida, sabe? — Ele encolhe os ombros. — É como se já tivessem deixado seus piores erros para trás, e agora eles sabem quem são e o que devem fazer para ser quem desejam ser de verdade.

Sinto meu sorriso se apagar e meu coração se suavizar. Há um toque de melancolia na voz dele. E não estou acostumada com um Miles melancólico.

— Além disso — continua ele, o tom mais animado agora —, a Lenore faz parte do conselho da Sociedade, e ela me atazanou para eu "fazer a minha parte" e comprar dois ingressos. — Ele toca minhas costas e indica com o queixo o bar de mogno do outro lado do salão de baile. — Vem, vamos pegar um drinque de verdade.

Enquanto seguimos na direção do bar e entramos no fim da fila abençoadamente curta, me dou conta de uma coisa:

— Você disse "antes de mais nada".

Miles franze o cenho.

— O quê?

— Você disse que, antes de mais nada, adora — falo *o pessoal mais velho* apenas com o movimento dos lábios, sem som, para que ninguém na fila escute —, mas você não comprou dois ingressos para este evento só porque...

Paro de falar quando enfim me dou conta do segundo motivo.

Quer dizer, paro de falar em parte por causa disso.

Mas principalmente paro de falar porque, no *exato* momento em que percebo por que Miles tem dois ingressos para este evento, o segundo motivo por acaso entra pelo arco de balões.

Loira, muito esguia, deslumbrante em um vestido verde-água, com uma das mãos pousada com delicadeza no braço do acompanhante, igualmente espetacular em um traje a rigor.

Miles e eu nos olhamos, ambos espelhando o choque e o horror do outro, em um loop interminável de *Ai, meu Deus, qualquer coisa menos isso*.

— Achei que ela não viria — diz Miles.

— Ahã — é só o que consigo responder.

Meu cérebro está ocupado planejando rotas de fuga. Com Peter e Petra ainda parados logo na entrada do salão, nossa melhor aposta seria disparar para a varanda, passar por cima do parapeito e aterrissar de barriga na areia da praia lá embaixo.

— Fui eu que comprei os ingressos — percebo Miles dizendo. — Por isso deduzi que ela não viria.

— O que a gente faz? — pergunto a ele.

— Bom, podemos falar oi? Ou simplesmente ignorar os dois? O salão é bem grande.

De repente, nem o estado do Michigan inteiro parece grande o bastante para nós quatro.

Olho na direção das portas. Peter e Petra seguiram ao longo da parede, indo até um grupo de pessoas em um canto, no fundo do salão.

— A vovó Comer está aqui — murmura Miles.

— Vovó Comer? — repito, perplexa.

— A avó da Petra.

— Isso eu entendi. Só não consigo acreditar que é assim que chamam a coitada da mulher. Eles *odeiam* ela secretamente?

— Não, todo mundo adora ela — fala Miles. — É a mim que eles odeiam secretamente.

— Então eles têm um gosto tão ruim quanto a Petra — retruco, sarcástica.

Ele sorri, mas é um sorriso breve, logo se apaga.

— Quer fugir daqui?

Obviamente eu quero.

Mas também penso na foto de Peter e Petra com Sadie e Cooper, em todos aqueles lugares sagrados em Richmond que não me pertencem mais, na casa que nunca foi minha de verdade, no fato de Petra ter trazido Peter aqui, mesmo sabendo que Miles já tinha comprado os ingressos.

— Senhorita? — a bartender se dirige a nós.

Chegamos à frente da fila e a moça está esperando pelo nosso pedido. Encontro os olhos de Miles.

— Se você precisar, podemos fugir daqui — diz ele. — Mas... — Miles inclina a cabeça, os olhos cintilando sob os cílios escuros.

— Mas? — pergunto.

— Também podemos ficar. Beber. Dançar. Curtir.

— Em um salão onde também estão os nossos ex — observo. — Que acham que a gente tá namorando.

O sorriso de Miles se alarga.

— Viu? Não parece divertido?

— Senhorita? — chama novamente a bartender, mais alto desta vez.

Não temos que ir embora. Se *eles* se sentirem desconfortáveis, eles que caiam fora.

Eu me viro para a moça.

— Dois shots de uísque, por favor.

18

Como sempre, Miles conhece todo mundo.
 Desde que percebemos que há uma mesa cheia de doces na varanda e partimos na direção dela, não conseguimos avançar mais de dois metros sem ser interrompidos por um novo superfã de Miles Nowak, de cabelo e/ou barba brancos.

 Meu estômago está vazio o bastante para permitir que a dose de uísque que tomei me torne mais sociável, o que é bom, porque quando Lance, o dono da loja de artigos para hobbies, responde às perguntas de Miles sobre como vai indo o negócio ("Mais ou menos... Hoje em dia a meninada não gosta tanto de *construir* coisas como antes"), Miles se sai com esta:

 — Aposto que as crianças que frequentam a biblioteca iam adorar. Já pensou em doar alguns kits do tipo "faça você mesmo" para a Maratona de Leitura?

Ao ouvir isso, Lance, é claro, responde:
— O que é uma Maratona de Leitura?
E Miles me empurra de leve para a frente, virando o corpo na minha direção para que eu o veja assentindo para me dar coragem.

Normalmente eu teria preferido depilar as pernas com uma garrafa de cerveja quebrada a fazer uma apresentação oral improvisada sobre o meu trabalho, mas Miles levantou a bola para mim tão lindamente, e eu já estou mesmo em um salão de baile com meu ex-noivo, portanto o que de pior poderia acontecer?

— É um evento para arrecadar fundos — digo a Lance.

E, quando acabo de contar a ele sobre o evento, me pego falando sobre as crianças, a equipe de funcionários da biblioteca, nossa necessidade desesperada de atualizar o catálogo de literatura infantil. Até que, já perto do fim da conversa, Lance não apenas promete doar dez kits de pipas como se oferece para receber, no outono, uma turma dos nossos leitores para fazer pintura em miniatura.

Quando enfim conseguimos chegar à mesa de doces, já encontramos pelo caminho, além de Lance: a queijeira favorita de Miles; o proprietário do Cherry City Cherry Goods; a Molly, do Empório de Pipocas Molly; e o dono da banca de sorvetes, a Frosty Dips. Também tive uma conversa brevíssima com Barb e Lenore, pouco antes de um voluntário aparecer correndo, pedindo a ajuda delas para "apartar uns amassos" na área da piscina coberta.

Na última hora, a Maratona de Leitura ganhou reforços: uma tábua de frios para os voluntários, cem sacos de cerejas cobertas de chocolate, um carregamento de pipoca e a doação de uma grande quantia em dinheiro (livre de impostos).

Nesse meio-tempo, me vi dominada pelo espanto... e pela fome. Enquanto examino a mesa de doces com Miles — que enche um prato com cookies, fatias de bolo e copinhos individuais de chocolate cheios de ganache, para dividirmos —, comento, ainda meio zonza:

— Não entendo a facilidade que você tem para esse tipo de coisa.

Ele me entrega um macaron rosa, que enfio inteiro na boca.

— Eu não fiz nada — diz. — As pessoas gostam do que você está fazendo.

— Talvez — respondo com a boca cheia. — Mas eu venho tentando entrar em contato com alguém da Frosty Dips faz tempo.

— Bom, o *irmão* do Dillard, da Frosty Dips, é dono da loja de ferragens/barbearia que eu frequento — explica Miles.

— Estou aqui há tempo suficiente para simplesmente aceitar essa frase. Também mandei um e-mail para o Empório da Pipoca em março.

Miles franze o cenho e acrescenta um macaron dourado ao prato.

— Eu sei que é chato, mas às vezes as pessoas precisam associar um rosto a alguma coisa antes de se disporem a ajudar. Um e-mail não tem esse efeito.

— Obrigada por ser esse rosto — digo.

Ele se vira para mim.

— Foi você que fez aquelas pessoas darem atenção ao evento, não eu.

— Bom, acho que o fato de eu ser a namorada de mentira do prefeito de Waning Bay não atrapalhou. Portanto, obrigada. De verdade.

Miles se vira de novo para mim, sorrindo sob as luzinhas cintilantes, e coloca um macaron verde-limão entre meus lábios.

— Às ordens — diz.

Consigo conter um gemido, mas ainda assim o momento parece íntimo demais. A varanda está quase vazia, e aqui é mais escuro que no salão de baile, por isso me pego sentindo o rosto esquentar, apesar da brisa fresca.

Pigarreio.

— Vamos entrar?

— Se você quiser — murmura ele.

— Vamos — digo e começo a me adiantar.

No entanto, ao escolher entre ficar com Miles do lado de fora, na escuridão vibrante, e voltar para o salão lotado, esqueço de calcular uma variável.

A variável com a qual quase trombamos assim que entramos de novo no salão.

Os olhos cor de água-marinha de Petra parecem arder por um milissegundo, antes que sua expressão se transforme em um sorriso cálido e um ronronar rouco de *femme fatale*:

— Ai, meu Deus, que bom ver vocês dois.

Não digo nada em resposta, em grande parte porque a mulher já está me envolvendo em um abraço com cheiro de sândalo, a cortina cintilante de cabelo loiro obscurecendo minha visão até ela se afastar.

Então, Petra passa para Miles — ela não se atira em cima dele como fez comigo, mas se ergue na ponta dos pés e puxa o ex na sua direção.

Miles passa um dos braços ao redor das costas dela e pousa o prato de doces em uma mesa perto de nós.

Ele consegue dizer seu próprio "É bom te ver também", em um tom neutro, e eu desejo que o chão se abra e me engula inteira, ou que alguma bebida muito forte me derrube.

— Você está linda — comenta Petra, apertando meu braço.

— Obrigada — me forço a dizer. — Você também.

— *Adorei* esse vestido — continua ela. — É tão diferente! Seu estilo costuma ser tão mais... abotoado.

Ai.

Miles toca minhas costas, deixando a mão correr até a lateral do meu quadril, e me puxa para junto do corpo.

— Como um segredo a ser descoberto — diz.

Ergo os olhos para ele, e a gratidão que me aperta o peito dá lugar a um anseio, um desejo.

— Ou uma *bibliotecária* — acrescenta Peter, o tom sarcástico.

Embora eu tenha *noventa por cento* de certeza de que ele não teve a intenção de dizer isso como uma alfinetada em *mim*, ainda me sinto péssima ao ser lembrada da disparidade entre mim e a mulher que *os dois* homens presentes amam ou amaram.

A mão de Miles desliza da lateral do meu quadril para minha barriga, me posicionando de um jeito que minhas costas ficam pressionadas na frente do corpo dele.

— Sim, eu sempre tive uma queda — diz.

— Uma queda pelo quê? — pergunta Petra.

— Bibliotecárias gostosas — responde ele, abaixando os olhos para mim com um sorrisinho de lado que atinge meu coração como a primeira descarga de um desfibrilador.

— E você, Daphne? — diz Peter.

Hesito por um momento, então olho para ele. Não sei se eles perceberam o que estão fazendo, mas Peter e Petra também se aproximaram mais um do outro, como se estivéssemos em uma cena competitiva de *Dirty Dancing*.

Ele tem um braço passado ao redor da cintura dela, que pousou uma das mãos no peito dele, em um gesto possessivo.

— Você tinha fantasias secretas com um bartender? — pergunta Peter, irônico.

E, mais uma vez, estou quase certa de que ele não está tentando ser um cretino *comigo*, mas também tenho certeza de que ele *quer* ser um cretino com Miles.

A julgar pela boca aberta e o cenho franzido de Petra, ela acha a mesma coisa.

Então há Miles, que *sinto* ficar tenso atrás de mim, embora continue a sorrir, enquanto acaricia lentamente meu quadril com uma das mãos, como se não estivesse nem um pouco irritado.

Eu estou. Estou muito irritada.

— Não — respondo com firmeza e me viro para Miles. Passo os braços ao redor da cintura dele, quase esmagando os seios em seu peito, e o encaro nos olhos quando digo: — Mas esse lance de dividir o apartamento é bem excitante...

Os olhos de Miles parecem arder quando ele aproveita a deixa, passa uma das mãos pelo meu queixo e me beija.

Já beijei Miles na frente de Peter antes — um beijo que foi um movimento em um *jogo* —, mas desta vez é diferente.

Desta vez é o prêmio do jogo.

Lento, suave, familiar. Um beijo de *alívio*, que termina cedo demais, embora, pelo modo como Petra nos encara, boquiaberta, seria de imaginar que tínhamos acabado de fazer um sessenta e nove plantando bananeira na frente de Deus e todo mundo.

Miles entrelaça a mão na minha, os nós dos dedos rígidos, enquanto pigarreia.

— Vocês nos dão licença? — diz. — Esperei a semana toda para dançar com a Daphne.

Ele me afasta dos dois e eu o sigo, a mente enevoada, mas o coração disparado enquanto revivo o momento.

O roçar leve dos lábios dele, a pressão da sua língua, o modo como uma de suas mãos ficou acariciando meu quadril em movimentos repetitivos, enquanto a outra inclinava meu queixo em um ângulo perfeito.

Paramos quase no meio da pista de dança, as luzes parecendo tremular e dançar no rosto dele, enquanto o globo espelhado gira acima de nós.

— Você tá bem? — pergunta ele.

— Sim, ótima — respondo baixinho.

— Que bom.

Então entrelaça mais uma vez os dedos nos meus e me puxa para perto, já balançando o corpo ao som de "Harvest Moon", de Neil Young. Ele pousa a outra mão nas minhas costas, cada movimento muito lento, muito atencioso, cada segundo se gravando na minha memória.

— Sinto muito — falo. Miles franze o cenho. — Pelo que o Peter disse.

— Ah. — Os ombros dele se erguem um pouco. — Tá tudo bem.

— Não tá, não.

— Não é nada que eu não tenha ouvido da família da Petra nos últimos três anos — retruca ele.

Minha mão agarra involuntariamente o tecido da camisa dele, como se isso pudesse fazer algum bem, como se pudesse protegê-lo de qualquer um que não compreenda a joia que ele é.

— Achei que você tinha dito que eles eram legais — comento.

— Sim, eles são. — Outro dar de ombros, um longo desviar dos olhos antes de baixá-los de novo para mim. — Mas de vez em quando rolavam comentários como "Deve ser bom não ter que crescer" Coisas assim.

— Miles. Isso *não* é legal.

— Ela sempre me disse que eu estava vendo problemas onde não tinha — conta ele. — Mas acho que os pais da Petra se preocupavam que eu não pudesse dar à filha deles tudo o que eles queriam pra ela.

— Então eles não são só cruéis, também são idiotas.

— Eles tinham uma certa razão. Nunca fui bom em agir sob pressão. Eu teria ferrado com tudo em algum momento.

— Baseado em *que* você diz isso? — pergunto.

O sorriso dele é triste.

— No passado.

Por vários segundos, nenhum de nós diz nada. Só nos balançamos devagar, no ritmo da música.

— Aliás, obrigado — murmura ele. — Pelo que você disse para o Peter.

Demoro um instante para me lembrar do que eu disse, então sinto o rosto ficar quente como lava.

— Desculpa por aquilo.

Miles ri.

— *Não*, não fica constrangida. — Ele toca meu rosto por um segundo, então sente meu rubor com as costas dos dedos. — Foi incrível. Acho que a alma saiu do corpo do Peter por um segundo.

A vibração nervosa no meu peito, a inclinação para o flerte, morrem quando escuto a menção a Peter. Sei que me dispus a participar de todo esse jogo, só que, quanto mais próxima fico de Miles, mais difícil se torna dizer o que é verdade e o que é fingimento.

— Ah, o que pode ter de constrangedor em confessar uma fantasia sexual com o seu colega de apartamento, logo depois de a noiva sexy do seu ex te chamar de cafona?

— Ela *não* te chamou de cafona — diz Miles.

Ele me gira, me puxa de volta para perto, nossos corpos se encaixando com facilidade. É como se cada ponto de contato tivesse seu próprio pequeno sol — calor e gravidade... calor e gravidade.

— Você pode defender a Petra quanto quiser, Miles...

— Não estou defendendo a Petra — argumenta ele. — Eu sei que ela não disse isso, porque não tem como ela achar isso. Quer dizer, obviamente você é... — Os olhos dele me percorrem de cima a baixo.

— Tá tudo bem — garanto. — Estou satisfeita com o jeito como me visto, a não ser quando tenho que ficar parada do lado da namorada deslumbrante do meu ex e perder pontos na comparação.

Miles estaca de repente.

— Não fala isso.

— É verdade — insisto. — Alguma coisa melhor sempre aparece. Essa é a minha maldição.

— Daphne. — Ele deixa escapar uma risada baixa e rouca, mas seus olhos permanecem sérios. — Você não consegue ver neste momento, mas o Peter está literalmente parado na beira da pista de dança, observando cada movimento seu, e em um segundo eu vou te inclinar noventa graus e te beijar de novo, e quando eu parar quero que você olhe para a sua esquerda e veja a cara dele. Daí você vai poder me dizer se o seu ex-noivo acha mesmo que a nova vida dele, sem você, é *melhor* de algum jeito.

Assim que ele diz a última palavra, faz exatamente o que descreveu. Miles nos inclina em uma meia-volta, roça o nariz ao longo do meu, e é como se continuássemos onde o último beijo parou, tudo já mais urgente, intenso com o movimento súbito.

E não estou nem um pouco curiosa com o que Peter pensa de tudo isso quando Miles abre meus lábios com a língua e desliza a mão com firmeza até a curva da minha bunda. E, quando sua outra mão se enfia no meu cabelo e minha coluna se arqueia como se tivesse vida própria, estou pensando apenas no cheiro picante de gengibre, no gosto de macaron de café em sua boca, na pressão da sua ereção entre nós.

Por alguns segundos, não sou nada além de um corpo querendo estar mais próximo do corpo dele.

Só recupero a consciência do mundo ao redor quando duas senhoras usando trajes bordados no estilo "mãe de noiva" começam a assobiar e nos aplaudir de uma mesa próxima.

Miles toca meu queixo com o polegar e dá um último beijo na minha boca. Ele endireita o corpo então e diz, a voz rouca:

— Olha pra esquerda.

Mas não é o que eu faço. Eu recuo. Então me viro e saio correndo.

19

MINHA INTENÇÃO É me enfiar no banheiro para recuperar o fôlego e tentar convencer meu cérebro a parar de girar. Mas não *passo* por um banheiro, por isso me vejo saindo pelas portas da frente do hotel, de um jeito tão intempestivo que o manobrista solta uma exclamação de surpresa.

— Desculpa! — balbucio, enquanto me adianto na direção do estacionamento escuro.

— Daphne! — chama Miles, correndo atrás de mim. — Daphne?

Diminuo o passo até parar e tento parecer e *agir* do modo mais normal possível.

— Eu tô bem — digo, me virando para encará-lo. — Só fiquei um pouco tonta.

— Merda. — Ele se aproxima e toca minha cintura, enquanto se abaixa para olhar dentro dos meus olhos. — Você deve estar desidratada. Vamos sentar e eu pego um copo d'água.

Balanço a cabeça.

— Não, tá tudo bem. Acho melhor só voltar pra casa.

— Vou buscar a chave com o manobrista — diz Miles.

— Não — insisto. — Eu pego um táxi.

Ele me observa com a expressão preocupada e cautelosa de um veterinário examinando um cachorro que acabou de devorar um bolo inteiro de chocolate com café.

— Se você vai embora, eu também vou.

Ah, claro.

Porque, enquanto *meu* cérebro estava girando de um jeito claustrofóbico ao redor de Miles, *ele* não esqueceu que o amor da sua vida está lá dentro com outro homem.

— Então, você me espera aqui? — Ele abaixa a cabeça de novo. — Você não vai fugir se eu for lá pegar a chave, né?

Balanço a cabeça. Miles solta meu cotovelo e atravessa correndo o estacionamento. Quando volta, estou um pouco mais calma.

Vamos até o carro, ele abre a porta para mim primeiro, depois se acomoda ao volante e dá partida.

— Quando começou?

— Quando começou *o quê*? — pergunto.

Ruguinhas aparecem entre suas sobrancelhas.

— A tontura.

Demoro um instante para me lembrar do que ele está falando.

— Ah. Foi só enquanto a gente estava dançando. Já estou bem melhor.

Miles me examina por um longo momento, então assente e sai da vaga. Seguimos em silêncio por vários minutos, descendo a estrada sinuosa da península em direção ao centro da cidade, e mantenho os olhos fixos na janela, vendo a lua cintilar e desaparecer atrás da fileira de árvores, antes de voltar de repente à vista.

A caminhonete diminui a velocidade e desvia para o acostamento. Olho pelo para-brisa, esperando encontrar um veado bloqueando nosso caminho, mas a estrada está vazia, quieta.

Miles puxa o freio de mão.

— Você vai me contar o que está acontecendo, Daphne? — pergunta, o tom sério.

— Nada.

— Não é nada — insiste ele. — Alguma coisa aconteceu? Com o Peter?

— *Não* — insisto.

— Pode me contar.

Mas eu não posso. Aquela sensação claustrofóbica está de volta, um misto de constrangimento e desejo. Abro a porta da caminhonete e saio cambaleando na escuridão.

Miles sai também.

— *Aonde* você tá indo?

— Só preciso de um pouco de ar. — Essa é a versão mais simples da verdade.

Ele dá a volta pela frente do carro e para diante de mim.

— Eu fiz alguma coisa?

— Não. — Nunca fui boa em mentir.

— Daphne — diz Miles, o tom gentil. — Por favor, me fala o que eu fiz.

E, apesar da intenção de manter todos esses sentimentos em segredo até o fim do verão, deixo escapar:

— Você me *beijou*.

Ele ergue as sobrancelhas.

— Achei que era o que você queria. Achei que era o que a gente estava fazendo.

— Não, eu sei. — Recuo e minhas costas encontram a lateral do banco do carro. — Era mesmo. Só que... agora é diferente.

— Como assim?

— Não quero mais fazer esse joguinho — declaro. — Não quero que você diga coisas que não sente de verdade ou faça coisas que não quer fazer. Me confunde.

— Quem disse que eu fiz alguma coisa que não queria fazer?

— Fez, *sim* — retruco, brava. — Foi você quem disse que não queria que nada acontecesse entre a gente...

— Eu nunca disse isso — argumenta ele, e se aproxima mais.

— ... e eu não quero ser um acessório pra deixar a sua ex com ciúme, e eu sei que fui eu que comecei isso...

— Você não é um *acessório* — diz Miles, parecendo magoado.

— É exatamente o que eu acabei de ser — retruco. — Você só me beija quando eles estão por perto e podem ver. E, de novo, eu sei que fui *eu* que comecei isso, mas as coisas são diferentes agora.

Miles desvia os olhos dos meus, solta uma risada rouca e balança a cabeça. Ele se aproxima ainda mais, e nossos quadris se roçam agora.

Então, Miles me encara, pega meu rosto entre as mãos e me beija mais uma vez.

Um beijo intenso, profundo, bagunçado, de tirar o fôlego.

Sem ninguém por perto para ver.

Sem nada para nos deter.

Os quadris dele prendem os meus contra a lateral do banco do passageiro. Suas mãos envolvem minhas costas e correm pela minha pele nua, nosso peito está colado e o calor do corpo dele é intenso, mesmo na noite fria.

— Eu tenho vontade de te beijar — murmura Miles — toda vez você toma um gole de alguma coisa e faz aquele som.

Puxo ele de volta para mim, enquanto deixo escapar *aquele som* dentro da sua boca. Enfio as mãos no seu cabelo. As dele deslizam pelo meu corpo e eu sinto sua coxa se insinuar com firmeza entre as minhas.

— Tenho vontade de te beijar toda vez que passo pelo seu quarto e escuto a sua risada através da porta — volta a falar Miles, enquanto enfia as mãos por baixo do meu vestido e sobe até me agarrar pelos quadris, e sinto a pele vibrar, como se todas as minhas células quisessem estar um pouco mais próximas dele.

Puxo a camisa de Miles para fora da calça e passo as mãos pelas suas costas, tocando cada curva quente que consigo alcançar.

— Tenho vontade de te beijar toda vez que escuto o chuveiro ser aberto e sei que você está lá dentro — continua ele, a voz rouca.

Toco seu abdome, seu peito, sinto os músculos enrijecerem sob meus dedos, e Miles me segura com firmeza e me levanta, me colocando dentro da caminhonete.

— Eu tenho vontade de te beijar o tempo todo, Daphne. Às vezes é só mais fácil encontrar uma desculpa pra fazer isso.

Trago Miles mais perto de mim enfiando os dedos nos passadores do cinto, e suas mãos deslizam pelas minhas coxas, enquanto ele encaixa o corpo entre elas. As curvas dos nossos corpos parecem se dissolver umas nas outras. Ele corre os lábios pela lateral do meu pescoço. Chego mais para trás no banco da caminhonete, puxando-o comigo, então sento no colo dele.

Miles desce as mãos pelas laterais do meu corpo, os olhos escuros.

— Daphne — diz, a voz muito grave.

Levo a mão ao pescoço e abro o fecho do vestido, deixando que o tecido caia até a minha cintura.

Ele solta um gemido e pega meus seios com delicadeza. Então, abaixa a boca para me lamber e capturar um mamilo entre os lábios.

Ofego e passo as mãos ao redor da sua nuca, meu corpo se arqueando em direção ao dele.

— O que a gente tá fazendo? — murmura Miles contra a minha pele.

— O que você quer fazer? — pergunto.

A resposta é uma projeção lenta dos quadris, como se para sondar meus limites, e a fricção parece dividir meus pensamentos em fractais.

Ele deixa os lábios subirem pelo meu pescoço, o hálito quente.

— Quero tirar a sua roupa — diz ele, a respiração entrecortada. — E quero saborear você. Quero te ouvir gozar de novo, quero sentir isso também.

Os fractais se transformam em fogos de artifício, um caleidoscópio de sensações e desejos.

O cabelo escuro e sedoso de Miles entre meus dedos.

As mãos firmes subindo por baixo do meu vestido, encontrando a renda da minha calcinha.

A pressão da boca quente no meu peito, e o ar frio beijando cada centímetro de pele exposta, conforme o tesão e o prazer crescem juntos.

— Miles — arquejo, aproximando mais o corpo do dele.

Ele ergue os olhos, a boca ainda na minha pele, as íris quase pretas. É uma imagem absurdamente excitante.

— Me diz pra parar — fala ele.

— Eu não quero que você pare — respondo sem fôlego. — Quero tirar a sua roupa. Quero saborear você. Quero sentir você gozar.

— Cacete, Daphne.

Miles pressiona a testa no meu ombro, o coração batendo com força contra o meu, as mãos apoiadas de leve nas minhas costelas, se afastando de mim. O gemido baixo se transforma em uma risada sofrida.

Ele endireita o corpo, prende o fecho do vestido na minha nuca e deixa as mãos deslizarem pelas minhas coxas.

— Eu não sou bom nisso — diz, a voz ainda rouca.

— Não é bom em *quê*?

— Quando as coisas ficam complicadas, eu entro em pânico e me fecho. E não quero fazer isso neste momento. Não posso.

Sinto o coração afundar no peito.

— Isso não precisa ser complicado — argumento.

— *Já é* — retruca Miles.

— Por causa da Petra?

— Não. — Ele coloca uma mecha de cabelo atrás da minha orelha, em um gesto carinhoso. — Não só por isso.

Saio do colo dele, com o rosto muito quente.

— Ei. — Ele pega minha mão.

— Tá tudo bem — digo baixinho. — Você não me deve nenhuma explicação.

— Daphne — diz Miles, a voz tão gentil que chega a doer.

Ergo os olhos e encontro os dele, totalmente escuros agora, sem nenhum brilho.

— Tem muita merda na minha vida sobre a qual eu não gosto de falar. — A voz dele falha. — A questão é que tenho o mau hábito de decepcionar as pessoas de quem eu gosto. Nem sempre eu reflito sobre as coisas, e não tenho como confiar nos meus sentimentos.

— O que tem para confiar em relação a sentimentos? — Balanço a cabeça. — A gente sente o que a gente sente. Seja lá o que for.

Ele abaixa os olhos e entrelaça os dedos nos meus. Depois de vários segundos pigarreia, mas seu rosto permanece tenso, o olhar fixo nas nossas mãos.

— Quando eu era mais novo... — Miles hesita por um longo instante, visivelmente pesando as palavras. — Os nossos sentimentos... meus, da Julia, do meu pai... não importavam muito.

Os músculos da sua mandíbula se contraem quando ele engole. Sua pulsação acelera contra a palma da minha mão.

— O que importava era como as coisas afetavam a nossa mãe, só isso — continua Miles. — Se a gente fizesse ela ficar bem na fita, ela nos amava. Se não, a gente entrava na mira dela. Uma vez eu tive uma intoxicação alimentar e ela ficou *furiosa* comigo porque eu vomitei durante a noite. A minha mãe disse que eu estava fingindo para poder faltar na escola e que, se eu continuasse a fazer aquilo, ia ficar de castigo por um mês. Assim, eu fui à escola no dia seguinte e, toda vez que eu ia ao banheiro, vomitava o mais baixo possível pra que a escola não a chamasse para me levar pra casa. Toda vez que eu fazia alguma coisa que a minha mãe achava que a colocava em uma posição ruim, aquilo se transformava em uma cena, com ela dizendo que eu devia odiá-la pra tentar magoá-la daquele jeito. Se eu ficava chateado, ansioso, com fome ou mesmo *doente*, a minha mãe agia como se eu estivesse fazendo alguma coisa pra atingir a pessoa *dela*, e eu acreditava.

— Que merda, Miles. — Puxo a mão dele para o meu colo e aperto-a entre as minhas.

Ele ergue os olhos para encontrar os meus.

— Tá tudo bem.

— Não tá, *não* — retruco.

— Mas essa é a questão — ele volta a falar. — Eu preciso que esteja tudo bem. Porque *eu* preciso estar bem. Quando era criança, me sentia apavorado e impotente o tempo todo, e agora só *preciso* estar bem. — Ele balança a cabeça. — Acho que em parte era por isso que as coisas davam certo entre a Petra e eu. Nunca tinha conhecido ninguém que vivesse tão... "no momento", e é aí que eu preciso estar, porque, se pensar demais no passado ou no futuro, eu desmorono. Por isso, na maior parte do tempo eu simplesmente mantenho essas coisas guardadas em um lugar onde eu não tenha que pensar nelas.

Abaixo os olhos.

— Sinto muito. Eu não estava tentando me intrometer.

Ele volta a me encarar e diz em um fiapo de voz:

— Você não está se intrometendo. Eu quero que você saiba. É só que..

— O quê?

Ele desvia os olhos dos meus.

— Não quero que você olhe pra mim como se eu fosse um cara problemático.

— Miles. — Toco a lateral do rosto dele e o forço a voltar a olhar para mim. — Você *não é* problemático. Você tá bem. Mas o que aconteceu com você não foi legal. É uma merda.

— Acabou — diz ele baixinho, envolvendo meus pulsos com as mãos.

— Isso não significa que você não possa ainda ter sentimentos a respeito — digo a ele.

Os cantos de seus lábios tremem ligeiramente, só por um instante.

— Esse é o problema. Sempre que qualquer um de nós tinha uma emoção negativa, isso só piorava as coisas. Ela distorcia tudo e a gente acabava tendo que se desculpar por se sentir magoado, bravo ou triste, e eu nunca sabia o que era certo, o que era normal. Porque todo mundo que conhecia a minha mãe a adorava, sabe? Professores, outros pais, os meus amigos.

Miles faz uma pausa, então continua:

— Quando ela quer, é capaz de fazer você se sentir o centro do universo, como se fosse a pessoa *favorita* dela no mundo. Eu adorava receber meus amigos em casa, porque ela se transformava nessa mãe diferente... uma mãe divertida, calorosa, que me amava.

Outra pausa.

— Tudo o que eu queria era que *aquela* versão dela permanecesse pra sempre. Por isso parei de deixar transparecer quando estava chateado e passei a seguir tudo o que a minha mãe dizia e fazia. E, no fim, eu meio que só... parei de ficar chateado. Parei de me sentir mal com as coisas. E tudo ficou melhor. Pelo menos pra mim.

Ele abaixa a cabeça, os olhos escuros e úmidos.

— Sinto tanto — sussurro e deixo o polegar correr pela curva do maxilar dele. — Eu entendo por que você não queria falar a respeito.

— Não é só isso. Quer dizer, eu detesto mesmo ficar chafurdando em toda essa merda, mas... — Ele engole em seco. — Eu deixo ela magoar feio a minha irmã. E, quando a Julia está por perto, é difícil não me odiar. Todas aquelas sensações simplesmente voltam. E a minha mente começa a parecer barulhenta demais, sombria demais. E eu só quero fugir.

É como se uma adaga estivesse sendo enfiada no meu coração. Passo os braços ao redor do corpo dele e enfio o rosto em seu peito. Não quero que ele se sinta obrigado a falar, mas é como se uma rolha tivesse sido tirada, e agora tudo está se derramando.

Eu visualizo toda essa dor escorrendo pelo ralo e torço para que seja isso que esse desabafo esteja fazendo por ele, e não cutucando uma ferida antiga.

— Ela foi muito pior com a Julia do que comigo. Vivia comparando a Jules com as nossas primas, dizendo quem era mais bonita, mais inteligente ou mais bem-comportada que a minha irmã. E comparava a Julia com *ela mesma* na idade da minha irmã, falando umas merdas que provavelmente nem eram verdade. — A voz dele vacila. — Ela gritava com a Julia por qualquer bobagem desde que eu consigo me lembrar. E eu deixava tudo isso acontecer.

Eu me afasto para olhar para ele.

— O que você deveria fazer?

— Eu deveria fazer ela parar — responde ele na mesma hora, como se já tivesse pensado muito nisso e soubesse a resposta certa. — Defender a Julia em vez de me fechar. Não devia ter fugido da cidade assim que completei dezoito anos, voltando só uma vez por semana, como se fizesse alguma diferença.

— Mas *fazia* diferença — digo —, senão a Julia não estaria aqui agora.

— Talvez. — Quando ele ergue a cabeça, vejo que seus olhos estão cansados. — Mas eu nem sei *por que* ela veio, a Julia não me conta. Por mais que eu tente, *sempre* tomo a decisão errada. Eu ferro com tudo e as pessoas saem magoadas.

— Miles. — Seguro os ombros dele, puxo seu corpo na minha direção e me aproximo mais também, quase sentando em seu colo. — Ela saiu da casa dos seus pais.

— *Sozinha*. — Ele balança a cabeça. — A Julia compreendeu a realidade daquela casa muito antes de mim. Ela escolheu ir para uma universidade em outro estado e, quando a nossa mãe tentou proibi-la de ir, a Julia foi embora mesmo assim. Ela mesma se inscreveu para o crédito estudantil, me usando como fiador, e se mudou para o Wisconsin. A minha mãe parou de falar com a Julia para puni-la, o que teve o efeito contrário, então a minha mãe fez a versão *dela* de um pedido de desculpas. *Sinto muito, eu não sou perfeita, mas você vai entender quando for mãe um dia. Não vai conseguir acertar sempre, e os seus filhos vão te odiar por isso.*

— Santo Deus, Miles. Foi aí que você parou de falar com ela?

Ele dá uma risada sem humor.

— Não. Eu queria muito que tudo ficasse bem. Por isso tentei ser o emissário da paz. Mais uma decisão equivocada. A minha mãe ficava tentando me colocar contra a Julia e, por mais que eu tentasse impor um limite, ela não parava. Não assumia nenhuma parte da culpa. Não pedia desculpa nem admitia que tinha feito algo errado. Assim, depois de um tempo, também cortei relações com ela.

— E para o seu pai está *tudo bem*? — pergunto.

— Tudo bem, não. Ele só é esquivo pra cacete. E viaja muito a trabalho.

— Então ele deixou vocês dois sozinhos para lidarem com tudo isso — concluo —, e você acha que *você* é o vilão só porque encontrou um jeito de sobreviver. Porque "só" ia em casa uma vez por semana pra fazer a Julia feliz com um passeio ao McDonald's.

Ele franze o cenho.

— Como você sabe que a gente ia ao McDonald's?

— Porque a Julia me contou, Miles. Ela me contou que você a resgatava daquela casa, a levava para um parquinho sujo e a deixava ser uma criança levada. Também disse que você permanecia inabalável, por mais insuportável que ela fosse.

— Não sou inabalável. — A voz dele está ligeiramente embargada. — Para ser sincero, às vezes é difícil até olhar pra Julia, porque me faz lembrar de tudo o que eu devia ter feito diferente, de toda a merda em que eu tento não pensar, então eu começo a sentir que estou prestes a me autodestruir.

— Você não era o adulto da casa, Miles — lembro a ele.

— Eu era o que a Julia tinha.

— E fez o que podia fazer — insisto.

— Mas esse é o ponto. — Ele balança a cabeça. — Eu não sei se fiz. Não confio na minha percepção das coisas. Foi isso que a minha infância fez comigo. Transformou o meu cérebro em uma porra de casa de espelhos de um parque de diversões, onde eu posso *achar* que estou de pé no chão, mas na verdade estou preso a uma parede. Nunca sei se estou sentindo a coisa certa, e estou cansado de ferrar com tudo para as pessoas de quem eu gosto.

— Acho que não tem um jeito certo de sentir — digo. — E, de qualquer modo, você não pode controlar. Sentimentos são como o clima. Simplesmente acontecem, depois passam.

Ele esfrega o rosto de novo.

— Desculpa. É por isso que eu não falo desse assunto.

— Não precisa se desculpar. — Passo os braços ao redor da sua cintura e ele ergue os olhos para encontrar os meus. — Eu sou sua amiga, Miles. Quero saber tudo sobre isso. Quero ficar do seu lado.

Eu sabia que isso era verdade, mas, quando verbalizo, sinto minhas entranhas revirando um pouco, meu coração se apertando no peito. É disso que Miles precisa neste momento. De uma amiga.

E agora eu entendo o que ele estava querendo dizer, como isso é arriscado, não só para mim, mas para ele também.

Não se trata mais de apenas uma distração divertida, ou uma paixonite pós-rejeição amorosa. Miles é importante para mim, e, se o que existe entre nós for pelos ares, nenhum dos dois vai ter para onde correr.

— Você devia conversar com a sua irmã sobre tudo isso — sugiro a ele. — Porque eu sei que você acha que falhou com ela, mas, olhando de fora, o que eu vejo é que alguma coisa está acontecendo com a Julia, e ela pegou um avião e veio direto te procurar. Nem perguntou se podia vir, porque sabia que você estaria disponível pra ela. É pra *você* que a Julia corre quando precisa se sentir segura.

— Talvez ela simplesmente não tenha mais para onde ir — murmura Miles.

— Talvez — concedo. — Mas eu também não tinha, e você tomou conta de mim. Você é assim. E, se eu tinha que ser abandonada, fico feliz que tenha sido com você.

— Eu também — diz ele baixinho. E volta a falar depois de um instante: — Não quero estragar o que a gente tem. As coisas já estão uma confusão agora, pra nós dois.

— Também não quero bagunçar mais as coisas — garanto.

Desta vez estou falando sério. Não só porque agora conheço Miles muito melhor e valorizo muito mais a nossa amizade. Mas também porque consigo admitir o que não conseguia antes: eu gosto tanto de Miles Nowak que ele realmente é capaz de me magoar.

— Então — diz ele baixinho, enquanto afasta uma mecha de cabelo da minha testa e enfia atrás da orelha. — Essa foi a *minha* reclamação. Qual é a sua?

Apesar de estar dolorido, meu coração se alegra diante dessa prova de que Miles me conhece, de que eu sou tão importante para ele quanto ele é para mim.

— A gente tá brincando de Bebês Chorões agora? — pergunto.

Ele assente.

— Algum ressentimento que você queira botar pra fora?

— Hum. — Penso por um instante. — Não sou muito fã do aquecimento global.

Os cantos dos olhos dele finalmente se enrugam com um sorriso, e meu coração salta no peito em resposta.

— Ouvi dizer que a Grande Barreira de Coral está em perigo — diz ele.

— A desigualdade de renda é um absurdo — acrescento.

— E os seguros estão caros demais.

— Sem falar que o dia todo a minha meia fica escorregando pelo calcanhar — concluo.

Ele dá uma risadinha e toca meu queixo. O momento parece um copo muito cheio, que pode transbordar a qualquer instante.

— Acho melhor irmos pra casa.

Assinto. Miles abaixa a mão.

— Obrigado — diz.

— Por quê? — pergunto.

— Só obrigado.

20

QUINTA-FEIRA, 4 DE JULHO

44 DIAS ATÉ EU PODER IR EMBORA (SE EU AINDA QUISER IR)

TALVEZ AS COISAS estejam complicadas, mas também estão boas. Julia decidiu ficar um pouco mais conosco, e o apartamento nunca está vazio, raramente fica em silêncio. Miles deixa chai para mim na biblioteca no caminho para o trabalho. Ashleigh me conta sobre os dramas de levar e buscar o filho na escola enquanto tomamos vitamina em uma loja de sucos. Uma noite, ela, Julia e eu vamos a Cherry Hill e ficamos vendo Miles encantar os clientes na outra ponta do bar. Toda vez que ele olha na nossa direção, é como se o sol aparecesse de trás das nuvens, e eu me esforço para me sentir satisfeita em ser só mais uma pessoa orbitando ao redor do seu brilho.

Na quinta-feira, ele, Julia e eu vamos a Traverse City ver o desfile do Quatro de Julho, então nos sentamos um ao lado do outro no gramado tão frio que parece úmido e assistimos aos fogos de artifício espocarem e cintilarem acima da baía. É uma noite de verão perfeita, que só se compara com as noites de quando eu era criança — não foi bom assim nem nessa mesma época do ano passado, quando Peter e eu fomos ao churrasco anual na casa dos pais dele.

Porque lá, naquele jardim lindo cheio de vaga-lumes, com todos os amigos das antigas deles ligeiramente embriagados, os rostos vermelhos e as expressões felizes, espalhados pelas cadeiras de vime do pátio, uma parte de mim ainda doía.

Eu ainda sentia que estava olhando de fora, esperando o momento em que finalmente me tornaria parte da cena.

Mas aqui, esta noite, estou no centro de tudo. Este momento, embora fugaz, também pertence a mim.

No domingo, voltamos para Traverse City com Ashleigh para o encerramento do Festival da Cereja. Andamos pelos corredores entre as barracas e os food trucks, nos empanturrando de tortas e empanadas até tarde da noite, e, toda vez que deixo escapar o Gemido da Daphne, os olhos de Miles buscam os meus e seu breve sorriso é como meu para-raios particular.

Então eu desvio o olhar, porque as coisas estão indo bem. Nós somos amigos.

Quando não cabe mais nada no nosso estômago, Julia acaba com a gente na barraca das cestas de basquete. Aí nos convence a andar nas Cerejas Giratórias, de onde saímos passando muito mal, xingando as raspadinhas de cereja que tomamos antes de entrar no brinquedo, mesmo já estando de barriga cheia.

De vez em quando ainda dou uma olhada nos classificados de emprego, mas agora só presto atenção nas vagas que acho que posso gostar de verdade. Por exemplo, outros cargos de bibliotecária do setor infantil ou então programadora cultural de biblioteca, em cidades que me interessem minimamente.

Julia decide ficar aqui por mais uma semana, e usamos nosso domingo para um passeio até um elaborado mercado de produtores, seguido de uma visita a um bar com fliperama, onde mais uma vez ela acaba com a gente, agora no *Ms. Pac-Man*.

Todas as noites da semana, nós cozinhamos juntos — ou melhor, *Miles* cozinha, enquanto Julia fica sentada em cima da bancada, escolhendo as músicas country que vamos ouvir e cantando bem alto, usando como microfone qualquer utensílio que o irmão tenha deixado de lado um pouco antes. Eu pico o que ele coloca na minha frente e lavo a louça que ele termina de usar.

Na maior parte das noites, comemos sentados no chão, ao redor da mesa de centro, com todas as janelas abertas, ouvindo o som dos grilos e das cigarras do lado de fora e sentindo o aroma dos abetos. Mas às vezes nos sentamos um ao lado do outro no sofá e vemos algum filme de espionagem ou sobre um grande assalto, e o sangue vibra nas minhas veias toda vez que Miles estica o corpo por cima de mim para pegar pipoca ou o controle remoto — e meu coração aperta sempre que nossos olhos se encontram no escuro.

Em algumas noites, Miles me manda mensagens do quarto dele, com atualizações em tempo real enquanto escuta o audiolivro de *O leão, a feiticeira e o guarda-roupa*, coisas como quero morar com os castores e o q é manjar turco e o edmund tem q pegar mais leve. Às vezes ficamos trocando mensagens por uma hora inteira, como se nossas portas não estivessem a três metros uma da outra.

Miles e eu estamos o tempo todo juntos, mas nunca totalmente sozinhos, a não ser na vez que ele sem querer tranca as chaves dentro da caminhonete e eu preciso levar a chave reserva até a vinícola.

Já estou de pijama, por isso ele vem me encontrar no estacionamento, com um sorriso e um abraço que cheira a fogueira de acampamento e *parece* um gancho cravado no meu coração.

Na sexta-feira, dia 19, vejo uma vaga para bibliotecária infantil no condado de Worcester, em Maryland.

Com uma rápida busca na internet, descubro que a Biblioteca de Ocean City fica a vinte minutos da casa da minha mãe e parece um lindo farol recheado de livros.

Quase mando uma mensagem para minha mãe para comentar, mas alguma coisa me impede. Parece bom demais para ser verdade. Provavelmente vai haver dezenas de interessados na vaga, e não adianta nada me permitir ter esperança antes mesmo de conseguir uma entrevista.

Assim, envio uma carta de apresentação e um currículo para lá no meu horário de almoço, e passo o restante do tempo no trabalho checando meus e-mails de forma obsessiva.

Quando chego em casa, eu *sei* que Julia não está.

É como uma mudança na pressão atmosférica. Deve ser porque normalmente eu *ouço* Julia antes de vê-la. O que não está tão claro é como meu sistema nervoso *sabe* que Miles está aqui, embora suas Crocs não estejam ao lado da sapateira, onde ele costuma deixar, e seja sexta à noite, quando em geral ele trabalha.

Penduro minha bolsa nos ganchos perto da porta, deixo os mocassins na sapateira e entro na cozinha. Miles está parado ao lado do fogão, lendo alguma coisa no celular com o cenho franzido enquanto espera a água ferver.

— Então você finalmente trancou a sua irmã na despensa — digo.

Ele ergue os olhos e abre um sorriso.

— Ela está subindo com umas caixas do hall do prédio pra cá.

Eu me inclino para espiar fora da cozinha, na direção da sala. Vejo três caixonas de papelão já empilhadas ao lado da mesa de centro.

Sinto uma breve onda de pânico quando penso que posso ter esquecido de cancelar alguma encomenda cara para o casamento, e que Peter pode ter encaminhado para cá. Uma estátua de mármore em tamanho natural de nós dois abraçados, talvez.

Não lembro de ter encomendado nada parecido, mas quem sabe? Eu estava em um estado de fuga dissociativa.

NEM TE CONTO

A água começa a ferver na panela e Miles joga lá dentro um punhado de macarrão que ele mesmo fez. No processador ao seu lado, vejo o que parece ser um pesto recém-preparado, e minhas glândulas salivares passam a trabalhar na potência máxima.

— Tá com fome? — pergunta Miles.

— Tô bem.

— Você tá babando — implica ele.

— Tem pra todo mundo? — pergunto.

— É claro.

— Não vai trabalhar esta noite? — pergunto por cima do ombro, enquanto saio da cozinha e vou até as caixas.

— Vou sair assim que terminar aqui — explica Miles.

Examino a mistura de etiquetas do correio e encontro o nome da remetente: *Julia Nowak*. Com um endereço de Chicago.

Depois o nome da destinatária: *Julia Nowak*, com o nosso endereço.

Volto para a cozinha.

— O que tem em todas aquelas caixas?

— Não faço ideia — diz Miles.

Seguindo a deixa, a porta da frente se abre e Julia entra com mais caixas.

— Oi, Daph — diz e passa apressada por mim.

Eu a sigo até a sala, e ela pousa as caixas enquanto solta o ar com força.

— O que tem aí? — pergunto.

Julia passa por mim no caminho de volta para a cozinha.

— Só o básico.

Enfio a cabeça pela porta e a vejo pegando uma garrafa de água com gás na geladeira.

— O básico *pra quê*? — pergunta Miles.

Ela já está se espremendo para passar entre nós e sair da cozinha, a voz ficando cada vez mais abafada enquanto se perde no tesouro de papelão do outro lado do apartamento.

— São coisas de que eu preciso pra viver — fala Julia de lá. — Paguei a minha colega de apartamento pra encaixotar tudo pra mim. Depois que eu arranjar um lugar pra morar, volto lá pra pegar o resto.

Miles ergue rapidamente os olhos da panela de macarrão.

Nossos olhares se encontram. Ele balança a cabeça, em uma mímica de *não faço ideia*.

— Tá tudo bem — sussurro.

Ele balança a cabeça de novo e fala, em voz alta e clara:

— Jules? Vem aqui um instante.

Ela enfia a cabeça de volta na cozinha.

— Oi?

— Perguntinha rápida — diz Miles. — De que merda você tá falando?

Ela devolve a pergunta com os olhos inocentes:

— Como assim?

— Por que você precisa de mais coisas aqui? — pergunta ele. — As suas coisas já estão engolindo o apartamento.

— Eu te disse que estava pensando em ficar mais um tempo.

— Pensando em ficar mais uma semana — lembra Miles. — Foi isso que você falou. Uma semana atrás.

— Exatamente. Vou ficar mais uns dias. Depois eu volto pra Chicago pra encaixotar o resto das minhas coisas e venho de novo pra cá de carro. Mas eu precisava das minhas roupas *boas* pra usar em entrevistas de emprego, por isso pedi pra Riley mandar algumas pra mim pelo correio.

— Entrevistas de emprego — repete ele.

— Vou precisar de um emprego novo — explica Julia. — Não posso morar com você pra sempre.

Ele passa a mão pelo rosto.

— Quando você decidiu tudo isso?

— Quando eu cheguei aqui e percebi que você está em negação total do que passou, e que você obviamente precisa de mim.

— Julia, eu tô...

— ... bem — conclui ela, revirando os olhos. — Você tá sempre bem.

— Eu vou só... Vou para o quarto — digo, já me afastando.

— Não, não precisa — intervém Julia, o tom animado, já seguindo de novo na direção da porta da frente. — Na verdade a Ashleigh está parada em fila dupla lá embaixo me esperando, então eu tenho que correr!

Ela sai tão rápido quanto chegou.

Depois de um instante de silêncio, Miles e eu nos entreolhamos.

— Vou colocar a Julia em um hotel — diz ele. — Ou vou colocar *você* em um hotel.

— Antes de mais nada, qualquer hotel que tenha vaga a esta altura do verão *não* é um lugar em que eu queira ficar — respondo. — Além disso, eu consigo lidar com mais uma semana de chapinha na pia do banheiro e bronzer no chão.

Miles ergue as sobrancelhas.

— Tem certeza?

— Tenho. Mas o que *você* acha disso?

Ele pigarreia e se volta novamente para a massa, pegando um fio de macarrão com o garfo para testar a consistência, antes de levar a panela até a pia e escorrer a água.

— Não sei — responde por fim. — A Julia ainda está agindo como se estivesse tudo normal, mas eu conheço a minha irmã. Ela está escondendo alguma coisa, e não costuma fazer isso.

— Talvez ela só esteja mesmo preocupada com você — sugiro.

Ele despeja o macarrão de volta na panela.

— Por que ela estaria preocupada comigo?

Eu o encaro.

— Já faz três meses e meio — lembra Miles. — O que ela precisa que eu faça pra provar que estou bem? Uma tatuagem na testa dizendo SOLTEIRO E FELIZ?

— Isso iria deixar *bem* claro — falo.

— Você entendeu. — Ele desliza o pesto para dentro da panela e mistura. — Sou treze anos mais velho que a Julia. Cuido de mim desde que eu era criança. Não preciso que a minha irmã, que mal entrou na idade adulta, se preocupe comigo. Principalmente quando *se preocupar comigo* consiste em deixar a roupa suja dela jogada no chão do corredor e colocar o alarme do celular no volume máximo, depois ficar apertando o modo soneca umas quinhentas vezes.

Pego duas cumbucas e garfos e passo para Miles, para ele servir a comida.

— Quer que eu coloque ela pra fora?

Ele me encara brevemente, então volta a servir o macarrão nas cumbucas.

— Não posso fazer isso — diz Miles. — Não enquanto eu não souber o que está acontecendo.

Ele acrescenta algumas folhas inteiras de manjericão em cada cumbuca e passa uma para mim.

Eu a deixo de lado e ponho as mãos nos ombros dele, tentando fazê-lo relaxar.

— Se em algum momento você precisar desabafar — digo —, me manda uma mensagem. Você sabe que eu adoro reclamar, e não é nada divertido ser a única a fazer isso.

O maxilar tenso dele parece suavizar. Miles também deixa de lado sua cumbuca de macarrão e me puxa para um abraço que faz meus ossos derreterem, o hálito morno junto ao meu pescoço. Fecho os olhos e respiro fundo para sentir o cheiro dele. Não é complicado: eu quero o Miles, eu gosto dele — e ele é importante para mim a ponto de me fazer deixar esses dois pensamentos de lado.

A porta da frente se abre de repente e as gargalhadas de Ashleigh e Julia competem para saber *quem vai irritar o sr. Dorner primeiro*. Miles e eu nos afastamos enquanto elas entram animadas, cheias de sacolas da Target.

— Que cheiro divino — diz Ashleigh, passando rapidamente por nós.

Miles e eu trocamos um olhar, ambos sentindo *algum* tipo de travessura no ar.

Pegamos nossas cumbucas e seguimos as duas até a sala, onde elas já esvaziaram as sacolas no tapete. Vemos um colchão de ar, uma bomba para enchê-lo, dois travesseiros, um blazer azul, uma manta de chenile dourada e dois miniventiladores de mesa, além de alguns produtos de higiene pessoal e um cinto.

— Vocês estão planejando um assalto muito específico? — pergunto.

— Pensei em comprar um sofá-cama pra colocar no lugar desse lixo de sofá — diz Julia —, mas não quis parecer atrevida.

— Ah, sim. Você jamais iria querer parecer *atrevida* — debocha Miles.

— Ei, seja legal comigo — diz Julia. — É temporário. Assim que eu conseguir um emprego, começo a procurar um apartamento pra alugar.

Ele esfrega a testa.

— Tenho que ir trabalhar. A gente conversa mais tarde.

— Você sabe onde me encontrar. — Ela se debruça por cima do sofá para recolher a roupa suja.

Miles se vira, balançando a cabeça e ainda enfiando uma garfada de macarrão ao pesto na boca, enquanto segue em direção à porta da frente.

Deixo minha cumbuca na mesa de centro.

— Precisa de ajuda com isso?

— Não — responde Julia. — Só estou procurando um lugar pra guardar essas coisas. A sala está ficando um pouco apertada.

Ashleigh dá uma risadinha.

— Um *pouco*.

Julia está indo na direção do armário do corredor. *O* armário. Onde eu guardo *o* vestido.

Meu coração dispara no peito como fogos estourando no Ano-Novo. Ela estende a mão para as portas de correr, e o movimento parece acontecer em câmera lenta.

— Não, espera... — Eu me adianto na sua direção.

Não consigo chegar a tempo.

Nem perto disso.

Pela primeira vez desde que Miles me ajudou a enfiar todas as minhas coisas ali, as portas do armário são totalmente abertas — do lado errado. O lado tão cheio de objetos encaixados um no outro que a ausência da porta para contê-los provoca uma avalanche de branco, creme, marfim e rosado.

Embalagens de presente. Caixas de velas decorativas. Minivelas. Um caixote com talheres biodegradáveis. Pratos em formato de folhas de palmeira. Organza, uma quantidade absurda de organza. A quantidade necessária para fazer um filme de terror em que o predador da cidade é um vestido de casamento que ganha vida e está determinado a engolir mulheres sem nem mastigar.

Eu. Eu sou a mulher que deveria ter sido engolida por aquele vestido, o qual agora está se derramando no rosto de Julia, em uma cascata furiosa dos meus erros.

É como se o tempo parasse por alguns segundos, durante os quais Julia permanece paralisada diante de tudo o que está despencando do armário. Parece uma cena saída de seriados de comédia como *I Love Lucy* e *The Dick Van Dyke Show*.

Quando as coisas finalmente param de cair, estamos as três imóveis, olhando para o armário.

— Ah, *meu bem* — exclama Ashleigh. — Me diz que você não *guardou* o vestido.

21

—É QUE EU ainda não tive tempo de decidir o que fazer com ele! — digo, aflita, enquanto passo por Julia para começar a guardar tudo de novo lá dentro.

— Não! — grita Julia, arrancando da minha mão uma caixa de guardanapos de pano cor de marfim prontos para uso. — Você não pode simplesmente enfiar esse monte de coisa de volta aí dentro. A caixa de Pandora foi aberta, Daphne.

— E o conteúdo da caixa de Pandora não vai caber na sala com esse bote salva-vidas enorme que você comprou — retruco.

— De um jeito ou de outro, você vai ter que se livrar disso tudo antes de se mudar — argumenta Ashleigh.

Julia vira rapidamente na minha direção.

— Você vai se mudar?

— Talvez — digo. — Mas só depois do verão, e olhe lá. Tenho tempo para lidar com essa tralha.

Ashleigh encara Julia.

— Talvez você possa ficar com o quarto dela.

Pelo bem de Miles, fico aliviada ao ver Julia franzir o nariz, desanimada com a ideia.

— De jeito nenhum. Ficar aqui é só uma ajuda de curto prazo.

Agora que percebo uma deixa, pergunto:

— Falando nisso, por que o interesse repentino em se mudar pra cá?

Julia cerra os lábios por um instante.

— Posso te contar uma coisa que *não é* para o Miles saber?

— Opa, fofoca! — Ashleigh faz um gesto de fechar um zíper nos lábios.

— Tudo bem — digo. — Mas, se você pode contar *pra mim*, tenho certeza que também pode contar pra ele.

Julia bufa.

— Eu amo o meu irmão mais que qualquer outra pessoa no planeta, mas tem coisas que é melhor ele *não* saber.

— Tipo? — Ashleigh pressiona.

— Faz anos que estou *quase* me mudando pra cá.

— Você não estava fazendo faculdade no Wisconsin? — pergunto.

— Eu estava me sentindo péssima lá — confessa ela. — E não podia comentar com o Miles... Ele foi o fiador do meu crédito estudantil.

— O seu irmão teria entendido — insisto.

— Eu sei — diz Julia. — Ele me mima. E, sinceramente, não sou muito fã de resolver as minhas encrencas. Mas a questão é que, quando eu me meto em alguma roubada e o Miles corre pra resolver, ele sempre acaba abrindo mão de alguma coisa.

Balanço a cabeça.

— Não entendi.

— Quando se formou no ensino médio — explica ela —, ele tinha planejado se mudar para o Colorado com dois amigos. Mas no último instante o Miles desistiu de ir. E eu *sei* que foi por minha causa. Porque eu teria ficado sozinha em casa com os meus pais.

Ela faz uma pausa antes de continuar.

— Ele esperou eu ir embora pra faculdade e só depois saiu do estado. O Miles se mudou pra cá e *adorou* a cidade. Por isso, quando eu comecei a achar a faculdade insuportável, resolvi vir pra cá também. Mas aí ele começou a namorar a Petra.

— Vocês duas não se davam bem? — pergunto, surpresa.

— A Petra se dá bem com todo mundo — responde Julia. — Mas ela também é volúvel pra cacete. E olha que eu sou uma pessoa volúvel. Eu enjoo de empregos. Enjoo de colegas de apartamento. Enjoo de usar franja quatro dias depois de cortar o cabelo.

— Bom, isso acontece com *todo mundo* — comenta Ashleigh.

— Mas a Petra... ela é volúvel em outro nível. Uma vez, ela e o Miles viajaram pra Islândia e decidiram simplesmente ficar por lá, sem data pra voltar. Por, sei lá, dois meses. Nem sei se podiam fazer aquilo por lei. Depois, no último inverno, a viagem de *duas semanas* deles para o Uruguai acabou durando cinco semanas.

Ela para por um instante e continua a explicar:

— Eu só queria me mudar pra cá se o Miles quisesse ficar aqui *de verdade* — explica ela. — Porque eu conheço o meu irmão e sei que ele ia se sentir preso. Só que algumas coisas mudaram na minha vida nos últimos tempos, e agora parece que chegou a hora. Mas se alguma coisa aparecer... se o Miles quiser se mudar pra Islândia, não quero ser o motivo pra impedir isso. Não posso ser essa pessoa. Ele já desistiu de coisas demais por minha causa nesses anos todos.

Sinto o coração apertado. Sei como é ter a família inteira concentrada em uma única pessoa, e querer o melhor para essa pessoa depois que ela te deu tanto. Porém, como já ouvi o lado de Miles, não consigo deixar de desejar que ele soubesse o que a irmã pensa.

Para Miles, ele é o irmão que fugiu. Para Julia, ele é o irmão que fica, mesmo quando não deveria.

— Você devia contar a ele como se sente — comento.

— Opinião interessante. — Ela pega a garrafa de água e dá um longo gole. — Posso pensar em alguns outros cenários em que isso poderia se aplicar.

Ashleigh me salva batendo palmas com força.

— Muito bem, vamos voltar ao assunto em pauta no momento. A *tralha*.

— Tá certo — diz Julia. — Vamos fazer o seguinte: fotografar e anunciar na internet tudo que a gente conseguir. Depois eu me encarrego de enviar as coisas pelo correio conforme o pessoal for comprando. Pra agradecer você por me deixar ficar aqui.

— Enquanto isso, eu tenho espaço de sobra pra guardar essas porcarias na minha casa — oferece Ashleigh. — Certo, então vamos fotografar e anunciar essas coisas e eu guardo tudo até vocês venderem.

— Ah, imagina só — diz Julia, percebendo minha hesitação. — Não seria uma delícia simplesmente... se ver livre desse monte de bugiganga?

Examino a bugiganga em questão. *O que* estou esperando?

Isso, penso. *Elas*. Não estar sozinha. Ter amigas dispostas a testemunhar a morte desse sonho.

Pego a caixa das mãos de Julia.

— Estou pronta.

Ela bate palmas.

— Eu pego o vinho.

Ashleigh coloca para tocar uma playlist que batizou de *Você está divorciada, não morta*, que tem a urgência da trilha sonora de uma aula de spinning. Julia serve uma taça de sauvignon blanc para cada uma de nós — enchendo a minha até a borda —, e absolutamente tudo o que está no armário é colocado para fora e deixado no chão da sala.

Aproximamos algumas luminárias para termos bastante claridade e tiramos fotos das peças como se cada uma fosse um elemento da cena de um crime.

Escrevo descrições rápidas de cada item, que Julia promete postar em diferentes aplicativos de desapego, e para falar a verdade acabo me divertindo.

Três taças de vinho e várias horas depois, enfim chegamos ao vestido de noiva.

— Bom, obviamente você vai ter que experimentar — declara Ashleigh.

— Sim. — Julia bate palmas de novo.

Jogo o vestido para ela.

— Pode experimentar, se quiser.

— Não foi ela que escolheu esse vestido — intromete-se Ashleigh. — Foi *você*. Não quer dar uma última olhada nele?

— E, mais importante ainda — é a vez de Julia se intrometer —, não quer que *as suas amigas* vejam você linda de morrer nele, antes que chegue o Halloween e você esteja passando por uma fraternidade qualquer e veja uma adolescente toda vomitada usando o vestido com uma peruca de Noiva do Frankenstein?

Ela tem uma certa razão. Ninguém nunca me viu usando esse vestido, a não ser minha mãe e minha ex-futura-sogra. Se vou me desfazer dele, posso pelo menos ostentá-lo uma última vez.

— Experimenta! Experimenta! — cantarola Ashleigh.

— Experimenta! Experimenta! — acompanha Julia.

— Tá bom! Tudo bem! — cedo. — Eu experimento!

Julia solta um gritinho de alegria e empurra o vestido embolado para mim, enquanto Ashleigh se inclina para a frente para me reabastecer de vinho.

— Isso aí, garota! — diz.

Eu me viro e me enfio no banheiro para tirar a roupa de trabalho.

Preciso de algumas tentativas para conseguir passar o vestido por cima da cabeça, as camadas de seda e organza se retorcendo ao meu redor de formas cada vez mais absurdas, até finalmente conseguir enfiar o rosto através do decote, como se estivesse saindo toda desajeitada de um ovo de três mil dólares.

A verdade é que eu nem queria um vestido de noiva. No início meu plano era encontrar um vestido creme simples, de seda ou cetim, por uns duzentos dólares. Mas a mãe do Peter insistiu para eu pelo menos *experimentar* alguns vestidos de noiva, e, para minha surpresa, minha mãe concordou. As duas pegaram um avião para passar o fim de semana na Virgínia, e nós três — minha mãe, Melly e eu — passamos seis horas exaustivas tomando champanhe e água Perrier de graça nos ateliês mais elegantes de Richmond.

Eu já estava preparada para agradecer as duas pelo tempo delas e reafirmar meu plano de usar um vestido "não de noiva" no casamento, até nossa última parada daquele dia, em uma loja especializada em vestidos vintage sobre a qual Melly tinha lido na internet.

Minha mãe me ajudou a colocar o vestido e, quando terminou de fechá-lo nas costas, nós duas olhamos para o meu reflexo no espelho e ficamos em silêncio. Ela apertou meus ombros e deixou escapar um suspiro longo e trêmulo — sua versão de cair no choro.

Então, falou em uma voz baixa e emocionada:

— Você está parecendo a Grace Kelly.

— Não tenho nada a ver com a Grace Kelly — sussurrei de volta.

— É esse — disse minha mãe. — Não é?

O vestido custava três mil dólares, e eu já havia permitido que Peter e os Collins pagassem quase tudo — mesmo com muito protesto da minha parte. Se minha mãe e eu tivéssemos que assumir as despesas do casamento, eu com certeza teria sido obrigada a me casar no cartório

— o que não era um problema para mim, mas a família de Peter era tradicional e eu queria que eles ficassem felizes.

— Acho que vou procurar alguma coisa mais simples — falei, com a garganta apertada.

Minha mãe suspirou e me puxou mais para a frente. Ela pousou o queixo no meu ombro e sustentou meu olhar no espelho.

— Me deixa fazer isso.

— Você já fez tudo — eu disse a ela. — Absolutamente tudo. E você nem acredita nesse tipo de coisa.

— Meu amor. — Minha mãe alisou meu cabelo por cima do ombro. — Eu acredito em você. Acredito que você deve ter, e vai ter, tudo o que você sempre quis, se não tiver medo de correr atrás.

Aquela foi a primeira das pouquíssimas vezes que eu me perguntei se minha mãe estava *mesmo* tão feliz sozinha quanto parecia estar.

— Esse vestido é a escolha certa — disse ela de novo, e deu um beijo na lateral da minha cabeça. — Você é a minha escolha certa.

— Você também é a minha — falei.

Ela sorriu.

— Não, meu amor. Agora você tem duas escolhas certas.

Não houve nenhum *Eu sempre te falei para não confiar nos homens* da parte dela quando as coisas degringolaram. Da minha mãe eu só recebi gentileza, consolo e críticas mordazes ao Peter.

Eu ainda me sentia culpada por causa do vestido, mas, sempre que mencionava a possibilidade de reembolsá-la, minha mãe brincava que na verdade me *devia* o dinheiro do vestido, já que nunca tinha sido obrigada a bancar a fiança para me tirar da cadeia, ou a pagar uma porta nova de garagem que eu tivesse derrubado, "como faz toda adolescente normal".

O modo como minha mãe falava sobre "adolescentes normais" deixava claro que ela tinha sido do tipo que os filmes mostram, escapando pela janela do quarto e participando de festas regadas a bebida.

Quando estou ajeitando o vestido sobre os ombros, Ashleigh bate na porta e grita algo que soa como uma pergunta, mas não consigo entender nem uma palavra dentro do casulo de tecido contra o qual estou lutando.

— Espera aí! — grito de volta. — Só um instante!

Outra resposta abafada.

Finalmente consigo domar todas as camadas e viro de costas para o espelho a fim de tatear em busca do zíper. Preciso de três tentativas até conseguir subi-lo na direção das omoplatas.

Então, me viro de novo para examinar o corpete de seda lisa no espelho acima da pia. O decote canoa alto e os braços nus. A saia ampla. Os *bolsos* que a costureira do ateliê acrescentou. Eu tinha ficado tão empolgada com os bolsos.

Por um instante, me permito ficar triste.

Triste pela casa em estilo vitoriano com a varanda ampla e a linda cozinha nova onde Peter preparava o jantar para mim. Triste pelos filhos que poderíamos ter e pelos pais que teríamos nos tornado. Triste por lembrar que entrar pela porta da frente daquela casa era como ser envolvida por um abraço quentinho.

Mas, para ser sincera, o vestido já não tem o mesmo efeito de antes. Talvez porque agora ele está um tamanho e meio menor do que deveria ser, as costuras esticadas, meus seios se avolumando no decote como se eu fosse a heroína de um romance de época de Tessa Dare. A não ser pelo fato de que as modelos na capa desses romances parecem sensuais e corajosas... e eu só pareço frustrada e ridícula.

Saio do banheiro e entro na sala com um "Tãnã!" dramático.

É terrivelmente anticlimático estar usando um vestido de noiva justo demais em uma sala vazia.

— Oi? — Entro devagarinho na cozinha. Está vazia, embora o celular de Ashleigh esteja em cima da bancada, a playlist berrando "Love Is a Battlefield" na caixinha de som via bluetooth.

Volto para a sala, mas não há sinal delas. Atrás de mim, alguém abre a porta.

Eu me viro e paraliso. E Miles faz o mesmo.

— Oi — digo.

— Oi? — responde ele como uma pergunta, com uma expressão próxima ao horror no rosto.

Provavelmente porque estou vagando pelo apartamento usando um vestido comprado para um casamento que nunca aconteceu, enquanto Pat Benatar faz uma serenata para mim da cozinha.

— Não estou usando isso — me apresso a dizer.

— Tá certo — diz ele.

— Quer dizer, eu *estou* usando, mas não é pra mim — explico.

Ele olha ao redor do apartamento vazio.

— A sua irmã e a Ashleigh estavam aqui! — Eu *também* olho ao redor do apartamento vazio, procurando uma prova de que não estou tendo um momento Miss Havisham, a personagem de *Grandes esperanças*. Mas acabo só encontrando itens de casamento por toda parte.

Miles finalmente abre um sorriso, tira o agasalho e joga em cima de uma cadeira.

— Eu vi as duas entrando em um táxi quando cheguei. Parece que elas estavam precisando de ingredientes pra fazer milkshake.

E isso explica o que Ashleigh estava gritando para mim do lado de fora do banheiro enquanto eu lutava com o vestido.

— Ah. — Cruzo os braços diante do corpo.

— Eu pago pra você usar isso no casamento do Peter e da Petra — diz Miles.

— Eu pago mais pra você usar — retruco.

O sorriso dele fica mais largo.

— O vestido é bonito. Você está bonita.

Eu me sinto enrubescer furiosamente.

— Estou parecendo um cannolo com recheio demais.

Ele inclina a cabeça.

— O que é um cannolo?

— O singular de cannoli — falo.

— Então você está deliciosa.

— Ficava melhor antes. Ou então estou enxergando melhor agora. Ou talvez seja porque, quanto mais ele impede a entrada de oxigênio nos meus pulmões, mais bonita fica a alucinação.

— Você está linda — diz Miles, e completa com um sorrisinho: — Ainda *melhor* que o doce italiano.

Enquanto seu olhar me percorre de cima a baixo, recebo o impacto do perfume doce e picante dele e saio apressada na direção do banheiro.

— Vou me trocar.

Lá dentro, tranco a porta e encaro o espelho. Minha pele está muito vermelha, do colo até o rosto.

O rubor praticamente grita: EU AINDA QUERO MILES NOWAK.

Afasto as lembranças do que aconteceu entre nós na caminhonete dele e levo a mão às costas para baixar o zíper. Ele desce alguns centímetros, então emperra. Eu me viro de costas para o espelho e olho por cima do ombro, enquanto puxo o zíper por cima de uma elevação no tecido. Consigo puxar para cima para acertá-lo, mas, quando puxo de novo para baixo, ele emperra mais ainda.

Não consigo abrir, e o corpete parece mais apertado agora do que há um minuto. Quanto mais forço o zíper, mais me sinto em pânico.

Minha pele parece sensível demais embaixo das costuras, minha caixa torácica dói e não consigo respirar direito, e Estou. Presa. Dentro. Do. Vestido.

22

Saio correndo do banheiro e dou de cara com Miles, que está esperando no corredor como um pai de primeira viagem nervoso andando de um lado para o outro na maternidade.

— Você ainda está com o vestido — diz ele.

— O zíper emperrou — explico. — Acho que acabei quebrando o fecho e o vestido está apertado demais e eu não consigo respirar e *emperrou*.

— Tá tudo bem.

— Ah, sério? — digo. — Então já estou me sentindo melhor.

Ele me vira de costas pelo cotovelo.

— Eu vou resolver. Só tenta respirar. — E afasta meu cabelo do pescoço com tanto cuidado que seus dedos nem encostam na minha pele. — Você pode segurar o cabelo desse jeito?

Mantenho os fios presos na nuca e sinto a cabeça, os ombros e os braços latejarem conforme meu coração bombeia sangue demais para minhas extremidades.

Miles segura os dois lados do tecido e sacode o zíper até ele ceder. No meio das costas, emperra de novo.

— Merda. Espera.

Mais uma vez ele junta as laterais da abertura do vestido, sacode o fecho e puxa. Fecho os olhos e me concentro na minha respiração.

O zíper sobe, desliza para baixo, mas trava de novo no mesmo lugar.

— Tenta não se mexer — pede Miles.

— Você fica me puxando, eu me desequilibro.

— Você tem algum hidratante labial? — pergunta ele.

— A hidratação da sua boca pode esperar um instante? — brado.

— Não... É para o *zíper*, Daphne.

— Tá no armário em cima da pia do banheiro.

Entramos juntos no banheiro apertado, Miles segurando as costas do meu vestido o tempo todo. Pego o hidratante labial e ele faz seja lá o que acha que precisa fazer com aquilo, depois volta a sacudir o zíper.

O fecho escapa da mão de Miles, ele bate com o cotovelo na parede atrás de nós e deixa escapar um grunhido de dor.

— Tá apertado demais aqui.

Voltamos para o corredor, ainda engatados. Ele tenta de novo e o suspiro frustrado se transforma em uma risada.

— Que foi? — pergunto por cima do ombro.

— Agora eu não consigo enxergar. — Miles me puxa pela saia através da porta do quarto dele, acendendo a luz.

— Você consegue se debruçar em cima da cômoda? — pergunta.

— Jura?

— Preciso de mais firmeza — explica Miles —, e toda vez que eu puxo o zíper você vem junto.

Santo Deus, o que eu fiz para merecer isso?

Ah, claro. Eu menti sobre estar em um relacionamento com esse homem, depois me atraquei com ele em uma plantação de lavanda para irritar meu ex-noivo. Talvez tenha sido isso.

Apoio as mãos no topo da cômoda. Miles coloca a palma de uma das mãos no meu quadril, me mantendo firme enquanto puxa de novo, e consegue fazer o zíper descer vários milímetros abençoados antes de emperrar de novo, o que o faz me segurar com mais força.

— Arruma um jeito de me distrair — peço em um sussurro.

— Prometo que vou tirar você de dentro disso — fala ele.

Tipo errado de distração.

— Estou me sentindo absurdamente idiota neste momento, Miles, então você vai ter que fazer melhor do que isso. Me conta alguma coisa horrível.

Ele ri.

— Tá certo. Que tal isso aqui: quando eu e a Petra recebemos o seu convite de casamento com o Peter, ela me falou que não queria casar, e eu fiquei, tipo... *tudo bem, sem problemas*. Porque eu achei que a Petra estava falando *de modo geral*, não que ela não queria casar especificamente comigo.

Abaixo o rosto na direção da cômoda. Meu gemido aflito dá lugar a algo mais intenso, e a emoção faz meus ombros sacudirem.

— Merda — diz ele. — Desculpa. Não ajudei. — Miles pousa as mãos de cada lado dos meus quadris. — *Ei*.

Endireito o corpo e balanço a cabeça, dominada pelo riso, com lágrimas escorrendo dos olhos.

— Daphne — murmura ele atrás de mim, o tom ainda terno e doce. E me puxa mais para perto, minhas costas coladas ao seu peito, passando os braços ao redor da minha cintura.

— Miles — consigo falar finalmente e giro dentro do círculo de seus braços. — O hidratante labial era pra quê? — E engasgo com outra risada.

Ele percebe. Sua boca se abre e fecha antes de ele responder:

— Achei que talvez fizesse o zíper correr mais fácil.

— Você lubrificou o meu zíper — digo.

— Na verdade — retruca ele — eu pedi *muito especificamente* o hidratante labial pra que nenhum de nós dois tivesse que dizer essa frase.

Bato com a testa na clavícula dele quando me dobro de rir. Miles deixa a mão subir pelas minhas costas, seu toque provocando arrepios por todo o caminho, e para na minha nuca. Sinto sua risada vibrar contra o meu corpo também.

— Você estava tão *pronto* pra isso — comento. — Quantas colegas de apartamento já te pediram socorro com o mesmo problema?

— Dezenas. — Ele afrouxa os braços e me vira de costas de novo. — Mas você é a primeira que tem hidratante labial à mão. — Miles segura o zíper e dá um puxão de leve.

Depois de todo o esforço, o zíper desliza até a base das minhas costas e eu sinto os nós dos dedos de Miles roçarem minha pele por todo o caminho.

Estremeço com a sensação, meu corpo todo vibrando com a consciência dessa proximidade.

Ele não se afasta de imediato, e percebo que me inclino um pouco para trás, buscando seu toque. Miles abre a mão e pousa a palma quente na base das minhas costas.

O corpete do vestido está frouxo agora, e a gravidade puxa as alças pelos meus braços, conforme o peso da saia força tudo na direção do chão.

Seguro o corpete contra o peito e me viro na direção dele.

— Obrigada.

— Toma. — Ele desvia os olhos de mim, evitando os meus enquanto pega uma camiseta cinza na gaveta de cima da cômoda, que está aberta.

Quando Miles coloca a camiseta por cima da minha cabeça, seu cheiro de biscoito de gengibre me envolve, e ele puxa o tecido para baixo.

Assim que solto o corpete, todo aquele volume de renda se acumula aos meus pés. Enfio os braços nas mangas da camiseta, e Miles me ajuda a sair do vestido, enquanto tira gentilmente meu cabelo de dentro da gola.

Seus olhos encontram os meus, e é como se o quarto estivesse vibrando.

— Obrigada — digo de novo, desta vez em um sussurro.

— Vou querer essa camiseta de volta — diz ele baixinho, o tom brincalhão. — É a minha favorita desde que eu tinha dez anos.

Pela primeira vez, reparo na estampa craquelada na frente da camiseta: um camelo fumando um cigarro gigante. Dou uma risadinha e encontro os olhos dele.

— Essa é a sua camiseta favorita da infância? Uma propaganda de nicotina ambulante?

O sorriso de Miles fica mais largo. Seus dedos se movem distraidamente até encontrarem meu queixo, e me sinto sendo atraída na direção dele, nossa barriga se tocando, as batidas do coração dele ressoando no meu peito.

— É um *camelo*, Daphne — diz ele, o tom irônico. — De *óculos escuros*.

— Vou trocar de roupa agora mesmo — me apresso a dizer, entrando na brincadeira.

— Não, não. Fique com ela o tempo que quiser. O que é meu é seu.

Disfarço o sorriso.

— Tá vendo? É por isso que todos os moradores da cidade te colocaram no testamento deles.

Ele franze o cenho.

— Às vezes, do jeito que você fala, parece que eu sou um vendedor picareta.

Seguro seu braço.

— Não é isso que estou querendo dizer *de jeito nenhum*.

— Então o que você quer dizer? — pergunta Miles.

— Que você é legal.

Ele ri.

— Isso de novo.

— Quero dizer — volto a falar, o tom mais intenso agora — que você provavelmente é a única pessoa que eu já conheci na vida que tem uma curiosidade sincera por todo mundo que conhece. E você faz as pessoas se sentirem interessantes e acolhidas e... e confiantes no que elas fazem. Você dá às pessoas a sensação de que cultivar milho, ou fazer calda de cereja, ou recomendar livros, é um superpoder.

— Se você é bom nessas coisas — comenta ele —, então é um superpoder mesmo.

— Exato — murmuro. — É isso que você acha *de verdade*.

A única outra pessoa que eu já conheci com essa habilidade em particular usa isso como um escudo. Ou como uma taxa que está pagando a você, um pedaço dele grande e brilhante o suficiente para garantir que você não vai pedir mais.

— Só acho — digo a Miles — que você gosta das pessoas quase tanto quanto elas gostam de você. E, com isso, estar perto de você dá a sensação de que a gente está... no calor gostoso do sol.

Os lábios dele se suavizam. Por um instante, ele abaixa os olhos.

— Você também me dá a sensação de estar no calor gostoso do sol.

Bufo.

— Não, eu não.

— É, tem razão — concorda ele. — Você é mais como o lago Michigan.

— Fria e desafiadora.

Miles baixa a voz:

— Fresca e revigorante.

— Um choque doloroso — continuo.

— Uma surpresa empolgante — rebate ele, agora tão próximo que consigo sentir em seu hálito o cheiro da taça de vinho que tomou depois do trabalho. Tão próximo que eu me torno a mariposa atraída pelo brilho irresistível de Miles, tentando resistir ao chamado para chegar cada vez mais perto.

Inclino a cabeça na direção da sala, da bagunça que está lá, minha e da Julia. E agarro a oportunidade de me distrair dessa sensação inebriante.

— Você conseguiu conversar com a sua irmã? Sobre o que ela realmente está fazendo aqui?

Ele solta um suspiro pesado e dá meio passo para trás.

— Eu tentei. Mas ela ainda está fingindo que não tem nenhuma outra razão além de me erguer do chão. — Miles força um sorriso e eu tenho a sensação de que meu coração está se dobrando ao meio. — Quer expulsar ela daqui?

— Eu gosto de ter a Julia aqui — falo com sinceridade.

Ele assente.

— Posso fazer alguma coisa? — pergunto.

Agora o sorriso de Miles se suaviza. Ele toca meu queixo de novo.

— Não — diz. — Isso já é o suficiente.

— Não estou fazendo nada — observo.

Os lábios dele se curvam em um sorriso.

— Então por que estou me sentindo melhor?

O tempo parece parar por um instante. Eu recuo, sentindo o piso frio embaixo da sola dos meus pés.

— Obrigada de novo — digo — por lubrificar o meu zíper.

— Sempre às ordens.

23

QUARTA-FEIRA, 24 DE JULHO
24 DIAS PARA A MARATONA DE LEITURA

A NÃO SER pela absoluta falta de resposta sobre o envio do meu currículo para a Biblioteca de Ocean City, estou vivendo uma onda incomum de boa sorte.

No domingo, Miles surpreendeu a mim — e a uma Julia muito menos empolgada com a ideia — com um passeio até uma cidadezinha chamada North Bear Shores, para irmos a um evento em uma livraria com a presença de uma escritora cujos romances Sadie me apresentou anos atrás. Depois dos autógrafos, a dona da livraria e a esposa, professora de geologia, acabaram se apaixonando por Miles (obviamente) e fazendo uma doação para a Maratona de Leitura.

Na segunda-feira, dois autores de livros infantis concordaram em mandar vídeos como prêmios para a Maratona de Leitura, enquanto um terceiro se ofereceu para fazer uma live com as crianças.

Na terça, o campeonato mensal de Fortnite começou com nosso maior movimento até aqui. E hoje, quando Maya apareceu diante do balcão para pegar os livros que queria, finalmente consegui convencê-la a participar do clube de leitura juvenil na próxima semana.

Minha mãe grita de empolgação quando conto isso a ela no nosso telefonema, enquanto caminho de volta para casa.

Ou então ela deixou algum haltere cair em cima dos dedos dos pés.

— Que maravilha, meu amor — diz minha mãe. — Eu sei que essa menina tem sido difícil de dobrar.

— Ela só é *muito* tímida. Mas os outros membros do clube são uns amores — comento. — E dois deles estudam em casa, por isso a Maya não deve conhecer, o que pode ser bom. Uma página em branco.

— Meu Deus, uma vez, quando você estava passando por um período difícil em uma escola nova, eu lembro de te perguntar se você queria estudar em casa — conta minha mãe.

Dou uma risadinha debochada.

— E quando você teria tempo para me *ensinar em casa*?

— Eu não teria — concorda ela. — Mas você estava tão infeliz na escola que eu não sabia o que fazer. Eu só queria tirar você daquele desespero. Você lembra o que me disse?

— Não lembro nem de a gente já ter conversado sobre isso.

— Você disse que ia sentir muita falta dos professores. — Ela solta uma risada ofegante, que acaba se transformando em um gemido de esforço, seguido pelo som de pesos caindo no chão. — Você era tímida mas corajosa.

— Pode falar, eu era uma nerdzinha.

— Na época as pessoas diziam que você era "um prazer de ter na sala de aula" — aponta minha mãe.

Meu telefone vibra e eu paro embaixo de uma marquise.

— Espera um instante — peço e protejo a tela para conseguir ler o que está ali. — *Quê?*

— Tá tudo bem? — pergunta minha mãe.

— Sim! — digo, um pouco animada demais.

Está tudo ótimo, a não ser pelo fato de que meu pai está tentando me ligar, e não estamos duas semanas depois de uma data importante, que é quando normalmente tenho notícias dele.

Mando uma mensagem para ele: Desculpa, tô em uma ligação.

Meu pai responde na hora, o que é uma raridade: Me liga quando puder. Tenho uma novidade divertida pra contar.

A ansiedade aperta meu peito. "Novidade divertida", no dialeto Jason Roberts, geralmente quer dizer: *Oi, estou namorando uma mulher de vinte e seis anos!* (Não por muito tempo.)

Ou então: *Fiz amizade com um cara que tem um catamarã, por isso vou sair do país por um tempo. Mando um cartão-postal quando estiver em terra firme!* (Ele não vai mandar.)

— Daphne? — chama minha mãe.

— Tá tudo bem.

Ela e meu pai não são inimigos mortais nem nada do tipo, mas minha mãe parou de ter contato com ele no instante em que eu completei dezoito anos, e, por mais que ela seja ótima em mostrar empatia, em rir das merdas da vida, sempre se esforçou muito para *não* falar mal do meu pai. É pelo meu bem, eu sei, mas às vezes eu só queria que ela parasse de ser a supermãe e simplesmente concordasse comigo que ele é péssimo. Quase nunca falamos sobre ele.

— Bom, escuta — diz ela. — Estou feliz por você, orgulhosa e te amo muito.

— E agora você tem que desligar? — completo por ela.

— Sim. Vou à praia amanhã com uns amigos, mas a gente se fala na semana que vem?

— Combinado. Te amo.

— Te amo mais — diz ela, e desliga antes que eu possa responder.

Quando passo pelo chalé de conto de fadas verde e caramelo, as ipomeias que se espalham ao longo da cerca estão em plena floração, e passarinhos cantam em seus galhos, como mais um bom presságio.

Em um impulso, procuro o anúncio da venda da casa na internet. O preço baixou cinquenta mil dólares recentemente, mas ainda está muito além do meu orçamento da vida real. Mesmo assim, é gostoso sonhar acordada.

Eu me imagino em um lugar como esse. Oferecendo jantares e assistindo a filmes de ação. Comprando chai no café subindo a rua e enchendo vasos com lavanda recém-colhida. Tomando vinho no pátio dos fundos com amigos durante a temporada dos vaga-lumes.

Quase consigo ver tudo isso. Quase consigo ver uma vida aqui.

— ALGUM GRANDE PLANO para o seu aniversário? — Harvey pergunta a Ashleigh quando nos acomodamos ao redor da mesa de pôquer, várias horas mais tarde.

— É seu aniversário? — é minha vez de perguntar. — Quando?

Ela solta um gemido.

— Sem ser neste sábado, o outro. Quarenta e três anos. E *não* tenho nenhum grande plano. Por acaso vai cair no fim de semana em que o Mulder e eu voltamos da visita à minha mãe em Sedona, por isso ele vai estar com o pai, e eu vou ficar em casa deixando meu cérebro apodrecer enquanto vejo algum reality show na TV.

— Por que você vai ficar em casa? — digo. — *Nós* devíamos fazer alguma coisa.

— Você não vai vencer essa batalha — declara Lenore, ao redor do seu charuto.

— Sempre detestei o meu aniversário — explica Ashleigh. — É só mais um lembrete de que eu quase não progredi. Estou exatamente no mesmo ponto em que estava nessa época no ano passado. Olhando para as mesmas quatro paredes, na mesma casa, na mesma cidade, só que agora sem marido.

— Ah, meu bem, isso não é verdade de jeito nenhum! — Barb rebate com carinho. — Você *saiu* de um casamento estagnado. Começou a fazer terapia. Ajudou o Mulder a atravessar um ano difícil, e agora trouxe a *Daphne* para o nosso grupinho!

— Além disso, o aniversário não é dia de celebrar progressos — insisto. — É dia de celebrar a *existência*. Nós temos que fazer alguma coisa.

— Os papéis não estão um pouco invertidos aqui? — Ela arqueia a sobrancelha. — *Eu* sou a pessoa divertida, que toma a frente das coisas.

— É verdade — concordo. — Só que, se você não pode ser sua própria Ashleigh, alguém precisa fazer isso.

— Não quero sair. — Ela faz biquinho.

— Então não vamos sair — cedo. — E se eu for pra sua casa e a gente pintar?

Ela franze o rosto, a expressão muito semelhante ao desprezo.

— Tipo aquelas paisagens do Bob Ross?

— Tipo as paredes — explico. — Na sua casa. Você disse que o Duke nunca quis fazer isso, né? E que você está cansada de olhar para as mesmas quatro paredes. Então escolhe uma cor e eu vou lá te ajudar a pintar.

— Sou *péssima* com pintura — diz ela. — Perco a paciência e estrago tudo nos cantinhos.

— Ah, então você está com sorte, porque eu arraso nos cantinhos — declaro.

Ashleigh dá uma risadinha sarcástica.

— É a sua cara.

— Não me sinto ofendida com isso — retruco.

Ela pensa por um instante.

— Tudo bem, então você cuida de todas as partes difíceis e eu sirvo o vinho, *enquanto* a gente assiste às donas de casa virarem drinques e gritarem "Assuma!" uma para a outra?

— Claro — concordo. — Mais alguém quer ir?

Lenore solta uma gargalhada.

— Eu passo, mas divirtam-se, meninas.

Harvey e Barb assentem, concordando.

— Combinado, Vincent — diz Ashleigh depois de pensar mais um pouco. — No sábado depois do próximo. Vou escolher uma cor. Use o seu macacão velho.

— Não tenho — falo.

— Bom, você tem uma semana pra conseguir um.

— Conheço uma loja ótima de artigos para fazendeiros — comenta Barb, prestativa.

— Agora podemos, por favor, passar para as cartas? — diz Harvey. — Sinto que estou com sorte esta noite.

E ele está mesmo com sorte esta noite. Ganha seis rodadas.

Eu ganho o jogo.

NOSSA SAÍDA NO domingo é cancelada por causa da chuva. Miles não conta *o que* iríamos fazer, só diz que exige tempo bom.

— Você acha que consegue faltar no trabalho na quinta-feira? — me pergunta ele, enquanto preparamos meu chá e o café dele na cozinha. No geral detesto faltar, mas, com Ashleigh fora a semana toda, o trabalho anda meio tedioso, e não tem muita coisa na agenda da biblioteca na quinta, por isso concordo.

Ainda assim, acordo às sete, mesmo sem despertador, e decido começar o dia devagar, lendo e tomando chá gelado em uma mesa na calçada do Fika. Em um impulso, peço matcha e gosto mais do que esperava, mas decido tomar também o de sempre antes de voltar para casa.

O barista cheio de piercings ergue a cabeça e fala, simpático:

— Voltou?

— Pois é.

— Outro matcha? — pergunta ele. — Ou chai gelado?

— Chai, por favor — peço. — E também um latte gelado com mel e um latte gelado de avelã.

— Dia longo? — ele brinca.

— É para os meus colegas de apartamento — explico.

— Entendi.

O barista escreve meu nome nos três copos, sem precisar perguntar qual é. Chego a ficar constrangida com o orgulho que sinto por ter me tornado uma frequentadora conhecida de um lugar novo, sozinha.

— Quanto eu te devo? — pergunto quando ele me traz as bebidas.

— Hoje é por conta da casa — fala o rapaz.

— O quê? Tem certeza?

Ele olha ao redor, então se inclina na minha direção.

— O meu gerente não está aqui hoje, não tem ninguém na fila que vá exigir bebidas grátis também e você dá gorjetas boas. Portanto, sim, tenho certeza.

— Nossa, obrigada. — Enfio no pote de gorjetas a nota de dez dólares que tenho na mão, parte dos meus ganhos no último jogo de pôquer.

— Jonah — diz ele, sem que eu tenha perguntado.

— Obrigada, Jonah.

Ele abre um sorriso radiante.

— Um ótimo dia pra você, Daphne.

No caminho de volta para casa, meu pai tenta me ligar e eu acabo desligando sem querer. Esqueci de retornar a chamada dele na semana passada, o que não é muito do meu feitio. Mas também não é do feitio do meu pai me ligar.

A esta altura, a nossa relação se resume a mensagens casuais a cada dois ou três meses.

No semáforo, digito para ele: **Desculpa, posso te ligar daqui a pouco?** Sou péssima em fazer duas coisas ao mesmo tempo, mesmo quando as tarefas envolvidas não exigem muito, por exemplo: (*a*) conversar superficialidades com meu pai distante e (*b*) caminhar entre turistas carregando sanduíches de sorvete em todas as direções.

Não precisa, responde meu pai. Só queria confirmar o endereço que a sua mãe me deu.

Então ele vai me mandar alguma coisa pelo correio. Bem agora que eu finalmente comecei a me livrar da tralha do casamento.

Se esse pacote surpresa for semelhante aos outros poucos que meu pai já me mandou, posso esperar alguma variedade intrigante de vitaminas que garantem curas milagrosas, óleos essenciais e chicletes de maconha que eu *não* pedi e que tenho minhas dúvidas se poderiam ser enviados pelo correio. Ele às vezes também acrescenta alguma coisa vagamente nostálgica, mas sempre equivocada. Como um gorro de lã que encontrou no sótão e que estava convencido de que tinha sido meu quando eu era criança.

Naquele caso, eu não reconheci de jeito nenhum o gorro, e a única explicação lógica para a existência dele era ter pertencido a quem quer que fosse o proprietário da casa antes do meu pai. E, como ele só conseguiu comprar a casa porque o lugar tinha sido cenário de um *crime violento*, pode acreditar que o destino do gorro foi o lixo. Assim que chegou.

Mas acendi brevemente o rolinho de sálvia que ele mandou junto, ao redor da lata de lixo, antes de jogá-lo lá dentro também, por cima do gorro. Acho que chegamos ao nível de "emissão zero de carbono" naquele "presente" em particular.

Já dentro do prédio, checo o celular mais uma vez. O endereço que meu pai mandou para confirmação é o do apartamento de Miles. Ainda assim, ligo para ele enquanto subo as escadas, determinada a desencorajá-lo a me mandar qualquer coisa.

O celular toca e toca. Tento mais uma vez. Uma mensagem me pede para deixar um recado na caixa postal quando estou chegando à porta do apartamento.

Depois de ouvir o bipe, digo:

— Oi, pai. — Minha chave trava na fechadura, e preciso sacudi-la um pouco antes de conseguir abrir. — Desculpa ter perdido a sua ligação. Me retorna quando...

A porta é aberta de repente.

Não fui *eu* que abri.

Alguém do outro lado fez isso.

Uma mulher de meia-idade, com um penteado alto, estilo anos 60, e os seios também muito altos.

Ela parece tão surpresa em *me* ver entrando no meu apartamento quanto eu estou por vê-la já parada ali dentro.

— Daphne! — grita a mulher, parecendo encantada.

— Oi... — digo, enquanto tento desesperadamente lembrar de quem se trata, sem sucesso.

Meu pai sai da cozinha e passa a mão ao redor dos ombros da mulher.

— Oi, filha — diz. — Surpresa!

24

QUINTA-FEIRA, 1º DE AGOSTO
16 DIAS PARA A MARATONA DE LEITURA

MEU INSTINTO VISCERAL é recuar para o corredor do andar, fechar a porta e tentar de novo. Ver se outra pessoa me recepciona.

Meu pai me puxa para um abraço e bate nas minhas costas com tanto gosto que me faz tossir.

— Está doente, filha? — Ele me afasta, ainda me segurando pelos ombros, enquanto seus olhos verdes brilhantes me examinam.

— Um pouco — digo, porque de repente me sinto, *sim*, febril.

— Entra, entra — convida ele, como se esta não fosse a *minha* casa. Então me gira na direção da cozinha. — Você finalmente vai conhecer a Starfire.

Um gritinho sem palavras emana de trás do meu pai. Ele se afasta para o lado e apresenta com um floreio exagerado a mulher que abriu a porta para mim.

Vários passos atrás da mulher, Miles paira no hall de entrada, parecendo mais aturdido do que nunca. O que, tecnicamente, não é muito.

Para *Miles*, porém, é a expressão perplexa de um homem que acabou de ser forçado a deixar dois estranhos entrarem no apartamento dele.

Mal tenho tempo de registrar o brilho labial rosa-chiclete de Starfire antes que ela me envolva em um abraço de quebrar os ossos, com o cheiro de uma loja de perfumes depois que um bando de adolescentes agitadas de tanto frappuccino passou por lá.

— Você. É. Fofa. Demais! — Ela me sacode com força para a frente e para trás a cada palavra.

— Ah — digo. — Obrigada.

Quando Starfire me solta, continua segurando uma das minhas mãos, com as unhas longas pintadas de azul-bebê cravadas em mim.

— *Finalmente* — diz ela, a voz embargada. — No começo eu pensei que a altona fosse você. — Com um gesto de cabeça por cima do ombro, Starfire indica Julia, cuja expressão deixa muito clara a mensagem: *Eu já passei pelo que você está passando neste momento*.

Meus olhos se voltam para meu pai, tentando comunicar que não faço ideia de quem é essa mulher.

Mas nós nunca tivemos tempo de desenvolver algo semelhante à comunicação silenciosa.

Ele se limita a abrir um sorriso radiante.

— Você não tem ideia do que significa pra mim ver as minhas duas meninas juntas.

Por um segundo, eu realmente me pergunto se Starfire é uma meia-irmã que até aqui eu não sabia que existia.

Mas, se todas as namoradas anteriores do meu pai *poderiam* facilmente ter se encaixado nesse papel, essa deve ter só uns dez anos de diferença em relação a ele — embora com um rosto que recebeu uma quantidade tão grande de preenchimento e botox que torna impossível dizer se ela é dez anos mais nova ou mais velha que ele.

— Vamos para a sala — diz Miles, já guiando meu pai pelo corredor. — A Daphne e eu vamos pegar vinho e uns petiscos.

— Ótima ideia! — exclama Julia com animação exagerada, enquanto engancha o braço no de Starfire.

A mulher deixa escapar um arrulho infantil e aperta minha bochecha antes de ser afastada, mas segue olhando por cima do ombro com um sorriso enorme aberto para mim, de modo que fica esbarrando em Julia e quase cai com seus sapatos azuis com saltos finos de dez centímetros.

Miles me leva até a cozinha e sussurra:

— Eles apareceram do nada.

— E você deixou eles *entrarem* — sussurro de volta.

— Ele disse que era seu pai! E que você estava esperando por ele! Eu não sabia o que fazer.

— Em uma interpretação bem ampla da palavra, ele é mesmo meu pai — digo. — Mas eu *nunca* estou esperando por ele.

— E a Starfire? — pergunta Miles.

— O sexto membro perdido das Spice Girls.

— Você não conhecia — deduz ele.

— Nunca tinha ouvido falar.

Miles suspira e abre o armário onde guarda o vinho. Pego algumas taças em outro armário. Quando viro de volta, ele está rindo para si mesmo e balançando a cabeça.

— Vamos apostar quem é o próximo a aparecer?

— Nesse ritmo — digo —, não vou ficar surpresa se a minha falecida tia-avó Mildred entrar pela janela esta noite.

— Você não ficaria surpresa nem com a parte da janela? — pergunta ele. — Ela era contorcionista?

— Só estou presumindo que fantasmas têm as mesmas habilidades do Papai Noel, podem se transformar em gelatina e passar por espaços apertados.

— Está pronta? — pergunta Miles, e, por mais que eu nunca tenha falado muito sobre meu pai, fica claro que ele já conseguiu compreender o bastante nos últimos três minutos.

— Não. Mas depois que eu acabar com a primeira garrafa de vinho vou ficar melhor.

Ele fareja o ar.

— Estou sentindo... cheiro de...

Assinto.

— Esse é o meu pai. Fumando um baseado dentro do nosso apartamento.

Miles faz uma careta.

— Quer que eu peça para ele colocar a cabeça pra fora da janela?

— Fica à vontade — digo. — Em quinze minutos ele vai esquecer o pedido e acender outro baseado quando estiver bem no meio de uma frase, e você vai ficar sem graça de interromper. A frase vai durar vinte minutos.

Ele toca meu cotovelo.

— Me manda uma mensagem se precisar fugir.

Ergo as sobrancelhas.

— Você vai distrair os dois?

— Se for preciso.

Eu me viro na direção do corredor.

— Ele nunca fica muito tempo. Isso não deve passar de uma pausa de meia hora, antes de eles irem embora pra algum lugar melhor. Vamos terminar logo com isso. Ou eu vou... Você não é obrigado a...

— Vou ficar — declara Miles. — A menos que você não queira.

— Não, eu com certeza quero — admito. — É que eu sinceramente não esperava que você tivesse que passar por isso.

Ele corre a mão pelo meu cotovelo, e me esforço para não estremecer.

— Uma vez me disseram que eu sou *muito* bom para lidar com estranhos. Vamos lá.

Quando entramos na sala, meu pai está soltando uma baforada de fumaça. As coisas de Julia estão todas empilhadas no canto, o colchão de ar está quase vazio e todo embolado, para que nossos convidados possam se sentar no sofá, com seus dentes intensamente brancos contrastando com a pele bronzeada.

— Aí está ela! — diz meu pai, antes de tossir algumas vezes.

— Aqui estou eu! — Pouso as taças de vinho na mesa de centro, antes de me sentar na beiradinha da poltrona, que fica perpendicular ao sofá. — E você. E Starfire.

Ela abre um sorriso largo para mim. Meu pai abre um sorriso largo para ela. Miles e Julia trocam um olhar aturdido.

— Isso é pra você — diz meu pai, e se inclina para a frente. Ele equilibra o baseado no canto da mesa e saca um buquê de flores, inegavelmente lindo, que tinha deixado no tapete. — Achamos a sua cara.

— E tem a sua aura, é claro — acrescenta Starfire. — É difícil julgar só por fotos, mas o JayJay se sentiu atraído por essas flores e nós comparamos o buquê com a foto que ele guarda na carteira.

Diante da minha expressão de quem não está entendendo, ele explica:

— A sua foto do último ano da escola!

É novidade para mim que meu pai tem uma cópia daquela foto. Tenho certeza de que minha mãe e eu concordamos que as fotos ficaram tão ruins que nem valia a pena imprimir, e só mandamos o arquivo da *menos* esquisita para a escola usar.

— Obrigada — digo, desconfortável, e me inclino para pegar o buquê.

— Isso é uma coisa que eu amei no seu pai desde o momento em que o conheci — diz Starfire, o tom sonhador, erguendo os olhos para ele como se houvesse um halo pairando acima da cabeça dele. Já vi esse olhar em muitas Namoradas do Passado. — Ele nunca aparece de mãos vazias.

Quando eu era criança, também amava isso nele.

Até me dar conta de que os presentes do meu pai eram prêmios de consolação: *Sim, eu cancelei a visita das férias, mas um camarada meu nos deu ingressos para um parque de diversões!*

Perdi a sua apresentação do coral, mas esse doce que a minha namorada chocolatier faz não é incrível?

Pouso o buquê na mesa de centro e Julia se adianta.

— Vou colocar essas flores na água — diz e desaparece de cena.

Miles, genial como sempre, começa a servir o vinho nas taças e pergunta:

— Então, como vocês dois se conheceram?

Ele se senta na outra poltrona, imitando minha postura de quem está preparado para fugir a qualquer momento.

— A Starfire é a minha coach de vida — responde meu pai, depois de dar um gole no vinho.

Ela assente, com um sorriso que parece esticar demais seus lábios.

— Mas na verdade a gente se conheceu antes disso.

— Parece que nós fomos casados em uma vida passada — explica meu pai, como quem diz: *Consegue acreditar em uma coincidência dessas?*

Starfire assente.

— Várias vezes.

— Ah — diz Miles. — Nossa. Parabéns.

— Eu fui uma herdeira que estava no *Titanic* — explica Starfire. — E o Jason era um artista bonitão, mas muito, muito pobre. Meu círculo social jamais teria aprovado o nosso relacionamento. Mas nós tivemos um *affair* tórrido, e ele salvou a minha *vida*. — Ela assente de novo, como um daqueles bonequinhos cabeçudos.

Miles e eu trocamos um olhar. Ele parece estar se esforçando tanto para não rir que talvez acabe vomitando.

— Nossa — comento —, exatamente a mesma história do filme, então.

Starfire inclina a cabeça.

— Que filme?

— O que trouxe vocês à cidade? — me socorre Miles. — Vocês moram na Califórnia, certo?

— Isso mesmo. — Meu pai volta a acender o baseado. — Mas estamos na nossa...

— Desculpa — interrompe Miles, com um sorriso agradável. — Você se incomoda de esperar pra fumar quando estiver do lado de fora? — Ele diz isso com toda a gentileza e naturalidade. Miles realmente tem um superpoder.

No mesmo tom afável e imperturbável, meu pai responde:

— Ah, sim! É claro! — E enfia o baseado no bolso da camiseta.

— Então, vocês moram na Califórnia?

— Isso mesmo — confirma meu pai. — Mas estamos atravessando o país de carro pra comemorar.

— Comemorar o quê? — pergunto.

— Ah, *Daffy* — diz Starfire, que se torna oficialmente a primeira adulta a abreviar meu nome de duas sílabas desse jeito. — A nossa união.

Meu pai franze o cenho, com uma expressão meio magoada nos olhos.

— Você não recebeu o cartão?

— Que cartão?

— O cartão de aniversário que eu mandei pra você — diz ele. — Onde eu contei que a gente se casou!

— Você me contou isso em um cartão de aniversário? — questiono.

— Você não viu? — pergunta ele de novo, ainda a parte ofendida.

— Quando foi o seu aniversário? — pergunta Miles, franzindo o cenho.

— No fim de abril — conto.

Ele franze o cenho ao ouvir isso, sem dúvida fazendo a conta e percebendo que eu já morava com ele na época.

— Eu devo ter perdido o cartão — digo ao meu pai.

Na verdade, como os cartões de aniversário que ele me manda raramente contêm qualquer outra coisa que não o meu nome e a assinatura dele — isso quando chegam —, optei por colocá-lo no exato lugar em que coloquei o gorro da casa onde aconteceu o assassinato, que ele me mandou no ano passado: no lixo.

A última coisa que eu precisava era de mais um gesto morno de um homem que *meio que* me amava.

A outra última coisa que eu precisava era de um lembrete de que estava fazendo trinta e três anos e não tinha ninguém com quem comemorar a data.

Starfire ainda está sorrindo como se pudesse detonar o Apocalipse caso permita que sua boca se feche.

Depois de tudo o que a mulher enfrentou no *Titanic*, quem pode culpá-la por ser tão cautelosa, não é mesmo?

— Então vocês estão de passagem — digo. — Indo pra algum lugar divertido?

— Bom, vamos visitar a família da Starfire em Vermont — diz meu pai. — Mas pensamos em ficar por aqui até segunda, se vocês toparem nos aguentar até lá.

Sinto a pele pinicar. Meu sangue gela nas veias, e me pergunto se é assim que os animais se sentem quando um tornado está se formando.

Eu tinha me preparado para que essa visita fosse ofensivamente curta. Agora me dou conta de que é muito pior. Somos um pouso gratuito para eles enquanto fazem uma pausa em sua viagem transcontinental: *Aqui estão algumas flores lindas que me fizeram lembrar de você — posso dormir no seu sofá?*

Este apartamento está rapidamente se tornando o cenário de uma péssima série de comédia.

Meu pai ainda está falando, mas escuto sua voz como o som desconexo da voz da professora do Charlie Brown.

— Desculpa — consigo dizer por fim. — O que você falou?

— Não temos data fixa para nada — diz Starfire. — Então podemos ficar o tempo que você quiser!

De canto de olho, vejo Julia entrar na sala com as flores em um vaso. Muito sabiamente, ela se vira na mesma hora e volta para a cozinha.

Meu pai diz:

— Estamos tão felizes de estar aqui, filha. A Sandra, prima da Starfire, falou que nós temos que ir ver as dunas enquanto estamos na região.

— Ela também é vidente — diz Starfire, assentindo com entusiasmo.

— Quem? — pergunto.

— A Sandra — responde ela. — Ela tem o dom.

Que pena que o dom da prima não serviu para avisar a esses dois que não tem espaço para eles no nosso apartamento.

— Eu também tenho um pouco — continua Starfire. — A minha terapeuta diz que eu sou *expática*.

— Você quer dizer empática? — pergunto, esquecendo por um momento do meu objetivo geral.

Ela balança a cabeça.

— Não, o meu dom é de outro tipo. Eu projeto emoções *poderosas*.

Paro por um instante e volto um pouco atrás, para o momento em que essa conversa saiu dos trilhos.

— Nós não temos quarto de hóspedes — digo ao meu pai. — Na verdade a gente não tem nem um sofá neste momento. A Julia está hospedada aqui. — Agito uma das mãos em direção à torre de roupas, travesseiros e cobertas.

Meu pai junta as sobrancelhas loiro-escuras, em uma expressão confusa, provavelmente por ver negada uma coisa que ele ainda nem se deu o trabalho de pedir. Então, deixa escapar uma risada.

— Ah, não — diz, balançando a cabeça. — Nós nem sonharíamos em impor a nossa presença.

Desde quando?

— Não, não, eu reservei um quarto pra gente em um motel — diz ele. — Fica nos arredores da cidade, mas não nos importamos de pegar a balsa para ir e voltar.

Isso é mesmo uma surpresa.

— Espera um instante. — Starfire arregala os olhos. — Achei que este apartamento tivesse dois quartos.

— E tem... — Miles estreita os olhos, como se estivesse acertando o foco, como se assim fosse conseguir enxergar a lógica da mulher.

— E vocês não usam um deles como quarto de hóspedes? — pergunta ela.

— Nós somos duas pessoas — lembro.

— Vocês dois não dormem no mesmo quarto? — diz meu pai, parecendo horrorizado.

Pela primeira vez, o sorriso de Starfire vacila.

— Ah, não. — Ela parece quase prestes a chorar. Então, olha de Miles para mim. — Vocês querem conversar a respeito? Podemos ser, não sei, seus mentores. Seus mentores no *amor*.

— Quê? — digo, ao mesmo tempo em que Miles pergunta:

— Amor?

Starfire baixa a voz até ela sair como um sussurro, como se o restante de nós não fosse ouvir, e se inclina para dar uma palmadinha no joelho de Miles.

— Vocês dois vão superar isso.

— Superar o quê? — Miles balança a cabeça e estreita os olhos de novo.

Infelizmente, não estou tão perdida quanto ele.

— Nós não somos um casal.

Miles se encolhe quando enfim compreende.

— Ah, *não* — lamenta Starfire. — Vocês **terminaram**? — Os ombros dela se erguem.

Acho de verdade que essa mulher que eu nunca vi na vida está prestes a chorar por um relacionamento que nunca aconteceu.

— Nós somos amigos! — esclarece Miles, a voz um pouco frenética demais. — Só amigos. Quartos separados.

— Ah, ufa! — Meu pai olha para mim e indica Miles com um gesto do polegar. — Gostei desse cara. Fico feliz por não ter que *des*gostar dele agora. Principalmente depois do que aconteceu com o outro cara!

Alguém está com fome? Eu adoraria ter uma comemoração de aniversário um pouco atrasada, filha.

— É claro que não queremos ser invasivos. — Starfire enfia a mão com as unhas pintadas na curva do braço do meu pai. — Já que vocês não estavam nos esperando.

— Com certeza — concorda meu pai. — Vamos nos adaptar à agenda de vocês, e aceitamos o tempo que tiverem para dispensar a esse casal de chinelos velhos.

Starfire dá uma risadinha e um tapinha no braço dele.

— Ah, retire isso, JayJay. Você tem a idade que sente que tem.

— Essa aqui se sente com vinte e dois anos na maior parte do tempo — diz meu pai, com um brilho de adoração cintilando nos olhos.

Isso provoca uma onda de emoções confusas no meu peito.

Eu me sinto mais branda em relação a essa nova encarnação dele, a que tem uma parceira de idade apropriada e que se deu o trabalho de reservar um quarto de motel.

Mas também reacende a velha mágoa. A lembrança de que meu pai sempre encontrou outras pessoas que amava mais do que a mim e à minha mãe, lugares onde queria estar mais do que com a gente.

— O que você me diz, filha? — pergunta. — Tem tempo para bancar a guia de turismo do seu pai e da sua madrasta?

Miles me lança um olhar, as sobrancelhas erguidas, esperando pelo meu sinal: *Pula em cima da mesa e taca fogo em alguma coisa enquanto eu desço pela janela!*

E talvez eu devesse fazer isso — talvez meu pai esteja só disfarçando uma armadilha explosiva colocando uma caixa de cupcakes em cima dela.

Mas ele está *aqui*. Com uma *esposa* e um quarto já reservado em um motel. E, pela primeira vez desde que me entendo por gente, meu pai está me *perguntando* se estou livre, em vez de presumir que vou largar tudo porque ele se dignou a aparecer.

— Tem lugar para mais duas pessoas nos nossos planos? — pergunto a Miles.

Ele inclina a cabeça. Percebo que está esperando um sinal mais veemente que esse, por isso acrescento:

— Acho que a gente consegue encaixar os dois, certo?

Miles sustenta meu olhar por um segundo, me dando a chance de mudar de ideia, de gritar "Ryan Reynolds!" bem alto.

Não faço isso.

Ele se volta para os dois com uma versão discreta do seu sorriso encantador e travesso.

— Vocês trouxeram roupa de banho?

Julia enfia a cabeça de volta na porta, sem um pingo de vergonha de obviamente estar ouvindo a conversa a poucos passos de distância.

- Eu sabia! Vamos fazer um passeio de barco, não vamos?

25

O BARCO É um velho pontoon, um flutuador que pertence a um amigo de Miles. O dono da loja de ferragens/barbearia onde ele compra suas ferramentas/corta o cabelo. Miles tem um convite permanente para usar o barco sempre que estiver disponível. Vamos até lá de carro, eu dirigindo com meu pai ao lado, e Miles, Julia e Starfire apertados no banco de trás. Sigo as orientações de Miles em vez de usar o GPS, porque ele não se lembra do endereço do cara.

Eu tinha presumido que íamos navegar pelo lago Michigan, com seus quase sessenta mil quilômetros quadrados, mas há dezenas de lagos menores em volta dele. Estamos indo para um desses, um *lago* no sentido mais tradicional da palavra, com chalés rústicos ao longo da margem e juncos oscilando no raso.

Estacionamos em uma trilha comprida e arborizada diante de um lindo chalé que está em plena construção, ou então no meio de uma reforma. Meu palpite, a julgar pela grama alta ao redor de um trailer e de uma caminhonete velha estacionados ali, é que se trata de uma reforma. Que este lugar pertence a alguém que gosta de arregaçar as mangas nas horas vagas. Exatamente o tipo de pessoa que teria uma loja de ferragens/barbearia.

— Podem ir na frente, vão entrando no barco — orienta Miles quando saímos do carro para o calor escaldante. — Vou pegar as chaves lá dentro.

— Achei que não tivesse ninguém em casa — comento, mas ele já está indo para o pátio dos fundos e abrindo a porta de correr, que ao que parece estava destrancada.

Julia e eu pegamos o cooler no porta-malas e carregamos juntas pela encosta da colina, até a beira da água.

— Que dia lindo para um passeio! — comenta Starfire, animada. Ela já repetiu a mesma coisa sete vezes. Eu contei.

— Não tem como o clima estar melhor — concorda Julia, pela quarta vez. Estamos nos revezando, e a esta altura eu *acho* que ela já percebeu o padrão e está transformando em um jogo.

— O lago Michigan estendeu o tapete vermelho pra gente — diz meu pai, e pousa a mão com força no meu ombro, bem no momento em que Julia e eu colocamos o pé no deque que se projeta entre os juncos. Cambaleio um pouco, mas felizmente consigo recuperar o equilíbrio antes de despencar do píer estreito levando Julia e o cooler comigo.

Píer que, por sinal, já viu dias melhores — está faltando uma tábua, e duas outras estão rachadas ao meio —, mas o barco parece estar em bom estado. Não que eu saiba o que define um barco *em bom estado*, mas não está pegando fogo nem nada parecido.

Meu pai tira os sapatos, pega-os do chão e sobe a bordo, de onde dá a mão para que cada uma de nós entre também. Ele ajuda Starfire por último e faz uma cena beijando a mão dela. Starfire dá risadinhas juvenis e olha de mim para Julia, como se dissesse: *Estão vendo isso? Ah, esse homem!*

NEM TE CONTO

Tento colocar no rosto uma expressão satisfeita e vagamente encorajadora: *Sim, eu vi o meu pai bancar o Gomez Addams com você e achei incrível!*

E, para ser sincera, *é* bonitinho. O que provoca, mais uma vez, uma bagunça tão grande nas minhas emoções que me revira o estômago.

Eu gosto de ver meu pai assim. E também me ressinto, me perguntando pela milionésima vez por que minha mãe e eu nunca inspiramos esse tipo de atenção ou comprometimento.

— Pronto — diz Miles em voz alta, enquanto atravessa correndo o píer. Ele desamarra o barco, pula para dentro, liga o motor e tira a camisa.

Starfire ofega diante da variedade incoerente de tatuagens. Minha tática inicial de *ficar vermelha e evitar olhar* rapidamente se transforma em *procurar um coração gigantesco com o nome de Petra*, mas ao que parece essa não foi uma das muitas Escolhas com E maiúsculo relacionadas a tatuagem com que ele se comprometeu.

No entanto, percebo pela primeira vez que, além da âncora do Popeye que eu já tinha visto, ele também tem um Popeye inteiro na panturrilha. Estranhamente, isso não diminui nem um pouco minha vontade de atravessar o barco e deslizar a língua pela pele dele.

— Quanta tattoo *linda*! — diz Starfire em um arrulho. — O que significa essa?

Ela toca o bíceps de Miles, enquanto ele nos leva para o meio do lago. Miles disfarça um sorriso.

— Bom — diz —, é uma sereia.

Ela assente, os olhos arregalados de curiosidade.

— E?

— Eu gostei do desenho.

— É incrível. — Starfire dá uma palmada firme no braço dele.

O lago está cheio de barcos, o que é uma surpresa. Mesmo com o rugido do nosso motor, conseguimos ouvir sucessos de várias épocas tocando em outras embarcações: "Cruel Summer", da Taylor Swift, e

"Soak Up the Sun", da Sheryl Crow, e "(Sittin' On) The Dock of the Bay", de Otis Redding.

Depois de dez minutos navegando, com vento no cabelo e o motor trepidando nos ouvidos, encontramos um bom lugar para parar e relaxar. Miles liga o rádio, baixa a âncora, pega latas de hard seltzer e cerveja no cooler e passa para o restante de nós. Julia e eu nos besuntamos de filtro solar, mas Starfire não perde tempo: tira logo a roupa e pula na água com um grito, o maiô pink apenas um borrão.

Meu pai assobia e aplaude quando ela volta à superfície. Julia tira o short e pula atrás dela.

— A água tá fria? — pergunto a elas.

— Mais ou menos — grita Julia de volta, e Starfire declara, animada:

— É como nascer de novo!

Depois de alguns minutos de convencimento, meu pai entra também, então fica atormentando Miles e eu da água, enquanto Starfire nada de costas com uma graça surpreendente.

— Você vai entrar? — me pergunta Miles, protegendo os olhos do sol com as mãos para conseguir olhar para mim. Isso torna o momento estranhamente privado, íntimo.

— É muito fundo? — questiono.

— Não seja uma franguinha covarde! — grita meu pai, estilhaçando a ilusão de privacidade.

Starfire faz um som hiper-realista de uma galinha. Ela realmente está à vontade aqui.

— Do que eu teria medo nesse cenário? — pergunto, subindo na beira do barco.

— Dos peixes! — diz meu pai, como se fosse óbvio.

— Dos peixes? — repito.

Ele me encara com incredulidade.

— Tá brincando? Você tinha pavor quando era pequena! Não lembra? Que eu te levei pra pescar e você teve um ataque?

Não me lembro de jamais ter ido pescar na vida, mas, se fiz isso, me pergunto se meu ataque não teve menos a ver com o peixe e mais com ter que tirar um gancho de metal da boca do bicho.

— Tem certeza que era eu?

Ele ri.

— Acho que lembro da minha própria filha! Eu te levei pra pescar, e nós esquecemos o filtro solar, e eu sabia que a sua mãe ia ficar uma fera por causa disso, então nós fomos até o mercado e eu comprei um chapéu de sol amarelo pra você. Que combinava com o seu maiô. Você parecia o Piu-Piu — recorda meu pai, e balança a cabeça. — Você ficou *obcecada* por aquele chapéu.

Penso no gorro que ele me mandou pelo correio e me pergunto se meu pai o confundiu com essa lembrança.

Para ser sincera, me pergunto se é uma lembrança de verdade ou só uma cena de filme à qual ele sobrepôs meu rosto.

— Jura que você não lembra? — pergunta meu pai.

Balanço a cabeça. Dá para ver que ele fica chateado, mas não consigo pensar em nada reconfortante para dizer. O fato é que as partes mais memoráveis da minha infância são as que ele perdeu, e sua ausência foi exatamente o que deu peso a essas lembranças.

— Foi um dia muito especial — murmura ele enquanto se mantém à tona na água, os lábios curvados para baixo.

Detesto me sentir culpada agora. Não quero ter que enfrentar o fato de que meu pai ainda é capaz de provocar essa sensação em mim. O fato de que eu quero vê-lo feliz, orgulhoso, cheio de si.

Miles encontra meu olhar, e sua expressão é séria. Ele volta a proteger os olhos do sol, criando novamente aquela ilusão de isolamento.

É como se o olhar dele perguntasse: *Você tá bem?*

Ou talvez dissesse: *Eu tô aqui.*

E eu sei que Miles não vai estar perto de mim para sempre, talvez nem por muito tempo mais, só que ajuda saber que agora ele está. Isso talvez seja suficiente.

Eu me viro na direção da água enquanto tiro o vestido e sinto o sol aquecer meus ombros.

— Vendo pelo lado bom — digo —, como eu não lembro dessa história, com certeza não tenho medo de peixe.

Jogo meu vestido no banco, passo pela abertura na popa e pulo.

A água fria cobre minha cabeça, e é como se agulhas espetassem cada poro meu.

Quando volto à tona, quando o sol bate no alto da minha cabeça e eu vejo Miles parado no barco, Julia, Starfire e meu pai nadando em círculos preguiçosos na água cintilante, lembro o que Starfire disse.

Parece mesmo como nascer de novo.

As pessoas podem mudar, penso.

Eu estou mudando.

JANTAMOS NO JESSE'S Table, um restaurante que compra tudo o que serve direto dos produtores e tem um deque com vista para o lago. Estou com o rosto e o nariz rosados por causa do sol, enquanto meu pai, Julia e Miles só estão mais bronzeados. Starfire está muito vermelha, mas não parece nem um pouco preocupada.

— Essa cor vai virar um belo bronzeado amanhã — disse ela quando ofereci gel pós-sol ao passarmos pelo apartamento, entre o passeio de barco e a ida ao restaurante.

Assim que nos sentamos, meu pai convence a hostess a pedir uma garrafa de vinho para nós. Quando a garçonete chega, um instante depois, ele pergunta que entradas ela recomenda, e a moça cita umas seis. Meu pai pede uma de cada, "para todos na mesa".

Sinto a primeira pontada de ansiedade em horas quando imagino meu pai dizendo à garçonete para dividir a conta em partes iguais no fim da noite. Estou tentando somar tudo de cabeça, para descobrir se consigo pagar a parte da Julia e do Miles dessas coisas que eles decididamente não pediram.

Mas estão todos de ótimo humor, meio embriagados de sol e de vinho, ao som de um quarteto cantando *a cappella* no pátio de cascalho da sorveteria, duas casas para baixo.

Quando acabamos as entradas, também acabamos o pinot blanc. Meu pai sai da mesa para ir ao banheiro (*fumar em uma das cabines*) e volta anunciando que pediu champanhe, para brindarmos ao meu aniversário e também às núpcias dele com Starfire.

Ela mal tocou na primeira taça de vinho e preferiu se dedicar a me bombardear de perguntas sobre a minha infância. Nesse momento, me dou conta de que Miles está certo: a chave para ser capaz de conversar com qualquer pessoa talvez seja só a curiosidade.

Mas também é preciso certa coragem para convidar alguém a entrar no seu espaço e pedir para entrar no espaço dessa pessoa. Com uma facilidade que me espanta, posso me imaginar pendurando um quadrinho bordado com os dizeres *Seja mais como Starfire*, para me encorajar.

Mesmo quando minhas respostas se mostram uma prova ainda maior de que meu pai não estava por perto quando eu era pequena, ela não demonstra nenhum sinal visível de decepção, simplesmente parte para a próxima pergunta.

Tento saber coisas de Starfire também, e ela responde com tranquilidade — *sim, ela foi criada em Vermont, fez parte da equipe de esqui na escola, é vegetariana desde que nasceu, tem seis irmãos, todos homens* —, mas termina cada resposta com uma nova pergunta para *mim*.

Nesse meio-tempo, nossa garçonete, que claramente adorou meu pai, traz três pratos que não estão no cardápio, enviados pelo chef. Por conta da casa.

Enquanto comemos nossos pratos principais, Julia e Starfire comparam o mapa astral de cada uma e têm o tipo de conversa sobre *signos de água* que é totalmente indecifrável para não iniciados em astrologia. Meu pai pergunta a Miles sobre o trabalho dele e sugere animado que a gente vá jantar no bar de vinhos amanhã, depois que eu sair da biblioteca.

— Se não estiver enjoada de lá — diz ele. — Não sei com que frequência você come no bar.

— Podemos ir se vocês quiserem — respondo.

— Ah! E nós *temos* que ir ver a Daffy na biblioteca — declara Starfire.

— Vocês precisam ir no sábado, assim podem assistir à Hora da História — lembra Julia.

— O que é Hora da História? — pergunta meu pai.

— É só um momento em que eu leio para um grupo de crianças — explico.

— Ela faz as vozes dos personagens — acrescenta Julia.

— É mesmo? — Os olhos do meu pai se iluminam. — Como aquela moça fazia naquela biblioteca que a gente frequentava! Qual era o nome dela? Leanna?

Ele com certeza *deve* saber o nome dela, já que os dois namoraram por um breve período. Depois disso, percebi que passamos a frequentar outra filial.

— Como você começou a trabalhar na biblioteca? — pergunta Starfire. — Sempre quis trabalhar com isso?

Eu não teria me sentido mais exposta nem se abrisse a minha pele e colocasse as entranhas em cima da mesa.

— Aposto que sei a resposta — se adianta meu pai.

Não sei se isso torna a situação melhor ou pior.

Ele apoia os cotovelos na mesa e se inclina para a frente.

— Quando a Daphne era pequena, já lia bastante. E, como eu tinha uma namorada que trabalhava em livraria, conseguia uns descontos ótimos. Por isso eu sempre levava livros quando ia visitar ela.

Ele faz uma breve pausa.

— Mas nem eu nem a Holly, a mãe da Daph, tínhamos muita "verba extra", por assim dizer. Por isso eu estava sempre encrencado com ela. Eu conseguia o primeiro livro de uma série para a Daphne, ou pior, o *segundo* livro da série, e a Holly acabava tendo que comprar o primeiro.

Até que ela finalmente me mandou parar de levar presentes. Achou que eu estava tentando comprar a Daphne.

Ele revira os olhos ao dizer isso, mas também dá uma piscada de olho para Julia, antes de voltar a falar:

— Talvez eu estivesse mesmo. Só um pouquinho. Enfim, a Holly e eu fizemos um acordo sobre isso. E eu comecei a levar a Daph à biblioteca toda vez que estava na cidade. Se você visse a reação da menina, ia pensar que eu tinha levado ela na Disney. É só colocar essa garota em uma sala cheia de livros e ela fica mais feliz que qualquer pessoa que eu já conheci. Eu mesmo nunca entendi isso, mas era bonitinho demais ver a menina empilhar o máximo de livros que conseguia carregar e colocar tudo em cima de um balcão mais alto do que ela para retirar.

Starfire leva a mão ao peito ao ouvir isso.

Meu coração está batendo um pouco rápido demais, e é desconfortável.

Ele conta essa história de um jeito tão diferente do que eu me lembro. O que parecia mais importante para mim — mais ainda que a magia de estar cercada de livros grátis, com capas e ilustrações de cores fortes — era a empolgação de mostrar ao meu pai o que eu tinha encontrado. Andar com aquela pilha de livros nos braços procurando por ele. Por fim eu o encontrava flertando com uma bibliotecária, sem dar muita importância ao fato de eu estar parada ali, esperando receber atenção.

As idas à biblioteca são uma das minhas lembranças mais antigas de alegria, e também uma das primeiras vezes que me dei conta de que eu sempre viria em segundo lugar.

— Com licença. — Afasto a cadeira da mesa e me levanto. — Preciso ir ao banheiro.

Passo serpenteando entre as mesas no deque e ajusto a vista à iluminação mortiça das lâmpadas de filamento no interior do restaurante, antes de atravessar o corredor que leva aos banheiros.

Os dois estão ocupados, mas, sendo bem sincera, minha vontade de fazer xixi não é tão grande quanto a necessidade de respirar um pouco enquanto espero essa torrente confusa de sentimentos passar. Eu me apoio no papel de parede dourado e fecho os olhos, ordenando que meu coração desacelere.

— Você tá bem? — pergunta uma voz baixa.

Abro os olhos. Miles avança, hesitante, pelo corredor.

— Sim. Ahã. Tô ótima! — digo. — O banheiro tá ocupado.

Ele assente.

— Então vou deixar você tranquila. — Ele se vira para sair, e eu sinto um desespero.

Para desabafar, ou só para manter Miles aqui, mesmo que apenas por mais um momento, digo em um rompante:

— Nunca sei como me sentir quando ele está por perto.

Miles para e pensa por algum tempo. Então, caminha de volta até mim e se apoia na parede ao meu lado.

— Alguém me falou há pouco tempo que os sentimentos são como o clima. Meio que simplesmente acontecem.

Tento forçar um sorriso.

— Parece que essa pessoa não sabe o que fala.

— É uma pessoa muito inteligente — diz ele. — E gostosa, se isso for relevante.

O brilho que isso provoca no meu peito não é forte o bastante para romper a sombra das nuvens que se acumulam ali.

— Ele tá sendo tão legal — falo, a voz desanimada.

Miles considera isso por um instante.

— Sim, parece que sim.

— Então por que estou chateada?

— Talvez porque... quando ele está sendo legal, seja difícil ficar brava com ele. — Miles pega minha mão com cuidado. — E você está brava com o seu pai, por isso acaba se sentindo mal.

— Talvez. — Então eu completo: — Talvez seja exatamente isso.

Ele me puxa contra o peito e passa os braços ao meu redor. Miles, aconchegante, cálido, familiar. E fico surpresa com a dor que me provoca estar tão perto dele. Como isso só parece sublinhar o fato de que nunca vou ficar ainda mais perto.

— Podemos fugir se você quiser — murmura ele.

— Ir embora sem pagar? Estou chocada com você, Miles Nowak.

— A minha ideia é mais pagar na saída — explica ele — e pedir um táxi para nos levar no máximo da velocidade permitida para algum lugar onde não achem a gente.

— Não podemos. A Julia ia acabar indo com eles para Vermont. E a próxima notícia que teríamos seria que ela estava tomando esteroides e treinando para entrar no time olímpico feminino de esqui.

— A Julia sabe se cuidar — afirma Miles.

— Eu também — argumento.

Ele se afasta para olhar no meu rosto.

— Eu sei. Só não quero que você precise fazer isso.

Olho na direção do deque e pisco várias vezes para afastar a emoção que ameaça me dominar.

— A verdade é que ele parece diferente.

— Isso é ruim?

Balanço a cabeça.

— Não. Eu só...

Não quero confiar nele.

Não quero me decepcionar.

— Fiz as pazes com o jeito como as coisas sempre rolaram entre nós — admito. — Levei muito tempo para deixar de esperar mais do que ele estava disposto a me dar.

— Faz sentido — diz Miles, e coloca uma mecha de cabelo atrás da minha orelha.

Não quero ficar insegura de novo. Não quero ficar magoada toda vez que ele me desapontar.

Já posso sentir mais uma vez: o vazio doído no lugar onde deveria estar o amor do meu pai. E desta vez não tenho minha mãe por perto, nem Peter e os Collins para preencher esse espaço.

E, não importa quanto Starfire seja sinceramente simpática, isso não muda o fato de que ela é a mulher que pagou para alguém lhe contar o argumento de *Titanic* como se fosse uma profecia, e *essa mulher* é merecedora do amor do meu pai, enquanto eu nunca fui.

Assim como Petra é merecedora do amor de Peter.

Assim como Peter é merecedor da fidelidade de todos aqueles amigos cuja aprovação me esforcei tanto para conquistar quando nos mudamos para cá. Os mesmos que não me deram nenhuma atenção desde que terminamos. Ele é merecedor até do amor da Sadie, depois que eu deixei de ser.

A vida não é uma competição, e o amor também não é, mas eu ainda sou o lado que sai perdendo.

Miles franze a testa e levanta meu queixo.

Balanço a cabeça.

— Só quero que seja de verdade.

— O quê?

— As lembranças que o meu pai tem de nós dois — sussurro. — Essa visita. Quero acreditar que tudo isso significa alguma coisa.

— Talvez signifique.

A porta do banheiro atrás de nós é aberta, e Miles deixa as mãos caírem nas laterais do corpo, enquanto nos imprensamos contra a parede para deixar passar o homem que saiu de lá. No caminho, o antigo ocupante do banheiro, que ainda está ajeitando a camisa dentro da calça, olha para nós com desconfiança evidente.

— Ele tem cem por cento de certeza que a gente tá negociando drogas — digo.

— Que absurdo — rebate Miles. — Ele tem pelo menos *cinquenta por cento* de certeza que a gente tá tendo um caso ilícito.

Nós dois abaixamos a cabeça, sorrindo.

— Então, para onde você quer ir? — pergunta ele. — Quer voltar para a mesa ou ir para a saída?

— Para a mesa. — Inclino a cabeça na direção da porta aberta do banheiro. — Me dá só um minuto.

— Melhor dar um minuto ao *banheiro* — diz Miles. — Estava escrito na cara daquele homem que ele acabou de fazer alguma coisa profana aí dentro.

Abordo a garçonete no caminho de volta até o deque.

— Você pode, por favor, colocar as porções que nós dividimos na minha parte da conta? — pergunto.

— Gostaria de poder te ajudar. — Ela ergue as mãos, como quem se rende. — Mas o senhor já se responsabilizou por tudo.

— É mesmo? Tem certeza?

— Ele foi muito firme quando disse que a conta não deveria chegar até a mesa — responde ela.

Agradeço e volto para meu lugar, ligeiramente zonza. Assim que afundo na cadeira, um grupo de garçons entra no deque pela porta dos fundos do restaurante, carregando um bolo de chocolate com uma vela faiscante acesa no meio.

— Feliz aniversário atrasado, meu bem — diz meu pai, no momento em que a equipe do restaurante começa a cantar.

— Obrigada, pai — falo, e minha voz desaparece em meio ao coro ao redor.

— De nada — murmura ele, e aperta meu braço por cima da mesa. Parece aliviado, ou mesmo satisfeito.

Como se minha felicidade o deixasse feliz. E de repente meus olhos estão ardendo, e sinto uma quentura subindo pelas narinas. Eu me concentro nas fagulhas azuis e douradas cintilando em cima do bolo para não desmoronar.

Depois da sobremesa, descemos a escada do deque, que leva até a praia. Miles trouxe toalhas na mochila, que esticamos enquanto esperamos que o céu escureça de vez, que as estrelas comecem a se mostrar. Na água, alguém em um barco resolveu soltar fogos.

Um rumor, um arquejo, um suspiro se espalham por quem está na praia. Um fio de luz acende e explode em uma flor roxa tremulante. Mais duas se seguem, de cada lado da primeira, rosa e dourada.

Crianças soltam gritinhos e correm ao redor dos adultos que estão com elas, com picolés e casquinhas de sorvete derretendo nas mãos. Meu pai e Starfire engatam uma conversa com um casal mais ou menos da idade deles que está parado perto de nós, e Julia está sentada no chão, tirando selfies com o cão da montanha dos pireneus estirado na areia. Mesmo com o cheiro de enxofre no ar, ainda consigo sentir o perfume de Miles ao meu lado.

— Noite boa? — pergunta ele. Uma nova onda de fogos pinta seu rosto de verde e laranja.

— Noite ótima.

Miles sorri e olha para a frente, e deixa a mão roçar na minha. Meu coração parece um presente sendo desembrulhado, e meu corpo relaxa.

Pela primeira vez, me permito realmente imaginar isso aqui durando. Tudo isso.

Meu pai e Starfire. Ashleigh e Julia. Waning Bay.

Miles.

Eu poderia ser feliz aqui. Poderia pertencer.

26

MEU PLANO É dar boa-noite ao meu pai e a Starfire no apartamento e deixar eles irem embora. Então, cometo o erro de jogar o nome do motel deles no Google.

— Pai! — digo. — Esse motel fica a quarenta minutos daqui, e as *três* primeiras avaliações mencionam percevejos.

— Os hotéis mais perto do lago estão lotados há um ano, pelo que vimos — responde ele.

Rolo a tela. As avaliações que *não* mencionam percevejos se concentram nas baratas. Outra pessoa reclama que o quarto em que ficou não tinha nem cama.

— Só uma marca enferrujada no chão onde a cama deveria estar — leio em voz alta para eles.

— Tenho certeza que, se nos derem um quarto sem cama, podemos mudar para outro quarto sem pagar nada a mais — comenta Starfire.

Lanço um olhar desesperado a Miles.

— Alguém quer água? — pergunta ele, em um tom animado. — Daphne... quer me ajudar?

Vamos direto para a cozinha, ignorando os protestos de que eles não estão com sede, de que já se passaram horas desde que tomaram vinho, de que deveriam pegar o caminho do motel etc.

Enquanto pega os copos, Miles pergunta baixinho:

— O que você quer fazer?

— Não podemos deixar eles ficarem naquele lugar — sussurro de volta.

— Podemos sim — retruca ele. — Mas não temos que deixar. Você que sabe.

— Que outra opção a gente teria? — pergunto.

— Eu posso deixar eles dormirem no colchão de ar, e eu fico com o sofá? — sugere Julia, me dando um susto quando entra na cozinha. — Não tinha "água" nenhuma, então?

— Estamos trabalhando nisso — diz Miles, depois continua, a voz mais baixa: — Só estamos tentando descobrir o que fazer com essa situação. Acho que não podemos deixar duas pessoas de mais de sessenta anos dormirem em um colchão de ar.

— Eu durmo no sofá, a Julia pode dormir no colchão inflável e eles ficam no meu quarto — digo.

— Não seja ridícula — protesta Miles. — Eles podem ficar no meu quarto, e eu durmo no sofá.

— E isso seria menos ridículo por quê? — digo. — São meus pais. Ou... ele é meu pai e ela é minha... Starfire.

— Tem certeza que não se incomoda de eles ficarem aqui? — pergunta Miles.

— Só esta noite, não — respondo. — Amanhã a gente pode procurar um hotel que seja menos...

— Infestado? — completa Julia.

— Isso — concordo.

— Se você tem certeza... — diz Miles.

Não tenho tido muitas certezas nos últimos meses.

— Certeza suficiente — digo.

Quando chega a vez de Miles na fila do banheiro, acomodo meu pai e Starfire no meu quarto, com roupa de cama limpa.

— Obrigado mesmo por isso, filha — diz ele. — Mas nós teríamos ficado bem no motel.

— Bom, desse jeito vocês não levam percevejos para a família da Starfire — respondo.

Ele me dá um abraço de boa-noite e um beijo sem jeito no topo da cabeça e, quando nos afastamos, Starfire está esperando, os braços abertos revelando a camisola azul-bebê.

— Boa noite, Starfire — digo, aceitando o abraço apertado.

— Boa noite, meu bem. Se quiser, pode me chamar de *mãe*.

— Ah, bom... Vou continuar com Starfire, mas desejo uma ótima noite pra você.

Fecho a porta ao sair. Julia está no processo de arrastar o colchão de ar na direção do quarto de Miles, e eu me apresso a ajudá-la.

Concordamos que faria mais sentido ela dormir lá, porque, se deixarmos o colchão de ar no meio da sala, não vou ter espaço para sair do sofá sem pisar nela.

E, levando em conta a quantidade de vezes que preciso fazer xixi à noite, isso parece impraticável.

Desenrolamos o colchão na frente do armário de Miles e, enquanto ela usa a bomba para enchê-lo, trago a roupa de cama amarfanhada da sala.

— Obrigada por concordar com isso — digo a Julia quando ela para de encher o colchão e começamos a arrumar a cama.

— Sem problemas. Para ser sincera, acho que isso é um sinal de que eu tenho que voltar para Chicago e pegar o resto das minhas coisas e o meu carro.

— Você voltou a falar com o Miles sobre isso?

— O que eu tenho pra falar com ele?

Hesito.

— Alguma coisa... aconteceu em Chicago?

Ela se joga no colchão e puxa a colcha até o queixo, o rosto duro.

— Pode apagar a luz quando sair?

— Claro — digo. — Durma bem.

Na sala escura, arrumo minha cama no sofá. A porta do banheiro é aberta com um rangido e raios de luz me alcançam. Miles sai para o corredor em meio a uma nuvem de vapor, o cabelo úmido, alguns pontos molhados na camiseta cáqui, que fazem o tecido se colar ao corpo dele de um jeito vagamente sugestivo.

— Eu mesmo poderia ter arrumado a cama — sussurra ele, e se aproxima na ponta dos pés.

Volto a ajeitar as cobertas.

— Por que você faria a minha cama?

— Porque não é a sua cama. É a minha — diz ele.

— Quem disse?

— A pessoa que é dona do sofá — retruca Miles.

Paro o que estou fazendo e o encaro. A luz do banheiro reflete no lado direito do rosto dele, e o lado esquerdo está na sombra.

— Fica com a minha cama — pede Miles.

Pego um travesseiro e afofo.

— Você vai estar me fazendo um favor — insiste ele. — A Julia e eu nunca dividimos um quarto na vida, e, até onde eu sei, ela canta em falsete enquanto dorme.

Miles tira o travesseiro da minha mão e se aproxima.

— Daphne, você me daria a honra de dormir na minha cama?

Cada terminação nervosa do meu corpo vibra. Sei que ele não tinha a intenção de que a frase soasse desse jeito.

Por isso, respondo em um tom muito natural:

— A Starfire me falou que eu posso chamar ela de "mãe".

Miles deixa escapar uma risada abafada.

— Você vai se sentir melhor ou pior se eu te contar que ela me falou a mesma coisa?

— Vai me dar vontade de comprar um dicionário pra ela — retruco.

Ele engole outra risada.

Quando sossegamos, só o que resta é a atração absurda entre nós, que parece nos entrelaçar.

Dentro do quarto, meu pai tosse alto e um leve cheiro de maconha escapa pela porta, e o feitiço é quebrado.

É como se uma redoma ao nosso redor fosse retirada. E a realidade se adianta, apressada.

— Durma bem — digo a ele.

Miles estende o braço na direção do quarto dele.

— Você também.

E eu durmo.

Sonho com fogos de artifício, com mãos frias, um maxilar áspero, o sabor de gengibre e o cheiro de fumaça de lenha.

NA SEXTA-FEIRA, DEPOIS do trabalho, encontro meu pai e Starfire em uma cervejaria que Miles indicou.

Ashleigh está se recuperando da viagem a Sedona, Julia voou de volta para Chicago no início da tarde e o irmão dela já está trabalhando em Cherry Hill, por isso somos só nós três. Fico grata por Miles ter recomendado um lugar com um jogo Jenga em tamanho extragrande e uma cancha de bocha no pátio, assim temos mais o que fazer além de ficar olhando um para a cara do outro.

Eles me contam sobre o dia que passaram explorando as dunas — para o passeio, Starfire escolheu um vestido meio transparente com estampa dramática que a deixa parecida com uma das *Real Housewives* em férias no deserto.

Ela me mostra umas duzentas fotos da areia, antes de o meu pai gentilmente conduzir a conversa em direção ao *meu* dia.

— Foi bem normal — conto. — Tivemos uma Troca de Quebra-Cabeça hoje de manhã. Uma cliente apareceu com um quebra-cabeça personalizado que mandou fazer com fotos sensuais que ela tirou trinta anos atrás, e outro tentou sair da biblioteca com três quebra-cabeças do *Star Wars* escondidos dentro do casaco.

— Parece que você tem que lidar com umas figuras bem curiosas — comenta meu pai, e joga a última bola de bocha pela areia.

— A biblioteca é a melhor amostra da humanidade — digo a ele. — Dá pra conhecer todo tipo de gente interessante.

— E eu achando que você estava lá pelos livros de graça — brinca meu pai.

Fico surpresa ao me dar conta de como isso parece normal. Como é bom imaginar ter *essa* versão do meu pai por perto — a versão em que ele faz perguntas sobre o meu trabalho, em que não só aparece para o meu aniversário como se lembra de pedir ao garçom para servir um bolo com uma vela faiscante.

Tudo bem, a atenção de estranhos pagos, forçados a cantar parabéns para mim, fica bem longe de qualquer presente que eu já tenha *desejado*, mas me parece o tipo de coisa que os pais costumam fazer. Pais que estão por perto o ano todo, que medem a altura dos filhos no batente da porta e ensinam a andar de bicicleta e levam esses mesmos filhos pela primeira vez ao pronto-socorro.

Ele também ainda é o pai que eu conheço desde sempre: aquele que conseguiu, hoje nas dunas, simplesmente "esbarrar" em alguém que é dono de um hotel na ilha Mackinac e com quem descobriu uma paixão em comum pelo Grateful Dead — a conexão entre os dois foi tão intensa que levou o hoteleiro a dar seu telefone para o meu pai, prometendo uma estadia de graça para ele e Starfire no momento em que quiserem aparecer.

Mas ele agora também é o pai que pergunta:

— O que você mais gosta de fazer na biblioteca?

E escuta com interesse enquanto conto sobre a Maratona de Leitura, sobre os patrocínios que consegui, sobre a felicidade de Harvey com as doações em dinheiro que Miles me ajudou a arrecadar.

— O seu entusiasmo! — diz Starfire, levando a mão ao peito. — Igualzinha ao seu pai.

E ele pega a mão da esposa, aperta com carinho e diz:

— Não, ela é muito melhor que esse velho camarada aqui. A Daph sempre teve *rumo*.

Não compreendo exatamente por que o fato de ele sentir orgulho de mim importa. Mas é um fato. Importa.

Depois do jantar, meu pai sugere visitarmos Miles em Cherry Hill. Assim, deixamos o carro na cervejaria para pegar depois e vamos de táxi até a península.

O bar de vinhos está lotado.

Miles acena para nós de trás do balcão, mas está ocupado demais para vir bater papo. Ele murmura alguma coisa para Katya, que nos chama em uma das extremidades do balcão e já coloca uma garrafa aberta e três taças na nossa frente.

— Por conta da casa — grita ela acima do barulho.

Levamos a garrafa e as taças para a área das mesas redondas no gramado, o céu ficando lilás enquanto o sol insiste em permanecer um pouco mais.

Examino o gramado.

— Não tem mesa livre.

— Cadeira faz mal para a coluna — responde Starfire, em uma declaração curiosa mas confiante.

Ela tira as sandálias com pedrarias e senta no chão. Meu pai e eu fazemos o mesmo — nos sentamos, embora ainda de sapatos —, mas a grama está tão deliciosamente fresca que não culpo Starfire por querer senti-la entre os dedos.

Meu pai serve o vinho, depois passa nossas taças, e ficamos olhando as cores se dissolverem no céu.

— Eu consigo ver nós dois aqui, Star — comenta meu pai, e ela suspira.

— Eu também. Devíamos perguntar pra Karen o que ela acha.

— Karen? — questiono.

— Nossa vidente — responde Starfire.

— A mesma que te falou sobre o *Titanic*? — checo.

Ela assente.

— Por isso nós ficamos tão surpresos com você e o Miles. A Karen disse que você e ele vão ficar juntos por muito tempo. E ela nunca errou.

Não sei bem como Starfire conseguiu confirmar que sua vida passada foi um filme vencedor do Oscar, mas deixo pra lá.

Mesmo depois que o gramado esvazia, as mesas começam a ficar livres e o céu escurece, continuamos onde estamos, reclinados na grama, vendo as luzinhas se acenderem, ouvindo o bater das asas de um morcego ocasional passando.

Quando o turno de Miles termina, ele nos traz uma garrafa de vinho tinto pela metade que sobrou e serve um pouco para cada um.

Meu pai faz um brinde.

— Aos nossos anfitriões tão gentis.

Starfire acrescenta:

— À minha nova família linda.

Sinto uma pontada no peito.

De culpa? Como se estivesse traindo a minha mãe se deixar o meu pai se aproximar?

Ou talvez seja só medo. De estar fazendo o que jurei que nunca faria: abrir espaço no coração para alguém em quem a experiência já me ensinou que eu não devo confiar.

As pessoas mudam, penso.

Eu *posso* mudar.

Meu pai também.

Miles se ajeita no gramado ao meu lado e seu joelho roça no meu, como uma pergunta silenciosa. *Ei, você tá aí? Tá bem?*

Eu *posso* estar.

Posso estar aqui, vivendo o momento, em vez de ficar esperando ver a fumaça de um incêndio, pronta para fugir.

Ergo minha taça e me junto ao círculo que formamos.

— À família.

27

SÁBADO, 3 DE AGOSTO

14 DIAS PARA A MARATONA DE LEITURA

D UAS COISAS ACONTECEM no sábado de manhã.
 Primeiro, Ashleigh falta ao trabalho por estar doente e Landon precisa ficar no lugar dela. Depois, uma tempestade atinge Waning Bay, fazendo as pessoas procurarem lugares fechados para se abrigar. E pelo jeito a maior parte das que têm menos de oito anos escolheu vir para a biblioteca.

Corro de um lado para o outro até o momento de começar a organizar o material para a Hora da História. Nesse instante as portas automáticas se abrem, permitindo ouvir o barulho distante de um trovão e deixando entrar uma rajada de chuva, junto com Miles Nowak.

Ele para no capacho do lado de dentro da porta para sacudir o cabelo molhado, como um cachorro se secando depois do banho, e tenho que conter um sorriso absolutamente encantado.

No entanto, quando Miles ergue os olhos e me pega olhando para ele, não retribui o sorriso. O meu também se apaga conforme ele se aproxima e pousa um copo em cima do balcão.

— Trouxe chá pra você.

— Obrigada.

Percebo que ele está esperando, por isso tomo um gole e a doçura carregada de especiarias desce direto pela minha língua até a base da coluna.

— Uma delícia — confirmo. — Você veio até aqui só pra me trazer isso?

Ele dá um sorrisinho.

— Eu vim até aqui pra ouvir uma história.

Dou uma olhada ao redor dele, meio que esperando ver Starfire envolta em plumas e meu pai a reboque, vestindo jeans da cabeça aos pés.

Miles abaixa os olhos para as mãos apoiadas no balcão e pigarreia.

— Ah. Então...

— Eles não vêm — deduzo. — Né?

Ele inspira devagar. Sinto o estômago pesado e me esforço para conter a decepção.

Não é nada de mais. Na verdade é até um alívio. Sempre me sinto constrangida quando estou sendo *observada* durante a Hora da História por pessoas que não são frequentadoras da biblioteca. Agora posso encerrar o expediente em paz e encontrar meu pai e Starfire no bar de arremesso de machado que ela estava tão animada para conhecer.

Miles ainda está me olhando como se eu fosse um cachorrinho em cuja pata ele tivesse acabado de pisar.

— Tá tudo bem — garanto a ele. — Só vou ler um livro em voz alta para algumas crianças. Não é exatamente a minha estreia na Broadway.

— Não, eu sei... — Miles olha por cima do meu ombro e de novo para o meu rosto. — Acho que você tem que ir organizar as coisas, né?

Pelo modo como ele diz isso, consigo *sentir* o espaço em que paira alguma coisa *não dita*.

Meu coração acelera.

— Que foi?

— Nada — diz Miles. — Depois eu falo.

— Você está me assustando.

— Não é a minha intenção.

— Mas é o que você está fazendo — insisto. — Me diz logo o que aconteceu, senão eu não vou conseguir me concentrar.

Ele se afasta do balcão, as mãos agarrando a beirada, e solta o ar com força.

— Eu não pensei direito nisso.

— *Miles*.

— Eles foram embora, Daphne.

— Foram embora? — repito. — Quem?

— Seus pais — diz ele. — O seu pai e a Starfire. Eles receberam um convite de última hora para encontrar uns amigos em Mackinac.

Desvio os olhos na direção do celular. Está em cima do balcão, virado para cima. Não tem nenhum alerta de mensagem. Nenhuma explicação.

É claro que não. Nunca tem. A explicação está implícita: alguma coisa melhor apareceu.

Não tem motivo para eu ficar surpresa. E tem todos os motivos para eu não sentir nada. Isso é o que eu já devia estar esperando.

Convite de última hora, disse Miles.

Para encontrar uns amigos em Mackinac.

O "amigo" que ele fez ontem, sem dúvida. Um cara qualquer que é dono de um hotel e gosta do Grateful Dead. Pelo menos esse é meu palpite, se eu tiver que arriscar um. E é o que me resta fazer. Porque o meu pai não se deu o trabalho de falar comigo antes de ir embora.

Miles murmura:

— Ele te deixou um bilhete.

Viro o celular com a tela para baixo enquanto procuro os livros da Hora da História no meio da bagunça, mas minhas mãos parecem desajeitadas, como se meu cérebro estivesse aprendendo a operá-las.

— Eu disse pra ele te ligar — acrescenta Miles.

Encontro os livros e sinto uma mínima sensação de alívio ao ter algo sólido entre as mãos.

— Não é o estilo dele.

Miles estende a mão por cima do balcão e envolve meu pulso, roçando o polegar sobre as veias ali.

— Desculpa, eu devia ter esperado pra te contar.

Não consigo conter uma risadinha sarcástica.

— Não, sério, Miles. Foi melhor eu saber agora.

Caso contrário, teria ficado esperando meu pai aparecer.

Esperando, esperando, esperando.

— Você precisa ir trabalhar — digo.

Não quero que ele me veja desse jeito.

Quero ficar sozinha com meu constrangimento e minha mágoa.

No fim, foi relativamente simples tirar Peter da cabeça, aceitar as ações dele como prova da verdade: que nosso relacionamento, nossa vida juntos, os sentimentos dele por mim nunca foram exatamente o que eu imaginava que eram.

E parei de querer Peter quando aceitei isso, porque como poderia sentir falta de alguém que nunca existiu?

Então por que, ao que parece, não consigo fazer a mesma coisa com meu pai? Por que não consigo parar de sentir falta do pai que eu nunca tive?

Por que essa dor surda e constante no meu coração?

Eu *sabia* que ele não iria mudar. Mas uma parte de mim continuava a ter esperança de que *eu* tivesse mudado o bastante para ele não conseguir mais me magoar, ou de que essa nova versão de mim fosse aquela a que ele acharia que valia a pena se apegar.

De que eu tivesse consertado seja o que houvesse de errado comigo que não me permitia ser amada.

Pigarreio.

— Vai trabalhar, Miles. Eu tô bem.

Bem.

Bem.

Bem.

Você pode ficar bem.

Ele afrouxa os dedos no meu pulso e recua.

— Eu não vou trabalhar hoje. Achei que você... — Miles se interrompe.

— Não preciso de você pra ser minha babá — digo irritada, então tento suavizar o tom: — Acredita em mim, não tem novidade nenhuma nisso. Por favor, vai.

Ele me examina por um longo momento. Depois se afasta do balcão e deixa as mãos caírem nas laterais do corpo.

— Tá bom. Já entendi.

E então ele sai.

Pelo menos dessa vez, fui eu que disse adeus antes.

Q<small>UANDO CHEGO EM</small> casa, Miles está no quarto dele falando no celular, a voz alta, o tom chateado, quase irritado.

— Não importa — diz ele. — Você não devia ter feito isso.

Sua voz se torna um murmúrio indistinguível, então o apartamento fica em silêncio. Só me dou conta de que estou parada no corredor, ouvindo a conversa dos outros, quando Miles abre a porta do quarto de repente e me pega no flagra.

Ele paralisa.

Meu peito se aperta ao vê-lo, tão desalinhado, tão bagunçado, tão familiar. Quero me esconder dele e quero que ele me abrace. Quero pedir desculpas pelo jeito como o tratei mais cedo e quero nunca mais falar sobre isso.

— Oi — digo, a voz rouca.

— Oi.

Um momento carregado se estende entre nós.

— Ainda não quero conversar — digo.

Ele assente.

— Não quero nem pensar — continuo. Pensar em que, na verdade? Meu pai continua a ser exatamente quem sempre foi, e eu também sou quem sempre fui.

Só por uma noite, eu gostaria de fingir. Gostaria de ser outra pessoa. Não a Daphne tensa, nem a Daphne magoada, nem a que é abandonada.

Não a que fica esperando, ou se debruçando sobre o bilhete do pai como se fosse um antigo mapa do tesouro — com o qual, se eu conseguir interpretar os rabiscos desbotados, tudo vai fazer sentido.

Engulo em seco.

— Você me leva pra algum lugar?

Miles ergue as sobrancelhas, surpreso.

— Aonde você quer ir?

— Só... algum lugar aonde eu nunca fui.

Algum lugar que não me faça lembrar de Peter, ou do meu pai, ou de qualquer outro momento em que eu não fui o suficiente.

— Se você estiver ocupado...

Miles me interrompe:

— Vou pegar a chave do carro.

Durante os primeiros minutos na caminhonete, ele leva ao pé da letra meu pedido de não conversar.

Quebro o silêncio primeiro, a voz baixa e tensa.

— Desculpa que eu fui grossa. Você foi tão legal, mudou seus horários hoje só pra fazer eu me sentir melhor...

Paramos no semáforo e Miles vira para mim. Ele respira fundo mas logo fecha a boca, como se tivesse acabado de decidir não dizer alguma coisa.

— Que foi? — pergunto.

— Nada — mente ele.

— Ah, vai — instigo. — Me fala.

— É que... — Ele balança a cabeça. — Você sempre presume que eu estou sendo altruísta. Como se nunca tivesse te ocorrido que talvez eu *queira* estar com você. Aí, quando você me dispensa, eu tenho que tentar descobrir se você simplesmente não se sente do mesmo jeito que eu ou se *você* acha que está me fazendo algum tipo de favor. E eu nunca consigo chegar a uma conclusão.

Meu coração parece queimar. Minha garganta está apertada. Não sei o que dizer.

Atrás de nós, alguém buzina, e Miles volta os olhos para a rua. O semáforo ficou verde. Ele segue com o carro.

Estacionamos em um recuo da estrada que nos protege da vista, com um bosque nos cercando à direita e à esquerda.

— Que lugar é este?

Miles abre a porta.

— Um lugar novo.

Saio do carro também e tento abrir o aplicativo de mapa no meu celular. Sem serviço.

— Por aqui.

Miles me leva para dentro do bosque, o chão coberto de areia e agulhas de pinheiro. É uma caminhada longa, meia hora pelo menos, antes de as árvores rarearem, dando lugar à água azul-esverdeada que se estende a perder de vista, com uma faixa estreita de azul mais escuro, onde o céu se funde ao lago no horizonte.

NEM TE CONTO

O sol está baixo, a luz forte. Viro a cabeça na direção do vento para olhar a praia. A distância, uma grande pedra pálida se projeta da água, bloqueando a visão da enseada. Árvores ralas se erguem retorcidas da pedra, em ângulos estranhos e extravagantes, todas brancas como areia.

— Uau — digo em um sussurro.

Miles solta um murmúrio de concordância.

Eu me viro para o outro lado, meu olhar seguindo pela praia até a curva do bosque, que corta qualquer coisa de vista à nossa direita também.

Ninguém. Só nós dois e alguns pedaços de madeira desbotados e ocos trazidos para a praia pela água.

— Esta — diz Miles — é a minha praia favorita.

Toco a base do meu pescoço, sentindo um nó subir pela garganta. O vento bagunça o cabelo dele, a barba voltou a crescer, e a luz que reflete em seus olhos escuros os faz brilhar.

Meu coração está *disparado*, como se estivesse tentando saltar uma onda. Como se eu pudesse me afogar só de ficar olhando para Miles.

Desvio os olhos e caminho na direção da água cintilante.

Abro os botões da minha blusa, tiro os sapatos e a calça, deixando tudo para trás, em uma trilha na areia úmida.

Entro no lago, preparada para o frio, mas, depois que a tempestade da manhã passou, o dia ficou quente, deixando a água agradável. As ondas batem, suaves, nas minhas canelas. Quero afundar completamente, mas tem um banco de areia aqui, por isso dou uma corridinha, embora a água torne meu progresso mais lento, fazendo minhas coxas arderem.

Miles fica parado na margem, protegendo os olhos da luz.

— Você vem? — grito acima do rumor da água.

Eu o vejo rir, mas não consigo ouvi-lo, e me sinto *roubada* desse som.

Miles tira a camisa e a calça e caminha na minha direção em passadas tranquilas e preguiçosas.

Ele acelera quando me alcança, espalhando água pelas minhas coxas e minha barriga conforme me pega pela cintura e me levanta. Deixo escapar um grito de surpresa e uma risada, e ele me carrega mais para o fundo, meus braços segurando os dele com força.

— Não me deixa cair — peço, minha voz abafada pelo bater da água.

Ele me balança nos braços e me ergue no colo, em vez de apenas me rebocar.

— Nunca — diz.

A cada passo, a água bate em nós, então chegamos tão fundo que ela cobre minha barriga, se erguendo acima dos braços de Miles. Ele para e me desliza para a frente e para trás, deixando meus pés correrem pela superfície do lago.

Fecho os olhos e todas as sensações se amplificam: os raios de sol banhando meu rosto, os braços de Miles envolvendo minhas costas e meus joelhos, o modo como a respiração dele faz seu abdome pressionar meu corpo a cada inspiração, os gritos preguiçosos das gaivotas a distância, os restos de areia nos meus pés e uma segurança completa.

É como estar em um útero. Como estar deitada em uma colcha no quintal da nossa casa antiga, a que ainda dividíamos com meu pai, em um dia de verão, sentindo cócegas na perna enquanto um tatu-bola sobe pela minha panturrilha. Como estar no meio de pilhas de livros na biblioteca, sem ninguém por perto, com uma boa seleção de histórias.

Deixo meus olhos se abrirem, e agora é a imagem de Miles — o cabelo desarrumado, o rosto sardento de sol e a barba por fazer, aqueles olhos cor de chocolate — que corre pelas minhas veias, como mil rastros na água, de mil barquinhos, com Miles no comando, rumando direto para o meu coração.

— Obrigada por me trazer aqui — murmuro.

Ele me olha com doçura.

— Eu já te disse. Não faço isso pra ser gentil.

28

Voltamos para casa com as janelas do carro abertas, sentindo o aroma de pinheiro no ar e ouvindo o vento rugir.

Em um farol vermelho, Miles vira o rosto para mim, na cabine escura da caminhonete, e pousa a mão na minha, em cima do assento. Meu coração fica a ponto de sair pela garganta. Viro a palma para cima, para encontrar a dele, e deixo seus dedos deslizarem entre os meus.

Ficamos de mãos dadas durante todo o caminho até em casa, na calçada que leva ao nosso prédio, enquanto subimos as escadas.

Ele abre a porta, me puxa para dentro do apartamento escuro, fecha a porta e me encosta nela.

Nossa respiração é superficial. Meu coração continua disparado.

Estamos na beira do precipício do qual viemos nos aproximando durante o verão, e ainda estou tentando me fazer dar meia-volta quando Miles me beija.

É um beijo bruto, de tirar o fôlego, que me deixa de joelhos bambos. Um beijo que acaba com qualquer resquício de força de vontade que eu ainda possa ter. Passo as mãos ao redor da nuca dele, pelo cabelo ainda úmido, e sinto seus quadris se colarem aos meus, com meses de desejo vibrando entre nós.

O beijo se aprofunda, a língua de Miles dentro da minha boca, seus dentes no meu lábio, e o gemido que ele deixa escapar desce pela minha garganta e parece atingir em cheio meu ventre. Ele desliza a mão pelo meu peito e segura meu seio através da blusa molhada, então perco de vez a paciência.

Alcanço o botão da calça dele e Miles me ajuda a abri-lo. Tiro sua camisa, e ele faz o mesmo com a minha blusa, e ambas vão parar no chão. Nos agarramos de novo e entramos na cozinha. Ele me guia até a bancada, suas mãos ansiosas já abrindo o fecho do meu sutiã, então prensa meus quadris ali enquanto me olha.

— Linda — diz, a voz rouca.

Puxo Miles mais para perto e arquejo ao sentir seu peito roçar no meu. Ele me senta em cima da bancada e se aproxima mais, nossos corpos se movendo agitados um contra o outro, tentando encontrar cada mínimo ponto de fricção, minhas coxas apertando sua cintura.

Beijá-lo agora que o conheço é tão diferente. Agora entendo que o Miles despreocupado e alegre que conheci é só a camada superficial, que aquele jeito descuidado de seguir pelo mundo é um produto do autocontrole, mas que abaixo da superfície ele *quer*.

O último pedaço de cheesecake.

O último gole de vinho.

A água fresca do lago.

Ser beijado.

Ser abraçado.

Ser protegido.

Miles quer tudo isso, até as coisas que nunca se permitiria pedir, ou não se permite ter.

A mão dele alcança minha nuca e se enfia no meu cabelo, e o beijo se torna desesperado.

As sensações eletrizantes na minha barriga me fazem sentir leve, como se estivesse cheia de hélio. Nossos dentes se chocam. Uma risada sem fôlego, dele ou minha, e depois um beijo mais profundo. Desço as mãos pelas costas dele e corro as unhas pelos ombros, deixando sua pele arrepiada.

Adoro a sensação da pele de Miles. O jeito como está seca por ficar exposta à natureza e o cheiro da vinícola, que nunca se vai completamente.

Quero que ele saiba que eu adoro isso, e sussurro bem perto do seu ouvido. Miles esfrega o nariz no meu pescoço e deixa a mão descer pelo meu peito, roçando em mim até eu mal conseguir respirar.

Então ele se abaixa entre os meus joelhos, as mãos pousadas de leve nas minhas pernas, a boca quente e firme no meu ventre, na dobra do meu quadril e, depois de erguer os olhos brevemente para encontrar os meus, no meio das minhas coxas. Inclino o corpo para trás e me apoio na palma das mãos, a respiração acelerada, enquanto Miles afasta minha calcinha de lado e pressiona a boca em mim, murmurando meu nome em uma voz rouca que deixa tudo dentro de mim tenso. Projeto os quadris na direção dele, e suas mãos deslizam ao redor do meu corpo para guiar meu movimento, até eu sentir que não consigo mais respirar, não consigo mais ver, como se meu coração fosse atravessar as costelas se eu não tiver ainda mais de Miles.

— Camisinha? — sussurro.

Os olhos dele voltam a encontrar os meus, escuros e brilhantes.

— Você quer?

Sei o que ele está perguntando. Não é *Você quer usar camisinha?*, e sim *Você quer fazer alguma coisa que exija camisinha?*, e quase começo a rir, porque não consigo imaginar como ser mais óbvia em relação ao que eu quero.

— Eu quero — respondo —, se você quiser.

Miles se levanta e aperta gentilmente a minha nuca.

— Fica aqui.

Quando ele volta, joga uma fileira de preservativos em cima da bancada e me puxa de volta junto ao corpo, em um beijo faminto, enquanto nos debatemos com a calça um do outro. Tiro a dele primeiro e envolvo seu membro com a mão. Miles apoia a cabeça no meu ombro, os músculos tensos de um jeito que me deixa eletrizada. Eu o afasto de leve, empurrando seu ombro, e nossos olhares se encontram quando desço da bancada e me ajoelho à sua frente.

— Você não precisa fazer isso — murmura Miles.

— Eu quero.

E quero mesmo, como nunca quis antes. Miles agarra meu cabelo enquanto o enfio na boca, e ele deixa escapar um som estrangulado. Ele se move comigo, e minhas mãos sobem pelas suas coxas e alcançam seus quadris, guiando-o.

— Daphne — diz Miles agoniado, balançando a cabeça. — Chega.

O que é bom, porque ouvi-lo tão excitado está tornando difícil para mim continuar. Ele me ajuda a levantar e nossas bocas se encontram de novo, e as mãos dele correm pelo meu corpo, despindo de vez minha calça, depois a calcinha. Pela primeira vez estamos nos vendo sem roupa nenhuma, e é ao mesmo tempo arrebatador, aterrorizante e sensual ter os braços de Miles ao meu redor, nossas coxas entrelaçadas, sentir o sangue pulsar em suas veias em tantos lugares diferentes, enquanto ele se inclina para pousar um beijo na curva do meu pescoço, outro na minha têmpora, até enfim beijar meus lábios com delicadeza.

Por vários segundos, somos gentis e delicados em nossos movimentos, mas logo o desejo fala mais alto. Ele me vira pelos quadris, me empurra contra a bancada e abre caminho entre as minhas coxas, então me provoca até eu estar quase gritando, pressionando o corpo ao dele, implorando.

Escuto o barulho da embalagem de preservativo sendo rasgada e volto a pressionar o corpo no dele, e segundos depois, *finalmente*, sinto Miles me penetrar devagar. Não consigo mais conter o grito que estava guardando e sinto as costas arrepiadas enquanto as mãos dele descem pela minha pele e se firmam nos meus quadris, me guiando de um jeito febril. Miles passa uma das mãos ao redor da minha cintura e a coloca no meio das minhas coxas conforme continuamos a nos mover juntos.

A beira da bancada se crava na minha cintura. A ponta dos dedos dele afunda em meus quadris.

— *Mais* — peço. Não está nem perto de ser o bastante.

Miles recua o necessário para me virar de frente para ele. Cambaleamos juntos por alguns segundos vertiginosos e desesperados, então estamos deitados no chão da cozinha, Miles me mordendo, eu lambendo seu corpo, nossa pele escorregadia de suor, a pelve dele pressionando a minha. Como eu queria. Como eu precisava.

Percebo que disse isso em voz alta quando ele responde:

— Você não tem ideia de como eu queria isso, Daphne. De como eu precisava de você. Desesperadamente.

Miles — imploro.

É como se mais do que o meu corpo estivesse prestes a se desintegrar, como se meu coração estivesse arrebentando o peito, e me sinto apavorada e vulnerável ao me ver exposta desse jeito na frente dele, tão inesperada e completamente à mercê de Miles.

A mão dele emoldura meu rosto e nossos corpos mantêm o ritmo.

— Eu sei — sussurra ele. — Estou com você.

Então eu me solto, me liberto, cada nó se desfazendo, e Miles morde meu ombro enquanto também estremece dentro de mim.

Uma onda de sensações me domina e o som da nossa respiração acelerada cresce nos meus ouvidos e luzes parecem dançar atrás das minhas pálpebras.

A onda recua, nosso coração ainda disparado, e Miles sai de dentro de mim e me puxa contra seu peito conforme tentamos recuperar o fôlego.

Cubro os olhos com o braço e deixo escapar uma gargalhada incoerente.

— Daphne? — diz Miles, o tom alarmado. — Que foi?

Ele abaixa meu braço para poder encontrar meus olhos.

— Nada — consigo dizer.

— Então por que você tá rindo? — pergunta ele, ainda não convencido.

Eu mesma mal consigo entender minha reação.

— Acho que é porque eu tô feliz.

O sorriso dele se alarga. Miles se inclina para me beijar, um leve roçar de lábios que se prolonga. Também estou sorrindo, então nossos dentes se esbarram de leve. Ele afasta meu cabelo úmido de suor da testa.

— Você é incrível — diz baixinho, o que me faz rir de novo. Ele me lança um sorriso lento de lado, então. — O que tem de tão divertido nisso?

— É que, do jeito que você fala, parece que eu fiz acrobacias.

— Talvez tenha feito mesmo — retruca ele. — Eu apaguei por uns segundos no auge.

Enfio o rosto no peito dele, ainda dando risadinhas. Miles desliza a mão pelas minhas costas, para baixo e para cima, até alcançar minha nuca por baixo do cabelo suado.

— Apaguei mesmo — insiste.

— Acho que eu também — admito.

— Por que será? — pergunta Miles, o que me faz rir ainda mais, e sinto um torpor pesado e relaxante correr pelos meus membros pesados e relaxados.

— Não sei — digo.

Há um longo silêncio, ele acariciando meu cabelo, nossa respiração sincronizada. Então, Miles pergunta:

— Está com fome?
Por algum motivo, isso faz meu coração parecer prestes a explodir.
— Morrendo.

Tomo uma ducha rápida e visto um pijama enquanto Miles começa a fazer panquecas de banana com gotas de chocolate. Quando estou pronta, assumo a cozinha e ele vai tomar banho também, depois volta usando só uma calça de moletom e um chupão recém-adquirido no pescoço que eu não me lembro de ter deixado ali.

— Ai, meu Deus, desculpa — digo, tocando a base do pescoço dele.
— Não se desculpe. — Miles pega a espátula com uma das mãos e afasta o cabelo do meu pescoço com a outra. — Você vai precisar usar blusa de gola alta por algumas semanas.

Ele vira as últimas panquecas nos pratos já à espera, e comemos ali mesmo, de pé. Então, Miles afasta o prato vazio para o outro lado da bancada e pergunta:

— Quer conversar agora?
— Sobre o quê?
— Sobre o cretino do seu pai — responde ele.
— Talvez você não tenha percebido — digo —, mas aquele "cretino" é universalmente amado.
— Pelos estranhos — rebate Miles. — Pelas pessoas que não o conhecem e não precisam de nada dele. Desculpa se eu não acho isso nada impressionante.
— Ah, você não acharia mesmo. Porque todo mundo te ama instantaneamente também. *Eu* sou a pessoa que ninguém quer por perto.

Ele balança a cabeça, a testa franzida.

— Você tem noção da frequência com que faz isso?
— Faço o quê? — pergunto.
— Age como se a minha opinião não importasse pra você.

Eu o encaro, boquiaberta.

— É claro que importa.

— Tudo que eu digo — acrescenta ele —, você rebate com: *Ah, é claro que você ia dizer isso, Miles, você é legal demais*. Ou: *Você não entende porque é você*, ou a minha nova favorita: *Você é exatamente como o imbecil do meu pai*.

— Não foi isso que eu quis dizer — falo. — *De jeito nenhum*.

— Você disse que ninguém te quer por perto — retruca Miles. — E eu?

— Você?

— O fato de que eu te quero não conta? — pergunta ele, as sobrancelhas unidas.

Uma onda de calor me atinge, uma série delas, uma após a outra.

Eu te quero.

Eu te quero.

Eu te quero.

— Conta — digo. E é assustador como conta. Afasto meu prato para o lado. — E você?

— Eu?

— Eu ouvi você no telefone — confesso.

Miles fica em silêncio, pensativo, por vários segundos.

— Era o meu pai.

Fico surpresa.

— O seu *pai*?

— Ele fica tentando me ligar o tempo todo — explica ele —, de números que eu *não* bloqueei. Para me pedir para fazer a *Julia* ligar pra ele.

— Não entendi — digo, espantada.

— Parece que os dois vinham se falando — desabafa Miles. — E imagino que a Julia não tenha me contado porque sabia que isso ia me estressar, que eu ia ficar preocupado que ele estragasse tudo com ela mais uma vez. O que ele acabou fazendo mesmo. O meu pai descobriu onde a Julia trabalhava, porque ela ainda não bloqueou ele nas redes sociais, por mais que eu tenha *alertado* sobre isso, e ele contou pra nossa mãe.

Miles faz uma pausa e respira fundo antes de continuar.

— A nossa mãe apareceu no restaurante. E atormentou a Julia a ponto de fazer ela ir embora do lugar. A Julia foi demitida, bloqueou o meu pai e pegou um avião para vir pra cá, não necessariamente nessa ordem, e agora ele está *me* atormentando pra eu tentar convencer a minha irmã a perdoar ele.

— Ai, meu Deus, Miles — digo. — Que confusão.

— Desculpa. — Ele esfrega a parte de cima do nariz.

— Por quê? — pergunto.

Miles encolhe os ombros.

— Não quero jogar esse peso em cima de você.

— Você não está jogando nada em cima de mim — garanto.

— Antes eu guardava tudo isso em compartimentos separados. Mas, com você, nada tá separado. Você divide o apartamento comigo e é a minha melhor amiga e a mulher com quem eu acabei de transar.

Sinto os olhos arderem e tento piscar para afastar a emoção.

Miles está me encarando como se estivesse tentando me decifrar.

— Daphne?

— Você também é o meu melhor amigo. — A declaração sai em um sussurro rouco. — Por isso foi tão difícil hoje, quando o meu pai foi embora.

Sinto a garganta apertada e continuo, com a voz embargada:

— Porque *você* viu o que aconteceu. E isso me fez sentir patética. Ainda mais porque a verdade é que, se ele tivesse parado no meio do caminho e voltado direto pra cá, eu teria adorado. Teria perdoado meu pai de novo e de novo, sempre torcendo pra que, em algum momento, eu tivesse alguma importância de verdade pra ele. Eu iria ligar e *implorar* pra ele voltar, se achasse que tinha alguma chance de ele dizer que sim. Mas não posso fazer isso, porque eu sei que ele não vai dizer que sim. E não quero ouvir a negativa. Não quero que ele prove que eu...

Estou tentando encontrar palavras *alternativas*.

Porque dizer exatamente o que está na minha cabeça faz parecer que estou materializando a verdade.

É doloroso deixar as palavras passarem pelo nó na minha garganta, mas a verdade é que manter isso dentro de mim por todos esses anos não fez com que eu me sentisse nada melhor, não tornou o sentimento menos verdadeiro, não estancou o sangramento nem entorpeceu a dor.

— Que eu não valho a pena.

— Ei. — Os braços de Miles me envolvem, me encharcando com seu calor e o cheiro de gengibre e especiarias.

— Uma parte de mim está só esperando o momento em que você vai descobrir seja lá o que for que afasta as pessoas de mim — continuo, a voz rouca. — E eu não quero que isso aconteça. Não quero que você deixe de me querer por perto. Iria acabar comigo se eu me tornasse alguém de quem você não gosta.

— Cacete. Daphne. — Ele leva as mãos ao meu rosto. — Quer saber por que o seu pai não fica por perto?

As lágrimas fazem meu nariz arder, mas assinto. Essa é a pergunta que eu nunca deixei de me fazer, por mais que doa.

— Porque você vê como ele é — diz Miles. — E o seu pai não consegue suportar isso. E o Peter é a mesma merda com figurino diferente, tão entediado com ele mesmo que se convenceu de que estar com alguém como a Petra iria transformar ele em outra pessoa, sem precisar, sei lá, ter coragem pra tentar tomar ácido.

— Ele ficou entediado *comigo*, Miles — retruco.

— Se tivesse a ver com você — insiste ele —, o Peter poderia ter terminado o noivado. Em vez de mudar a vida toda. O que aconteceu tem a ver com *ele*. Eu já fui esse cara várias vezes, com várias pessoas que eu não merecia. É fácil ser amado por quem nunca viu você ferrar com tudo. Com quem você nunca tem que se desculpar, e que ainda acha que todos as suas "loucuras" são um charme.

Miles faz uma pausa antes de continuar.

— É fácil estar perto de pessoas que não te conhecem. E, assim que alguém começa a te decifrar, assim que você deixa de ser *perfeito*, é mais fácil fugir, passar para a próxima pessoa. Encontrar alguém novo com quem você possa ser *descolado*, *divertido*, *descontraído*.

— Então é isso? — Minha voz sai embargada. — Eu faço as pessoas se sentirem na pior versão delas.

— Daphne, *não*. — Miles me puxa para junto dele e enfia o rosto no meu pescoço. — Meu Deus, não. — Quando ele recua, vejo covinhas de tensão marcando o maxilar com a barba por fazer. — Escuta. Eu sempre *quis* ser essa pessoa divertida, fácil de lidar, sem bagagem, mesmo com a Petra. Mas depois de um tempo alguém finalmente vê a gente como a gente é, ou não vê, e as duas possibilidades são uma merda. Porque, se a pessoa vê a gente de verdade e não somos o que ela esperava, ela cai fora. E, se ela nunca vê a gente de verdade... é pior. Porque aí estamos completamente sozinhos.

Uma nova pausa.

— E eu amava a Petra — continua então —, mas no fundo sabia que, assim que as coisas parassem de ser divertidas, ela iria embora. E ela foi. Encontrou alguma coisa *mais* romântica, *mais* perfeita, só *mais*. Acho que você é a primeira pessoa que me vê de verdade. Que vai além do que eu quero que as pessoas vejam.

Miles fica em silêncio por mais um instante.

— Você faz as pessoas de quem você gosta se sentirem como... — Ele faz uma pausa. — Como se você quisesse *tudo* delas. Não só as partes boas. E isso é assustador pra alguém que passou a vida inteira evitando essas outras partes de si mesmo.

— Eu *não* quero fazer as pessoas fugirem de mim apavoradas — digo, a garganta doendo.

Miles balança a cabeça.

— Vale a pena ficar assustado. Acredita em mim. Por você, vale a pena.

Ele beija a palma da minha mão. Sinto um calor se espalhar pelo meu ventre. Um calor que parece crescer entre nós. O simples fato de estar de pé com ele na cozinha já é um dos três momentos mais eróticos da minha vida.

Ergo o rosto e Miles roça o nariz no meu.

— Você vale a pena, Daphne — diz, a mão suave no meu maxilar, os olhos fechados.

— Miles? — sussurro.

— Hum?

— Eu quero mesmo. Quero todas essas partes de você.

Ele abre os olhos, que estão cálidos, parecendo chocolate derretido.

— Que bom — diz. — Porque elas também querem você.

Então ele me beija. E é perfeito.

Não, melhor que isso. É cada parte dele, todas de uma vez.

— No meu quarto ou no seu? — pergunto.

— No seu — responde Miles. — Primeiro no seu.

29

DOMINGO, 4 DE AGOSTO

13 DIAS PARA A MARATONA DE LEITURA

Durmo até *bem* tarde no domingo, e, quando acordo, Miles ainda está na cama, um braço passado por cima de mim.

Estico os membros doloridos em todas as direções e ele se mexe ao meu lado. Então, com um sorriso no rosto e só um dos olhos aberto, diz com a voz rouca:

— Oi.

Meu coração se agita, embriagado.

— Oi.

Miles se aconchega mais a mim e encosta o rosto na minha barriga.

— Que horas são?

— Meio-dia — respondo.

— Merda. — Ele ergue o rosto para me encarar. — Tá com fome?

— Desde que eu te conheci — respondo —, o tempo todo.

———

Passamos o dia em um atordoamento encantado. Tomamos meu chá e o café dele sentados no tapete, em frente às janelas abertas, sentindo o sol no rosto. Quando terminamos, reabastecemos as canecas e fazemos tudo de novo.

Para o almoço, descemos a rua até uma lanchonete e comemos sanduíches sentados em um banco perto da ciclovia. Tudo parece absurdamente normal, fácil entre nós.

Vamos ao lugar favorito de Miles para tomar um sorvete bem cremoso, coberto com pedaços grandes de chocolate, que comemos enquanto voltamos para a caminhonete. Seguimos então para o mercado de produtores e compramos o que precisamos para fazer tacos de couve-flor. Ou o que *ele* precisa, porque não tenho ideia do que estou fazendo, só vou seguindo as orientações de Miles, ouvindo ao fundo a voz muito triste, mas assombrosamente linda de Glen Campbell que sai da caixinha de som dele, as janelas ainda abertas, uma brisa correndo pelo apartamento.

Depois do jantar, Miles me puxa para o colo, diante da mesa da cozinha, e me beija sem pressa, como se a gente tivesse todo o tempo do mundo.

E isso parece verdade. É como se *não* houvesse mundo, como se o tempo não passasse.

— Quer dormir no meu quarto? — brinca ele, roçando o nariz no meu.
— Estou convidada? — pergunto.
— Convite permanente. Sempre que você quiser.

No quarto de Miles, nos emaranhamos nos lençóis com cheiro de fumaça de lenha, as mãos enfiadas no cabelo um do outro, as unhas correndo pela pele. Quando ele finalmente me penetra, deixo escapar um arquejo de "uau", o que é uma reação nova para mim no sexo e acho que vai fazer Miles rir.

Mas ele só assente, como se concordasse, passa uma das mãos pela minha nuca e me beija de novo, com tanta ternura que quase começo a chorar.

Então fico um pouco preocupada com a possibilidade de começar *mesmo* a chorar, o que também é uma experiência nova, mas estou tão sensível.

Como se o dia estivesse cobrando seu preço, ou os últimos quatro meses, ou talvez mais tempo ainda. Depois de décadas me sentindo *preparada para enfrentar* o mundo, agora não consigo mais encontrar essa sensação dentro de mim, a camada entre mim e as outras pessoas, e isso é apavorante e libertador e intenso.

Nos movemos devagar, pesadamente, e, toda vez que um de nós alcança um ponto muito extremo, damos meia-volta. Rearrumamos. Encontramos novas maneiras de nos abraçar, de nos mover juntos. Deitamos de lado, ele atrás de mim, o braço passado por cima do meu quadril, a mão enfiada entre as minhas coxas, e Miles murmura o meu nome como uma exclamação, como o som que se deixa escapar depois de um gole perfeito de vinho.

Eu sabia que estar com ele desse jeito seria bom, e divertido, e talvez até engraçado, mas fico surpresa com o modo como meu peito se aperta o tempo todo, como se meus *sentimentos* fossem pesados demais e minha caixa torácica pudesse ceder sob esse peso. Tenho que me controlar o tempo todo antes que as palavras simplesmente escapem pelos meus lábios: *Eu te amo*.

É cedo demais. Complicado demais. Pelo menos uma vez na vida, não quero estar em nenhum outro lugar que não este momento, não quero pensar no que significa tudo isso ou que rumo deve tomar, e Miles torna isso fácil, esse homem iluminado de sol.

Miles beija meu ombro, meu pescoço, meu maxilar conforme a intensidade entre nós aumenta. Ele percebe quando começo a perder o controle, a acelerar os movimentos. Então segura meus quadris e me penetra fundo, com força, e nunca senti nada assim antes.

É como se não houvesse limite entre nós, como se ele estivesse na minha mente e no meu coração e na minha alma, e quero mantê-lo aqui, mesmo sabendo que este momento não pode durar para sempre.

Estamos no auge e, depois disso, vamos flutuar de volta à realidade, aos nossos corpos separados.

Neste momento, porém, Miles é totalmente meu e eu sou dele.

No MEIO DA noite, levanto para fazer xixi e, quando volto, Miles está espalhado no centro da cama, um braço esticado, como se estivesse me buscando no sono.

Vê-lo ali, iluminado pelo luar, faz uma ternura imensa me dominar. Atravesso o quarto frio na ponta dos pés e deito na cama com o máximo de cuidado, mas mesmo assim Miles desperta, passa lentamente o braço ao redor da minha cintura e me puxa para o aconchego quente do seu corpo.

— Você foi embora — murmura.

— Já voltei — sussurro.

Ele deixa escapar um murmúrio baixo e sonolento, beija meu ombro e dorme de novo.

30

SEGUNDA-FEIRA, 5 DE AGOSTO
12 DIAS PARA A MARATONA DE LEITURA

DE MANHÃ, NÃO acordo Miles.

Por mais que eu *adore* a ideia de passar a manhã com ele na cama, fomos dormir tarde, e vou vê-lo quando ele me pegar no trabalho, de qualquer modo. Miles mandou uma mensagem para Katya ontem à noite para ver se ela queria ficar com o turno dele hoje, e ela respondeu: de jeito nenhum mas estou precisando de dinheiro então eu topo. Assim, decidimos pegar o jantar em algum lugar e seguir de carro até um parque próprio para observar as estrelas.

Enquanto estou me vestindo, vejo o bilhete que meu pai deixou em cima da minha cômoda. Quando eu era mais nova, teria lido esse bilhete vezes sem conta, buscando alguma prova de que ele me amava, ou pistas do que eu poderia ter feito para afastá-lo. Hoje, simplesmente pego o papel e jogo no lixo antes de sair.

Eu me sinto como a Bela no início de *A Bela e a Fera*, andando pela vizinhança com um sorriso largo no rosto, cumprimentando todo mundo como se hoje fosse o primeiro dia do resto da minha vida. Sem dúvida seria menos óbvio se eu estivesse usando uma placa com *Tive uma noite de sexo incrível* pendurada no pescoço.

Paro no Fika para comprar meu chá e peço um latte para Ashleigh também. Quando Jonah me entrega o pedido, de repente me dou conta de uma coisa que reverbera nos meus ossos.

Ashleigh.

Era para eu ter ido pintar o quarto de Ashleigh com ela.

Já saindo do café, abro a agenda no celular e procuro o aniversário dela.

Só que eu nunca *acrescentei* a data de aniversário da Ashleigh à minha agenda. Na verdade, mal acrescentei qualquer coisa em semanas, e o mesmo vale para o quadro branco na cozinha, que anda esquecido.

Sinto uma pressão gelada na boca do estômago. Tenho certeza de que o aniversário dela foi no sábado.

Ela faltou ao trabalho por estar doente, lembro então, o que provoca outra cambalhota nauseante no meu estômago. Ashleigh ficou doente no dia do aniversário e eu nem me dei o trabalho de ver como ela estava.

Como pude esquecer dela? Como pude deixar isso acontecer?

Praticamente corro o restante do caminho até a biblioteca e chego bem no momento em que Ashleigh está trancando o carro.

Enquanto me apresso em sua direção, vejo o lampejo de algo em seus olhos, mas é rápido demais para que eu consiga interpretar, e meu coração se aperta, dolorido, quando a expressão de Ashleigh volta à neutralidade.

Paro e digo, sem fôlego:

— Oi.

Ela não responde, e estendo o café que comprei. Ashleigh olha para o copo e sua mão fica tensa por um instante na alça da bolsa, antes de ela aceitar, relutante.

— Me desculpa — digo em um rompante. — Por sábado. Eu só... O meu pai estava na cidade e acabou indo embora de repente, e eu estava com muita coisa na cabeça, e o Miles e eu... Meu Deus, desculpa, de verdade.

Ela solta uma risadinha irônica e balança a cabeça.

— Sabe, foi *você* que deu a ideia de fazer alguma coisa no meu aniversário. Você *insistiu*, e por incrível que pareça chegou a me deixar animada.

— Eu sei. Você não devia ter ficado em casa sozinha, doente, no dia do seu aniversário. Dá pra entender por que está chateada comigo.

— Eu não estava doente — esclarece Ashleigh. — Tirei o dia de folga.

— Você nunca tira folga — lembro.

— Exatamente por isso resolvi me dar folga, porque era o meu aniversário. Fiquei em casa e me preparei para pintar o meu quarto com um tom de rosa horrendo, só porque me deu vontade, e para ver *Real Housewives* com a minha amiga.

Sinto o rosto quente.

— Desculpa mesmo, Ash. Por que você não me ligou?

Ela dá outra risadinha sem humor.

— O que, mais de *nove vezes*? Pode me chamar de antiquada, mas depois que o número de ligações chega a dois dígitos eu começo a ter a sensação de que estou parecendo um pouco desesperada.

— Ai, meu Deus — digo com um gemido. — A praia! A gente ficou sem sinal de celular lá.

— A gente — repete ela.

Sinto a garganta apertada.

— Não tô acreditando que esqueci..

— Tá tudo bem — diz Ashleigh.

— Obviamente não tá. Eu fiz uma merda absurda.

— É sério, Daphne, não se preocupa com isso — insiste ela. — Eu sabia que você era uma *garota-nós*, e agora você conseguiu um *nós*. Como dizem na internet, quando alguém te diz quem é, você acredita.

— Ashleigh! — exclamo. — *Do que* você tá falando?

— Do Miles — responde ela. — Foi por causa dele que você me deu o cano, não foi?

É como se meu coração se partisse ao meio e cada metade fosse puxada para um lado.

— Não sou um *nós* com o Miles. A gente não é... isso.

— Talvez não — diz Ashleigh. — Mas dá pra ver que alguma coisa mudou enquanto eu estava em Sedona, e, *seja o que for* que vocês dois estejam fazendo agora, você não precisa mais de mim.

As palavras dela me atingem como um golpe.

É isso que eu faço? Eu sou essa pessoa?

Alguém que trata os outros como um plano reserva feito sem muita atenção, só para o caso de não aparecer nada melhor?

Estou me sentindo nauseada.

Pior, estou quase chorando.

Tento me controlar, mas minha voz falha quando digo:

— Você tá certa. Eu te tratei como um plano B, e isso é horrível. Desculpa. Não é desse jeito que eu te vejo.

Ashleigh baixa os olhos para o chão.

— Escuta, estou tentando chegar na hora, então, se não se importa, vou só...

— Tudo bem — digo, a garganta seca. — Claro.

Ela sai andando sem olhar para trás.

Meu coração se parte mais um pouquinho, e não posso culpar ninguém por isso a não ser a mim mesma.

DEPOIS DO TRABALHO, fico enrolando para sair, para que Ashleigh — que mal trocou quatro palavras comigo o dia todo — não esteja indo embora ao mesmo tempo.

Miles ainda não chegou para me buscar, então fico andando de um lado para o outro no meio-fio, tentando gastar o cortisol que inundou meu organismo.

Depois de um tempo, sento em um banco ao sol e tento ler. Mas pela primeira vez não consigo me perder no livro. Minha mente desvia o tempo todo para Ashleigh.

Uma parte de mim só quer o conforto de ser envolvida pelos braços de Miles, para poder esquecer temporariamente todo o resto. Mas a verdade é que foi assim que acabei nessa situação com Ashleigh.

Eu me deixei ser absorvida, de novo.

Vou me sentir melhor quando ele chegar. Vou descobrir um jeito de compensar minha amiga, de provar que eu não sou aquele tipo de pessoa. Não vou me permitir ser.

Confiro as horas. Ele está vinte minutos atrasado e não deu nem sinal de vida. Com a frequência com que Miles esquece o celular ou deixa acabar a bateria, não chega a surpreender.

Pego o notebook e abro contra o sol. Ainda conectada ao wi-fi da biblioteca, abro minha lista de tarefas da Maratona de Leitura e continuo a trabalhar nela.

O estacionamento esvazia. Os postes de luz se acendem conforme o dia começa a caminhar em direção ao pôr do sol.

Quarenta minutos se passaram, e sinto um aperto no estômago.

Fecho o notebook e ligo para Miles, enquanto me esforço para não imaginá-lo inconsciente em uma vala na beira da estrada, ou em qualquer outro de um milhão de cenários desastrosos.

A ligação cai na caixa postal.

Digito uma mensagem: **tá tudo bem?**, aperto enviar e começo a andar de um lado para o outro de novo.

Você está sendo ridícula, digo a mim mesma. *Ele está bem.*

Checo o celular.

De novo.

E de novo.

E mais uma vez.

Nove vezes.

Finalmente, na décima vez, o celular vibra. Quase deixo o aparelho cair na pressa de erguê-lo para ler a mensagem.

merda o dia voou foi mal mas td bem por aqui e vc

Presumo que isso signifique: *Tudo bem por aqui, e você?*
O que leva à pergunta: Onde é *aqui*?
A princípio fico tão aliviada por Miles estar são e salvo — a não ser que tenha sido sequestrado por alguém que redige mensagens igual a ele — que sento no gramado da biblioteca e digo em voz alta:
— Graças a Deus.
Mas então, lentamente, uma nova sensação começa a me invadir.
Esse é o Miles, lembro a mim mesma. Ele vai ter uma explicação.
Estou deslizando mais uma vez na direção do fosso em que já me encontrei uma centena de vezes antes, esperando por alguém que, no fundo, eu sei que não vai chegar.
Se bem que, durante todo o tempo da nossa amizade, Miles nunca furou comigo.
As coisas que ele me disse na outra noite — sobre os homens na minha vida não quererem ser vistos de verdade, sobre fugirem assim que isso acontece — voltam à minha mente, como uma sirene, um alerta em que não prestei atenção.
Mas não faz sentido. Estou deixando escapar alguma coisa.
Digito outra mensagem: Achei que você vinha me buscar.
Miles digita por um segundo, então para e não manda a mensagem.
Sinto o corpo quente, a pele repuxando. De repente preciso me mexer, preciso ir embora. Não posso ficar nem mais um segundo aqui.
Pego minhas coisas e saio andando do estacionamento. O sol já está baixo no horizonte, mas vou conseguir chegar em casa antes de escurecer.
Só que a ideia de voltar para casa me faz sentir enjoo.

NEM TE CONTO

Em um surto temporário de ambição delirante, pego o celular e procuro academias de crossfit no Google. Talvez eu possa queimar a ansiedade arremessando pneus, ou seja lá o que eles fazem nas aulas.

Miles está me ligando.

Tento atender, mas acabo perdendo o último toque. Um carro buzina e me dou conta de que parei no meio de um cruzamento. Aceno para o motorista, pedindo desculpas, e atravesso correndo enquanto retorno a ligação.

Cai direto na caixa postal.

Ele deve estar deixando um recado para mim. Acelero o passo, checando a tela a cada poucos segundos, esperando o recado entrar no correio de voz. Mas em vez disso recebo uma mensagem de texto: **desculpa rolou um imprevisto desculpa mesmo**

Já foram três pedidos de desculpa e nem sinal de uma explicação.

A esta altura, me sinto idiota e um pouco brava.

Respiro fundo.

Imprevistos acontecem. Não devemos nada um ao outro, digo a mim mesma. Ninguém fez promessas.

Mas a verdade é que Miles me fez sentir *tão* segura, e agora eu me sinto descartada.

É isso que você ganha, alfineta uma voz na minha mente.

Quando comete os mesmos erros vezes sem conta.

Quando escolhe confiar nas pessoas erradas e decepciona as pessoas certas.

Quando confia em alguém que *te disse* de todas as maneiras possíveis que não era confiável.

Confie nas ações das pessoas, não nas palavras delas.

Não ame ninguém que não esteja disposto a te amar também.

Deixe de lado as pessoas que não são leais a você.

Não espere por ninguém que não tem pressa de chegar até você.

Na mesma hora me sinto *muito* cansada. Exausta. Tanto que, mesmo não querendo ir para casa, não tenho outro lugar para ir.

Quando começo a andar na direção do apartamento, meu celular toca de novo.

Meu coração dispara com a expectativa. Ele vai ter uma explicação, vai dizer alguma coisa que dê sentido a tudo isso.

Só que não é Miles. É um número desconhecido.

Atendo, só para garantir, tentando parecer calma, controlada, contida, enfim, exatamente o oposto de como me sinto no momento.

— Alô?

— Oi! — diz uma voz feminina animada. — Estou falando com Daphne Vincent?

— Hum — murmuro e modulo a voz. — Quem é?

— Meu nome é Anika. Estou ligando da Biblioteca Pública de Ocean City.

Levo três segundos para compreender o que ela está dizendo.

— Ficamos muito impressionados com o seu currículo — continua ela — e adoraríamos marcar uma entrevista online.

Pressiono a testa com a palma da mão, mas o mundo continua a girar.

Era isso que eu estava esperando, torcendo que acontecesse.

— Alô? — volta a dizer Anika.

— Desculpa — balbucio. — Sim, estou aqui.

— Você estaria disponível para uma entrevista em algum momento das próximas duas semanas? — pergunta ela. — Quer dizer, se ainda estiver interessada na vaga.

Tenho a sensação de estar engolindo uma pedra.

— É claro que sim — me forço a dizer.

Eu nem sei direito com que parte estou concordando — se estou disponível ou se ainda estou interessada.

Mas essa é a única resposta que faz sentido, certo?

A rota de fuga que eu estava esperando surge bem no momento em que o castelo de cartas começa a desmoronar, e eu deveria estar feliz, ou pelo menos aliviada, mas só consigo sentir uma dor que se espalha pelo meu peito, a dor da perda de outra pessoa, de outra coisa, que nem sequer cheguei a ter.

— Fantástico! — diz Anika. — Você pode nos mandar os dias em que está disponível, e nós marcamos alguma coisa?

Pigarreio.

— Vou olhar a minha agenda assim que chegar em casa.

Casa. Ignoro a pontada no peito que essa palavra provoca.

É só o lugar onde estou morando. Um lugar que nunca foi meu.

31

TERÇA-FEIRA, 6 DE AGOSTO
11 DIAS

MILES NÃO VOLTA para casa esta noite.
Sei disso porque não durmo.

Mas não estou esperando por ele. E sim pensando em Ashleigh. Rascunhando e revisando pedidos de desculpas na minha cabeça. Me perguntando como consegui agir com ela exatamente do jeito que eu mais odeio. Sempre me identifiquei com a minha mãe, mas nessa situação eu sei que agi como alguém que eu conheço bem — e não é Holly Vincent.

Tenho vontade de ficar escondida em casa, de faltar ao trabalho hoje, mas tem coisas demais acontecendo e não posso deixar Ashleigh ou Harvey na mão.

Por isso, chego vinte minutos mais cedo à biblioteca, depois de comprar um espresso no Fika que me mantém acelerada.

— Você comprou um terno para mim? — pergunta Harvey enquanto atravessa a neblina para me encontrar diante das portas da frente, ainda trancadas. E indica com a cabeça a caixa enorme nos meus braços.

— São pastéis de nata — explico. — Tortinhas portuguesas recheadas com creme. Para comemorar o aniversário da Ashleigh.

A ideia surgiu às duas da manhã. Às quatro, descobri uma confeitaria que faz esses doces, a quarenta minutos do apartamento. Às cinco, estava a caminho de lá.

Harvey me encara, preocupado.

— Você sabe que a Ashleigh é de origem iraniana, não portuguesa, certo?

— O quê? Ah, sim, sei. É que ela me contou que andou fantasiando com se mudar para Portugal, por isso...

Ele recua.

— O que tem em Portugal?

— Pastéis de nata — respondo. — E praias lindas, eu acho.

Harvey dá de ombros para si mesmo e destranca as portas.

— Bom, fico feliz que você lembrou, porque eu esqueci em casa os donuts que comprei pra ela ontem, e os meus netos comeram todos.

Já dentro da biblioteca, pouso a caixa no lado de Ashleigh do balcão, depois me ocupo atualizando os mostruários, assim não vou estar no caminho quando ela chegar.

Durante toda a manhã, conseguimos evitar uma à outra, e a caixa de doces vai esvaziando aos poucos, enquanto Ashleigh, Harvey e alguns frequentadores favoritos dela dão cabo dos pastéis de nata.

Quando volto do almoço, ela está sentada diante do computador e lança um olhar na minha direção.

— Oi — digo, hesitante.

— Oi.

Eu me sento e tento me concentrar, apesar da nuvem de constrangimento que nos cerca. Acabo sendo absorvida pelo trabalho, então Landon chega para substituir Ashleigh e assumir o turno da noite.

— Doces! — exclama ele, dando a volta no balcão, já com um fone em um dos ouvidos e o outro pendurado ao redor do pescoço.

— A Daphne que trouxe — diz Ashleigh enquanto recolhe suas coisas —, pelo meu aniversário.

— Outras pessoas também estavam envolvidas — falo no automático.

— Ainda não consegue mentir nem que a vida dependa disso — comenta Ashleigh, sem desviar os olhos do computador.

— Posso pegar um? — Landon pergunta a ela.

— Claro — responde Ashleigh. — Vou deixar aqui para o pessoal da noite acabar com esses doces. Caso contrário, o Mulder vai comer todos e virar o Máskara na hora de dormir.

Landon se debruça para pegar um pastel de nata do meio da caixa.

— *Máskara?*

— *Jovens*. — Ashleigh pega sua bolsa de couro ecológico e olha para mim. — Obrigada. Por... seja lá o que for isso.

— São pastéis de nata — explico. — O doce mais famoso de Portugal.

Não sei dizer se ela é pega de surpresa de um jeito bom ou se só está confusa. Talvez nem se lembre da nossa conversa sobre Portugal.

— E o prazer foi meu — acrescento.

Ashleigh assente, um movimento sem nenhuma emoção visível, coloca a bolsa mais alto no ombro e vai embora.

Sᴏᴜ ʀᴇᴄᴇᴘᴄɪᴏɴᴀᴅᴀ, ᴍᴀɪs uma vez, pelo apartamento vazio.

Durante toda a minha vida, este momento, esta sensação têm sido uma constante: fazer o dever de casa na mesa da cozinha enquanto minha mãe estava num curso à noite; planejar eventos sentada no tapete enquanto Peter levava um cliente para tomar um drinque; ficar sentada na arquibancada da escola enquanto os pais de todas as outras crianças apareciam para buscá-las e meu pai estava a caminho de um evento de meditação sonora para o qual a caixa do supermercado o convidou.

Talvez esteja na hora de me conformar com isso. Talvez certas pessoas estejam destinadas a ser solitárias. Talvez, por mais que tente, eu vá sempre acabar voltando ao mesmo ponto.

Deixo a bolsa de lado, tiro os sapatos e entro na sala de jantar. O apartamento foi cuidadosamente limpo depois que eu saí, de manhã.

Não vejo mais nenhum folheto, copo de água ou sacolas da farmácia em cima da mesa. Nela, agora, só tem uma caixinha branca fechada com uma fita dourada, e ao lado um pedaço de papel em que leio, em uma letra toda bagunçada: *Desculpa, não consegui te esperar.*

Uma onda de déjà-vu me atinge.

Foi fácil jogar o bilhete do meu pai no lixo. Eu sabia o que esperar. Mas, com isso que está diante de mim, não consigo evitar esperar por mais alguma coisa.

Desamarro a fita, abro a caixa e começo a rir.

Fudge.

Uma caixa de fudge. É tão banal que beira o absurdo: *Desculpa, não consegui te esperar, toma aqui um pouco de chocolate com leite condensado.*

E a parte mais engraçada é que eu fiz exatamente a mesma coisa com Ashleigh.

A risada histérica está prestes a se transformar em um choro descontrolado quando, como um milagre entre todos os milagres inoportunos, meu celular toca com uma ligação do meu pai.

— Isso é alguma piada? — pergunto ao universo e/ou ao apartamento vazio.

Não quero falar com meu pai.

Não quero falar com *ninguém* — não atendi nem a ligação da minha mãe quando caminhava de volta para casa, porque ainda não decidi se vou contar a ela sobre o trabalho em Maryland. Eu disse a mim mesma que não queria dar esperanças a ela, mas a verdade é que não quero que as *minhas* esperanças fiquem maiores do que já estão.

Só preciso passar pela entrevista de emprego e pela Maratona de Leitura, e ver como as coisas se encaminham.

Deixo a ligação do meu pai cair na caixa postal, abro a lista de tarefas da Maratona de Leitura, louca por uma distração, e checo o material de que ainda precisamos.

Então, começo a tirar do armário o resto das coisas do casamento, separando o que posso redirecionar para o evento de arrecadação de fundos — guardanapos, pratos, minivelas que funcionam a bateria — e o que devo simplesmente doar. O restante — o vestido e tudo o mais que pode ser vendido — ainda está na casa de Ashleigh, e esse é mais um problema em que não consigo pensar agora.

Faço uma pausa rápida para pedir o jantar, então mergulho de volta na seleção de itens, embalando-os, até ouvir uma batida na porta — deve ser o jantar, para o qual não estou com o menor apetite.

— Pode deixar na porta! — grito enquanto levanto de um pulo e atravesso o corredor. Olho ao redor em busca de uma blusa para colocar em cima do meu top de ginástica. — Já paguei e dei a gorjeta quando fiz o pedido!

Sem resposta.

Então um pigarro.

— É o Peter.

Quase pergunto, sem brincadeira: *Que Peter?*, enquanto pego meu cardigã no gancho onde ficam os casacos e visto.

Então sou atingida pelo fato, como se fosse uma bala.

Peter.

Abro a porta, meio esperando que minha única teoria possível se prove falsa. Porque não tem *como* Peter Collins estar aqui, na minha porta.

Mas ele está.

— Oi, Daphne — diz Peter, com um sorriso triste. — Posso entrar?

— Hum...

NEM TE CONTO

— Vou ser rápido — promete ele, os olhos verdes cintilando e o cenho franzido de um jeito arrependido porém magoado que costumava me deixar de perna bamba. Não que ele tivesse muitas oportunidades de usar essa expressão.

Peter sempre foi confiável. Eu sempre sabia onde ele estava, quando iria chegar. Entre nossas agendas sincronizadas, as localizações compartilhadas do celular, nossos horários rígidos, nosso acordo implícito de mandar mensagens dizendo: *Saindo do bar, até daqui a pouco* ou *Vou dar um pulo no mercado pra comprar leite enquanto você está no banho*, não sobrava muito espaço para brigas.

Nunca tive que perguntar: *A que horas você chega em casa?* Nunca precisei me preocupar com a possibilidade de ele não chegar.

Até, claro, isso acontecer.

Estou chocada demais para argumentar. Abro a porta e Peter entra, olhando ao redor com um espanto abjeto, como se eu o estivesse guiando para dentro de uma antiga pirâmide amaldiçoada, e não para um apartamento pequeno, decorado de forma eclética, em um prédio reformado onde já funcionou um frigorífico.

— Este lugar parece diferente da última vez que eu estive aqui — comenta.

Lanço um olhar para ele por cima do ombro. Movimento ousado, mencionar a última vez que esteve aqui. Para ver a então melhor amiga, agora noiva.

Deixo escapar um som neutro e levo Peter até a sala de estar.

O tempo todo, fico desejando ter simplesmente começado a rir na cara dele, me recusado a dizer uma palavra que fosse e continuado a rir até ele ir embora.

Indico com um gesto a menos confortável das nossas duas poltronas, ele senta e espera que eu faça o mesmo. Não faço.

O olhar de Peter passeia pela trilha de detritos do casamento que não aconteceu.

— Você ainda tem tanta coisa.
— Vou levar mais uma carga para o bazar de caridade amanhã — minto.
Ele se encolhe. Eu o encaro.
Depois de vários segundos constrangedores, Peter diz:
— Você está ótima, Daph.
Não estou.
— Estou bem ocupada, Peter.
Os cantos dos lábios dele se contraem. Vejo uma pergunta se formando ali, mas Peter balança a cabeça, aparentemente desistindo de falar.
Mais alguns segundos constrangedores se passam. O olhar de Peter encontra o meu e o sustenta, a expressão ardente.
Eu me viro para voltar a dobrar as toalhas de mesa.
— Vou continuar embalando essas coisas enquanto você fala.
— Desculpa, Daphne — diz ele.
— Tá, você já me disse isso.
— Não, estou pedindo desculpa *de verdade*.
Ouço a poltrona ranger. Eu me viro e o vejo caminhando na minha direção. Ainda estou segurando um caminho de mesa marfim quando Peter pega minhas mãos e segura entre as dele.
— Desculpa *de coração* — diz. — Fui burro e limitado. Só quis ir atrás de um capricho, e sinceramente... acho que estava com medo do compromisso. Do casamento.
Solto uma meia risada.
— Aí você fica noivo de *outra pessoa*?
Ele balança a cabeça.
— Não estamos mais juntos. Nós terminamos.
Fico sem fala por um momento.
É como se um terremoto de baixa intensidade tivesse acabado de sacudir a sala.
— *Ela* terminou — deduzo.
Ele bufa.

— Foi uma decisão conjunta. Nós dois percebemos como fomos estúpidos. Pra falar a verdade, acho que eu soube depois de uma semana, mas já tinha feito uma confusão tão grande que achei que precisava seguir em frente com aquilo.

Sinto o sangue latejar nos ouvidos, abafando a voz dele.

Estou zonza. São muitas sensações físicas, mas basicamente nenhuma emoção.

— Então você sabia que era um erro — digo, me recompondo — e ia... o quê? Casar com ela mesmo assim? Você ferrou com a minha vida, e ia destruir a dela também? Por causa... por causa do seu maldito *orgulho*?

Ele me encara com a boca aberta, a mágoa tingindo seu rosto. Nunca falei com Peter desse jeito. Chega bem próximo de coisas que gritei nos meus discursos imaginários mais sombrios das madrugadas, mas a verdade é que não me traz satisfação falar realmente essas coisas.

Não me sinto bem magoando Peter.

Porque, para ser sincera, não sinto mágoa dele no momento.

Enganada? Com certeza. Magoada? Não. Peter não tem mais esse poder.

Eu recuo.

— Desculpa. Não quero ser cruel com você.

Ele balança a cabeça.

— Eu mereço.

— É verdade — concordo. — Mesmo assim, não quero te tratar desse jeito. Eu só... É difícil levar a sério isso que você disse. É difícil confiar em qualquer coisa que você diga agora, depois de tanta mentira.

— Mentira? — Ele franze o cenho. — Eu te contei o que tinha acontecido assim que fiquei com a Petra. Eu sei que agi como um canalha, mas nunca menti.

— Você me disse que nunca tinha rolado nada entre vocês. Por anos. Insistiu que a Petra era totalmente errada pra você...

— E *era* — interrompe ele. — É disso que eu estou falando.

— ... e que você nunca iria conseguir ficar com ela — continuo.

— Daphne, é isso que estou dizendo — argumenta ele. — Eu não iria conseguir. Não consigo.

— E que você nunca tinha olhado para a Petra desse jeito — concluo.

— E não tinha mesmo — insiste ele. — Não exatamente. Quando eu te disse tudo isso, estava falando sério. Cada palavra. E agora eu *sei* que é verdade. É que... a data do nosso casamento estava chegando rápido demais, Daph. E eu surtei. E a Petra surtou também, porque sabia que o relacionamento que eu tinha com ela ia mudar. A gente ficou confuso. E eu sei que não faz sentido, porque eu estava *de casamento marcado* com você, por isso o momento pra esse tipo de confusão já devia ter ficado no passado. Você não tem ideia de como eu lamento. Vou passar o resto da vida compensando você por isso. Tentando recuperar o jeito como a gente era *perfeito* juntos.

— Peter, para — digo. — A gente não era perfeito. Obviamente. Senão isso não teria acontecido.

— Tudo bem — concorda ele. — Talvez a gente não fosse. Mas *você* era. Você era perfeita pra mim, e eu joguei isso fora. Sinto saudade da sua risadinha fofa, e de visitar o Cooper e a Sadie com você e ir tomar café da manhã no Hearth, e de ir à academia com você, e de jantar com a minha família. Meu Deus, a minha *família*, Daphne. Eles também sentem tanta falta de você...

Ele faz uma pausa rápida.

— Eu estava tão iludido, achei que eles ficariam felizes com toda essa história da Petra. E os pais dela ficaram encantados mesmo, mas os meus... Eles me conhecem bem demais. Perceberam desde o começo que era um erro. Você é parte da minha família, Daphne. Seu *lugar* é comigo.

Enquanto ele diz isso, sinto a já conhecida ardência no nariz, o rosto quente. As lágrimas chegam e não consigo detê-las.

Peter encara isso como um encorajamento e se aproxima.

— A gente pode ter a nossa vida de volta — sussurra. — Não é tarde demais.

Não consigo conter uma risadinha conforme seco os olhos no caminho de mesa.

É tarde demais.

A vida que Peter está descrevendo... não é a vida que eu quero.

É a vida certa em uma visão geral, mas errada nos detalhes.

Um parceiro fixo. Uma família. Bons amigos para viajar e compartilhar cafés da manhã regados a drinques e fazer festas de Halloween. Um lar.

Mas eu não quero a casa grande demais do Peter — uma casa que não tem o meu nome no contrato da hipoteca.

E não quero os amigos do Peter, que não se importam comigo.

E, por mais que eu tenha sonhado em ser parte da família unida do Peter, agora me dou conta de que também nunca chorei na frente deles, nunca reclamei do trabalho nem me abri a respeito de como é difícil para mim confiar em pessoas novas. Nunca nem falei um palavrão na frente deles. A perfeição daquela família não me *atraiu* — me intimidou. Eu passei o nosso relacionamento inteiro com a sensação de estar tentando ser aprovada em um *teste*, do mesmo jeito que me sinto quando estou com o meu pai, rezando para ser bem-sucedida e passar.

E não sei bem por que desperdicei todo aquele tempo e energia, já que, quando penso em uma *família* — aquela coisa pela qual eu sempre ansiei —, não visualizo um quadro de Norman Rockwell.

O que vejo somos eu e minha mãe sentadas no sofá, comendo enroladinhos de salsicha aquecidos no micro-ondas enquanto assistimos a *Disque M para matar* na TV. Eu saindo apressada da biblioteca à noite para entrar no carro dela e ver uma caixa da pizzaria no banco do passageiro, enquanto minha mãe brinca: *Deu vontade de comer comida italiana hoje.*

Eu sendo afastada da janela da sala, onde estava observando a neve derreter lá fora, para fazer chocolate quente de saquinho, e recebendo aquele último abraço na frente do portão de embarque no aeroporto, e arrumando tudo que é meu em caixas de papelão, segura de que sempre vou ter o que preciso, não importa o que eu deixe para trás.

Minha vida, cinco meses atrás, era uma imagem de perfeição, mas não era a imagem que eu queria.

E eu não quero o *Peter*.

Não tenho mais *nada* a ver com ele.

Se alguma parte minha ainda se perguntava se essa coisa com Miles não seria só uma distração, uma paixonite passageira pós-rejeição ou um ato de vingança, isso agora foi brutalmente refutado.

Porque mesmo neste instante, infeliz como estou, nenhuma parte minha se anima com a possibilidade de as coisas voltarem a ser como eram.

— Sinto muito, Peter — digo, por fim. — Mas eu não quero.

A voz dele vacila.

— Você não pode estar falando sério, Daph.

— Estou — sussurro.

Os lábios dele se curvam para baixo. Me pergunto se Peter está pensando o mesmo que eu, que este é um jeito irônico de encerrar o nosso relacionamento.

Ele leva vários segundos, vários movimentos de cabeça e pigarros para recuperar o controle.

Então, começa a se encaminhar para a porta. Meus genes de anfitriã despertam e eu o sigo, para acompanhá-lo até a saída da minha casa e da minha vida.

Peter abre a porta e sai para o corredor, mas não vai embora ainda. Fica parado ali, talvez considerando a possibilidade de uma última tentativa desesperada, ou de simplesmente me mandar à merda.

Por fim, ele me encara.

— Se você precisar de um lugar para ficar, pode ir lá pra casa enquanto procura. Eu durmo no sofá.

Ele percebe minha expressão aturdida, e vejo um lampejo de algo como presunção em seu quase sorriso.

— Eles vão voltar — diz. — Você sabe disso, né?

Eu o encaro, determinada a não falar nada, mesmo com a sensação de um buraco se abrindo no meu estômago, como se tudo estivesse entrando em colapso.

— Ele passou o dia todo ajudando a Petra a tirar as coisas dela lá de casa — completa Peter.

— O quê? — Eu não tinha a intenção de dar essa satisfação a ele, simplesmente escapou.

E Peter aproveita para atacar, quase sorrindo.

— Ontem. Tipo... cinco minutos depois que nós terminamos, ele já estava lá, ajudando ela a se mudar. Você acha mesmo que eles não têm mais nada, Daphne?

Cravo os cotovelos nas laterais do corpo para me impedir de tremer.

Para esconder o furacão que parece me devastar por dentro. Não é o olho tranquilo da tempestade, mas as bordas cruéis, que passam arrancando tudo pelo caminho.

Peter está errado. Tem que estar.

E, mesmo se não estiver, não importa.

Não é por isso que *não* vou voltar com Peter, embora agora eu compreenda que é isso o que *ele* pensa.

Que eu jamais o dispensaria a menos que houvesse outra pessoa. Que eu sempre iria preferir estar *com alguém* a estar sozinha, ainda que esse alguém seja totalmente errado para mim.

Mesmo neste momento de desolação, sinto o sopro de alguma coisa fresca e viva.

Esperança, ou alívio, ou um fiozinho tênue de alegria, um fio de prata muito, muito fino no meio de uma nuvem muito escura. Porque Peter está enganado.

Não quero ser parte do *nós* errado. Prefiro ficar sozinha, mesmo que doa agora.

Um dia eu vou ficar bem. Um dia.

— Adeus, Peter.

E fecho a porta.

32

QUARTA-FEIRA, 7 DE AGOSTO

10 DIAS

EU DEVIA TER checado a previsão do tempo antes de sair para o trabalho hoje de manhã. No entanto, quando ouvi Miles andando pelo quarto dele, simplesmente corri para a porta.

Não tinha tempo nem energia para uma conversa séria.

Por isso, saí bem rápido. Sem as chaves do carro, sem casaco, sem guarda-chuva.

Na biblioteca, as coisas estavam um pouco menos *geladas* entre Ashleigh e eu, mas a educação contida dela me faz sentir ainda pior. Voltamos ao modo colegas de trabalho.

E agora estou andando de volta para casa em uma chuva torrencial, mesmo ela *tendo* me oferecido uma carona, porque eu não quis impor minha presença por mais tempo.

Paro em um cruzamento e um Jeep com capota móvel pisca o farol, sinalizando para eu atravessar.

Corro até o outro lado da rua, conseguindo pisar em três poças oleosas no processo.

Quando estou passando pelo carro, o motorista buzina e eu me sobressalto, já me preparando para alguma cantada nojenta.

A janela se abre e o motorista se inclina por cima do banco do passageiro.

Uma confusão de cabelos escuros. Um nariz arrebitado. Um rosto com a barba por fazer que deixa meu coração saltando como se estivesse em um trampolim.

— Achei que você poderia querer uma carona — diz Miles.

Só o que consigo pensar em dizer é:

— Está de carro novo?

— Longa história — murmura ele. — Posso te contar no caminho?

Não quero me sentir furiosa e devastada. Quero me manter indiferente e digna. É difícil conseguir qualquer uma dessas coisas com o cabelo parecendo um ninho de rato e o rosto manchado de rímel até o queixo.

— Você pode me levar para Cherry Hill que eu pego um táxi de lá — digo, sem jeito, enquanto entro no carro. — Não tem necessidade de se atrasar para o trabalho.

Começo a bater os dentes na mesma hora por causa do ar-condicionado do carro. Miles então liga o aquecimento no máximo, e o para-brisa fica enevoado na parte que os limpadores não conseguem alcançar.

— Esse horário ainda não tem muito trabalho pra fazer por lá — diz ele. — Tá tudo bem.

— Não vale a pena se encrencar por isso — insisto.

Quando paramos no sinal vermelho, ele olha para mim.

— Eu estava tentando chegar a tempo de pegar você na biblioteca, mas teve um acidente em Tremaine.

Eu me concentro no mundo azul, verde e cinza do lado de fora das janelas, mantendo Miles em segurança na periferia da minha visão.

— Obrigada mesmo assim.
— Daphne?
— Hum?
Ele para no acostamento.
— A gente pode conversar um instante?
Nossos olhos se encontram, hesitantes. Desvio os meus, sentindo o coração apertado quando vejo o chalé verde e caramelo duas casas abaixo, como uma piada cruel: *Você achou que poderia ser diferente, querer alguma coisa diferente, mas você é você.*
— Daphne — diz Miles em voz baixa. — Você pode olhar pra mim? Quero me desculpar.
— Pelo quê? — Viro para ele.
— Você sabe pelo quê.
— Não sei, não — rebato. — A única coisa que eu sei é que esperei uma hora por alguém que não apareceu. O resto, ou seja, por que você sumiu do mapa por vinte e quatro horas, isso eu só posso supor.
Uma suposição vagamente sugerida por Peter, da forma mais dolorosa que se pode imaginar.
— Portanto, se você quer se desculpar por alguma coisa — digo, tentando me inclinar na direção da raiva e me afastar da dor —, vai ter que explicar exatamente o que fez.
— Eu entrei em pânico — confessa Miles.
Pronto, aí está.
Ainda sou a mulher com expectativas demais, e Miles é o cara que entra em pânico quando colocam expectativas demais em cima dele.
— Eu não tatuei o meu nome na sua pele enquanto você dormia — digo.
— Eu sei.
— Então qual é o problema? — pergunto. — Você mudou de ideia e, em vez de me mandar uma mensagem, resolveu sair do estado?

— Eu não saí do estado — diz Miles. — Acordei e... surgiu um imprevisto Uma amiga precisou de ajuda, e eu acabei perdendo a noção do tempo.

Surgiu um imprevisto.

Uma amiga.

Alguma coisa melhor. Alguém melhor.

Ele só não está admitindo quem foi.

E não deveria importar, do mesmo jeito que seja lá o que o meu pai tenha escrito naquele bilhete não faz diferença. Miles me dizer que me trocou pela Petra não vai mudar nada.

Mas eu quero que ele confesse. Quero pressionar o mais forte possível todos os hematomas no meu coração, até isso me transformar. Até eu aprender de vez a parar de ferrar com tudo.

— Quem? — pergunto.

Ele passa a mão na testa, desliza pelo cabelo e balança a cabeça.

Miles estaria me fazendo um favor me tirando dessa infelicidade, colocando um ponto-final nessa frase.

— Por favor — peço.

Ele solta o ar com força.

— A Petra.

Percebo que uma parte de mim ainda se agarrava à possibilidade de Peter estar mal-informado, ou de ter mentido descaradamente. Eu não sabia que essa centelha de esperança estava aqui, e me odeio por isso.

Sinto a garganta apertada, o peito dolorido. Assinto. E de novo, e de novo, tentando pensar em pelo menos uma coisa para dizer.

— Ela só precisava da minha caminhonete emprestada pra levar umas coisas — diz Miles, e sua voz vacila. — E, como eu falei, acabei me envolvendo e perdendo a noção do tempo.

Acabei me envolvendo. Sempre vai haver uma Petra. Alguém mais interessante, mais divertido, alguém que precisa de menos, ou que oferece mais.

— Então eu me dei conta do que estava fazendo — continua ele. — Percebi que tinha ferrado com tudo e fui embora. Troquei de carro com a Petra pra ela poder usar a caminhonete para o que precisava e... e eu tinha um *grande plano* para me desculpar com você. Uma surpresa. Mas não consegui fazer acontecer. Tentei e não consegui, por isso cheguei em casa com aquela caixa boba de fudge, e eu sei que foi patético, que não é suficiente...

— Miles. — Fecho os olhos e esfrego as pálpebras enquanto organizo os pensamentos. — Eu não preciso de um *presente de desculpas* melhor. — Deixo as mãos caírem no colo. — Isso é culpa minha.

Ele se surpreende.

— O quê? Não, com certeza não é.

— Você fez exatamente o que eu já devia esperar que você fizesse — falo.

Miles recua, como se eu tivesse lhe dado um tapa.

— Que merda você quer dizer com isso?

— Não estou tentando te magoar — me apresso a dizer. — Estou dizendo que você está liberado.

— Liberado *de quê*, Daphne? — insiste ele.

— Você me disse que não atende a expectativas nem assume compromissos — lembro.

— Eu disse que isso me faz entrar em pânico — retruca Miles, soando meio em pânico *agora* também.

Eu me viro no assento, os limpadores ainda guinchando no vidro, a chuva batendo com força no teto do carro.

— E você realmente entrou em pânico. Mesmo não querendo isso. E eu *realmente* criei expectativas, mesmo tentando não criar.

— Ótimo! — Miles quase grita. — Crie expectativas! Quer me cobrar de algum jeito? Faça isso. Eu entrei em pânico, Daphne, mas isso não quer dizer que eu não te amo.

Meu estômago dá uma cambalhota, e tenho a sensação de que meu coração está sendo espremido. Sinto a pele ir de muito quente para fria e pegajosa, e aquela palavra se aloja entre as minhas costelas como a ponta de uma flecha envenenada.

Preciso tirar essa flecha, sei que o sangue vai jorrar quando eu fizer isso, mas não me importo.

— Não — balbucio.

— Não? — Miles solta uma risada rouca. — Que resposta é essa para o que eu acabei de dizer? Eu acabei de falar que eu te *amo*, Daphne.

— E eu estou te falando que *não*. — Solto o cinto de segurança com as mãos trêmulas. — Você não tem o direito de me dizer isso. Não tem o direito de desaparecer e depois voltar, e me comprar a porra de um doce, e me pegar no trabalho e dizer que me ama...

— Mas eu te amo *mesmo* — insiste ele.

Minha respiração sai mais acelerada agora.

— Você não pode simplesmente jogar isso do nada, como se fosse resolver tudo. Não preciso de um *eu te amo*, nem de uma caixa de doces, ou de seja qual for o *grande plano* que você tinha para me compensar pelo sumiço. Eu nem *gosto* de surpresas! Nada disso importa se você não aparece para as coisas pequenas, e, se me amasse mesmo, você saberia disso.

Tateio a maçaneta do carro até conseguir abrir a porta.

— O que você tá fazendo? — pergunta Miles, a voz mais alta.

— Saindo daqui — solto.

— Por quê?

Já quase parou de chover. E, mesmo se não tivesse parado, a tempestade não teria me impedido.

— Sabe qual é a pior parte? — eu me forço a dizer enquanto viro de novo para ele, as pernas bambas. — Eu nem me preocupei quando saí do trabalho e vi que você não estava lá me esperando. Não me preocupei em toda a primeira hora de espera. E, quando comecei a me preocupar, foi *com você*. Isso mostra quanto eu confiava em você.

Quanto eu me sentia segura.

Miles abre a boca e seu rosto de repente parece murcho.

— E agora? — pergunta ele, a voz tão baixa que é quase um sussurro. — A confiança acabou?

A vulnerabilidade em seus olhos e em sua voz me dá a sensação de que minhas entranhas estão sendo rasgadas. Não quero magoar Miles.

Mas também não quero que ele me magoe.

Não posso me deixar ser absorvida para dentro dessa história.

— Tem uma vaga de emprego — deixo escapar em um rompante. — Perto da minha mãe. Vou fazer a entrevista na semana que vem.

Ele volta a abrir a boca, os olhos muito escuros e cintilantes. Depois fecha e engole em seco, antes de falar:

— Então é isso. Você vai embora.

— Esse sempre foi o plano. — As palavras saem em uma voz trêmula. Me esforço a continuar com mais firmeza. — Nós dois sabíamos que não ia dar certo. Por mais que a gente tenha se divertido juntos.

A expressão de Miles é de mágoa por um instante, então de aceitação. Depois de um momento, ele diz:

— Entendi.

As nuvens estão indo embora, e as lágrimas agora escorrem pelo meu rosto.

— A tempestade passou — sussurro. — Vou andando pra casa.

Miles se volta para o volante e seca rapidamente o canto do olho, o que parte de vez meu coração.

Fecho a porta e viro de costas enquanto escuto o motor voltar a ser ligado, incapaz de vê-lo se afastar.

Depois de um minuto, começo a caminhar. As cortinas do chalé de conto de fadas estão abertas, as janelas iluminadas.

Lá dentro, vejo três pessoas passarem. Uma mulher de blazer que caminha um pouco à frente de um casal de braços dados, os dois rindo de alguma coisa que ela disse.

Uma corretora de imóveis vendendo a um casal a vida que eles podem ter ali.

Madrugadas maratonando *Arquivo X*, sentados no sofá que eles escolheram juntos; manhãs fazendo torradas enquanto ainda estão cansados demais para falar; os filhos que vão ganhar as primeiras cicatrizes nos joelhos naquele quintal e vão fazer barulho enquanto praticam com seus instrumentos musicais nas horas mais inconvenientes; o aroma da vela favorita deles, que vai se infiltrar nas paredes de um jeito que, toda vez que voltarem de viagem, exaustos, e deixarem as malas no hall de entrada, vão sentir o *perfume* de que aquele é o lugar ao qual pertencem.

Todos esses momentos ao longo de dias, semanas, meses que não são marcados em calendários com estrelas feitas a mão ou pequenos adesivos.

Esses são os momentos que fazem uma vida.

Não grandes gestos, mas detalhes banais que, ao longo do tempo, se acumulam até a gente ter um lar, em vez de só uma casa.

As coisas que importam.

As coisas pelas quais não consigo deixar de ansiar.

Só tem um lugar em que essa sensação existe para mim, uma única pessoa a quem eu pertenço.

— Meu bem? — Minha mãe atende na mesma hora. — O que houve?

— Você tá ocupada — digo.

— Não, não, espera só um instante. — As vozes se tornam abafadas, depois desaparecem quando ela fecha a porta. — O que houve?

— Mãe. Você obviamente tá no meio de alguma coisa — insisto.

— Eu nunca estou ocupada demais pra você — afirma ela. — Me conta o que está acontecendo.

Por onde começar?

— O papai veio me visitar.

— Ah, merda — diz minha mãe. — Era pra isso que ele queria o seu endereço? Achei que ele só ia te mandar alguma coisa pelo correio.

— Eu também. Mas não, ele estava de passagem. — Deixo de fora a parte do *com a nova esposa*. Meu pai saiu da vida da minha mãe, e ela prefere assim.

— Desculpa — fala minha mãe. — Eu devia ter te perguntado, mas ele só queria confirmar o endereço. Se eu tivesse imaginado...

— Não, mãe, tá tudo bem — garanto. — Eu teria falado pra você passar o endereço pra ele.

Ela hesita.

— Então, como foi?

— Incrível — admito. — E depois horrível.

— O de sempre — conclui minha mãe.

— Basicamente.

— Ele sempre é incrível por um tempo. — Ela suspira. — Sinto tanto, meu amor. Eu sei que não é fácil.

— Não é fácil. — Sinto os olhos marejados. — Não mesmo.

Depois de uma pausa, minha mãe volta a falar:

— Você merece um pai melhor. Eu gostaria de ter te dado um.

— Você deu. — Seco os olhos, mas minha voz está mais chorosa do que nunca. — Você sempre foi mãe *e* pai pra mim. E a minha melhor amiga. Você sempre foi absolutamente tudo pra mim.

— Ah, meu amor — diz ela baixinho. — Eu te amo mais que tudo no planeta junto. Mas uma única pessoa não pode ser tudo de que a gente precisa. Algumas vezes eu não consegui me virar sendo só a sua mãe, quanto mais essas outras coisas.

— Você foi perfeita — afirmo. — Foi incrível.

— Incrível talvez — aceita minha mãe. — Mas longe de ser perfeita. Você sabe em quantas apresentações suas na escola eu dormi?

Eu fungo.

— Não.

— Em todas de que você participou — responde ela.

Dou uma risadinha.

— É o mesmo que cochilar ouvindo quarenta e cinco gatos de rua no cio.

— Eu não saberia! — brinca ela. — Nos meus sonhos, a turma do quinto ano cantava lindamente.

Afundo no tapete do quarto, o rosto enfiado nas mãos, o corpo tremendo com a risada.

— Se eu pudesse voltar no tempo — diz minha mãe, depois de um segundo —, não teria feito você se mudar tanto de uma cidade para outra.

— Você fez o que tinha que fazer.

— Era o que eu achava na época. Mas a verdade é que eu acho que a gente podia ter sido mais feliz com menos. A gente era feliz naquele primeiro apartamento, só nós duas, lembra?

— Lembro.

Sinto um calor gostoso invadir meu peito. O lugar tinha paredes finas e canos que viviam vazando, mas minha mãe fazia aquilo parecer uma aventura. Éramos os irmãos do livro *Dos arquivos misturados da sra. Basil E. Frankweiler*, acampados no Met, ou as crianças de *O mistério do vagão*, morando no vagão mencionado no título.

— Eu estava apavorada demais com a possibilidade de não conseguir dar conta de tudo sozinha — continua minha mãe. — E muitas decisões que tomei foram baseadas no medo do que poderia dar errado, e não na esperança do que talvez desse certo. Toda vez que o medo aumentava, eu pegava você e a gente se mudava, em vez de encarar a possibilidade de desconforto. Eu nunca quis correr nenhum risco.

— Você foi realista — digo.

— Meu bem. — Ela ri. — Eu sou cética. E uma pessoa cética na verdade é uma romântica que tem medo demais de ter esperança.

É como um prego enfiado no meu esterno.

— É isso que *eu* sou? — pergunto a ela.

— Você? Você, minha menina, é o que decidir ser. Mas espero que você sempre guarde um pouquinho daquela garota que sentava perto da janela torcendo para o melhor acontecer. A vida já é curta demais sem a gente deixar a esperança de lado, sem ficar tentando driblar todos os sentimentos desagradáveis. Às vezes é preciso encarar o desconforto, em vez de correr dele.

Neste exato momento, me dou conta do que preciso fazer. Por maior que seja minha vontade de fugir, essa confusão é minha, e antes preciso encará-la.

— Obrigada, mãe — digo.

— O que eu fiz exatamente?

— Você está aqui. Sempre que eu preciso, você está aqui. Quando eu crescer quero ser igual a você.

Minha mãe ri.

— Ah, Deus, não. Seja só você. A melhor você possível. A *mais* você possível.

Encerramos a ligação, e mando uma mensagem para Harvey na mesma hora: Você acha que consegue convencer a Ashleigh a participar de uma noite de pôquer improvisada na próxima vez que o Mulder for dormir na casa do Duke?

33

SEXTA-FEIRA, 9 DE AGOSTO

8 DIAS

ASHLEIGH CHEGA ANTES de mim no trabalho na sexta-feira.

Ela não ergue os olhos do computador quando dou a volta no balcão para sentar no meu lugar, nem quando pego o copo de papel do Fika que já está ao lado do meu mouse.

Na lateral do copo, alguém escreveu o nome dela, embora de um jeito muito mais errado do que se tivesse escolhido colocar simplesmente *Ashley*.

De canto de olho, ela me pega cheirando a bebida, e seus lábios pintados de cor-de-rosa se curvam.

— Não está envenenado, se é isso que você está imaginando.

— Eu estava mais preocupada com urina — brinco.

— Bom, depois de provar, me avisa se tem cardamomo demais na minha dieta.

Cheiro de novo a bebida e dou um gole. Doce e com a quantidade perfeita de especiarias.

— Obrigada.

Arrisco um olhar na direção de Ashleigh, mas seus olhos continuam fixos no monitor, as unhas estalando no teclado.

— Outras pessoas também estavam envolvidas — retruca ela, impassível

— Agradeça a elas por mim — digo.

Parece que ela não está disposta a conversar mais que isso, então continuamos a trabalhar em silêncio, cada uma no seu lugar. Ainda assim, é um começo. Do fundo do escritório, Harvey pisca para mim e ergue o polegar, confirmando que nosso plano para amanhã está em andamento.

NO SÁBADO, ESPERO duas horas depois do fim do expediente para colocar o endereço de Ashleigh no meu GPS.

Sigo, então, para o norte da península, depois na direção da costa, e vejo que a última curva à direita se aproxima rapidamente.

Inclino a cabeça para espiar pela janela do passageiro e piso no freio quando um espaço entre as folhagens me deixa ver uma casa baixa e sólida, mais afastada da rua.

O carro atrás de mim buzina e eu dou seta enquanto subo pela entrada com piso de lajota. O caminho faz uma curva para trás e para baixo até a casa, que mais parece uma mansão, muito elegante, em estilo modernista.

Atrás da casa, a baía cintila, a vista ininterrupta a não ser por alguns pinheiros.

Eu presumi que Ashleigh nunca queria marcar nada na casa dela porque preferia manter a vida social separada da vida de mãe. Agora me pergunto se ela só estava sendo modesta em relação ao fato de ter muito dinheiro.

Estaciono diante das portas duplas de um laranja forte, cada uma decorada com uma sequência de janelas estreitas retangulares, uma acima da outra, e luzes acionadas por sensor de movimento se acendem. Apesar do que diz a plaquinha enfiada no canteiro, Harvey me garantiu que Ashleigh *não* tem um sistema de alarme.

Na verdade ele tem quase certeza de que ela encontrou a placa no lixo de alguém depois que Duke se mudou.

A chave reserva está onde ele disse que estaria, embaixo de um vaso sem planta na lateral da casa.

Duas noites atrás, quando organizamos esse plano, tanto Harvey quanto eu estávamos certos de que a ideia iria deixar Ashleigh encantada. Agora, tenho minhas dúvidas. A verdade é que estou basicamente invadindo a casa dela.

Entro pela porta da frente, já preparada para sair correndo se o alarme tocar. Não toca.

Tiro os sapatos e me adianto mais, o hall de entrada com piso de mosaico dando lugar a um corredor à direita, seguido por uma enorme cozinha profissional, com armários de nogueira planejados e um lustre Sputnik iluminando a ilha central. À esquerda vejo uma sala rebaixada, decorada no estilo anos 70, com um sofá semicircular posicionado ao redor de uma lareira.

Sigo pelo corredor até o primeiro quarto, que imagino ser de hóspedes, a julgar pela decoração neutra, de inspiração praiana. O quarto seguinte está coberto de pôsteres de jogos de RPG e desenhos de personagens de anime.

No fim do corredor, chego a um quarto quase do tamanho do nosso apartamento, com direito a um closet grande que leva ao banheiro dos meus sonhos.

Se isso já não fosse um indicador claro de que este é o quarto de Ashleigh, ali também encontro a lona, as latas de tinta e os rolos de pintura deixados em um canto, ainda sem uso.

Não há muito mais no quarto. Uma cama, uma cômoda, uma mesa de cabeceira. Eu me pergunto se Duke levou a maior parte da mobília com ele. Há uma tristeza neste espaço que me pega de surpresa.

É como um lugar que *já foi* um lar.

Torço para ele voltar a ser. Ashleigh merece.

Largo minhas coisas, pego o rolo de fita-crepe e começo a trabalhar.

É TERAPÊUTICO PINTAR ao longo dos rodapés e do teto. E a playlist de fossa, inspirada em Miles, que brada do meu celular acrescenta um toque catártico à experiência.

Levo uma hora só para proteger o que é preciso com fita-crepe. Depois passo a primeira camada de tinta no canto superior e desço da escada que encontrei na garagem para admirar meu trabalho, antes de passar ao canto inferior.

Estou quase terminando a primeira demão quando escuto alguém pigarrear atrás de mim.

Giro o corpo, brandindo o pincel como uma espada.

Ashleigh está parada aqui, os braços cruzados, uma das sobrancelhas muito pretas erguida.

— Você voltou — digo.

— E *você* está ouvindo as melhores e mais fundo do poço da Adele — retruca ela.

Pego o celular na escada e paro a música. Na tela, vejo o início de uma mensagem de Harvey: Desculpe, eu tentei, mas...

— A noite de pôquer já terminou? — pergunto.

— Uma noite de pôquer marcada aleatoriamente, que de repente *tem* que ser neste sábado, porque todo mundo está ocupado em todas as outras noites do mês? — diz Ashleigh. — *Essa* noite de pôquer?

Faço uma careta.

— Eu só fui até lá para tentar entender que diabo estava acontecendo — continua ela. — Da próxima vez que quiser guardar um segredo de mim, fique sabendo que o Harvey é um péssimo mentiroso. E você também. Você estava muito esquisita no trabalho.

Ela está certa. Eu devia ter imaginado que não ia dar certo.

Depois de um silêncio carregado, Ashleigh volta a falar.

— Você está com uma cara horrível.

— Obrigada? — digo.

Ela sorri. Uma esperança ridícula aperta meu peito.

— Se você odiou — me apresso a falar —, eu pinto tudo de volta como estava antes. E nem preciso fazer isso com você aqui. Agora, se você gostou, eu posso terminar enquanto você assiste a *Real Housewives*, ou quando estiver fora, ou quando quiser.

Ela ergue de novo a sobrancelha bem marcada.

— Então isso é uma penitência.

— Isso sou eu fazendo o que disse que faria — esclareço. — Com atraso, obviamente. E você não precisa se sentir obrigada a me perdoar. Não é uma troca. Eu sei que um gesto grandioso não compensa uma grande merda. Eu adoraria que você me perdoasse, mas, se achar que não consegue, seja por que razão for, vou entender.

Ashleigh passa a língua pelos dentes inferiores. Então se aproxima devagar, uma expressão penetrante nos olhos verdes, os lábios cerrados. E para bem na minha frente, os braços ainda cruzados.

E me puxa para si. Me abraça. Um abraço tão apertado que chega a ser desconfortável, quase doloroso, perfeito.

— Também peço desculpas — diz ela.

— Por quê? — pergunto, alarmada.

— Acho que posso ter exagerado na minha reação — explica Ashleigh. — É que às vezes eu tenho a sensação de que a última década inteira foi um desperdício na minha vida, a não ser pelo Mulder. É como se eu estivesse começando do zero, então tudo precisa estar absolutamente certo, assim que possível, para me compensar pelo tempo perdido. Eu fiquei tão animada por ter uma nova amiga, uma amiga de verdade, que acabei colocando pressão demais nisso.

Balanço a cabeça.

— Eu te magoei. Fiz exatamente aquilo que nós duas concordamos que odiávamos quando nos tornamos amigas. Não acho que a sua reação foi exagerada.

Ela recua.

— Você fez isso sim, mas eu poderia ter deixado um recado na caixa postal, mandado uma mensagem ou algo assim quando me dei conta do que estava acontecendo. Em vez disso... — Ela suspira. — Em vez disso eu esperei pra... te acusar.

Então, ao que parece, ela muda radicalmente de assunto.

— Eu te contei que encontrei um terapeuta de casais pra mim e pro Duke? Mesmo ele não tendo concordado em ir?

Assinto.

— Bom, quando chegou a hora da primeira sessão, a gente já tinha se separado, mas não dava mais tempo de cancelar sem pagar a consulta. Por isso, eu fui sozinha. E achei que estava indo pra, sei lá, só reclamar do Duke. O que eu *definitivamente* fiz.

— É claro.

— Mas eu continuei indo às sessões. E percebi que tinha essa tendência. De testar as pessoas. Tipo: *Quanto tempo leva depois que eu entro na sala pro Duke erguer os olhos do celular?* Ou: *Se eu não disser nada, ele vai colocar a roupa pra lavar?* Ou: *Se eu nunca sugerir que a gente saia com amigos ou faça qualquer coisa divertida, ele vai planejar algo, ou vou sempre ter que me responsabilizar por tudo?*

Ela faz uma pausa.

— O que fazia sentido. Eu estava cansada de ter a mesma conversa toda vez e nunca chegar a um resultado diferente. Então, sim, você entrou na sua bolha de amor com o Miles, excluindo tudo ao redor, mas quem nunca fez isso que atire a primeira pedra ou coisa parecida. Estou querendo dizer que você não é o meu ex-marido e não vacilou comigo quatrocentas e vinte vezes. Você me deu o cano uma vez. Grande coisa. Acontece.

— O que houve com *Quando alguém te diz quem é, você acredita?* — pergunto, ainda esperando que um alçapão se abra sob meus pés.

— O que todas as suas ações me dizem — responde Ashleigh — é que você é humana. O que é bom, porque eu acho que não gosto muito da ideia de ter uma pessoa perfeita como amiga. Assim como não gosto da ideia de ser amiga de alguém que diz uma coisa e faz outra dez vezes por mês. Eu também vou te magoar em algum momento. Não quero, mas vai acontecer. Eu tenho um filho! Tenho uma vida pra tocar! Assim como você.

Ela para por um instante.

— Mas não quero perder a sua amizade depois de uma única briga, só porque tenho medo de acontecer de novo. Você meio que está se tornando uma pessoa importante pra mim, Daphne.

— *Meio que?* — pergunto, fingindo indignação.

— Meio que importante *de verdade* — corrige ela.

Só me dou conta de que estou chorando quando vejo a expressão alarmada no rosto de Ashleigh.

— Ei! — Ela me segura pelo braço, cravando as unhas na minha pele. — Tá tudo bem! Sério!

— Não quero ser uma pessoa que faz isso com os outros — digo. — Talvez seja isso que está errado comigo. Talvez seja por isso que eu não consigo... não consigo...

— Daphne. Se acalma — diz Ashleigh, o tom firme, mas gentil. — Me conta o que tá acontecendo.

Balanço a cabeça.

— Estamos falando sobre *a gente*. Do resto eu cuido mais tarde.

— Meu bem! — Ashleigh me puxa para sentar no pé da cama, coberta por uma colcha de veludo. — Amigas falam sobre *o resto*.

Quando encontro seu olhar, vejo suas sobrancelhas enrugadas de preocupação. Sinto uma onda de amor por Ashleigh neste momento, e outra onda renovada de vergonha por ter esquecido o aniversário dela, e também tristeza por ter perdido o que, sinceramente, teria sido uma noite de sábado incrível. Depois de tudo o que aconteceu com o meu pai, eu estava tão desesperada para fugir de mim mesma, da minha vida, que acabei esquecendo todas as partes lindas dela que venho colecionando ao longo dos últimos meses, como pedaços de vidro deixados na praia pelo mar. Coisas que ninguém pode tirar de mim.

Dou uma fungadinha.

— Tá tudo bem, sério. Já estou me sentindo melhor só de ter esclarecido tudo entre a gente.

— Ei — diz ela. — Lembra de mim? A Ashleigh? Eu sempre quero falar de tudo. Então desembucha. Isso tem a ver com *não misturar negócios, ou moradia, com prazer porque dá merda* relacionado ao Miles?

— Não teve merda envolvida — respondo. — Não sou tão ousada.

— Cacete! — exclama Ashleigh diante da minha confirmação não verbal. Ela se adianta e abaixa a voz. — Aconteceu! E como *foi*? Ele ficou te encarando com cara de apaixonado o tempo todo? Parece o estilo do Miles.

Sinto o rosto quente.

— Não, nós não fizemos nenhum contato visual fixo por pelo menos quarenta minutos.

— *Quarenta* minutos? — repete Ashleigh, a voz aguda.

— Não de uma vez — me apresso a acrescentar. — Foi tipo quinze minutos muito intensos, depois um período de calmaria, aí mais meia hora em um ritmo mais equilibrado.

— Nossa, agora fiquei surpresa.

— Acredita em mim. Tenho plena consciência de que o Miles e eu juntos não faz o menor sentido.

Ashleigh solta uma risadinha sarcástica.

— Não, vocês dois fazem muito sentido juntos. Eu só não tinha imaginado que o Miles seria tão impaciente a ponto de ir direto para a linha de chegada, sem nenhum controle.

— Ele teve controle — argumento.

— Caras envolventes e gostosos nunca aprendem a gastar alguma energia antes de alcançar a linha de chegada — comenta ela, pensativa.

— Ele gastou bastante energia. — Tenho vontade de engolir as palavras assim que elas escapam da minha boca.

Nunca tive uma amizade assim antes, do tipo que vemos as mulheres compartilhando em filmes, em que elas não poupam detalhes picantes ou sangrentos uma da outra — a melhor amiga que ensina a usar um absorvente interno aos treze anos, ou que manda mensagem do banheiro na noite em que transa com alguém pela primeira vez.

Sadie foi o mais próximo disso que eu já tive, mas ela foi criada com irmãos e sempre teve mais amigos homens que amigas mulheres. Ela era comunicativa e divertida, mas nunca se mostrava muito aberta para conversas desse tipo.

E, por mais próxima que eu tenha me tornado de Ashleigh, também fico preocupada que isso seja uma traição. Não sei como Miles se sentiria por eu estar contando o que aconteceu. E me passa pela cabeça a ideia absurda de que deveria ter perguntado para ele na última vez que nos falamos.

Na verdade não é absurdo. Consigo imaginar essa conversa com facilidade, o modo *nada esquisito* como eu perguntaria a ele: *Posso contar pra Ashleigh?*

O que só aumenta minha ressaca emocional e minha confusão. Toda vez que penso em Miles, lembro o que ele *disse* e meu coração dispara, meu corpo inteiro reage como se eu estivesse sendo caçada. Entre "fique e lute ou fuja", com certeza optei pela *fuga*.

— Eu não devia estar falando sobre isso — digo.

— Talvez você precise falar? — responde Ashleigh com gentileza.

Minha expressão deve ser de desconfiança, porque ela acrescenta:

— Juro que estou dizendo isso como amiga, não como a vizinha simpática e fofoqueira.

— Eu preciso conversar a respeito — admito. — Só não sobre *isso*. Acho que essa parte deve permanecer reservada.

Ela faz um gesto como se estivesse fechando os lábios com um zíper, mas ainda nem baixou a mão e já volta a falar, animada.

— Só pra constar, tudo o que você contou só me fez amar e respeitar o Miles ainda mais.

— O Miles é incrível — afirmo. — Só acho que ele e eu não somos incríveis *juntos*.

— Por quê? — pergunta Ashleigh. — Você fica tão feliz quando está perto dele. E isso é o que mais importa.

— Eu sou exatamente o tipo de pessoa com quem o Miles não consegue administrar estar junto, e ele é exatamente o tipo de cara que pode me destruir — explico.

— *Meu bem*. — Ashleigh toca minha mão. — É assim que funciona. O amor é isso.

— Eu fiquei envolvida demais, Ash — confesso. — Quase me deixei ser absorvida de novo, e pra quê? Eu já devia saber.

— Você está sendo dura demais consigo mesma.

— Ele fugiu, Ashleigh. — Minha voz falha. — O Miles prometeu me pegar no trabalho no dia seguinte, e simplesmente... não apareceu.

Ela me encara boquiaberta enquanto compreende o que eu quero dizer.

— Passei horas sem ter notícias dele. Até *eu* mandar uma mensagem pra *ele*.

— Ah, meu Deus, Miles, *não* — diz Ashleigh com um gemido, como se ele estivesse aqui para ouvir.

— Aí o Peter apareceu — conto.

— Cacete! — exclama ela.

— Ele e a Petra terminaram.

Outro arquejo chocado.

— *Não* — diz Ashleigh, horrorizada. — O Miles *não*...

— Ele me disse que só estava ajudando a Petra a fazer a mudança da casa do Peter — conto. — Mas o Peter falou que os dois estão ensaiando uma reconciliação.

— Que porra é essa? — começa ela, então parece pensar melhor e completa: — Escuta, o Peter está com dor de cotovelo e o Miles é um cara legal. É óbvio que ele ia ajudar a menina a fazer a mudança.

— Eu sei.

Miles não teria dito que me ama se tivesse intenção de voltar com a Petra. Talvez seja ingenuidade minha, mas realmente acredito nisso. Ou talvez só queira que seja verdade.

— Não é essa a questão — volto a falar.

— Essa com certeza é *uma* questão — diz Ashleigh —, mesmo se não for *a* questão.

— Tem uma vaga de emprego — solto em um rompante. — Perto da minha mãe. Acho que eu tenho uma boa chance de conseguir.

Ela me observa por um longo tempo.

— Merda.

— Eu queria ter te contado assim que soube, mas...

Ashleigh abaixa os olhos para as mãos.

— Mas eu estava te dando um gelo. — Ela suspira e aperta minhas mãos. — Quando se mudar, só não esquece de mim, tá?

— Pode acreditar, eu não iria conseguir — digo, chorosa, e estou falando sério. — Eu quase não dei conta dessa última semana sem você. Não quero passar por isso de novo.

— Eu não poderia concordar mais. — Ela ergue os olhos para o cantinho do teto. — Que cor horrorosa.

— Muito, muito mesmo.

O sorriso dela se alarga e seus olhos encontram os meus.

— Quer ligar a TV e continuar pintando?
— *Você* quer? — pergunto.
— Acho que vai ser divertido ter um quarto feio por um tempo. O Duke não conseguia suportar a feiura. Nem cachorros. — Ela se anima. — Talvez eu devesse adotar um cachorro. — E me olha, esperando minha reação.
— Acho que você deve fazer exatamente o que quiser.
— Vamos roubar um banco — diz Ashleigh.
— Acho melhor você adotar um cachorro.

34

SÁBADO, 10 DE AGOSTO
7 DIAS

MAIS TARDE, NA cozinha, enquanto comemos enroladinhos de pizza, Ashleigh me convida para ficar hospedada com ela até a Maratona de Leitura.

— Faz muito tempo que eu não moro com outro adulto que não seja o Duke — diz ela. — E esta casa é grande pra cacete. Ia ser divertido.

— Falando no tamanho da sua casa, você nunca mencionou... — Não termino a frase.

— Que eu moro no covil de um vilão de filme do James Bond? — pergunta Ashleigh.

O que me dá permissão para ser clara:

— Que você é rica pra cacete.

Ashleigh dá uma risadinha irônica.

— *Eu* não. O Duke tem o dinheiro dos cookies.

— Dinheiro dos cookies? — repito. — O que ele fez, assaltou um caminhão de escoteiras e começou uma operação de venda de cookies no mercado paralelo?

— Não, ele é herdeiro de uma fortuna que veio da venda de biscoitos — esclarece ela.

— Eu não sabia que biscoitos podiam *gerar* fortunas. A não ser talvez... que isso venha na mensagem de um biscoito da sorte.

— Ah, sim. — Ela coloca outro enroladinho de pizza na boca. — Qualquer coisa pode gerar uma fortuna se a pessoa for gananciosa o bastante.

Diante da expressão em meu rosto, Ashleigh acrescenta:

— Quer dizer, é óbvio que não estou falando do Duke. Ele poderia ter disputado a casa comigo na justiça e não fez isso. Mas tenho certeza que, se você procurar na árvore genealógica dele, alguém fez um pacto com o diabo, ou, sei lá, matou uma pessoa para pôr as mãos em uma receita secreta.

— Já quero uma série na HBO sobre eles — digo.

Ela fica em silêncio por um momento.

— Você precisa avisar o Miles que vai ficar aqui.

— As coisas não são desse jeito entre a gente — lembro a ela.

— Você não quer que ele chame o FBI e diga que você foi levada, quer?

— Levada? — pergunto. — Tipo... sequestrada?

— É, tipo essas coisas que acontecem naqueles filmes pelos quais vocês dois são obcecados. Sei lá, ele pode achar que apontaram uma arma pra sua cabeça e te forçaram a roubar um museu usando suas habilidades altamente técnicas, ou o que for.

— Claro, vou ser *levada* por alguém que precisa de informações técnicas sobre literatura infantil.

— Só avisa que vai ficar aqui — diz ela.

— Tá bom — concordo com um gemido.

Vou ficar na casa da Ash, digito. Ele responde na mesma hora com ok.

— Pronto.

— Ótimo. — Ashleigh inclina a cabeça na direção das portas, atrás. — Agora, vamos ver alguma coisa sangrenta.

— *Real Housewives?* — adivinho.

— Deve ser assim que uma mãe orgulhosa se sente — declara ela.

— Esqueceu do Mulder?

— Só por um segundo. Mas já lembrei rapidinho.

NA SEGUNDA-FEIRA À noite, enquanto Miles está no trabalho, passo rapidamente no apartamento para pegar algumas roupas. Não bastassem nossas diferenças de estilo, Ashleigh também é mais baixa e mais curvilínea que eu, e mesmo o vestido soltinho de malha que ela me emprestou para ir trabalhar hoje conseguiu ficar pendurado no meu peito como duas bexigas murchas.

Na terça, no caminho para a biblioteca, paramos em um quiosque de café drive-thru perto da casa de Ashleigh. Ela não é uma pessoa matinal, e mal nos falamos até chegar ao trabalho, momento em que suas primeiras palavras de verdade do dia são:

— Uau! Você podia morar de vez comigo. Assim eu ia chegar na hora todo dia.

— Estamos quatro minutos atrasadas — observo.

— Quatro minutos mais cedo que o normal pra mim.

— Se eu morasse com você, acho que a nossa amizade não iria sobreviver.

— Não sei nem se *nós* iríamos sobreviver — retruca ela. — Acho que seria como um daqueles seriados malucos de comédia dos anos 80, com uma claque de risadas que faz a situação parecer ligeiramente perturbada.

— Que história é essa de vocês irem morar juntas? — pergunta Harvey, saindo da sala dele com uma caneca na mão.

— Não vamos — respondemos eu e Ashleigh ao mesmo tempo.

— É um alívio ouvir isso — diz ele. — Consigo administrar uma de vocês chegando tarde todo dia, desde que a outra chegue cedo.

— E quem de nós é qual? — pergunta Ashleigh, fingindo ignorância.

Depois do trabalho, compramos burritos para viagem, então pegamos Mulder, que estava ensaiando com a banda da escola.

— Essa é a minha amiga Daphne — diz Ashleigh ao garoto quando ele entra no banco traseiro do carro com um estojo de trombone quase do tamanho dele. — Daphne, esse é o Mulder.

— Oi! — cumprimento com um aceno.

Espero uma não resposta de um pré-adolescente emburrado, mas, apesar de toda a sua aparência projetar essa imagem, Mulder assente com educação e diz:

— Prazer, Daphne.

— O prazer é meu!

— Ela vai ficar com a gente por uns dias — explica Ashleigh.

— Legal. — Mulder pega um videogame portátil na mochila. Ela pergunta sobre o dia do filho, e ele confirma que foi "um tédio tão grande que quase morreu" e que "o Ricky Landis vomitou na primeira aula e a Tinsley G" — são *duas* Tinsley na classe dele — "ficou com tanto nojo que vomitou também".

Então, sem parar para respirar, Mulder pergunta o que tem para o jantar, e Ashleigh levanta o saco de burritos.

Um instante depois, o garoto acrescenta:

— Vocês duas não estão meio velhas pra uma dormir na casa da outra, não?

Ashleigh parece consternada. Eu caio na gargalhada, até ela perguntar a Mulder quantos anos ele acha que eu tenho.

E o menino responde, sem a menor culpa:

— Não sei... Quarenta e cinco?

É a vez *dela* de cair na gargalhada.

— Isso é *mais velha* que a sua mãe — argumento.

Ele só encolhe os ombros e volta ao game.

Na quarta-feira, depois do trabalho, eu me fecho no quarto de hóspedes da casa de Ashleigh para fazer uma entrevista por vídeo com Anika e Clay, a gerente distrital e o gerente da filial da Biblioteca de Ocean City.

— Quando você poderia vir, se tudo der certo? — pergunta Anika com um sorriso solar, quando já estamos nos despedindo.

Meu coração parece prestes a sair pela garganta, mas consigo manter a voz normal.

— Assim que cumprir meu aviso-prévio de duas semanas.

Anika e Clay trocam um sorriso. Raramente sou a pessoa mais confiante em uma sala, mas tenho noventa e nove por cento de certeza de que consegui a vaga quando Clay diz:

— Vamos entrar em contato o mais rápido possível.

Ao sair do quarto de hóspedes, Ashleigh está me esperando no corredor, com uma garrafa de champanhe na mão.

— Não quero que você vá embora — diz ela —, mas quero muito que você seja feliz.

Na quinta, estou *adiantada* no cronograma da Maratona de Leitura, mas a escola liga para Ashleigh no trabalho pedindo que ela vá buscar Mulder mais cedo, porque ele pegou a virose que está derrubando todo mundo.

A última coisa de que eu preciso é ficar doente neste momento, e avalio a possibilidade de voltar para o apartamento pelos próximos dois dias. Em vez disso, opto por lavar as mãos com mais frequência.

No meio da sexta-feira, Mulder manda uma mensagem para Ashleigh dizendo que não passou mal o dia todo. Até agora, nem ela nem eu temos sintomas, por isso as coisas parecem estar melhorando.

Até eu lembrar que esqueci de pegar algumas sacolas com prêmios baratinhos que venho guardando embaixo da minha cama no apartamento de Miles.

Digo a mim mesma que ele já vai estar no trabalho quando eu chegar, mas a verdade é que arrisco a sorte.

Se o universo quiser que a gente se esbarre, é isso que vai acontecer.

Mas ele não está em casa.

Aliás, vejo tão *poucos* sinais da presença de Miles aqui que me pergunto se ele está ficando em outro lugar, um pensamento de que me arrependo na mesma hora, porque agora sei que vou voltar a ele quando estiver deitada na cama do quarto de hóspedes de Ashleigh esta noite.

Só porque o apartamento está imaculado, sem luminárias acesas, sem nenhum cheiro de maconha no ar, não significa que Miles esteja dormindo em outro lugar.

As palavras de Peter ecoam na minha mente: *Eles vão voltar. Você sabe disso, né?*

Eu me recuso a deixar esse pensamento criar raízes. Em parte porque não acredito, e em parte porque não tenho espaço mental para isso no momento.

Ainda não escureceu, mas as cortinas estão fechadas e sombras se projetam por toda parte. Vou até o meu quarto, sem me dar o trabalho de acender as luzes, e pego as sacolas embaixo da cama.

Quando me levanto para ir embora, alguma coisa chama minha atenção no canto da penteadeira, a parte que fica mais perto da porta.

Uma caixinha branca.

Meu coração afunda no peito. Tenho quase certeza de que é a caixa de fudge, sem o bilhete, mas abro só para ter certeza: é mesmo o chocolate.

Estou prestes a jogar na lixeira quando vejo o bilhete do meu pai amassado ali dentro.

Nenhuma parte de mim tem vontade de ler, mas também me lembro do que minha mãe disse sobre não desperdiçar tempo nos convencendo a não ter esperança e evitando tudo que possa magoar.

Agora me dou conta do tempo que passei fazendo exatamente isso.

Parei de tentar fazer amigos porque acabaria tendo que me mudar para longe deles. Deixei Sadie e a nossa amizade se perderem, em vez de confrontá-la a respeito e descobrir, de uma vez por todas, se eu realmente não importava para ela.

Quando Peter terminou comigo, minha vida encolheu, não só por causa dele, mas por *minha* causa também. Eu não queria mais ir a nenhum lugar onde pudesse esbarrar com ele. Não queria ser lembrada do meu coração partido.

E, sem querer arrumar desculpas para as falhas do meu pai, a verdade é que eu não sabia que ele tinha se casado porque nem cheguei a ler o cartão de aniversário que recebi.

Penso também em Ashleigh, no ex dela, em como ele se contentava com as coisas estarem *bem e pronto*, assustado demais para ir fundo na busca pelo *incrível*, se isso significasse arriscar uma mudança.

Não sei se vou comer o fudge ou ler o bilhete do meu pai, mas enfio ambos em uma das sacolas para levar para a casa da Ashleigh comigo. E saio do quarto. Ao entrar na sala, colido com alguma coisa dura o bastante para me fazer ver estrelas.

Não alguma coisa. *Alguém.*

Uma figura oculta nas sombras.

Eu grito.

Então, *a figura* grita.

Há uma breve disputa desajeitada. Nenhum de nós parece totalmente certo se estamos nos atacando ou tentando nos afastar. Aí uma voz grita:

— Vou acabar com você se não for embora agora!

De modo geral, essa é a última coisa que eu gostaria de ouvir de alguém que está vagando no escuro pelo meu apartamento. Mas, nesse caso, sinto uma onda de alívio me invadir da cabeça aos pés.

— Julia?!

— *Daphne?*

Eu me afasto para o lado e acendo as luzes.

— Você *voltou*?

— *Você* voltou — diz ela.

— Eu não fui a lugar nenhum — retruco.

— Diz isso pro meu irmão. — Sinto o rosto e as orelhas quentes. Julia leva uma das mãos à cintura. — Espera, eu tô brava com você.

— O Miles te contou? — pergunto.

— Que se declarou pra você? Talvez tenha mencionado alguma coisa a respeito. Mas a maior surpresa foi saber que você não disse a ele que sente a mesma coisa. E você sente.

— Julia. É complicado.

Ela estreita os olhos e inclina a cabeça no estilo Nowak.

— É mesmo?

Permanecemos por algum tempo em um silêncio constrangedor. Finalmente, ela suspira.

— Acho que também preciso te agradecer.

— O quê? Por quê? — pergunto.

— O Miles me contou que você andou pressionando ele pra ser sincero comigo — explica Julia. — Sobre o que ele sente com a minha mudança pra cá.

— Vocês conversaram?

— Sim.

— E como foi?

— Horrível — diz Julia. — Eu fiquei muito chateada. Chorei. Fiquei brava. O pacote completo.

Eu me encolho.

— Que pena.

— Daí a gente conversou mais — continua ela —, e eu entendi. Foi exatamente a mesma coisa que ele fez com você.

— Não estou acompanhando.

— Sempre achei incrível o jeito como o Miles conseguiu sair do tipo de infância que a gente teve sem passar a desconfiar de todo mundo

— diz Julia. — Mas aí ele começou a falar sobre o que aconteceu com vocês... que ele estragou tudo e que isso acabou provando que ele não conseguia ser quem você precisava e *blá-blá-blá*. E foi aí que eu entendi. Toda aquela merda que os nossos pais fizeram... talvez não tenha feito o Miles perder a confiança nas *outras* pessoas, mas com certeza fez o meu irmão perder a confiança nele mesmo.

Meu coração se aperta e se contorce.

— O Miles não consegue se ver com clareza — continua ela. — Os nossos pais fizeram ele achar que só serve pra decepcionar os outros.

Eu vi isso em Miles vezes sem conta — a falta de confiança em si mesmo, nos próprios sentimentos, o medo de deixar transparecer um mínimo de escuridão que seja.

— E aqui estou eu, escondendo todos os meus problemas para que o meu irmão não corra pra resolver tudo — diz Julia —, e o Miles me fala que tem medo de que o que passou na infância tenha destruído ele. Ele tem medo de, por causa disso, não ser capaz de ser o irmão, o amigo ou *seja lá o que for* que as pessoas que ele ama merecem.

Engulo em seco.

— O que você respondeu?

— Eu respondi que, por causa da *minha* infância, eu *sei* que ele é capaz. Porque ele sempre foi.

Meu peito se aperta de emoção.

— Mas enfim. — Ela baixa os olhos. — Tenho certeza que você tem muita coisa pra fazer.

Volto a engolir em seco.

— Bem-vinda de volta, Julia.

— Obrigada — diz ela. — É bom estar em casa.

35

SEXTA-FEIRA, 16 DE AGOSTO

1 DIA

No MEIO DA noite, leio o bilhete do meu pai

> Oi, filha.
> Desculpe ir embora desse jeito... Eu recebi um convite que a gente só recebe uma vez na vida. Não vejo a hora de te contar tudo quando passarmos de volta pela cidade! Você vai estar por aqui em outubro? Eu adoraria ver como fica o norte no outono. Já estou com saudade.
> Com amor,
> Papai & Starfire

Ele é o mesmo pai de sempre. Aquele que diz uma coisa — *te amo; estou com saudade; vamos ficar o tempo que você quiser* — e faz outra.
Mas não é isso que me incomoda no bilhete.

O que me incomoda é uma palavra — *outubro* — e o anseio profundo que sinto no peito quando leio.

Começo a chorar. Então, é claro, ligo para minha mãe.

— Calma — diz ela, quando começo a balbuciar de um jeito desconexo. — Me conta tudo.

E finalmente eu conto.

AINDA ESTÁ ESCURO e úmido quando encontro Harvey diante das portas da biblioteca no sábado de manhã. Estamos ambos vestidos no estilo *menos* formal possível, já prontos para o longo dia que temos pela frente. Harvey está usando blusa de moletom da Howard e calça de ginástica (não a do Red Wings), e eu escolhi uma calça de malha confortável e um cardigã largo.

— Conseguiu dormir? — pergunta ele enquanto destranca as portas automáticas.

— Um pouco. E você?

— Não muito — responde Harvey —, mas a adrenalina vai nos manter em alerta. Se isso não acontecer, a gente pode se revezar para cochilar no escritório.

Dentro da biblioteca, as luzes fluorescentes demoram a acender por completo.

Sinto uma pontada de melancolia. Saudade, eu acho, de todas as bibliotecas que eu já amei e da garotinha que sonhava com isso: ser a primeira pessoa a entrar e a última a sair de um prédio abarrotado de livros. E ter a sensação de que, de algum modo, este lugar pertence a mim, e eu a ele.

Um lar, quando nenhum outro lugar parecia certo.

Harvey respira fundo.

— Você não ama o cheiro deste lugar?

— Muito. Muito mesmo — digo.

— E é por isso que eu não consigo me aposentar — confessa ele. — Se eu pudesse *viver* dentro dessa sensação, faria isso.

— Eu sei. As crianças vão viver o meu sonho de infância hoje, passando a madrugada na biblioteca.

Ele ergue os olhos.

— Você se saiu bem, Daphne. Bem de verdade.

Eu me pergunto se estou cintilando. Provavelmente é cedo demais para cintilar. Devo parecer o restinho de uma caixa de leite que azedou.

— Vamos trabalhar.

A equipe de Fantasia é a primeira a chegar, pronta para transformar um dos cantos da biblioteca em uma versão de baixo orçamento de um castelo, com cenários pintados em papel pardo e um dragão feito de papel machê, seu corpo sinuoso segmentado em quatro pequenos arcos arrumados em uma fileira, dando a impressão de que o piso é a água onde a criatura está nadando.

Por ser uma criatura feita de papel, obra de um amador, o dragão é horrível de um jeito maravilhoso. Se essa coisa criasse vida, começaria a gritar desesperado ao se ver como um ser vivente, e ainda assim tão improvável no que se refere à anatomia.

E eu amo essa criatura. As crianças vão ficar loucas com esse dragão. Até as mais velhas, como Maya, que já têm idade para revirar os olhos.

Uma vez, quando eu estava no sétimo ano, minha mãe me levou a uma festa à meia-noite para o lançamento de uma série de fantasia. Lá, distribuíram "varinhas", que não passavam de gravetos que deviam vir dos arbustos atrás da biblioteca. Era bobo. E também era mágico. Escolhi um graveto com líquen verde-pálido por cima, e minha mãe escolheu um cor de osso. Tive a sensação de estar mais próxima do que nunca da verdadeira magia.

Aquela sensação de curiosidade, de espanto, de encantamento. Aquela sensação era o meu lar toda vez que a gente se mudava, algo que não podia ser levado embora.

Ashleigh chega oito minutos atrasada, com burritos para o café da manhã da equipe. Ela mantém as coisas funcionando no balcão, enquanto Harvey e eu coordenamos as entregas e a chegada dos voluntários.

Por volta das dez e meia, as equipes de Contemporâneo e Ficção Científica aparecem e assumem seus lugares, pendurando discos voadores de papel-alumínio, citações pintadas e pôsteres de capas de R. J. Palacio, Jasmine Warga, Jacqueline Woodson e Jeff Kinney na área de Contemporâneo.

À uma da tarde, a equipe de Terror chega, com teias de aranha falsas e parafernálias levemente assustadoras de casa assombrada. Eles se organizam em um dos dois salões comunitários, afastados dos leitores menores.

Por volta das três, os voluntários dos Livros Ilustrados assumem o Cantinho da História. Uma dessas voluntárias — uma costureira — fez a Lagarta Muito Comilona de pelúcia, enorme, que vai ser o prêmio para o leitor vencedor na categoria abaixo de seis anos — a maioria vai para casa antes do anoitecer, mas os que têm irmãos mais velhos ficam um pouco mais.

A primeira crise do dia acontece às 15h32, e é uma confusão.

Estou na frente da biblioteca ajudando Shirley — a avó de Lyla, a menina de três anos que está sempre com a cara melada — a receber algumas entregas quando Ashleigh sai correndo do prédio, suada, o coque gigante balançando. Ela me lança um olhar de *Precisamos conversar*, e eu peço licença para segui-la até um ponto mais afastado, a alguns metros da calçada coberta diante do prédio.

— Então — diz ela, mantendo a voz baixa —, não surta.

— Duas palavras mágicas — falo.

— O Landon pegou.

Balanço a cabeça, sem entender.

— Pegou...?

— A virose — explica Ashleigh. — Ele não vai poder vir hoje à noite.

— Tudo bem. — Assinto enquanto meu cérebro examina sua própria versão do arquivo da Maratona de Leitura no Google Docs.

Landon ia ficar no outro salão comunitário, onde vamos servir os comes e bebes. Ele também deveria ir *buscar* muitos desses comes e bebes.

E ser o nosso "cara da tecnologia" — instalar o projetor e o telão, colocar os vídeos e as transmissões ao vivo para rodar.

— Não é só isso — continua Ashleigh.

Ergo os olhos mais uma vez para encontrar os dela. Vejo os cantos de sua boca se esticarem em uma careta exagerada.

— Três voluntários também avisaram que não vão poder vir porque estão doentes.

— Merda.

Eu devia ter me preparado para isso.

De certo modo, me preparei. Não estabeleci um número limite de voluntários. Quanto mais, melhor. Mas a nossa versão de *mais* não levou em conta a perda de quatro pessoas três horas e meia antes de o evento começar.

Estou tentando bolar algum plano, ganhando tempo enquanto repito "Tudo bem... tudo bem", como se estivesse prestes a parir uma solução brilhante.

Mais abaixo na calçada, alguém me chama.

— Eu cuido disso — diz Ashleigh.

— *Como?*

— Não se preocupa.

Diante da minha risadinha irônica, Ashleigh solta:

— Tá bom! Pode se preocupar, então. Mas confia em mim. Eu resolvo. Vai cuidar dos outros nove milhões de coisas que você precisa fazer.

Um voluntário sai pelas portas da frente, examina o gramado e vem direto na minha direção, com uma expressão de pânico no rosto.

— Vai. — Ashleigh me empurra. — Vai apagar os seus incêndios. Desse eu cuido. Esta noite vai ser incrível.

— Precisa ser — digo.

Ela pousa as mãos nos meus ombros e me olha nos olhos.

— Daphne. Lembra pra quem é isso.

— É por isso que eu quero que dê certo.

— Eu entendo — garante ela. — Mas, se eu aprendi alguma coisa sendo mãe, foi que é muito mais importante estar *presente* do que ser *perfeita*. Só esteja aqui, esteja aqui de verdade, e as crianças vão adorar.

Relaxo os ombros.

— Eu consigo fazer isso.

— É claro que consegue — diz ela. — Você é Daphne do Cacete Vincent.

— Ahhh. — Levo a mão ao peito. — Você sabe o meu sobrenome *e* o meu nome do meio.

A VINTE MINUTOS de começar o evento, do conforto de um vaso sanitário forrado com papel higiênico, checo meu celular.

Meu pai ligou três vezes em uma hora.

Sinto um peso no estômago.

Não *quero* retornar a ligação dele, ainda mais neste momento, mas fico mais ansiosa de imaginar o que pode acontecer se eu não retornar.

Aperto a descarga, lavo as mãos, saio do banheiro e vou lá fora fazer a ligação.

O céu do início da noite tem um brilho de verão, o calor é denso, a não ser quando a brisa sopra da água. Afasto o cabelo da nuca e prendo em um coque, então ligo para ele.

— Ooooi, filha — diz meu pai.

Dispenso meu próprio *oi*.

— Tá tudo bem?

— Como assim? — pergunta ele.

— É alguma emergência? — Diante do silêncio dele, continuo: — Você me ligou três vezes. Foi sem querer?

— Não, não, não. Eu só queria te desejar boa sorte. Ou merda, ou o que for apropriado para a situação.

— Que situação?

— O seu grande... lance hoje à noite — explica meu pai. — O lance na biblioteca!

Não consigo pensar em absolutamente nada para dizer.

— Falando nisso, desculpa a gente sair correndo daí daquele jeito.

— Tá tudo bem — digo. — Eu não esperava outra coisa.

Meu pai ri.

— Foi o que eu tentei dizer a ele. Eu disse: *Conheço a minha filha, ela não se apega a esse tipo de coisa.* Parece que ele acha que você é uma neurótica que se estressa com qualquer coisa. Quer dizer, ele deve achar isso, senão não teria...

— Espera, espera — interrompo. — Do que você tá falando?

— Do seu namorado.

— O *Peter*?

— O cara *novo* — responde meu pai. — O Miles.

Massageio a testa.

— Pai, eu já te disse, o Miles é só um amigo.

— Bom, era isso que eu achava — retruca ele, a voz animada, como se eu tivesse acabado de provar um argumento dele, ou talvez o tivesse feito ganhar uma aposta. — Mas o jeito como ele ficou dizendo...

— Pai. Eu *ainda* não sei do que você tá falando.

Um momento de silêncio.

— Ele não te contou?

Não tenho tempo nem energia para jogar Vinte Perguntas.

— Me contou *o quê*?

— Que ele vinha ver a gente — diz meu pai.

— Ele foi *ver* vocês? — repito.

— Faz duas semanas — continua ele. — Depois que a gente foi embora daí. Estou tentando falar com você desde então.

Estou completamente perdida. Acho que vou ter que jogar Vinte Perguntas, afinal.

— Ele foi para *onde*?

— Veio até a ilha — diz meu pai. — Mackinac. Acho que ele me deixou um recado na caixa postal antes, mas quem escuta esses recados?

Eu escuto, penso.

Minha mãe também.

Provavelmente uma grande porcentagem das pessoas no mundo.

— Enfim, ele veio aqui e me deu uma bronca porque a gente teve que ir embora mais cedo. — Meu pai fala isso com o tom de quem diz: *Dá pra acreditar numa coisa dessa?*

É um uso criativo da frase "teve que ir embora".

Como se ele tivesse saído da cidade sob a mira de uma arma, ou tivesse pegado um voo de emergência para casa, para estar com um animal de estimação à beira da morte.

— O garoto tentou nos deixar culpados pra nos fazer voltar *todo o caminho* até aí, antes de a gente ir encontrar a família da Starfire. Ela ficou chateada de verdade com as coisas que ele disse sobre mim, Daph. E ficou sem falar comigo por metade do dia seguinte. A visita daquele rapaz causou um monte de problemas.

— Q-Quando você disse que isso aconteceu? — pergunto, ainda atordoada.

— Ah, ele apareceu na segunda-feira da semana passada — diz ele. — E perdeu a última balsa pra voltar, por isso tivemos que pedir ao Christopher pra deixar o rapaz passar a noite aqui. Bem desconfortável a situação que o Miles criou pra gente.

— *Christopher?* — A esta altura, eu realmente preciso de uma campainha para apertar toda vez que meu pai disser alguma coisa que plante vários *????* na minha cabeça.

— O nosso camarada! — diz ele. — O que nós conhecemos nas dunas, que tem essa casa incrível aqui. E um hotel. Mas *casa* é pouco pra descrever. Não sei se esse cara é mesmo um investidor, como ele disse, ou se isso é um código pra chefão da máfia, mas... — Ele assobia para deixar claro seu deslumbramento.

Bom, se o seu pai vai te largar por alguém que acabou de conhecer e não tem uma situação de sequestro envolvida, ele poderia pelo menos ter a decência de ficar em uma mansão paga com o dinheiro do tráfico de cocaína e de extorsão.

— Pai, preciso desligar — digo. — O evento tá começando.

— Certo, certo, não vou te prender. Só queria te dar os parabéns e dizer que eu te amo. Mas você já sabe disso.

Se eu tivesse aquela campainha, talvez a apertasse agora.

Se eu tivesse mais tempo, talvez perguntasse: *Ama, pai? Ama mesmo?*

Em vez disso, digo só um "Sim", sem fôlego, e encerro a ligação.

Segunda-feira à noite. Era lá que Miles estava. Na segunda à noite e na terça de manhã.

Era lá que ele estava. O inabalavelmente descolado, invariavelmente querido, cronicamente bem Miles dirigiu por duas horas para confrontar o meu pai.

De repente, a caixa de fudges semipatética faz sentido.

Era um prêmio de consolação, só que não do jeito que eu pensei.

Miles tentou. Eu confessei como me sentia, como queria que meu pai voltasse, e ele tentou trazê-lo de volta.

E talvez eu devesse estar brava por ele ter se intrometido. Mas não estou brava. Estou em carne viva. Tenho a sensação de que o limite entre mim e o mundo está se esticando, ficando mais fino, me deixando mais sensível e vulnerável, como um balão de água prestes a estourar.

Por que ele simplesmente não me contou?

Mas eu sei a resposta.

Eu conheço Miles, e ele me conhece.

Olho para a rua, a faixa cintilante de água azul, as árvores ralas na praia, que parecem borradas atrás de uma parede de lágrimas.

Ele me conhece.

Ele me ama.

Aquilo não foi só uma declaração bonita, jogada em um momento conveniente. Era verdade. E ser amada por Miles me faz sentir corajosa. Me faz sentir segura a ponto de fazer o que eu nunca consegui.

Seco as lágrimas e ligo de novo para o meu pai.

— Esqueceu alguma coisa? — pergunta ele.

— Só tenho um minuto — digo.

— Eu também — ele continua. — A Star e eu vamos jogar golfe... Conhecemos uma pessoa que tem um campo de golfe!

— Não estou tentando te magoar — começo a dizer. — Mas não consegui falar antes e acho que nunca vou falar se ficar esperando, tentando achar um jeito melhor de colocar tudo em palavras.

Acho que meu pai percebe o abalo sísmico. Ele não se apressa a fazer uma piada. O jeito como eu respiro fundo quando termino de falar é o mesmo jeito que alguém respira quando vai bater com uma marreta na parede.

Eu moderei minhas expectativas, arrumei em tijolos apertados, construí uma fortaleza com elas para me proteger. Mas manter cada gota de esperança fora dessa fortaleza também me isolou, e eu quero ser vista. Quero ser amada. Quero viver com a esperança de que as coisas podem melhorar, mesmo que no fim não melhorem.

— Você foi uma porcaria de pai — digo a ele. — Nunca estava presente. Eu passei tempo demais simplesmente te *esperando*. E, quando você enfim aparecia, nunca era quando dizia que ia aparecer. Nunca ficava o tempo que tinha prometido ficar. E por sua causa o mundo todo... o *meu* mundo todo parecia totalmente imprevisível, cacete. E talvez você me ame *mesmo*. Mas eu *não* sei disso. Como saberia? Nunca fui a prioridade pra você. Sou uma parada no meio do caminho.

Faço uma breve pausa antes de continuar.

— E aquele cara que você acha que *não* me conhece — minha voz fica embargada neste momento, e preciso de um segundo para engolir a emoção —, ele nem me contou que tentou trazer você de volta pra me ver. Porque ele *sabia* que isso ia me matar. E ele não ia deixar você partir o que resta do meu coração. Então, agora eu entendo. Por que a mamãe costumava arranjar desculpas pra você. Ela não estava te protegendo. Estava *me* protegendo. Mas eu sou adulta agora. A mamãe nem sempre vai poder me proteger de você. É tarefa minha me proteger. Não me esconder, não tentar parar de sentir essa... essa *dor constante*. Não consigo mais. Não quero ser a pessoa que sempre espera o pior. Alguma coisa tem que mudar. Por isso, da próxima vez que você vier para cá, me pergunta primeiro. E, se quiser ir embora, não seja covarde. Não faça as pessoas que me amam arranjarem desculpas pra você. Ou você diz na minha cara, ou encerramos essa história.

Silêncio absoluto.

Então, finalmente, meu pai murmura:

— Ah, Daphne.

Uma fresta se abre nas portas atrás de mim, e Ashleigh enfia a cabeça por ali.

— Tá pronta? — pergunta ela.

— Você tem que entender...

— Eu preciso desligar — digo ao meu pai. — Te ligo de novo quando for um bom momento pra *mim*.

Desligo e endireito os ombros.

— Pronta — falo para Ashleigh.

36

Eu me coloco atrás do balcão de informações.
 Nunca tinha ouvido a biblioteca desse jeito, tão estridente, vibrando de energia — e ainda são só os voluntários aqui por enquanto.
 Ashleigh coloca as mãos ao redor da boca e grita:
 — Escuta, pessoal! Essa é a nossa bibliotecária do setor infantil, a Daphne, e ela vai nos orientar sobre o protocolo antes de as crianças chegarem.
 O salão fica em silêncio. Só consigo ver as primeiras fileiras de voluntários, Huma e o marido entre eles.
 Firmo minha cadeira de trabalho e subo nela.
 — Antes de mais nada, quero agradecer todos vocês por estarem aqui.
 Aplausos entusiasmados irrompem do fundo do salão, assim como um brado agudo.
 Reconheço a voz de Julia antes de vê-la, parada um pouco além do Cantinho da História, com outros voluntários de última hora.

Elda, a queijeira que Miles me apresentou no baile sênior, mais uma vez vestida como uma fada madrinha dos anos 80.

Barb e Lenore, em conjuntos esportivos combinando (a pequenina Barb de rosa, a alta Lenore de lilás).

Katya, de Cherry Hill, com sua franja cortininha, e uma pessoa com a cabeça raspada e um piercing no nariz que eu reconheço, mas a quem nunca fui apresentada.

E, logo atrás deles, uma massa de cabelos escuros desalinhados e olhos castanhos suaves.

É como se um zíper abrisse meu coração.

Miles dá um sorriso hesitante, um sorriso de desculpas: *Eu deveria estar aqui agora?*

Você deve estar aqui sempre, responde meu coração.

Meu sistema nervoso concorda, e tenho a sensação de que uma panela de caramelo morno foi derramada sobre mim.

Eu gostaria de poder retirar tudo o que disse ao Miles.

Passei tanto tempo me acostumando a ter só um tipo de surpresa — o tipo que traz consigo decepção, mágoa, pequenos abandonos e chantagem emocional — que parei de considerar a possibilidade de haver outros tipos.

A verdade é que uma surpresa é muito diferente quando vem de alguém que conhece e ama a gente.

Ao meu lado, Ashleigh tosse. Não tenho ideia de quanto tempo passei encarando Miles, me sentindo prestes a explodir em confetes, ou em lágrimas.

— Significa muito pra mim — digo, já rouca. Eu me forço a afastar os olhos de Miles e me viro em direção à plateia como um todo. — Fazer parte de uma comunidade como esta. Para mim, as bibliotecas representam o melhor da humanidade. O modo como compartilhamos conhecimento e espaço, e... e como encontramos maneiras de tomar conta uns dos outros. Não é um sistema perfeito, mas é poderoso. Eu sei que há muitos outros lugares onde vocês poderiam estar em um sábado à noite.

Sinto a garganta apertada.

— Não tenho palavras para expressar como isso é especial. Que vocês tenham vindo pra cá pelas crianças, e por Waning Bay, e por mim.

Eu me permito olhar para Miles, só por um instante.

— Isso é importante. Demais.

Ele entreabre os lábios e o vinco em sua testa se suaviza.

Por um momento, somos só nós dois.

Pigarreio e me viro novamente para todos.

— Então, os que se ofereceram para trabalhar no registro dos participantes vão ficar aqui com a Ashleigh...

É ASSIM QUE o tempo funciona.

As coisas que esperamos por meses passam em um piscar de olhos, como flashes de um estroboscópio, com enormes faixas perdidas nos espaços escuros entre eles.

Elda toma conta do salão do lanche, que — graças à doação que ela fez de última hora — passou de um cardápio infantil básico para uma mistura bizarra de cupcakes, batata chips, refrigerante e queijos e embutidos de primeira linha. Os pais estão empolgados.

A queijeira está empolgada.

Mas ninguém está mais empolgado que Harvey.

A princípio acho que é apenas a alegria vinda do queijo que Elda inspirou nele, mas, mesmo quando o estoque da iguaria diminui, Harvey continua a voltar ao salão do lanche. Vejo pela janela os dois rindo juntos e volto a pensar que, às vezes, o inesperado é melhor que o planejado.

O mesmo universo que leva coisas embora de maneira tão desapaixonada pode trazer outras coisas que a nossa imaginação não seria nem capaz de sonhar.

A cada hora, no horário marcado, as crianças fazem fila para receber os brindes e prêmios, então saem correndo para voltar aos pontos de leitura que escolheram, ou vão para o lugar onde está acontecendo a visita virtual de algum autor. Na ausência de Landon, o amigo de Katya, Banks — o cara de cabeça raspada e piercing no nariz, que por acaso trabalha meio período no Fika —, toma conta de toda a parte de tecnologia.

Miles está claramente encarregado de recolher o lixo e manter tudo limpo, embora em determinado momento eu o tenha flagrado na área de Ficção Científica, com os trigêmeos Fontana agarrados às suas pernas como se ele fosse o pilar no centro de um daqueles brinquedos em que as cadeirinhas giram e voam alto.

Julia e outro voluntário cuidam do círculo de Livros Ilustrados, para os que ainda não são leitores, e Huma ajuda as crianças na área de Contemporâneo a escolher a próxima leitura.

Então, há Maya.

Ela está no fundo do canto da Fantasia, em um pufe bem ao lado do de Ethan, do clube de leitura juvenil. Eles não estão conversando, apenas lendo em silêncio o mesmo livro de Alice Hoffman, *As regras do amor e da magia*, enquanto, nas mesas de estudo ali perto, a mãe dela conversa com os pais dele.

Nesse momento me dou conta de que o meu clube de leitura de duas pessoas, com Maya, talvez esteja próximo do fim, e fico tentada a me sentir um pouco triste, mas também sinto orgulho dela por sair da zona de conforto.

E estou orgulhosa de mim. Sinto que, de algum modo, honrei a menina de doze anos que eu fui. Como se, com muita modéstia, talvez eu tenha conseguido tornar este lugar já tão maravilhoso um pouquinho melhor. Isso *me* faz melhor.

O barulho e a agitação se acomodam na satisfação tranquila que eu costumo associar à biblioteca, e as crianças mais novas e seus cuidadores vão embora por volta da meia-noite. O refrigerante e as cerejas cobertas de chocolate mantêm os adolescentes firmes e fortes até as três da manhã.

A esta altura, eu me enfio no escritório para tirar um cochilo rápido embaixo da mesa, mas a adrenalina não me deixa dormir.

NEM TE CONTO

Gritinhos e risadas ocasionais chegam até mim, e me pego sorrindo sob a mesa.

Apanho o celular e abro a troca de mensagens com a minha mãe. Ela mandou a última hoje de manhã — ontem de manhã, tecnicamente —, e ainda não respondi.

Acordei pensando em você, escreveu ela. **Orgulhosa de você, minha filha corajosa.**

E me sinto ainda mais certa da minha decisão do que me sentia ontem à noite.

Eu amo esta biblioteca.

Amo meus colegas de trabalho e amo os frequentadores deste lugar. Amo o lago, e as bancas de produtores, e o BARN, e Ashleigh, e Julia, e Miles.

Eu *amo* Miles.

E também amo minha mãe. Uma parte de mim sempre tem saudade de morar com ela quando estamos separadas. Minha mãe é minha constante, e eu levo isso muito a sério.

Te amo, digito.

Te amo mais, responde ela.

Depois desta noite, vou dizer a mesma coisa aos outros. Por ora, não quero pensar no futuro. Quero estar totalmente presente neste momento.

Limpo a poeira da roupa e saio do escritório.

Sinto o aroma suave e almiscarado dos livros, o toque de pinheiro e de mais algum cheiro que eu não consigo nomear, mas que reconheço como um velho amigo.

Experimento uma sensação agridoce por este momento não poder durar para sempre, por saber que o tempo logo vai nos colocar em movimento de novo. Mas, pela primeira vez em um bom tempo, me sinto empolgada em relação ao desconhecido.

Estou esperando ansiosa por surpresas.

Ainda está escuro às seis e quarenta da manhã, e a maior parte dos participantes já se foi. Mulder está dormindo pesado em cima de uma mesa, ao lado de um amigo que está lendo um mangá com uma lanterna, as pálpebras se fechando a cada poucos segundos.

Ficamos tão ocupados que Miles e eu não tivemos oportunidade de trocar mais que algumas frases apressadas — *Como você está* e *Bem, e você* e *Obrigada por ter vindo*. Fiquei apagando pequenos incêndios e, em uma situação trágica, desentupindo vasos sanitários por tempo suficiente para estar morrendo de fome.

Quando dou uma olhada no salão do lanche, parece que um clã de vikings com alergia a castanhas passou por aqui.

Elda, a queijeira, e Harvey parecem nem se dar conta da minha presença e continuam conversando em um canto do outro lado do salão, as cadeiras de madeira desconfortáveis bem próximas.

Pego um brownie e enfio na boca enquanto saio do salão comunitário.

— Mantenha-se dentro do que é permitido para menores, Vincent — provoca Ashleigh. — Algumas crianças ainda estão acordadas. — Diante do meu olhar desconcertado, ela explica: — Você estava soltando aquele seu gemido de comida boa.

— Desculpa — digo, a boca cheia.

Ela e o restante da equipe de limpeza já começaram a recolher a última onda de destroços da noite. Perto das portas da frente, Miles está separando os diversos tipos de lixo em sacos específicos.

— Está divino, não está? — comenta Ashleigh, indicando o brownie com o queixo.

— Muito, muito bom.

Ela sorri.

— Foi o Miles que trouxe. Você sabia que ele é bom com doces?

Lanço outro olhar de relance para ele. Miles está de costas, os braços esticados preguiçosamente acima da cabeça, deixando uma faixa de pele visível na cintura até baixá-los mais uma vez.

Ashleigh dá risada.

— Nossa, esse som *definitivamente* não é permitido para menores.

Eu me viro para ela, o rosto ardendo.

— Não fiz som nenhum.

Pelo risinho presunçoso dela, percebo que estava implicando comigo. Ashleigh esbarra com o cotovelo no meu e indica Miles com um movimento de cabeça.

— Vai lá.

— Ainda não terminei aqui — digo.

Ela revira os olhos.

— Daphne. Olha em volta. Você pode até rodar por aí por mais dez minutos se estiver morrendo de vontade de fazer isso, mas, quando esse tempo acabar, vou te arrancar do palco como se você fosse uma caloura desafinada em um concurso de talentos, enquanto as três crianças que sobraram aqui vaiam e jogam cerejas cobertas de chocolate na sua cabeça.

Ainda hesito.

— Não seria melhor eu ficar até o fim?

Ela pousa aos meus pés o saco de lixo que estava segurando e prende minhas mãos entre as dela.

— Você ficou. Ficou aqui o verão inteiro. Nós organizamos com sucesso o evento do ano. A parte difícil acabou.

É como se um enorme peso saísse do meu peito. Como se a corda apertada abaixo dele se soltasse.

— Nós conseguimos.

Eu consegui.

Nós duas rimos, bêbadas de felicidade e de privação de sono.

Ashleigh me puxa para um abraço e eu aperto as costas dela, o saco de lixo agora aos nossos pés como um animal de estimação.

— Não sei bem quais são as regras em relação a dizer isso no trabalho — falo —, mas eu te amo.

— Também te amo pra cacete — responde Ashleigh. — Agora vai atrás do seu homem.

37

DOMINGO, 18 DE AGOSTO

FINALMENTE

—Oi — DIGO QUANDO enfim estou diante dele, o último metro de contato visual silencioso entre nós levando algo entre onze segundos e catorze anos.

Miles esfrega a lateral da cabeça.

— Oi.

Nenhum de nós se apressa a preencher o silêncio.

Meu coração parece uma chama que arde cada vez mais alto.

Pigarreio.

— Está com disposição para uma caminhada?

Ele parece surpreso.

— Você está?

— A menos que você queira desabar logo na cama, sim. — Sinto as orelhas quentes e acrescento: — Quer dizer, se você precisar dormir.

— Tomei tanto energético que poderia fazer uma corrida de velocidade agora mesmo — diz ele. — Mas também pode ser que eu tenha um infarto.

— Você está com sorte. A biblioteca me pagou um curso de primeiros socorros.

Miles sorri.

— O que estamos esperando, então?

Nada, eu acho.

O AR ESTÁ enevoado, as ruas e calçadas vazias, a não ser por uma ou outra pessoa correndo ou andando de bicicleta, usando roupas de lycra.

Na água, alguns barcos se deslocam, mas ainda assim é como se fôssemos só nós dois em um mundo que dorme profundamente.

Caminhamos devagar à beira do lago, e o silêncio não parece nada constrangedor. É como se fosse uma conversa em si, como se estivéssemos nos conhecendo de novo depois do tempo que passamos separados.

— Obrigada por ter vindo esta noite — digo por fim.

— Eu teria vindo de qualquer jeito — responde Miles. — Só pra você saber. Não importa o que acontecesse, eu estaria aqui.

Pisco para afastar as lágrimas, que já querem transbordar.

— Eu sei.

— A Elda, a Katya e o Banks, por outro lado... — diz ele. — Precisei usar de suborno pra convencer aqueles *três* a virem.

— Bom, a Elda pelo menos não deve te cobrar — conto. — Ela e o meu chefe estavam se dando muito bem.

— Eles estavam fofos juntos — concorda Miles.

Mais alguns minutos se passam. Entramos em uma rua lateral. Meu coração está vibrando. Respiro fundo e solto o ar lentamente.

— Eu soube que você foi ver o meu pai.

O olhar de Miles se volta para mim. Ele para de andar.

— Desculpa. Eu devia ter consultado você. Foi idiotice minha.

— Eu entendo por que você não me contou — digo. — De verdade.

Os vincos entre as sobrancelhas dele se suavizam.

— Na outra noite... acho que você me entendeu mal. Eu não acordei e entrei em pânico. Eu acordei... *feliz*. Mais feliz do que consigo lembrar de já ter me sentido.

Ele esfrega a nuca.

— Aí a Petra me ligou. Ela estava chorando. Chorando tanto que eu não conseguia entender o que ela estava dizendo. Nunca tinha visto a Petra chorar. Achei que alguém tinha morrido. Ela perguntou se eu podia ir me encontrar com ela e eu falei que sim. Porque fiquei preocupado. Eu ainda me preocupo com ela.

— Eu sei disso — digo, tensa.

— Fui até a casa do Peter e ela estava sentada do lado de fora... — Ele deixa escapar um suspiro irritado. Então, seus olhos se voltam para mim, para observar minha reação. — Ela me contou que eles terminaram.

Não digo nada.

— Você não parece surpresa — aponta Miles.

— Não estou. O Peter me contou.

Alguma coisa passa pelo rosto dele, rápido demais para que eu consiga interpretar.

— Entendi — diz Miles, o tom baixo. Ele esfrega a nuca e assente mais algumas vezes. Depois pigarreia, mas continua rouco. — Então vocês conversaram.

— Ele apareceu no apartamento.

Miles olha para os nossos pés e assente de novo.

— Miles?

Os olhos dele encontram os meus, ligeiramente úmidos.

— Merda, que foi? — Não consigo me conter e me adianto, pousando as mãos em seus ombros.

— Nada. — Ele força um sorriso. — Estou feliz por você.

— Feliz por mim?

Miles fica vermelho.

— Quer dizer, se vocês dois estão...

— Se a gente está o quê?

Ele morde o lábio inferior.

— Ai, meu Deus! — Finalmente compreendo o que está acontecendo. — Miles, *não*. Você não acha que o Peter e eu estamos... Com certeza não. — Não consigo conter uma risada. Até que um pensamento terrível deixa todo o meu corpo crispado. — Espera... você e a Petra não estão...

— *Não* — diz Miles, balançando a cabeça. — Quando eu cheguei lá, a Petra ficou tentando me dizer que a coisa toda tinha sido um erro. Então eu contei de você pra ela.

— Que a gente transou? — digo, aturdida.

Ele dá uma risada surpresa.

— Não, Daphne. Que eu te amo.

Ouvir isso de novo é como engolir uma lâmpada acesa.

— Ah.

— Eu não tinha a intenção de contar pra ela primeiro. — O rosto dele fica vermelho. — Que eu estou apaixonado por você.

Sinto os olhos arderem. Sinto o corpo trêmulo e o peito apertado.

Ele me *ama*. Tempo presente.

E eu amo Miles. Ele me conhece e eu o vejo.

— E, quando eu falei isso para a Petra... — Miles engole em seco. — Acho... Ela meio que minou a minha confiança. Quer dizer, eu já estava fazendo isso sozinho, mas a Petra me disse umas coisas que ferraram de vez com tudo.

— Como assim?

A expressão dele agora é quase de dor.

— Pode me falar — garanto.

— É que... o Peter contou a ela sobre o seu pai. E a Petra começou a dizer que você já tinha passado por coisas demais. Que você não é o tipo de pessoa que consegue lidar com o incerto. Que ela e eu somos, mas você e o Peter, não.

— E ela é algum tipo de especialista nas coisas com que eu consigo ou não lidar? — pergunto.

Miles dá um sorrisinho. Suas mãos envolvem meus pulsos e seus polegares ficam subindo e descendo pelas minhas veias, e sua expressão se suaviza.

— Eles terminaram porque a Petra decidiu que não quer ter filhos, e o Peter quer.

— Ah.

Ele abaixa os olhos e seus dedos param de se mover sobre a minha pele.

— E ela me lembrou que isso também é importante pra você. E eu já sabia. Não me surpreendeu. Mas...

Miles morde novamente o lábio inferior, e seus olhos estão tão cálidos e fluidos que tenho a sensação de que poderia mergulhar neles e me deixar envolver por esse calor.

— A Petra argumentou que eu não tenho os atributos necessários para ser pai — murmura ele. — E eu só conseguia pensar na família *dela*, no que *eles* achavam de mim. Os pais da Petra eram legais, mas nunca me acharam bom o bastante pra ela. E também tem a minha família de merda, e tudo que o seu pai te fez passar. Aí eu achei... — Ele engole em seco de novo. — De repente, pareceu egoísmo da minha parte. Amar você.

Diante da ternura no rosto dele, em seu toque, da expressão carente em seus olhos, meu coração se derrama.

— Pareceu egoísmo tentar ficar com você, quando eu sei o que você quer — continua ele, baixinho. — Não posso te dar uma família como os Collins ou os Comer. Eu sinto que... que tem um espaço enorme entre quem eu sou e quem eu quero ser, e que não tem ninguém pra me mostrar como ir de um lugar ao outro. E eu sei que não faz muito sentido, mas achei... achei que, talvez, se eu conseguisse convencer o seu pai, se eu conseguisse ajudar a *consertar* essa parte, isso provaria que eu sou capaz. De te dar tudo que você quer.

— *Miles* — começo a dizer.

— Foi por *isso* que eu entrei em pânico — continua ele. — E, assim que eu te vi de novo, me senti tão idiota. Porque eu tinha passado os últimos dois dias agindo como se você fosse a *Petra*.

Ele faz uma pausa.

— Porque no fundo ela sempre achou que estava me dando uma chance, e eu achava o mesmo. Sempre tive a sensação de que estava compensando a Petra por alguma coisa, ou tentando conquistá-la. E achei que isso me tornava um cara *sortudo*. Estar com alguém que tinha me escolhido, embora ninguém na vida dela *entendesse* isso.

A voz dele fica embargada.

— Eu nunca aprendi como é amar. Não é natural pra mim, não é fácil deixar as pessoas se aproximarem muito. Mas você... você faz o amor ser tão fácil, Daphne. Você me faz achar que eu já mereço isso, sendo exatamente como eu sou.

Outra pausa.

— E eu fico achando que tenho muita sorte toda vez que você olha pra mim. Não porque eu acho que consegui te *conquistar*, mas porque tenho a sensação de que você não precisa que eu faça isso. É como se você simplesmente... gostasse de mim.

Ele balança a cabeça, e a voz falha enquanto se corrige:

— Como se você me *amasse*. É assim que eu me sinto com você. E eu sei que não foi comigo que você se imaginou, mas acho que pode acabar sendo. Se você deixar. Por isso, não vá embora. Porque eu não quero que você vá. Porque você é a minha melhor amiga, e eu estou apaixonado por você.

— Miles — digo de novo.

— Eu sei que nós somos muito diferentes, mas eu amo todas as coisas em você que são diferentes de mim. *Amo* que você assuma os seus sentimentos. *Amo* que você saiba o que quer. *Amo* que você esteja sempre *onde* diz que vai estar, *quando* diz que vai estar.

— *Miles*. — Ele franze o cenho, com um misto de esperança e medo no rosto que cala muito fundo em mim. — Posso te mostrar uma coisa?

Ele parece murchar um pouco. Depois de um segundo, assente.

Pego a mão dele e sinto sua pulsação latejar na palma da minha mão, enquanto descemos juntos a rua. Viramos à direita no cruzamento e paramos diante da casa na esquina, de frente para o portão quebrado e a placa torta de VENDE-SE.

Os olhos dele desviam para a porta da frente, então voltam a me fitar.

— Você está certo — digo.

Ele parece não entender.

— Quando eu me mudei pra cá — explico —, tinha uma imagem na minha cabeça. Eu sabia exatamente como seria a minha casa, e com quem eu passaria as festas de fim de ano, e sabia com quem a gente iria sair nos fins de semana, e tinha até uma noção de quantos filhos eu teria e qual seria o nome de cada um. Eu quase conseguia ver todos os dias do resto da minha vida.

Paro por um instante.

— Não sou uma pessoa espontânea — continuo. — Surpresas me deixam nervosa, e já me mudei demais na vida pra querer, sei lá, morar em uma van ou sair pelo mundo com uma mochila nas costas por meses.

— Eu não preciso disso — afirma Miles, a voz rouca. — Acho que nem quero mais isso, se é que algum dia já quis.

— Esse é o meu argumento — continuo.

Ele balança a cabeça uma vez, o cenho muito franzido.

— Eu sabia exatamente o que esperar para o resto da minha vida — falo —, e isso era reconfortante. Mas aí tudo explodiu, e eu só conseguia pensar em fugir, me livrar de toda a confusão. Então, um dia, depois que eu e você começamos a nos aproximar, eu estava indo a pé para o trabalho e vi essa casa.

Minha voz fica rouca.

— Foi a primeira vez em um ano que eu desejei alguma coisa nova. Quando você me disse como se sentia — volta a sensação de estar engolindo uma lâmpada acesa —, quando disse que me amava, foi por isso que *eu* entrei em pânico.

Ele olha na direção do chalé meio abandonado.

— Porque eu não me encaixo — diz.

Sinto a garganta arder, como se houvesse tanta pressão no meu peito que o vapor precisasse escapar de alguma forma.

— Porque eu consegui ver — digo. — Na mesma hora. Consegui ver toda uma nova vida, todas as coisas novas que eu desejava, e isso me deixou muito apavorada, Miles.

Ele envolve meu rosto entre as mãos.

— Eu não vou te magoar, Daphne.

— Você não pode ter certeza disso — sussurro.

— Mas eu tenho certeza que vou tentar desesperadamente — afirma Miles. — Só fica comigo. Eu te amo. Eu te quero. *Fica.*

Levo as mãos à nuca dele, desnudando ainda mais meu coração.

Ele engole em seco.

— Vem pra casa. Por favor.

— Não posso. — Balanço a cabeça. Antes que Miles possa argumentar, continuo: — Não importa o que você tenha dito hoje, eu já tomei a minha decisão.

Ele recua e uma sombra passa pelo seu rosto.

Eu não estava querendo confundi-lo de propósito, mas, vendo a expressão devastada de Miles, percebo que organizei a frase da pior maneira possível.

— Não! — me apresso a corrigir. — Estou querendo dizer que, não importa o que aconteça entre nós, não estou pronta pra ir embora daqui.

Miles inclina ligeiramente a cabeça e uma onda de amor me invade ao ver o movimento tão familiar.

— Vou arranjar um lugar pra mim — explico.

Depois de um momento de confusão, ele desvia os olhos na direção da placa de VENDE-SE.

— Não esse. Não tenho como pagar por esse chalé. Encontrei outro lugar, um quarto-e-sala. Perto do Fika.

— Eu não tô entendendo, Daphne.

— Você é muito importante pra mim, Miles — digo. — Importante demais. Mas não pode ser tudo. Você estava certo quando disse que eu ia adorar esta cidade. Eu adoro. E você é grande parte do motivo pra eu querer construir uma vida aqui. Mas não posso construir essa vida ao seu redor. Se o que tem entre a gente acabar, eu preciso saber que não vou simplesmente desaparecer. Preciso ter as minhas coisas, que não tenham a ver com mais ninguém. Dando certo ou não o que nós temos juntos, eu preciso disso.

— Eu quero que dê certo — insiste ele. — *Pode* dar certo.

— Eu também acho — afirmo. — Não consigo imaginar encontrar alguém mais maravilhoso que você. Por isso, se *não* der certo entre nós, eu vou ficar solteira, procurar um banco de esperma e começar a fazer crossfit.

Sua expressão se suaviza em um sorriso bobo.

— É sério?

— Não a parte do crossfit. Sou preguiçosa demais — falo. — Mas o resto, sim. Você é maravilhoso. Você é a inspiração para a palavra *maravilhoso*. Ela realmente não deveria ser usada pra mais nada. Você me faz desejar ver o melhor em todo mundo. Você é a pessoa com quem eu quero estar quando tudo der errado, em vez de só querer pular esses momentos. Eu amo que você esteja sempre tão presente no que faz que esquece toda hora de deixar o celular por perto, e amo que, quando se atrasa, nunca arruma desculpas, mas sempre tem um bom motivo.

Faço uma pausa para respirar.

— Você é a pessoa mais generosa que eu já conheci, até com pessoas com quem não teria motivo para ser, e *sempre* está ao lado de quem é importante pra você. Sinceramente, ainda não consegui entender direito por que alguém tão *bom* quanto você me ama, já que às vezes eu sou uma imbecil pessimista. Mas de verdade eu me sinto a pessoa mais sortuda do mundo por ser quem você quer. Porque eu também te quero. Eu também te amo. E te amo de um jeito que parece completamente novo. Você faz tudo o que deu errado parecer só um passo na direção certa, e isso... me deixa tão animada. Que a vida continue a me surpreender.

Outra pausa.

— Você *não é* o que eu imaginei pra minha vida — digo. — É muito, muito, muito melhor do que qualquer coisa que o meu cerebrozinho cético poderia criar. — Minha voz vacila e falha no fim, e, mesmo se eu soubesse o que dizer agora, acho que não seria capaz de falar.

Miles fica me analisando, os olhos mais suaves, enquanto tento me recompor. Ele leva minhas mãos ao seu peito, na altura do coração.

— É isso? — pergunta baixinho. — Esse é o discurso?

— Era mais longo do que isso, mas eu dormi só umas quatro horas nos últimos três dias, portanto foi o que sobrou no meu cérebro — digo, a voz rouca. — Você é legal demais, gostoso demais, divertido e engraçado demais, e tem um cheiro muito, muito bom, e os brownies que fez pro evento estavam o máximo.

— E você me ama — ele volta a falar, o tom suave.

— Demais — concordo. — Eu me pergunto por que alguém que não pode namorar *você* sequer se daria o trabalho de namorar. E, por algum motivo, você gosta *de mim*.

— *Amo* — corrige ele. — E por algum motivo você *me ama*.

— Amo — confirmo.

É verdade. Eu amo. Neste momento. Cada músculo do meu corpo está ocupado amando Miles, aqui, na calçada em frente à minha nova casa dos sonhos, com os primeiros raios de sol de uma nova manhã refletindo na rua.

Uma das mãos dele solta meus dedos e se enfia no meu cabelo.

— Podemos ir pra casa agora? — pergunta Miles.

— Na verdade, o meu apartamento só fica pronto na semana que vem.
— Nesse caso — diz ele —, quer voltar para o meu apartamento?
— Podemos trancar a Julia do lado de fora por um tempo?
Ele ri.
— Vamos mandar a minha irmã pra casa da Ashleigh por um tempo.
— Então, sim.

Ele me puxa junto ao corpo e me dá um beijo profundo, carregado de emoções: alegria, medo, desejo, esperança. Um beijo intenso, sem controle, que faz um carro que está passando buzinar para nós, o equivalente automotivo de um assobio, ou talvez de uma repreensão.

Nos afastamos, mas nossa testa permanece unida. Sorrimos e respiramos fundo e nos tocamos e sonhamos com o futuro sem dizer nada em voz alta.

O verão se transformando em outono. Passeios com Ashleigh e Mulder até os pomares de macieiras a uma hora daqui, mais para o sul. Fogueiras com Julia conforme o ar esfria e as folhas mudam de cor. Noites de pôquer com fumaça de charuto pairando no ar e longas caminhadas pela manhã com um copo de chai quente do Fika na mão.

E mesmo no frio mais intenso do inverno. Um apartamento novo, com uma lareira a gás. Caminhadas muito agasalhados atravessando vários centímetros de neve, Miles e eu despindo as várias camadas de roupas e entrando embaixo das cobertas para nos aquecer.

E coisas com que também não consigo sonhar. As maneiras como tudo isso pode dar errado, e a beleza que só pode acontecer a partir daí.

Um segundo ato para mim, e a casa que eu escolhi, tanto quanto ela me escolheu.

Não vejo a hora. Não vejo a hora de todo esse mundo que eu convidei para a minha vida me surpreender.

38

SEXTA-FEIRA, 3 DE OUTUBRO
412 DIAS DESDE QUE EU FIQUEI

Do outro lado da porta, Celine Dion grita que não quer ficar completamente só. A campainha do timer do forno mal consegue se fazer ouvir com a música — quando acendo a luzinha lá dentro, vejo que as bordas do brownie já estão crocantes e o topo craquelado de um jeito que dá água na boca. Tiro a assadeira do forno, coloco em cima do fogão e olho para o relógio.

É óbvio que logo *hoje* eu iria me atrasar.

Corro até a porta fechada e bato. Ele não escuta da primeira vez, então bato de novo. A música para.

— Sim? — diz Miles.

— Você tá bem? — pergunto.

Uma pausa.

— Sim?

Isso não inspira confiança.

— Posso entrar?

A porta é aberta. Miles está parado ali, sem camisa, creme de barbear cobrindo a parte de baixo do rosto, aparelho na mão.

— Achei que devia me barbear — ele explica. — Já que a sua mãe está vindo.

Disfarço um sorriso.

— Uma vez você me disse que mulheres de uma certa idade *amam* a sua barba bagunçada.

— Ah, elas amam mesmo. — Ele se debruça na pia. — Não posso permitir que a sua mãe se apaixone por mim.

Uma gargalhada ridícula escapa pela minha garganta. Na verdade, eu enfim consegui convencê-la a sair com um cara da academia que ela frequenta. O encontro foi surpreendentemente bom, mas depois minha mãe me disse:

— Acho que eu sou ocupada demais para namorar.

O mais importante é que ela também é *feliz* demais com a vida que construiu para mudá-la por alguém que não faça seu mundo se incendiar. E eu gosto disso. Minha mãe merece a vida que batalhou tanto para ter.

— Você sabe que eu te acho um tesão — digo a Miles —, mas acho que Holly Vincent é imune aos seus encantos.

O sorriso dele se torna mais largo.

— Quero impressionar a sua mãe.

— Ela já te conhece, Miles — lembro a ele.

Passamos o Natal na casa da minha mãe, dormindo no sofá-cama minúsculo dela e comendo delivery de churrasco coreano enquanto assistíamos a *Aconteceu na Quinta Avenida*, seguido por *Duro de matar*.

— Sim, mas essa vai ser a primeira vez que ela vem nos visitar *aqui*. — Ele indica com um gesto a nossa nova (velha) casa.

Tecnicamente, essa vai ser a primeira vez que *qualquer pessoa* vem nos visitar aqui, a não ser por Ashleigh e Julia. A casa ainda está um desastre, mas ao menos a sala de estar, um dos banheiros e o nosso quarto estão em condições de uso.

Mesmo que uma das vidraças em forma de diamante das janelas esteja presa com fita adesiva e a eletricidade caia quando ligamos mais de um ventilador.

Vamos levar anos para reformar este chalé de um laranja intenso, a duas quadras e meia do verde que eu ficava namorando e tem uma planta semelhante. Mas não me importo. Amo este lugar exatamente como ele é, e vai ser um prazer esperar.

A campainha toca, o que é uma surpresa. Ela funciona mais ou menos a cada oito vezes que alguém aperta.

— Merda — diz Miles. — Estou atrasado, desculpa. — Ele pega a toalha pendurada para limpar o creme de barbear, deixando de lado a intenção de um rosto liso.

— Tá tudo bem — digo. — Só veste uma camisa e me encontra na sala. Ou deixa a camisa pra lá. Eu avisei as pessoas que seria uma noite casual.

Ele ainda nem parou de rir e já vem me dar um beijo, deixando um pouco de creme de barbear no meu rosto quando nos afastamos. Então limpa meu queixo com a toalha e promete:

— Já vou.

Não estou preocupada com a visita da minha mãe, ou com esta noite. Estou mais nervosa com a semana que vem.

A primeira visita de Sadie para me ver desde que voltamos a nos falar.

Por meses, depois que eu decidi ficar em Waning Bay, esperei que aquele espinho saísse do meu coração, que eu parasse de sentir falta dela.

Na noite em que Miles e eu decidimos comprar uma casa juntos, saímos para comemorar e passamos por uma livraria quando estávamos indo embora. Na vitrine, vi um lançamento da escritora favorita de Sadie, a mesma que Miles tinha me levado para ver em um evento tantos meses antes. Sem pensar muito, entrei e comprei o livro. Mas não consegui me forçar a ler, e ele ficou parado na estante por semanas antes de eu finalmente abri-lo, devorá-lo em uma sentada e terminar de ler com lágrimas escorrendo pelo rosto.

A primeira coisa que eu fiz quando fechei o livro foi pegar o celular para mandar uma mensagem para Sadie. Um impulso, puro instinto. E, mesmo que eu *não* tenha mandado a mensagem, a emoção que senti também não foi embora.

Por uma semana, andei pelo mundo com a sensação de estar esquecendo alguma coisa, como se devesse estar em outro lugar, como se tivesse que telefonar para alguém.

Eu estava magoada, brava e confusa pela distância no nosso relacionamento, mas, acima disso, sentia saudade da minha amiga. Não *queria* riscá-la da minha vida.

Então escrevi uma carta para ela. Uma carta parecia uma coisa mais *Sadie* do que um e-mail. Austeniana mesmo. Na faculdade, Sadie tinha artigos de papelaria personalizados e um sinete com lacre de cera, mas tive que me contentar com um adesivo escrito PURO MICHIGAN.

Ela me ligou no dia em que recebeu a carta, assim que terminou de ler, e, embora eu estivesse apavorada, atendi no segundo toque.

Conversamos por horas. Nós duas choramos.

Sadie estava noiva fazia dois meses.

— Eu queria tanto te contar — disse ela. — Mas achei que você não quisesse mais ter notícias minhas. Achei... Quando você e o Peter terminaram, eu achei que você estivesse me afastando. Por causa do Cooper. Porque, como eu estou com ele, estou meio que... *atrelada* ao Peter, sabe?

E eu sabia. Peter e Cooper são como irmãos. Do tipo que sempre vai amar um ao outro, mesmo quando as decisões de um talvez não façam sentido para o outro.

Para Sadie, a decisão a ser tomada nunca tinha sido *eu ou Peter*. Tinha sido *a melhor amiga dela ou o amor da sua vida*. E, agora que eu compreendia isso, me dava conta de que *não* precisava que aquela tivesse sido uma escolha fácil para ela.

As coisas podem ser complicadas. Podem ser uma confusão. Nós podemos discordar, discutir e até magoar uma à outra de vez em quando, e isso não significa que devemos deixar que a porta giratória da vida nos afaste.

Às vezes as coisas são difíceis. Simplesmente são.

Aquela primeira ligação foi como uma cachoeira, mas depois disso nossas mensagens e ligações passaram a ser tranquilas e constantes. Ainda não voltamos a ser como antes — talvez isso nunca aconteça —, mas somos *alguma coisa*. Ainda nos amamos. Ainda estamos tentando.

Em relação a como ela vai se misturar à minha nova vida aqui, aos meus novos amigos, não tenho ideia de como será. Mas estou me concentrando em me sentir *animada* e não nervosa com o desconhecido. Muitas das coisas mais lindas da vida são inesperadas. Um exemplo disso são meu pai e Starfire. Não é que de repente ele tenha se tornado outra pessoa, mas está, sim, mais acomodado, menos inquieto. Meu pai chegou a aparecer em *duas* das três visitas que combinamos — para ser justa, ele e Starfire ganharam uma viagem com todas as despesas pagas para a Suíça (depois de seguirem uma dica quente da vidente deles), que iria acontecer bem na época marcada para a terceira visita, de modo que não posso culpá-lo por essa ausência.

Paro diante da porta da frente, ajeito a saia e abro. (A porta, não a saia.)

— Ooooi! — gritam as duas mulheres na porta.

Ashleigh está bronzeada depois da viagem no estilo *Comer, rezar, amar* a Portugal — a maior parte dela passada com um português lindo chamado Afonso, que já comprou as passagens para visitá-la no mês que vem.

— Feliz inauguração da casa! — brada ela, e empurra uma enorme garrafa de espumante na minha direção.

— É um presente de nós duas — diz Julia.

Ashleigh dá uma risadinha irônica.

— Eu comprei o laço — fala a irmã de Miles. — Sou uma barista de vinte e quatro anos, me dá um desconto.

— Achei que você fosse trazer o namorado — digo para Jules. — O cara com quem acabou de viajar para Chicago?

— Ryan. — Ela revira os olhos. — Ele cortou as unhas na viagem de ônibus.

— Eca — dizemos eu e Ashleigh em uníssono.

Julia assente, solene.

— Um alerta tão vermelho que é quase marrom.

— Entrem, entrem!

Em vez de fazerem o que eu digo, as duas me puxam para o meio delas em um abraço apertado. O calor faz nossa pele grudar, o zumbido dos insetos no gramado crescido na frente da casa alto o bastante para abafar a voz de Celine Dion, que voltou a cantar.

— Muito bem — diz Julia, recuando. — Vou assumir o controle da trilha sonora.

— Nunca conheci um homem tão feliz que gostasse tanto de música de fossa — comenta Ashleigh, pensativa.

Já dentro da casa, Julia convence Miles a deixar que ela tome conta do som ambiente. Ele termina de preparar uma rodada de margaritas e acrescenta sal e pimenta ao guacamole.

Barb e Lenore chegam alguns minutos depois, Barb cheia de maçãs recém-colhidas e Lenore com um buquê de lavanda de presente pela casa nova.

O táxi que traz minha mãe do aeroporto é o próximo a chegar. Depois de dar um abraço de partir costelas em mim e em Miles, ela se apresenta a todas as outras, bem à vontade.

Nós a convidamos para se hospedar conosco, dissemos que acamparíamos na sala para que ela pudesse ficar com a cama, mas ela insistiu em reservar um Airbnb com uma sala de ginástica.

NEM TE CONTO

Harvey e Elda são os últimos a chegar. Eles batem na porta em vez de tocar a campainha, ou talvez ela não tenha funcionado agora.

Os dois formam um par e tanto: Harvey com seu conjunto esportivo do Red Wings, com uma caixa de charutos embaixo do braço, e Elda com seus brincos de globo de discoteca cor-de-rosa, carregando uma tábua de queijos elegante, que ela envolveu em um pano de cera de abelha.

Agora já está todo mundo aqui. A família que eu não esperava ter. Só falta o Mulder, que é estritamente proibido de participar das noites de pôquer, dada a linguagem forte, o fumo, as apostas — enfim, qualquer uma dessas coisas. Ele só vai ter permissão para se unir ao grupo quando completar dezoito anos, a mesma regra que as mães de Ashleigh impuseram a ela.

Levo Harvey e Elda até a sala, e fazemos uma última rodada de apresentações à minha mãe. Ela não bebe com frequência, por isso os poucos goles que deu na margarita já devem estar fazendo efeito: minha mãe fica com os olhos marejados quando aperta a mão de Harvey e agradece a ele por "tomar conta tão bem da minha menina".

— Ela é uma ótima funcionária — garante ele — e uma amiga incrível. Mas uma péssima jogadora de pôquer.

Minha mãe dá risada.

— A Daphne sempre foi sincera demais, para o bem ou para o mal. A não ser naquela vez que você falou para uma menina que tinha crescido frequentando um haras. Lembra disso, Daphne?

— Eu tinha conseguido esquecer — digo.

— *E* na vez que você falou para o seu ex-noivo que estava namorando o ex-namorado da *nova* noiva dele — acrescenta Julia.

— Como assim? — Elda pousa a tábua de queijos na bancada.

— O Harvey não te contou? — pergunta Ashleigh.

— Não fico fofocando sobre os funcionários — diz ele, com uma severidade falsa e nada convincente, que não esconde o sorriso.

Miles passa os braços ao redor da minha cintura, fazendo o cheiro de fumaça de lenha e gengibre me envolver, e meu coração dispara ao sentir o beijo na lateral do meu pescoço. Eu me permito me recostar nele, e é a melhor sensação do mundo. Pelo menos a melhor sensação que é apropriado experimentar na frente da mãe.

— Jura que você ainda não sabe dessa história? — pergunto a Elda. Ela balança a cabeça.

— Foi assim que a Daphne e eu começamos a namorar. — Miles me abraça mais apertado.

Elda junta as mãos.

— Ah, eu *adoro* saber como começam as histórias de amor. Vamos ouvir!

Viro a cabeça e olho para Miles por cima do ombro. As covinhas dele aparecem sob a barba, e é como se meu coração estivesse se abrindo, deixando para trás a pele antiga e castigada e se transformando em uma coisa cintilante, iluminada de sol.

— Nem te conto... — começa ele, mas não continua, fica só me olhando e espera.

Miles sabe que eu adoro contar a nossa história.

Agradecimentos

ESTOU PREOCUPADA QUE meus agradecimentos estejam ficando cada vez mais curtos à medida que a lista de pessoas a quem preciso agradecer se torna cada vez mais absurdamente longa. É um bom problema estar tão cercada de amor e apoio que não sou capaz, de forma realista, de nomear cada um que faz parte dessa rede. Normalmente agradeço aos meus leitores por último, ou quase por último, mas desta vez quero agradecer a vocês primeiro. Qualquer um de vocês que, como eu, lê os agradecimentos. Adoro o meu trabalho, e se não fosse um trabalho eu faria assim mesmo, mas demoraria *muito* mais e não seria nem de longe tão divertido. Obrigada pelo entusiasmo, pela alegria, pela franqueza, pela delicadeza, pela inspiração e pela presença aqui neste planeta grande, confuso, lindo e sofrido. Sou muito grata por vocês e a vocês.

Agora vamos à minha equipe: todos da agência Root Literary, mas especialmente Taylor, que sempre sonha grande comigo, e Jasmine, que é a única razão pela qual respondi qualquer e-mail no ano passado. Obrigada por serem a melhor torcida, as melhores guardiãs e colegas que uma mulher poderia pedir, por me ajudarem a continuar seguindo em frente quando preciso e por sempre criarem espaço para mim quando só preciso de uma pausa.

À equipe da Berkley, e da Penguin Random House como um todo, sei que não paro de dizer isso a vocês, mas ainda não é o bastante: sou a pessoa mais sortuda do mundo por ter encontrado um lar para o meu trabalho com vocês. Não consigo imaginar ninguém melhor e, nessa indústria em constante mudança, me sinto imensamente grata por ter conseguido manter tantos de vocês comigo ao longo dos últimos anos, para essa jornada absolutamente insana. Minhas editoras, Amanda Bergeron e Sareer Khader, são sem dúvida duas das pessoas mais inteligentes que eu já conheci, e essa nem é a melhor qualidade delas. Adoro cada minuto que passamos esculpindo e polindo minhas histórias até que elas se tornem o que deveriam ser, e também adoro conhecer vocês como seres humanos. Obrigada por tudo o que fazem, mas o mais importante é quem vocês são. Agradeço também às minhas relações-públicas absolutamente inimitáveis e deliciosamente divertidas, Danielle Keir e Dache' Rogers. Mais uma vez, não sei como tive tanta sorte de ter pessoas tão talentosas *e* estupendamente engraçadas, carismáticas e maravilhosas, como vocês duas, ao meu lado! E, claro, tem ainda Jessica Mangicaro e Elise Tecco, extraordinárias profissionais de marketing, que movem montanhas por mim a intervalos regulares. É raro encontrar pessoas que trabalhem de maneira tão incansável quanto essa equipe e, *ao mesmo tempo*, sejam tão criativas, animadas e cheias de imaginação — vocês fazem mágica, e sou muito grata por tê-las na minha vida. Depois, é claro, há Sanny Chiu e Anthony Ramondo, os ícones absolutos por trás da capa, lombada e sobrecapa. Obrigada por darem vida aos meus mundos! Alison Cnockaert, obrigada por tolerar as nossas dezenas de questionamentos mínimos e ideias e por tornar o projeto de miolo deste livro tão perfeitamente encantador. Minha enorme gratidão também a Tawanna Sullivan e Ben Lee, por colocarem meus livros nas mãos de tantas pessoas. Agradeço ainda a todos os outros na Berkley que me apoiaram sem cessar nos últimos anos, incluindo, mas sem me limitar a: Christine Ball, Christine Legion, Cindy Hwang, Claire Zion, Craig Burke, Ivan Held, Jeanne-Marie Hudson e Lindsey Tulloch.

Outra enorme rodada de agradecimentos à minha equipe do Reino Unido na Viking, com um obrigada especial à minha editora, Vikki Moynes, e ao restante da equipe: Ellie Hudson, Georgia Taylor, Harriet Bourton, Lydia Fried e Rosie Safaty.

Um enorme agradecimento também à minha agente de direitos audiovisuais, Mary Pender, e à sua fenomenal assistente, Celia Albers (outra pessoa que teve a maior destreza para lidar com o meu cérebro caótico nos últimos meses).

Agradeço ainda aos livreiros, bibliotecários, blogueiros, resenhistas, às pessoas que fazem fan art, vídeos e lindas fotos, aos que emprestam seus exemplares e aos que pegam emprestado, aos meus leitores desde o início e àqueles que estão pegando um livro meu pela primeira vez.

E agradeço, como sempre, aos meus amigos e à minha família. Pelo que vocês fazem, por quem são. Amo vocês, sempre.

Impresso no Brasil pelo Sistema Cameron da Divisão Gráfica da
DISTRIBUIDORA RECORD DE SERVIÇOS DE IMPRENSA S.A.